Vous rêvez de devenir juré
d'un prix littéraire consacré au polar ?

C'est l'aventure que vous proposent
les éditions POINTS avec leur
Prix du Meilleur Polar des lecteurs de POINTS !

De janvier à octobre 2014, un jury composé de 40 lecteurs et de 20 professionnels recevra à domicile 9 romans policiers, thrillers et romans noirs récemment publiés par les éditions Points et votera pour élire le meilleur d'entre eux.

Pour rejoindre le jury, déposez votre candidature sur **www.prixdumeilleurpolar.com.** Les inscriptions sont ouvertes jusqu'au 10 mars 2014.

Le Prix du Meilleur Polar des lecteurs de POINTS, c'est un prix littéraire dont vous, lectrices et lecteurs, désignez le lauréat en toute liberté.

Pour découvrir le lauréat de l'édition 2013
... ...tion, rendez-vous sur
...eurpolar.com

D0300981

Henning Mankell, né en 1948, est romancier et dramaturge. Depuis une dizaine d'années, il vit et travaille essentiellement au Mozambique – « ce qui aiguise le regard que je pose sur mon propre pays », dit-il. Il a commencé sa carrière comme auteur dramatique, d'où une grande maîtrise du dialogue. Il a également écrit nombre de livres pour enfants, couronnés par plusieurs prix littéraires, qui soulèvent des problèmes souvent graves et qui sont marqués par une grande tendresse. Mais c'est en se lançant dans une série de romans policiers centrés autour de l'inspecteur Wallander qu'il a définitivement conquis la critique et le public suédois. Cette série, pour laquelle l'Académie suédoise lui a décerné le Grand Prix de littérature policière, décrit la vie d'une petite ville de Scanie et les interrogations inquiètes de ses policiers face à une société qui leur échappe. Il s'est imposé comme le premier auteur de romans policiers suédois. En France, il a reçu le prix Mystère de la Critique, le prix Calibre 38 et le Trophée 813.

Henning Mankell

LA FAILLE SOUTERRAINE

et autres enquêtes

Traduit du suédois
par Anna Gibson

Éditions du Seuil

TEXTE INTÉGRAL

TITRE ORIGINAL
Pyramiden
ÉDITEUR ORIGINAL
Ordfront Förlag, Stockholm, pour l'édition 1999
Leopard Förlag, Stockholm, pour l'édition 2006
© original : 1999, Henning Mankell

Cette traduction est publiée en accord avec Leopard Förlag, Stockholm,
et l'agence littéraire Leonhardt & Høier, Copenhague

ISBN 978-2-7578-3855-6
(ISBN 978-2-02-105354-8, 1re publication)

© Éditions du Seuil, 2012, pour la traduction française

À Rolf Lassgård, avec chaleur, gratitude et une bonne mesure d'admiration. Il m'a appris sur Wallander beaucoup de choses que j'ignorais.

Préface

Ce n'est qu'après avoir écrit le dernier livre de la série Kurt Wallander que j'ai compris quel sous-titre je cherchais depuis le début sans jamais le trouver. Ce devait être naturellement : « le roman de l'inquiétude suédoise ».

Je l'ai donc compris trop tard. Pourtant tous ces livres avaient été autant de variations sur ce thème unique : qu'est devenu l'État de droit suédois au cours des années 1990 ? Comment la démocratie peut-elle survivre si le fondement même du droit est entamé ? La démocratie a-t-elle un prix qui sera un jour jugé trop élevé pour qu'il vaille la peine de le payer ?

On retrouve ces questions dans beaucoup des courriers que j'ai reçus, où les lecteurs me communiquaient leurs réflexions sagaces. Celles-ci me confirment dans l'impression que Wallander a servi, à sa façon, de porte-parole à ce qu'éprouvent beaucoup de gens : un sentiment d'insécurité croissante, de colère, et une perception très saine du rapport entre l'État de droit et la démocratie. J'ai reçu de tout, de longues lettres manuscrites, des cartes postales expédiées d'endroits du monde dont je n'avais jamais entendu parler, des coups de fil à des heures insolites, des voix vibrantes m'interpellant par courriel interposé.

Mis à part l'État de droit et la démocratie, j'ai aussi eu droit à des questions. Certaines concernaient les incohérences que les lecteurs avaient la joie de découvrir dans mes romans et de me communiquer dans la foulée. Ils avaient raison dans la grande majorité des cas. (Et laissez-moi vous dire d'emblée que de nouvelles incohérences surgiront sûrement dans ce volume-ci. J'en assume l'entière responsabilité. Aucune ombre ne doit retomber sur mon éditrice suédoise, Eva Stenberg. Je n'aurais pu en avoir de meilleure.)

Mais surtout, on m'a beaucoup posé la question suivante : Que faisait Wallander avant le commencement de la série ? Que s'est-il passé avant – pour noter une date exacte – le 8 janvier 1990 ? Ce matin d'hiver où Wallander est réveillé à l'aube par un appel du policier de garde, qui marque le début de *Meurtriers sans visage* ? Je comprends qu'on se pose cette question. Quand Wallander entre en scène, dans ce premier livre, il a quarante-deux ans, bientôt quarante-trois. Il est flic depuis longtemps, il est déjà père et divorcé, et il a quitté Malmö pour Ystad depuis plusieurs années… Les lecteurs se sont interrogés. Et moi avec eux.

Il y a quelques années de cela, alors que je terminais *Les Morts de la Saint-Jean* – cinquième de la série –, je me suis aperçu que j'avais commencé à écrire dans ma tête des récits qui se déroulaient *avant* le commencement du cycle. Toujours cette date magique du 8 janvier 1990…

J'ai à présent rassemblé ces histoires. Trois d'entre elles ont déjà paru dans la presse. Celles-là, je les ai juste retouchées. J'ai supprimé quelques erreurs chronologiques et quelques mots en trop. Les deux autres sont des inédits. Mais ce n'est pas parce que j'ai fait le ménage dans mes tiroirs, mes papiers et mes disquettes informatiques que je décide à présent de les publier. Je le fais parce que ces récits constituent un point d'exclamation après le point final posé l'an dernier. Comme l'écrevisse, il est parfois bon de marcher à reculons. De revenir vers un point d'origine. Au temps d'avant le 8 janvier 1990.

Aucun tableau n'est jamais achevé. Mais ces fragments m'ont semblé devoir faire partie du lot.

Le reste appartient au silence.

Henning Mankell

Le coup de couteau

1

Au commencement tout n'était que brouillard.

Ou peut-être comme une mer épaisse, blanche, silencieuse. Le paysage de la mort. Ce fut d'ailleurs la première pensée de Wallander lorsqu'il revint à lui. Il était déjà mort. Il n'aurait pas dépassé l'âge de vingt-deux ans. Un jeune policier, à peine adulte. Voilà. Et puis un inconnu s'était précipité sur lui avec un couteau et il n'avait pas pu l'éviter.

Après, il n'y avait eu que le brouillard blanc. Et le silence.

Lentement il se réveillait, lentement il revenait à la vie. Les images étaient brouillées, confuses. Il essayait de les capturer, comme on chasse les papillons. Mais elles se dérobaient et ce fut pour lui un grand effort que de reconstituer le fil des événements...

Il était de repos. C'était le 3 juin 1969 et il venait de laisser Mona au terminal des ferries vers le Danemark. Pas les bateaux récents, ces aéroglisseurs qui allaient à toute allure, mais un ferry à l'ancienne, où on avait encore le temps de déjeuner durant la traversée. Elle devait retrouver une amie, elles iraient peut-être à Tivoli mais, surtout, l'objectif était de lécher les vitrines. Wallander avait voulu l'accompagner

15

puisqu'il était de repos. Mais elle avait dit non. Ce voyage était pour sa copine et pour elle. Interdit aux hommes.

Il regarda le bateau quitter le port. Mona devait revenir le soir même et il avait promis d'être là. Si le beau temps persistait, ils iraient se promener. Puis ils rentreraient chez lui. Il louait un appartement dans la banlieue de Rosengård.

Il s'aperçut que, rien que d'y penser, ça l'excitait. Il ajusta son pantalon et traversa la rue en direction de la gare. Il acheta un paquet de cigarettes, des John Silver comme d'habitude, et en alluma une avant même d'être de nouveau dehors.

Il n'avait pas de projets pour cette journée. C'était un mardi, il était de repos. Il avait fait beaucoup d'heures sup, entre autres à cause des grandes manifs contre la guerre du Vietnam qui se succédaient partout, tant à Lund qu'à Malmö. À Malmö, il y avait eu des échauffourées. Wallander avait trouvé l'expérience désagréable. Ce qu'il pensait des revendications des manifestants – *US go home* –, il n'en savait trop rien. La veille encore, il avait essayé d'en discuter avec Mona, mais son opinion à elle se bornait à estimer que « ces gens-là cherchent les embrouilles ». Il avait insisté, allant jusqu'à lui affirmer qu'il n'était pas juste, de la part de la première puissance militaire mondiale, de bombarder un pays agricole pauvre situé dans un autre continent avec l'objectif de le faire « retourner à l'âge de pierre », comme l'avait dit un officier américain cité dans le journal de la veille ; elle lui avait rétorqué qu'elle n'avait pas l'intention d'épouser un communiste.

Cette réplique l'avait soufflé, et la discussion en était restée là. S'il était certain d'une chose, c'était qu'il allait bien épouser Mona, aux cheveux châtains, au nez effilé et au menton pointu, qui n'était peut-être pas la plus belle fille qu'il eût jamais rencontrée ; mais qu'il voulait avoir pour lui, quoi qu'il arrive.

Ils s'étaient rencontrés l'année précédente. Avant cela, il était sorti plus d'un an avec une prénommée Helena qui travaillait en ville pour un bureau de transport maritime. Jusqu'au jour où, sans crier gare, elle l'avait informé que tout était fini entre eux et qu'elle avait rencontré un autre homme. Il en était resté pétrifié de surprise. Il avait passé un week-end entier à pleurer dans son appartement. Hors de lui, fou de jalousie. Puis il avait séché ses larmes et s'était rendu au pub de la gare centrale, où il s'était mis à boire avec méthode. De retour chez lui, il avait continué de pleurer. Quand il lui arrivait de passer devant ce pub, encore maintenant, il avait des frissons. Pour rien au monde il n'y aurait remis les pieds.

Après cet épisode, il y avait eu quelques mois très lourds pendant lesquels il avait tenté de la persuader de changer d'avis. Helena n'avait rien voulu entendre, allant même jusqu'à le menacer de déposer une main courante pour harcèlement. Il avait battu en retraite et, curieusement, comme par un coup de baguette magique, ça lui avait permis de passer à autre chose. Helena pouvait bien garder son nouveau type si ça lui chantait. Grand bien lui fasse. C'était un vendredi.

Le soir même, il avait traversé le détroit jusqu'à Copenhague et plus tard, sur le ferry du retour, il s'était retrouvé assis à côté d'une fille qui tricotait et s'appelait Mona.

Wallander avait fini sa cigarette mais continuait de marcher au hasard dans les rues. Il se demanda ce que Mona et sa copine faisaient en cet instant précis. Puis ses pensées dérivèrent vers les événements de la semaine précédente. Les manifs qui avaient dégénéré. À moins que la faute n'en revînt à ses supérieurs, qui n'avaient pas évalué correctement la situation. Lui-même faisait partie d'une force d'assaut improvisée qui devait se tenir en retrait, prête à intervenir. Après coup, en plein chaos, ils avaient été appelés en renfort et ça n'avait fait qu'aggraver la situation.

La seule autre personne avec qui il eût jamais essayé de parler politique – en vain, là aussi – était son père. Celui-ci, à presque soixante ans, venait de prendre la décision de quitter la ville et d'emménager dans l'Österlen. Son père était un être capricieux aux réactions imprévisibles. Capable de se mettre dans des colères insensées – comme le jour où il avait failli couper définitivement les ponts avec son fils parce que celui-ci lui avait annoncé son intention d'entrer dans la police. Le père se trouvait comme d'habitude ce jour-là dans son atelier qui sentait le café et la térébenthine. De rage, il lui avait balancé un pinceau à la tête en lui criant de disparaître et de ne jamais revenir. Il ne tolérerait pas l'existence d'un policier dans la famille, avait-il crié. Une violente dispute s'en était suivie. Wallander lui avait tenu tête, il allait bel et bien entrer dans la police, rien ne changerait quoi que ce soit à cet état de fait. La dispute avait cessé de façon abrupte. Le père s'était muré dans un silence hostile. Reprenant sa place devant son chevalet, il avait commencé à tracer, en s'aidant d'un carton, les contours d'un coq de bruyère. Il peignait toujours le même motif : un paysage de forêt auquel il ajoutait parfois ce coq.

Il s'aperçut que penser ainsi à son père lui faisait plisser le front. Aucune réelle réconciliation n'avait jamais eu lieu. Mais, d'une façon ou d'une autre, ils s'adressaient à nouveau la parole. Il s'était souvent demandé comment sa mère – qui était décédée pendant ses études à l'école de police – avait réussi, pendant toutes ces années, à supporter son mari. Sa sœur Kristina, elle, avait eu la sagesse de quitter la maison dès qu'elle avait pu, et vivait désormais à Stockholm.

Dix heures du matin. Une brise légère animait les rues de Malmö. Il entra dans un bistrot voisin du grand magasin NK[1], but un café et mangea un sandwich en feuilletant les deux quotidiens de la ville, *Arbetet* et *Sydsvenska Dagbladet*. Dans l'un comme dans l'autre, les courriers de lecteurs louaient ou critiquaient, c'était selon, l'action de la police lors des manifestations. Il tourna la page. Il n'avait pas la force de les lire. Il espérait ne plus être appelé à intervenir dans les manifs. Depuis le début, il désirait rejoindre la brigade criminelle et il ne s'en était jamais caché. Sa mutation était prévue, mais il devait patienter. Encore deux ou trois mois à attendre.

Soudain une ombre se dressa devant lui. Surpris, il leva la tête, sa tasse de café à la main. Une fille qui pouvait avoir dans les dix-sept ans, les cheveux longs, le teint très pâle, le regardait avec un air de colère extrême. Elle se pencha vers lui, ses cheveux masquèrent presque son visage et elle lui montra sa nuque.

– Là, dit-elle. Tu m'as frappée[2].

Wallander posa sa tasse. Il ne comprenait rien. La fille, entre-temps, s'était redressée.

1. Nordiksa Kompaniet. Grand magasin mythique de Stockholm, qui avait à cette époque une succursale à Malmö. *(Toutes les notes sont de la traductrice.)*
2. Le tutoiement est généralisé en Suède depuis les années 1970. Le « vous » de politesse existe toutefois et certains l'utilisent, bien que ce soit de plus en plus rare. Chez Mankell, l'usage fluctue ; nous avons choisi de respecter cela.

– J'ai peur de ne pas bien saisir…

– Tu es de la police, oui ou non ?

– Oui.

– Tu étais à la manif.

Il comprit d'un coup. Elle l'avait reconnu, là dans le café, alors qu'il était en civil.

– Je n'ai frappé personne.

– Je me fous de savoir qui tenait la matraque. Tu étais là. Tu fais partie du lot.

– Tes amis et toi contreveniez aux règles en vigueur pour les manifestations, répondit-il, en entendant au moment même où il les prononçait combien ses paroles sonnaient creux.

– Je hais les flics. Je pensais boire mon café ici, mais je vais changer de boutique.

L'instant d'après, elle avait disparu. La serveuse le dévisageait d'un air sévère derrière le comptoir. Comme s'il venait de lui voler une cliente.

Il paya et sortit. Il n'avait même pas fini son sandwich. Cette rencontre l'avait mis en colère. Soudain, il lui sembla que tout le monde le regardait dans la rue. Comme s'il était en uniforme, alors qu'il portait juste un pantalon bleu, une chemise claire et une veste verte.

Je dois absolument changer de service, pensa-t-il. Échanger la rue contre un bureau, des réunions, un groupe d'enquête, des scènes de crime. Les manifs, moi, c'est terminé. Je préfère encore me mettre en arrêt de travail.

Il accéléra le pas dans l'intention de prendre le bus et rentrer à Rosengård. Puis il changea d'avis. Il avait besoin d'exercice. Folkparken n'était pas loin. Il aurait voulu pouvoir se rendre invisible, et ne croiser aucune connaissance.

Bien entendu, à peine arrivé devant le parc, il tomba sur son père : celui-ci trimballait un de ses tableaux enveloppé de papier kraft. Wallander, qui regardait ses pieds, le reconnut trop tard pour avoir la moindre chance de l'éviter. Le vieux était coiffé d'un étrange bonnet à pompon et engoncé dans un manteau épais sous lequel il portait ce qui ressemblait à un survêtement. Aux pieds, des chaussures de sport sans chaussettes.

Wallander poussa un gémissement silencieux. Son père ressemblait à un clochard. Pourquoi ne pouvait-il pas au moins s'habiller comme tout le monde ?

Le père avait posé son tableau.

– Tu n'as pas d'uniforme ? demanda-t-il abruptement. Pourquoi ? Tu as quitté la police ?

– Je suis de repos aujourd'hui.

– Ah. Je croyais que vous étiez toujours en service. Pour nous protéger du mal et des méchants.

Wallander se maîtrisa de justesse.

– Et toi ? Pourquoi te promènes-tu en manteau et en bonnet ? Il fait vingt degrés dehors.

– C'est bien possible. Mais moi, je reste en bonne santé grâce à une bonne sudation. Tu devrais en faire autant.

– Ce n'est pas normal de s'habiller comme ça en plein été.

– Si tu veux tomber malade, ça te regarde. Tant pis pour toi.

– Je ne suis jamais malade.

– Peut-être. Mais ça va venir.

– Tu t'es vu ? Tu as vu à quoi tu ressembles ?

– Je ne perds pas mon temps à m'admirer dans la glace.

– Un bonnet sur la tête au mois de juin. Je rêve.

– Essaie de me l'enlever, si tu oses. Je porterai plainte contre toi pour coups et blessures. Au fait, je suppose que tu étais à ton poste l'autre jour pour taper sur les jeunes qui manifestaient ?

Ah non, pensa Wallander. Il ne va pas s'y mettre, lui aussi, alors qu'en plus, il ne s'est même jamais intéressé à la politique…

Mais là, il se trompait.

– Toute personne digne de ce nom devrait prendre ses distances avec cette guerre-là, déclara son père sur un ton ferme.

– Toute personne digne de ce nom est censée faire son travail, répliqua-t-il avec un calme forcé.

– Tu sais ce que j'en pense, de ton travail. Tu n'aurais jamais dû entrer là-dedans. Je te l'ai dit, mais tu ne m'as pas écouté. Regarde maintenant quels dégâts tu causes. À frapper des enfants innocents avec des barres de fer.

– Je n'ai jamais frappé quelqu'un de ma vie entière, bordel de merde ! D'ailleurs ce ne sont pas des barres de fer mais des matraques. Laisse tomber. Où vas-tu avec ce tableau ?

– Je vais l'échanger contre un humidificateur.

– Quoi ? Un humidificateur ? Pour quoi faire ?

– L'échanger contre un matelas neuf. Celui que j'ai est pourri. Il me fait mal au dos.

Wallander savait que son père se livrait souvent à des transactions étranges, qui se décomposaient en nombreuses étapes avant qu'il n'entre enfin en possession de l'objet convoité.

– Tu veux que je t'aide ?

– Je n'ai pas besoin d'escorte policière, merci. Par contre tu pourrais passer me voir un de ces soirs pour une partie de cartes. Si ce n'est pas trop te demander.

– Je passerai quand j'en aurai le temps.

Les cartes, pensa-t-il. Le dernier fil qui nous relie encore.

Le père souleva son tableau.

– Pourquoi ne me donne-t-on pas de petits-enfants ?

Il s'éloigna sans attendre la réponse.

Wallander resta bras ballants sur le trottoir. Il se dit que la décision qu'avait prise le vieux de déménager était tout compte fait une bonne nouvelle. Comme ça, à l'avenir, il ne risquerait plus de le croiser à l'improviste.

Wallander habitait un vieil immeuble de Rosengård. Le quartier entier était menacé de démolition. Mais lui s'y plaisait, même si Mona lui avait expliqué que, dans l'éventualité d'un mariage, ils déménageraient aussitôt. Son appartement se composait d'une pièce unique, d'une cuisine et d'une salle de bains exiguë. C'était le premier logement qu'il louait en son nom. Les meubles, il les avait achetés aux enchères et dans divers entrepôts. Aux murs il avait punaisé des affiches représentant des fleurs ou des îles paradisiaques. Comme son père lui rendait parfois visite, il s'était senti obligé d'accrocher un paysage paternel au-dessus du canapé. Il en avait choisi un sans coq de bruyère.

L'objet auquel il tenait le plus, c'était son gramophone. Sa collection de disques, plutôt modeste, se limitait à de l'opéra. Les rares fois où il invitait des collègues, on lui demandait invariablement comment il pouvait écouter de la musique pareille. Il avait donc acheté quelques disques supplémentaires. Pour une raison inconnue de lui, beaucoup de policiers semblaient adorer Roy Orbison.

Peu après treize heures il avait déjeuné, bu son café et fait le plus gros du ménage tout en écoutant un disque du grand ténor Jussi Björling. C'était le premier disque qu'il s'était offert, d'ailleurs. Il grésillait de façon insupportable, mais Wallander s'était toujours dit que si l'immeuble brûlait un jour, ce serait le premier objet qu'il tenterait de sauver.

Il venait de remettre le disque au début quand trois coups secs retentirent au plafond. Il baissa le volume. L'immeuble était très mal insonorisé. Au-dessus de lui vivait une retraitée qui avait autrefois tenu un magasin de fleurs. Elle s'appelait Linnea Almqvist. Dès qu'il passait de la musique trop fort à son goût, elle frappait. Et lui, docile, baissait le son. La fenêtre était ouverte ; le rideau suspendu par Mona se soulevait sous l'effet de la brise ; il s'allongea sur le lit. Il se sentait à la fois fatigué et indolent. Il avait bien le droit de récupérer un peu. Il entreprit de feuilleter un exemplaire de *Lektyr*, qu'il cachait soigneusement avant les visites de Mona[1]. Il s'endormit bien vite ; le magazine avait glissé au pied du lit.

Il se réveilla en sursaut. Un énorme bruit – mais d'où venait-il ? Il alla à la cuisine voir si un placard s'était effondré, mais tout était comme d'habitude. Il retourna dans la chambre et regarda par la fenêtre. La cour de l'immeuble était déserte. Sur le fil à linge, seul un bleu de travail oscillait dans la brise. Il se recoucha. Il avait été tiré du sommeil en plein rêve. La fille du café y était. Le reste demeurait confus et agité.

Il se leva. Quinze heures quarante-cinq au réveille-matin. Il avait dormi plus de deux heures. Il s'attabla dans la cuisine et dressa une liste de courses ; Mona avait promis de rapporter à boire de Copenhague. Il

---

1. *Lektyr*, fleuron de la presse masculine suédoise, avait encore à cette époque un contenu très *soft*.

glissa le papier dans sa poche, prit sa veste et referma la porte derrière lui.

Sur le palier, il se figea. La porte de son voisin était entrebâillée. Plutôt surprenant dans la mesure où le voisin était un type très farouche, qui avait fait installer une deuxième serrure pas plus tard qu'au mois de mai. Wallander faillit passer son chemin. Puis il décida de frapper, à tout hasard. Son voisin, il le savait, vivait seul ; c'était un marin à la retraite, qui s'appelait Artur Hålén. Il vivait déjà là à l'époque où Wallander avait emménagé. Ils se saluaient, échangeaient parfois deux ou trois répliques en se croisant dans l'escalier, mais rien de plus. Il n'avait jamais vu ou entendu Hålén recevoir de la visite. Le matin il écoutait la radio, le soir il regardait la télé. À vingt-deux heures le silence se faisait, invariablement. Wallander s'était souvent demandé si Hålén remarquait les visites féminines qu'il recevait de son côté, et s'il entendait leurs ébats nocturnes. Il ne lui avait jamais posé la question. Évidemment.

Il frappa une deuxième fois. Pas de réponse. Il ouvrit la porte en grand et appela. Silence. Après une hésitation, il enjamba la barre de seuil. Le vestibule sentait le renfermé. Une odeur de vieil homme. Il appela de nouveau.

Il a dû oublier de fermer la porte en sortant, pensa-t-il. Il a soixante-dix ans après tout ; la distraction de l'âge le rattrape peut-être.

Il jeta un coup d'œil dans la cuisine. Sur la toile cirée, un coupon de loto foot chiffonné voisinait avec une tasse. Il écarta la tenture qui masquait l'entrée de la pièce principale. Il sursauta. Hålén gisait sur le sol. Sa chemise blanche était inondée de sang. Un peu plus loin, un revolver.

Le bruit de tout à l'heure ! C'était un coup de feu qu'il avait entendu.

Il se sentit mal. Il voyait souvent des morts. Morts depuis peu, de mort violente. Ceux qui s'étaient noyés ou pendus. Ceux qui avaient été victimes d'un incendie ou réduits en bouillie dans un accident de la route. Mais il ne s'y habituait pas.

Il regarda autour de lui. L'appartement de Hålén était une réplique inversée du sien. L'ameublement dégageait une impression de pauvreté. Pas une fleur, pas un bibelot. Le lit était défait.

Il observa le corps. Hålén avait dû se tirer une balle en pleine poitrine. Et il était mort. Pas la peine de tâter son poignet pour s'en assurer.

Il retourna chez lui et appela le commissariat. Il se présenta, Wallander, un collègue, et résuma la situation. Puis il sortit dans la rue pour attendre les véhicules d'intervention.

Les collègues arrivèrent presque en même temps que l'ambulance. Il les salua d'un signe de tête. Il connaissait tout le monde.

– Qui est-ce que tu as trouvé exactement ? demanda le premier descendu de la voiture de patrouille.

Sven Svensson, originaire de Landskrona, était surnommé « L'Épine » depuis le jour où il s'était engouffré dans une haie d'églantiers en poursuivant un cambrioleur et en était ressorti le bas-ventre lardé d'épines.

– Mon voisin, dit Wallander. Il s'est tué d'une balle.

– On a prévenu la crim'. Hemberg est en route.

Wallander hocha la tête. Les décès à domicile faisaient toujours l'objet d'une enquête, même quand la cause paraissait naturelle à première vue.

Hemberg était un homme bénéficiant d'une certaine réputation – pas uniquement positive, d'ailleurs. Il s'énervait vite et avait alors tendance à s'en prendre à ses collaborateurs. D'un autre côté, sur le plan professionnel, c'était un tel virtuose que personne n'osait trop le contrarier. Wallander se sentit gagné par l'inquiétude. Avait-il commis une erreur ? Dans ce cas, Hemberg s'en apercevrait sur-le-champ. Il ne verrait même rien d'autre. Or c'était avec le commissaire Hemberg qu'il allait commencer à travailler dès que sa mutation serait entérinée.

Il continua donc d'attendre. Une Volvo sombre freina peu après au bord du trottoir et Hemberg en descendit. Il était seul. Il mit quelques instants à identifier Wallander.

– Qu'est-ce que tu fous là ?

– J'habite ici. Mon voisin s'est suicidé. C'est moi qui ai donné l'alerte.

Hemberg haussa les sourcils d'un air intéressé.

– Tu l'as vu ?

– Comment ça, « vu » ?

– Tu l'as vu faire ?

– Bien sûr que non.

– Alors comment sais-tu que c'est un suicide ?

– J'ai vu l'arme à côté du corps.

– Et alors ?

Wallander ne sut que répondre.

– Tu dois apprendre à poser les bonnes questions. Si tu dois bosser comme enquêteur chez nous, s'entend. J'ai déjà assez de types qui ne réfléchissent pas, je ne veux pas en avoir un de plus sur les bras.

Changeant brusquement d'humeur, il enchaîna sur un ton aimable :

– Si tu dis que c'est un suicide, c'en est sûrement un. Où est-il ?

Wallander indiqua l'immeuble. Ils entrèrent.

Pendant l'heure qui suivit, il observa avec intérêt le travail de Hemberg. Il le vit s'accroupir près du corps et discuter de l'orifice d'entrée avec le médecin légiste qui était arrivé entre-temps. Étudier la position de l'arme, du corps, de la main. Après quoi il fit le tour de l'appartement et examina longuement le contenu des tiroirs de la commode, puis la penderie et les vêtements.

Quand ce fut fait, il fit signe à Wallander de le suivre dans la cuisine.

– Pas de doute, c'est bien un suicide, dit-il tout en lissant d'un geste distrait le coupon de loto foot qui traînait toujours sur la table.

– J'ai entendu un grand bruit, dit Wallander. Ce devait être la détonation.

– Tu n'as rien entendu d'autre ?

Il pensa qu'il valait mieux dire la vérité.

– Je faisais la sieste. Le bruit m'a réveillé.

– Et après ? Pas de cavalcade dans l'escalier ?

– Non.

– Tu le connaissais ?

Il raconta le peu qu'il savait sur son voisin.

– Il avait de la famille ?

– Pas à ma connaissance.

– Il faudra s'en occuper.

Hemberg se tut quelques instants avant de reprendre.

– Il n'y a pas de photos de famille. Ni sur la commode ni aux murs. Rien dans les tiroirs. À part deux vieux cahiers de marin. Le seul truc intéressant que j'ai trouvé, c'est un scarabée chatoyant dans un bocal. Plus grand qu'un cerf-volant. Tu sais ce qu'est un cerf-volant ?

Wallander fit non de la tête.

– Le plus grand scarabée suédois. Sauf qu'il n'y en a presque plus.

Il repoussa le coupon de loto.

– Et il n'y a pas non plus de lettre d'adieu. Un vieil homme écœuré de tout dit au revoir à la vie dans un grand bruit. D'après le médecin, il a bien visé. En plein cœur.

Un policier entra dans la cuisine et remit un portefeuille à Hemberg, qui l'ouvrit et en tira une carte d'identité.

– Artur Hålén, lut-il. Né en 1898. Il était couvert de tatouages. Comme il sied à un marin de la vieille école. Sais-tu ce qu'il faisait en mer ?

– Je crois qu'il était mécanicien.

– Dans le deuxième cahier, il a le titre de mécanicien. Dans le premier, il est matelot. Il a donc fait différentes choses. Et il a été amoureux d'une fille qui s'appelait Lucia. Il avait ce nom-là tatoué sur l'épaule droite et sur la poitrine. Si on veut, on peut imaginer qu'il a tiré à travers ce beau nom-là.

Hemberg rangea la carte d'identité et le portefeuille dans une sacoche.

– Le dernier mot revient bien sûr au médecin. Et on va faire un examen balistique. Mais c'est un suicide.

Avant de se lever, Hemberg considéra un instant le coupon de loto foot.

– Artur Hålén ne connaissait pas grand-chose au football anglais. S'il avait gagné avec cette grille-là, il aurait bien été le seul.

Ils se retrouvèrent dans l'entrée au moment où l'on emportait le corps, sur une civière recouverte qu'il fallut manœuvrer avec précaution dans l'espace exigu.

– Ça arrive de plus en plus, dit pensivement Hemberg. Des vieux qui s'en vont de leur propre initiative. Mais ils le font rarement en se tirant une balle dans le cœur.

Il dévisagea soudain Wallander avec un air attentif.

– Mais ça, tu y avais sûrement déjà pensé.

Wallander fut pris au dépourvu.

– À quoi ?

– Au fait étrange qu'il ait eu un revolver chez lui. On a fouillé. On n'a trouvé aucune licence.

– Il a dû l'acheter du temps où il travaillait en mer.

– Sans doute…

Wallander le suivit dans la rue. Hemberg remonta dans sa voiture.

– Comme tu es son voisin, j'ai pensé que tu pouvais peut-être garder la clé. Les autres te la laisseront quand ils auront fini. Personne ne doit entrer chez lui tant que nous n'avons pas la confirmation que c'est bien un suicide.

Dans l'escalier, Wallander croisa Linnea Almqvist qui descendait, un sac-poubelle à la main.

– C'est quoi, toute cette agitation ? demanda-t-elle sur un ton sévère.

– Nous avons malheureusement un décès, répondit Wallander. Hålén est mort.

La nouvelle parut l'ébranler.

– Il était sûrement bien seul… J'ai essayé quelquefois de l'inviter à prendre un café. Il me répondait qu'il n'avait pas le temps. Mais le temps, c'était quand même bien la seule chose qu'il avait, non ?

– Je ne le connaissais pas beaucoup.

– C'était le cœur ?

Il hocha la tête.

– Sûrement, oui.

– Alors il ne nous reste plus qu'à espérer qu'on ne va pas en profiter pour nous coller sur le dos de jeunes locataires bruyants.

Elle s'éloigna, et Wallander retourna dans l'appartement de Hålén. C'était plus facile à présent que le corps n'était plus là. Un technicien rassemblait ses affaires. La tache de sang avait noirci sur le lino. Wallander aborda L'Épine, qui se curait les ongles dans un coin.

– Hemberg a dit que je devais récupérer les clés.

L'Épine montra d'un geste le trousseau posé sur la commode.

– Tu sais à qui appartient l'immeuble ? Ma petite amie cherche un appartement.

– C'est très mal insonorisé, dit Wallander. Juste pour ton information.

– Tu n'as pas entendu parler des matelas à eau ? Ça vient de sortir. Ils ne font aucun bruit.

Il était dix-huit heures quinze quand Wallander put enfin refermer la porte de l'appartement de Hålén et donner un tour de clé. Plusieurs heures le séparaient encore du moment où il devait retrouver Mona au terminal des ferries. Il retourna chez lui et fit du café. Le vent s'était levé. Il ferma la fenêtre et s'assit dans la cuisine. Il n'avait pas eu le temps d'aller au supermarché, et celui-ci était maintenant fermé. Il n'y avait pas dans le quartier de magasin de proximité ouvert le soir. Il allait devoir inviter Mona au restaurant. Son portefeuille était sur la table. Il vérifia qu'il contenait suffisamment de billets. Mona adorait dîner dehors, mais pour lui, c'était de l'argent jeté par les fenêtres.

La cafetière siffla. Il se servit, ajouta trois morceaux de sucre. Attendit que ça refroidisse un peu.

Quelque chose le rongeait. Quoi, il n'en savait rien. Mais c'était intense.

Aucune idée de la cause – sinon que ça avait un rapport avec Hålén. Il récapitula les événements, dans l'ordre. Le bruit qui l'avait tiré du sommeil, la porte entrebâillée, le corps au sol dans la pièce unique. Un homme s'était suicidé, un homme qui était par hasard son voisin.

Il alla dans la chambre et s'allongea sur le lit en essayant de se remémorer le son qui l'avait réveillé. Y avait-il eu autre chose, avant ou après, qui aurait pu s'infiltrer dans son rêve ? Il chercha, en vain. Pourtant il était sûr de passer à côté d'un détail important. Il continua à fouiller sa mémoire. Puis il se leva et retourna dans la cuisine. Le café avait refroidi.

Je me fais un film, pensa-t-il. Je l'ai vu de mes propres yeux, Hemberg l'a vu, tout le monde l'a vu. Un vieil homme seul qui un beau jour en a assez.

Pourtant il n'en démordait pas. C'était comme s'il avait *vu* quelque chose. Sans comprendre sur le moment de quoi il s'agissait.

En même temps, il n'était pas dupe : ce pouvait être un vœu pieux. Réussir à faire une observation qui aurait échappé à Hemberg. Cela pouvait augmenter ses chances d'intégrer la brigade criminelle plus tôt que prévu.

Un coup d'œil à la pendule. Il lui restait encore du temps avant d'aller rejoindre Mona. Il posa sa tasse dans l'évier, prit le trousseau et entra chez Hålén. Tout, dans la pièce, était identique au moment où il avait découvert le corps – à part l'absence du corps lui-même. Il regarda lentement autour de lui. Comment fait-on ? Comment s'y prend-on pour trouver ce qu'on voit sans le voir ?

Il y avait quelque chose, il en était persuadé.

Mais il ne le voyait pas.

Il alla à la cuisine, s'assit sur la chaise qu'avait occupée Hemberg. Le coupon de loto foot était devant lui. Il ne connaissait pas grand-chose au football anglais. Ni au foot en général, pour être tout à fait franc. S'il lui arrivait, exceptionnellement, de vouloir jouer, il achetait une grille de loto.

Le coupon qu'il avait sous les yeux devait être validé avant samedi. Hålén avait même noté son nom et son adresse.

Il retourna dans la pièce principale et se planta devant la fenêtre pour l'observer sous un angle différent. Son regard s'attarda sur le lit. Hålén avait été tout habillé au moment d'appuyer sur la détente. Mais le lit était défait. Alors qu'il régnait un ordre méticuleux dans l'appartement. Pourquoi Hålén n'avait-il pas fait son lit ? Il n'avait tout de même pas dormi tout habillé avant de se lever et de décider de se tuer ? Sans faire son lit d'abord ? Et pourquoi ce coupon rempli sur la table de la cuisine ?

Ça ne collait pas. Mais, aussi bien, ça ne voulait rien dire. Hålén avait pu prendre sa décision très vite. Dans ce cas, il aurait peut-être senti l'absurdité qu'il y avait à border son drap et sa couverture une dernière fois.

Wallander s'assit dans l'unique fauteuil de la pièce. Un fauteuil défraîchi, abîmé par l'usage. Je me fais des idées, pensa-t-il une nouvelle fois. Le légiste confirmera la thèse du suicide, l'examen balistique confirmera que la balle venait bien de cette arme et qu'elle a été tirée par Hålén lui-même.

Il se leva. Il devait encore prendre une douche et se changer avant d'aller retrouver Mona. Mais quelque chose le retenait. Il s'approcha de la commode et ouvrit les tiroirs l'un après l'autre. Il découvrit aussitôt les deux cahiers de marin dont avait parlé Hemberg. Artur Hålén avait été bel homme. Cheveux blonds, large sourire. Il avait du mal à saisir que le jeune homme qu'il voyait là était le même qui avait passé la fin de sa vie dans un silence discret à Rosengård.

Surtout, ce n'était pas l'image d'un futur candidat au suicide. Mais il savait combien cette logique-là était fausse. Il n'y avait pas de prototype. Ceux qui passaient à l'acte ne pouvaient jamais être identifiés à l'avance.

Il découvrit le scarabée chatoyant mentionné par Hemberg et l'approcha de la lumière du jour. Sous le bocal, il crut voir gravées les lettres du mot « Brasil ». Un souvenir, sans doute, acheté du temps où il avait été marin. Il continua d'examiner le contenu des tiroirs. Des clés, des pièces de monnaie de différents pays… Rien ne retint son attention. Sous le papier à moitié déchiré qui tapissait le tiroir du bas, quelqu'un avait glissé une enveloppe en papier kraft. Il l'ouvrit. Elle contenait une vieille photo. Un couple de jeunes mariés. Au dos, le nom d'un atelier de photographe et une date : le 15 mai 1894. L'atelier se trouvait à Härnösand, dans le nord-est de la Suède. Et ces mots tracés à l'encre : *Manda et moi le jour de notre mariage*. Les parents, pensa Wallander. Le fils est né quatre ans plus tard.

Quand il eut fini d'inspecter la commode, il passa à la bibliothèque. À son étonnement, il découvrit plusieurs livres en allemand. Ils avaient été lus et relus, à en juger par les pages maintes fois cornées. Il y avait aussi là quelques romans de Vilhelm Moberg ainsi qu'un livre de cuisine espagnole et quelques revues spécialisées destinées aux amateurs de modélisme. Perplexe, il secoua la tête. La personnalité de Hålén devenait plus complexe que prévu. Délaissant la bibliothèque, il s'accroupit pour jeter un coup d'œil sous le lit. Rien. Il se tourna vers la penderie. Vêtements alignés avec soin, trois paires de chaussures, bien cirées. C'est juste le lit défait, songea-t-il, qui gêne l'image d'ensemble.

Il s'apprêtait à refermer la penderie quand on sonna à la porte. Il sursauta. On sonna de nouveau. Il avait le sentiment d'être là par effraction. Il attendit. Quand la sonnerie retentit pour la troisième fois, il se résolut à aller ouvrir.

Sur le palier se tenait un homme en pardessus gris. La stupéfaction se peignit sur son visage en voyant Wallander.

– Je me suis sans doute trompé de porte. Je cherche M. Hålén…

Wallander essaya de prendre le ton formel qu'exigeait la situation.

– Puis-je vous demander qui vous êtes ? rétorqua-t-il avec une brusquerie inutile.

L'homme fronça les sourcils.

– Et vous ? Qui êtes-vous ?

– Je suis de la police. Kurt Wallander, inspecteur à la brigade criminelle. Voudriez-vous maintenant avoir l'amabilité de répondre à ma question ?

– Je vends des encyclopédies. Je suis passé présenter mes livres dans l'immeuble la semaine dernière. M. Hålén m'a demandé de revenir aujourd'hui. Il avait déjà renvoyé le contrat et l'acompte. Je devais lui livrer le premier volume ainsi que le livre qui est offert en cadeau de bienvenue à chaque nouveau client.

Comme pour le convaincre qu'il disait la vérité, il sortit les deux ouvrages de sa mallette.

Wallander s'effaça et conduisit l'homme jusqu'à la cuisine. Son sentiment que quelque chose clochait venait de se renforcer considérablement.

– Que se passe-t-il ?

Wallander ne répondit pas, lui demanda simplement de s'asseoir.

Au même instant il réalisa que, pour la première fois de sa carrière, il s'apprêtait à annoncer un décès. Cette perspective l'avait toujours effrayé. Il se rassura en pensant qu'il n'avait pas en face de lui un parent proche, mais un simple représentant.

– Artur Hålén est mort, dit-il.

L'homme assis en face de lui parut ne pas comprendre.

– Mais je lui ai parlé aujourd'hui même…

– Je croyais vous avoir entendu dire que vous l'aviez vu la semaine dernière ?

– J'ai appelé ce matin pour savoir si je pouvais passer dans la soirée.

– Et qu'a-t-il dit ?

– Qu'il m'attendait. Pourquoi sinon me serais-je déplacé ? Je ne suis pas du genre à m'imposer. Les gens ont des idées préconçues sur les vendeurs de livres sous prétexte qu'ils font du porte-à-porte.

Cet homme respirait la sincérité.

– Commençons par le commencement, proposa Wallander.

L'autre l'interrompit.

– Que s'est-il passé ?

– Artur Hålén est mort. Pour l'instant, c'est tout ce que je peux vous dire.

– Mais si la police est impliquée, c'est qu'il est arrivé quelque chose. A-t-il été renversé par une voiture ?

– Pour l'instant, je ne peux rien vous dire de plus, répéta Wallander en se demandant pourquoi diable il dramatisait la situation plus que nécessaire.

Puis il demanda à l'homme de reprendre son histoire depuis le début.

– Je m'appelle Emil Holmberg. En réalité, je suis professeur de biologie au collège. Là, j'essaie de vendre des encyclopédies pour réunir l'argent dont j'ai besoin pour entreprendre un voyage à Bornéo.

– Pardon ?

– Je m'intéresse aux plantes tropicales.

Wallander lui fit signe de poursuivre.

– La semaine dernière, je faisais du porte-à-porte ici, dans le quartier. M. Hålén s'est montré intéressé et m'a fait entrer. Nous étions assis ici même, sur ces chaises. Je lui ai parlé de l'encyclopédie, je lui ai dit combien elle coûtait, je lui ai montré un exemplaire de démonstration. Il a signé le contrat après une demi-heure environ. Aujourd'hui, je l'ai rappelé et il m'a dit que je pouvais passer ce soir.

– Quel jour de la semaine dernière êtes-vous venu ?

– Mardi. Entre seize heures et dix-sept heures trente, je dirais.

Wallander se souvint qu'il était de service à ce moment-là. Mais il ne voyait pas de raison de raconter à cet Emil Holmberg qu'il était le voisin du mort. D'autant qu'il avait prétendu appartenir à la brigade criminelle.

– M. Hålén est le seul dans cet immeuble qui se soit montré intéressé, poursuivit Holmberg. Une dame du dernier étage s'est énervée parce que je « dérangeais le monde ». Ça arrive, mais pas très souvent. Sur ce palier, il me semble que le voisin ne m'a pas ouvert.

– Vous disiez tout à l'heure que Hålén avait déjà effectué le premier versement ?

L'homme ouvrit la mallette et montra un reçu. Il était daté du vendredi de la semaine précédente.

Wallander essaya de réfléchir.

– Combien de temps devait-il continuer à payer cette encyclopédie ?

– Deux ans. Il y a vingt volumes en tout.

Ça ne colle pas, pensa Wallander. Rien ne colle. Un homme qui songe à se suicider ne signe pas un contrat qui le lie pour deux ans.

– Quelle impression vous a-t-il faite ?

– J'ai peur de ne pas comprendre.

– Comment était-il ? Calme ? Soucieux ? Comment ?

– Il n'a pas dit grand-chose. Mais il était sincèrement intéressé par cette encyclopédie. Ça, j'en suis certain.

Wallander ne voyait pas d'autres questions à poser dans l'immédiat. Un crayon était posé sur l'appui de la fenêtre. Il fouilla ses poches à la recherche d'un papier. Il ne trouva que sa liste de courses. Il demanda à Holmberg d'y noter au verso son numéro de téléphone.

– Nous ne vous rappellerons sans doute pas, dit-il. Mais il nous faut un numéro où vous joindre. Au cas où.

– M. Hålén paraissait en pleine possession de ses moyens et en bonne santé, dit Holmberg. Que lui est-il arrivé exactement ? Et que va devenir notre contrat dans ces circonstances ?

– À moins que ses héritiers ne reprennent le contrat à leur compte, vous ne serez malheureusement pas indemnisé. Je peux vous assurer que M. Hålén est bien mort.

– Et vous ne pouvez toujours pas me dire ce qui s'est passé ?

– Malheureusement non.

– Ça paraît effrayant.

Wallander se leva, manière de signifier que l'entretien était clos.

Une fois debout, Holmberg s'attarda encore, sa mallette à la main.

– Est-ce que je peux montrer au commissaire un volume de mon encyclopédie ?

– Inspecteur, corrigea Wallander. Et je n'ai pas besoin d'encyclopédie. Du moins pas tout de suite.

Il le raccompagna jusqu'en bas de l'immeuble et attendit que Holmberg ait disparu au coin de la rue sur son vélo avant de remonter chez Hålén. Il se rassit à la table de la cuisine et passa en revue tout ce qu'il venait d'apprendre. La seule explication raisonnable était que Hålén avait pris la décision de se suicider de façon très impulsive. À moins qu'il n'ait été fou au point de vouloir jouer un mauvais tour à un pauvre représentant.

Un téléphone sonna dans le lointain. Il comprit avec retard que c'était le sien et se précipita dans son appartement. Voix de Mona.

– Je croyais que tu devais venir me chercher.

Wallander jeta un regard à sa montre et jura en silence. Il aurait dû être au port depuis un quart d'heure au moins.

– J'ai été pris par une enquête.

– Mais tu es de repos.

– Ils m'ont appelé.

– Il n'y avait vraiment personne d'autre ? Ça va être comme ça toute ta vie ?

– C'était exceptionnel.

– Tu as fait les courses ?

– Je n'ai pas eu le temps.

La déception de Mona était palpable.

– Je viens maintenant, dit-il. J'essaie de trouver un taxi et je t'emmène dîner dehors.

– Comment puis-je en être sûre ? Tu vas peut-être être appelé de nouveau dans cinq minutes…

– J'arrive tout de suite. Je te le promets.

– Je serai sur le banc devant le terminal. Je te laisse vingt minutes. Après, je rentre chez moi.

Il raccrocha et appela les taxis. Occupé. Il dut attendre près de dix minutes. Entre deux tentatives, il avait eu le temps de fermer à clé la porte de Hålén et de changer de chemise.

Il arriva au terminal des ferries trente-trois minutes plus tard. Mona n'était plus là. Elle habitait Södra Förstadsgatan. Il remonta à pied jusqu'à la place Gustav Adolfs Torg et l'appela d'une cabine. Pas de réponse. Cinq minutes plus tard, il essaya de nouveau. Cette fois, elle était rentrée.

– Quand je dis vingt minutes, c'est vingt minutes.

– Je n'ai pas pu avoir un taxi tout de suite. C'était occupé sans arrêt.

– Écoute, je suis fatiguée. On peut se voir un autre soir.

Il tenta de la convaincre, mais elle avait pris sa décision. La conversation tourna à l'aigre, elle finit par lui raccrocher au nez, et lui, de colère, replaça brutalement le combiné sur son socle. Deux collègues qui patrouillaient à pied dans le secteur lui jetèrent un regard désapprobateur. Ils ne l'avaient pas reconnu.

Il alla jusqu'au kiosque, un peu plus loin sur la place, et mangea un hot-dog assis sur un banc en regardant distraitement quelques mouettes se battre pour un bout de pain.

Mona et lui ne se disputaient pas souvent, mais il était perturbé chaque fois que ça arrivait. Au fond de lui, il savait que le lendemain elle aurait tout oublié et serait de nouveau comme d'habitude. Mais la raison n'avait aucune prise sur cette inquiétude. Elle le rongeait quand même.

De retour chez lui, il s'attabla dans la cuisine et essaya de faire le point sur les événements survenus dans l'appartement voisin. Ça ne le mena nulle part. En plus, il n'était pas sûr de lui. Comment s'y prenait-on au juste pour analyser une scène de crime ? Malgré le temps passé à l'école de police, il lui manquait trop de connaissances de base. Au bout d'une demi-heure, exaspéré, il jeta son crayon. Tout ça n'était qu'un échafaudage imaginaire. Hålén s'était suicidé. Le coupon de loto foot et les affirmations du représentant ne changeaient rien à cet état de fait. Il ferait mieux de regretter de s'être montré si peu loquace avec Hålén. Peut-être la solitude lui était-elle à la fin devenue intolérable ? Peut-être était-il mort de cela ?

Il marchait de long en large dans l'appartement. Inquiet, agité. Mona était déçue. Et il était la cause de cette déception.

Une voiture passa dans la rue. De la musique se déversait par les vitres ouvertes. *The House of the Rising Sun*. Cet air-là avait été très populaire quelques années plus tôt. Mais quel était le nom du groupe ? Il ne s'en souvenait pas. Les Kinks, peut-être ? Puis il pensa qu'à cette heure-là il entendait le téléviseur de Hålén à travers le mur, branché à faible volume. À présent, il n'y avait que le silence.

Il s'assit sur le canapé et posa les pieds sur la table basse. Songea à son père. Le manteau et le bonnet, les chaussures sans chaussettes. Il aurait pu faire un saut pour une partie de cartes. Mais il était fatigué. Il n'était que vingt-trois heures pourtant. Il alluma la télé. Comme d'habitude : un débat. Il mit un moment à réaliser que ces gens discutaient des avantages et des inconvénients du monde à venir. Celui des ordinateurs. Il éteignit le poste. Resta assis un moment encore avant de se lever, de se déshabiller en bâillant et de se coucher.

Il s'endormit vite.

Il ne sut jamais ce qui l'avait réveillé ; mais soudain il était là, les yeux ouverts dans son lit, tous les sens en alerte, guettant les bruits qui lui parvenaient de la claire nuit d'été. Quelque chose l'avait alerté. Quoi ? Peut-être le passage, dans la rue, d'une voiture au pot d'échappement cassé ? Le rideau bougeait doucement devant la fenêtre entrebâillée. Il ferma les yeux.

Puis il l'entendit. Le bruit, tout près de sa tête.

Il y avait quelqu'un chez Hålén. Retenant son souffle, il écouta. Il y eut un choc léger, comme si on déplaçait un objet. Peu après, le bruit d'un objet lourd qu'on traîne. Un meuble ? Il regarda le réveil. Trois heures moins le quart. Il colla son oreille contre le mur. Il commençait à croire qu'il avait tout imaginé quand il l'entendit de nouveau. Il y avait quelqu'un. C'était maintenant une certitude.

Il se redressa dans le lit en se demandant que faire. Appeler les collègues ? Personne n'avait de raison légitime de se trouver dans l'appartement de Hålén, à moins d'être de sa famille. À vrai dire, ils ne connaissaient pas la situation familiale de Hålén. Celui-ci avait pu donner un double de ses clés à quelqu'un dont ils ignoraient l'existence.

Il se leva, enfila son pantalon et sa chemise. Puis il se glissa, pieds nus, sur le palier. La porte de Hålén était fermée. Il tenait le trousseau à la main. Soudain il hésita sur ce qu'il devait faire. La seule attitude raisonnable était de sonner. Après tout, Hemberg lui avait confié les clés et, partant, une certaine responsabilité. Il enfonça le bouton. La sonnette résonna. Il attendit. Silence de mort à l'intérieur. Il sonna de nouveau. Pas de réaction. Au même instant il se rendit compte que la personne, quelle qu'elle soit, pouvait facilement sortir par une fenêtre. La distance jusqu'au sol était de deux mètres à peine. Il jura, dévala l'escalier, déboula dans la rue. L'appartement donnait sur l'angle de l'immeuble. La rue était déserte. L'une des fenêtres de Hålén était grande ouverte.

Il remonta et fit jouer la clé. Avant d'entrer, il appela pour signaler sa présence. Pas de réponse. Il alluma le plafonnier, traversa le vestibule et pénétra dans la pièce principale. Les tiroirs de la commode étaient ouverts. Il regarda autour de lui. La personne qui s'était introduite dans l'appartement cherchait manifestement quelque chose. Il s'approcha de la fenêtre, essaya de voir si elle avait été forcée. Il ne trouva rien. On pouvait en tirer deux conclusions. L'intrus, homme ou femme, avait la clé de l'appartement et ne souhaitait pas être identifié.

Il fit plus de lumière et regarda autour de lui. Manquait-il quelque chose ? La mémoire lui faisait défaut. Tous les objets tant soit peu remarquables étaient encore là : le scarabée du Brésil, les deux cahiers de marin, la photo de mariage… Mais la photo avait été sortie de l'enveloppe et traînait au sol. Il s'accroupit et l'examina. Quelqu'un avait tiré la photo de son enveloppe. La seule explication plausible était que la personne cherchait quelque chose qui pouvait tenir dans une enveloppe.

Il se releva et poursuivit ses recherches. Les draps avaient été arrachés du lit, la porte de la penderie était ouverte. L'un des deux costumes de Hålén était jeté à terre.

Quelqu'un a fouillé partout, pensa-t-il. Mais que cherchait-il ? Et a-t-il mis la main dessus avant que je ne sonne ?

Il alla dans la cuisine. Les placards étaient ouverts eux aussi. Une casserole était tombée. Peut-être était-ce cela qui l'avait réveillé ? Au fond, la réponse coulait de source. Si l'intrus avait trouvé ce qu'il cherchait, il serait parti. Et il n'aurait sans doute pas sauté par la fenêtre. Autrement dit, ce qu'il cherchait était toujours là. À supposer qu'il ne se soit pas trompé et qu'il y ait bien quelque chose à trouver.

Il retourna dans la pièce, considéra le sol maculé de traces de sang séché.

Que s'est-il passé ici ? Était-ce vraiment un suicide ?

Il continua son inspection. À quatre heures dix, il se résolut enfin à abandonner la partie et à aller se recoucher dans son propre appartement. Avant de s'endormir, il programma la sonnerie pour six heures. Sitôt arrivé au commissariat, il allait parler à Hemberg.

Le lendemain matin, Wallander dut courir jusqu'à l'abribus sous une pluie battante. Il avait dormi d'un sommeil inquiet dont il avait émergé bien avant la sonnerie du réveil. La pensée qu'il pourrait peut-être impressionner Hemberg par sa vigilance lui donnait des ailes ; couché dans son lit, il s'imaginait déjà dans la peau d'un enquêteur bien plus doué que la moyenne. Cela l'encourageait aussi dans son intention de dire à Mona sa façon de voir. Elle ne pouvait pas raisonnablement s'attendre à ce qu'un policier respecte les horaires à la minute quelle que soit la situation.

Il était sept heures moins quatre minutes quand il arriva trempé au commissariat. Hemberg avait la réputation d'être matinal. En effet : quand il demanda à la réception s'il était arrivé, on lui répondit qu'il était là depuis six heures du matin. Wallander se rendit dans le couloir de la brigade criminelle. La plupart des bureaux étaient encore déserts. Il frappa à la porte, la voix de Hemberg lui cria d'entrer. Il le trouva assis dans le fauteuil des visiteurs, en train de se couper les ongles. Hemberg fronça les sourcils en le reconnaissant.

– On avait rendez-vous ?

– Non. Mais j'ai un rapport à faire.

Hemberg se leva, posa ses ciseaux au milieu des stylos, contourna son bureau et prit place dans son fauteuil.

– Si ça prend plus de cinq minutes, tu peux t'asseoir.

Wallander resta debout. Il lui dit ce qui s'était passé. En commençant par le vendeur d'encyclopédies et en enchaînant sur les incidents de la nuit. Impossible de savoir si Hemberg l'écoutait avec intérêt ou non. Son visage ne trahissait rien.

– Et voilà, conclut Wallander. J'ai pensé que je devais t'en faire part au plus vite.

Hemberg lui fit signe de s'asseoir. Puis il attira à lui un bloc-notes, choisit un stylo et nota le nom et le numéro de téléphone de Holmberg. Wallander se promit de se souvenir du bloc-notes. Hemberg ne se servait donc ni de bouts de papier épars, ni de procès-verbaux.

– Cette visite nocturne est étrange, dit-il ensuite. Mais sur le fond, ça ne change rien. Hålén s'est suicidé. L'autopsie et l'examen balistique nous le confirmeront.

– Mais qui est entré chez lui cette nuit ?

Hemberg haussa les épaules.

– Tu as toi-même donné une réponse possible. Quelqu'un avait les clés, et souhaitait récupérer quelque chose dans l'appartement. La rumeur va vite. Les gens ont vu les voitures de police et l'ambulance. La mort de Hålén est devenue publique en moins de deux heures.

– C'est quand même étrange que la personne ait sauté par la fenêtre.

Hemberg sourit.

– Elle t'a peut-être pris pour un cambrioleur.

– Un cambrioleur qui sonne à la porte ?

– C'est une manière courante de vérifier si les gens sont chez eux.

– À trois heures du matin ?

Hemberg jeta son crayon et se carra dans son fauteuil.

– Tu ne parais pas convaincu par mes arguments, dit-il, sans cacher son irritation.

Wallander comprit qu'il était allé trop loin et battit en retraite.

– Bien sûr que si.

– Parfait. Alors nous en resterons là. Tu as bien fait de passer me voir. Je vais envoyer deux bonshommes examiner le désordre. Ensuite il ne restera plus qu'à attendre le rapport médico-légal et le rapport technique. Après quoi, nous pourrons ranger Hålén dans un classeur et l'oublier.

Hemberg posa la main sur le téléphone pour signifier que l'entretien était clos. Wallander quitta la pièce. Il se sentait idiot. Un idiot qui avait dérapé. Que s'était-il imaginé ? Avoir flairé un meurtre ? Il descendit dans son bureau en se persuadant que Hemberg avait raison. Pour sa part, il n'avait rien de mieux à faire qu'oublier Hålén et continuer à être, pour un moment encore, un agent de police consciencieux.

Ce soir-là, Mona vint le voir à Rosengård. Ils dînèrent et Wallander lui demanda pardon d'être arrivé trop tard. Mona accepta ses excuses. Ils veillèrent tard, en parlant du mois de juillet où ils devaient prendre deux semaines de vacances ensemble. Ils n'avaient toujours pas décidé ce qu'ils feraient. Mona était employée dans un salon de coiffure et ne gagnait pas grand-chose. Son rêve était d'ouvrir un jour son propre salon. Le salaire de Wallander était modeste, lui aussi. Mille huit cent quatre-vingt-seize couronnes mensuelles très exactement. Il ne possédait pas de voiture et ils allaient devoir calculer soigneusement leur budget s'ils voulaient faire durer l'argent jusqu'à la fin du voyage.

Il lui avait proposé de partir en randonnée dans les montagnes de Laponie. Il n'avait encore jamais mis les pieds au nord de Stockholm. Mona, elle, voulait aller dans un endroit où on pouvait se baigner. Ils s'étaient informés pour savoir si leurs économies communes leur permettraient de s'offrir un voyage à Majorque. Résultat, non, c'était trop cher. Alors Mona avait suggéré Skagen, au Danemark. Elle y avait passé des vacances quand elle était petite et n'avait jamais oublié les plages fabuleuses. Ce soir-là, elle lui dit qu'elle avait téléphoné et que plusieurs pensions de famille bon marché avaient encore des chambres libres. Ils tombèrent d'accord avant de s'endormir. Ils iraient à Skagen. Mona réserverait une chambre dès le lendemain pendant que Wallander se renseignerait de son côté sur les horaires de train au départ de Copenhague.

Le lendemain soir, 5 juin, Mona rendit visite à ses parents qui habitaient Staffanstorp. Wallander, lui, prit quelques heures pour jouer au poker avec son père. Exceptionnellement, celui-ci était d'humeur enjouée. Il s'abstint même, fait unique, de critiquer son fils sur son choix professionnel. Quand par-dessus le marché il réussit à le plumer de presque cinquante couronnes, sa bonne humeur atteignit de tels sommets qu'il alla chercher une bouteille de cognac.

– Un jour j'irai en Italie, déclara-t-il au moment de trinquer. Et je veux aussi, une fois dans ma vie, visiter les pyramides d'Égypte.

– Pourquoi ?

Son père le dévisagea en prenant son temps.

– Quelle question remarquablement idiote. Il est évident qu'il faut voir Rome avant de mourir. Et les pyramides. Ça tombe sous le sens.

– Combien de Suédois, à ton avis, ont les moyens d'aller en Égypte ?

Son père feignit de ne pas avoir entendu la question.

– Je te rassure, ça ne veut pas dire que j'ai l'intention de mourir tout de suite après. Par contre, je vais bientôt aller habiter dans une maison à Löderup.

– Ah oui ? Et comment crois-tu pouvoir te payer une maison ?

– C'est déjà fait.

Wallander ouvrit de grands yeux.

– Que veux-tu dire ?

– J'ai déjà acheté et payé la maison. Svindala 12 : 24, c'est la référence.

– Mais je ne l'ai même pas vue !

– Ce n'est pas toi qui vas y habiter.

– Et toi ? Tu y es allé ?

– Je l'ai vue en photo, c'est bien assez. Je ne me déplace pas inutilement. Ça empiéterait sur mon travail.

Wallander était consterné. Son père s'était fait avoir. Comme par le passé, quand il vendait ses tableaux à vil prix à ces personnages douteux qui débarquaient chez eux au volant de leurs grosses américaines rutilantes, et qui avaient longtemps été ses seuls acquéreurs ou presque.

– Eh bien, réussit-il à dire. Pour une nouvelle, c'est une nouvelle. A-t-on le droit de savoir quand tu prévois d'emménager ?

– Le camion arrive vendredi.

– Tu as l'intention de déménager cette semaine ?

– Oui. La prochaine fois, on jouera au poker en pleine boue scanienne.

Wallander écarta les mains comme pour souligner le désordre ambiant.

– Et quand comptes-tu faire tes cartons ?

– Je pars du principe que tu n'auras pas le temps de m'aider. C'est pourquoi j'ai demandé à ta sœur de le faire.

– Si je comprends bien, si je n'étais pas venu ce soir, à ma prochaine visite j'aurais trouvé une maison vide ?

– C'est ça.

Wallander tendit son verre. Son père ne lui accorda qu'une demi-rasade de cognac.

– Je ne sais même pas où se trouve Löderup. C'est de ce côté-ci d'Ystad ou plus loin ?

– C'est de ce côté-ci de Simrishamn.

– Tu ne veux pas répondre à ma question ?

– J'ai déjà répondu.

Le père se leva pour ranger la bouteille de cognac. Puis il désigna le jeu de cartes.

– On refait une partie ?

– Je n'ai plus d'argent. Mais je vais essayer de passer dans la semaine pour t'aider à remplir tes cartons. Combien l'as-tu payée, cette maison ?

– J'ai déjà oublié.

– Mais ce n'est pas possible ! Tu n'es pas riche à ce point !

– Non. L'argent ne m'intéresse pas, c'est tout.

49

Wallander comprit qu'il n'obtiendrait rien de plus. Il était vingt-deux heures trente. Il devait rentrer chez lui et dormir. Mais il n'arrivait pas à partir. C'était dans cet endroit qu'il avait passé son enfance. Avant cela, la famille habitait à Klagshamn. Mais il n'en avait pas de réel souvenir.

– Qui va vivre ici après toi ?

– J'ai entendu dire que la maison serait démolie.

– Ça n'a pas l'air de t'affecter. Combien d'années as-tu vécu ici ?

– Dix-neuf. C'est bien assez.

– Eh bien, on ne peut pas t'accuser d'être sentimental. Est-ce que tu te rends compte au moins qu'on parle de la maison où j'ai grandi ?

– Une maison est une maison, c'est tout. Maintenant, j'en ai assez de la ville. Je veux vivre à la campagne. Là-bas, je serai tranquille pour peindre et pour préparer mes voyages en Égypte et en Italie.

Wallander rentra à Rosengård à pied. Le ciel était plein de nuages. Il s'aperçut que la perspective du déménagement de son père et la possible démolition de la maison de son enfance l'inquiétaient.

Je suis sentimental, pensa-t-il. Peut-être est-ce pour ça que j'aime l'opéra. Mais peut-on être à la fois sentimental et un bon flic ?

Le lendemain, il appela les chemins de fer et se renseigna sur les horaires danois en prévision de leurs vacances. La pension de famille où Mona avait réservé une chambre paraissait agréable. La journée se passa à patrouiller dans le centre de Malmö avec un collègue. Il lui semblait sans cesse reconnaître la fille qui l'avait engueulé dans le café. Il attendait impatiemment le jour où il pourrait enfin ranger son uniforme. Partout, les regards qui se tournaient vers lui exprimaient la répugnance ou le mépris – surtout ceux de son âge. Son collègue de patrouille, un gros type inerte qui s'appelait Svanlund, parlait en boucle de son départ à la retraite l'année suivante et de son projet de retourner s'installer dans la ferme de ses ancêtres du côté de Hudiksvall. Wallander l'écoutait sans l'écouter en marmonnant un vague commentaire de temps à autre. Ils firent sortir quelques types ivres d'un terrain de jeux. À part ça, pas d'incident notable, sinon que Wallander commençait à avoir mal aux pieds. C'était la première fois, bien qu'il eût passé tant d'heures et de jours de sa jeune vie de flic à effectuer ce genre de ronde. Il se demanda si c'était lié à son désir de plus en plus pressant de rejoindre la brigade criminelle. De retour chez lui, il remplit d'eau chaude la bassine à vaisselle. Lorsqu'il plongea les pieds dedans, une sensation de bien-être se répandit dans tout son corps.

Il ferma les yeux et se mit à penser aux vacances qui l'attendaient. Là-bas, ils auraient le temps, Mona et lui, de parler tranquillement de leurs projets d'avenir. Et il espérait consigner bientôt son uniforme aux oubliettes et monter à l'étage de Hemberg.

Il s'assoupit dans le fauteuil. La fenêtre était entrebâillée. Quelqu'un devait être en train de brûler du bric-à-brac dans la cour. Il percevait comme une odeur de fumée. Ou peut-être du bois sec ? Ça crépitait vaguement…

Il ouvrit les yeux. Qui aurait l'idée saugrenue de faire brûler quoi que ce soit dans la cour de l'immeuble ? Et il n'y avait pas de villa, pas de jardin à proximité.

Au même instant, il vit la fumée.

Elle arrivait du palier et s'insinuait sous sa porte. Il se leva brusquement, renversant la bassine d'eau chaude. Il ouvrit sa porte et sortit sur le palier. La cage d'escalier était remplie de fumée. Pourtant, son origine ne faisait aucun doute pour lui.

L'incendie se déchaînait dans l'appartement de Hålén.

Après coup, Wallander se dirait qu'il avait pour une fois agi de façon en tout point conforme au règlement. Il s'était rué dans son appartement pour alerter les pompiers, puis avait grimpé l'escalier quatre à quatre et frappé à la porte de Linnea Almqvist, qu'il avait fait descendre dans la rue, en l'empoignant résolument par le bras malgré ses protestations. Une fois dehors, il avait vu qu'il avait une blessure ouverte au genou. Il avait trébuché sur la bassine en revenant chez lui pour appeler les pompiers et son genou avait heurté le bord de la table. Il saignait.

Le feu avait été maîtrisé rapidement ; il n'avait pas eu le temps de se propager. Wallander était allé voir le chef des pompiers pour savoir s'il pouvait se prononcer sur l'origine de l'incendie, mais l'autre l'avait snobé. Furieux, il était remonté chez lui chercher sa carte de police. Le chef, qui s'appelait Faråker, était un homme d'une soixantaine d'années au teint coupe-rosé et à la voix de stentor.

– Tu aurais pu me le dire tout de suite. Je ne pouvais pas deviner.

– J'habite là. C'est moi qui ai donné l'alerte.

Il lui raconta ce qui était arrivé à Hålén.

– Il meurt beaucoup trop de gens, répondit Faråker sur un ton sans réplique.

Wallander ne sut pas comment interpréter ce commentaire.

– Mais ça signifie que l'appartement était vide, insista-t-il.

– Bon, dit Faråker. Apparemment, ça a démarré dans l'entrée. À se demander si ce n'était pas un incendie criminel.

Wallander le dévisagea.

– Comment peux-tu dire ça dès maintenant ?

– L'expérience, dit Faråker.

Il se retourna pour distribuer quelques ordres.

– Tu verras, ajouta-t-il ensuite en commençant à bourrer une vieille pipe.

– Si c'est ça, il faut appeler la brigade criminelle.

– Ils arrivent.

Wallander entreprit d'aider les collègues occupés à refouler les badauds.

– Deuxième incendie aujourd'hui, lui dit un policier du nom de Wennström. Ce matin, c'était un chantier de bois du côté de Limhamn.

Wallander se demanda si ce pouvait être son père qui avait décidé de mettre le feu à sa maison maintenant qu'il allait déménager. Mais il fut interrompu dans ses réflexions.

Une voiture venait de freiner au bord du trottoir. Un homme en sortit et Wallander eut la surprise de reconnaître Hemberg, qui lui fit signe d'approcher.

– J'ai entendu l'appel, dit-il. Lundin était déjà en route. Mais j'ai reconnu l'adresse, alors j'ai pris le relais.

– Le chef des pompiers soupçonne un incendie criminel.

Hemberg fit la grimace.

– Les gens croient un tas de choses. Ça fait quinze ans que je fréquente Faråker. Peu importe si le feu prend dans une cheminée ou un moteur de voiture, pour lui tous les incendies sont d'origine criminelle. Suis-moi, tu pourras éventuellement apprendre quelque chose.

Wallander ne se fit pas prier.

– Alors ? demanda Hemberg à Faråker.

– Criminel.

Faråker paraissait très sûr de lui. Wallander devina l'existence d'une hostilité profonde et réciproque entre les deux hommes.

– L'occupant de l'appartement est mort. Qui voudrait mettre le feu chez lui ?

– Ça, c'est ton affaire. Je dis juste que c'est un incendie volontaire.

– On peut entrer ?

Faråker appela un de ses hommes, qui donna son feu vert. L'incendie était maîtrisé et le plus gros de la fumée évacué. Ils pénétrèrent dans l'appartement. Le vestibule ressemblait à un trou noir, mais le feu n'avait pas franchi la tenture masquant l'entrée de la pièce principale. Faråker indiqua un endroit près de la porte.

– Ça a commencé là. Ça a couvé, puis a pris gentiment. Il n'y a aucun câble électrique, comme tu peux le voir, rien qui ait pu prendre feu tout seul.

Hemberg s'accroupit et huma l'air.

– Possible que tu aies raison pour une fois, dit-il en se relevant. Je sens quelque chose. Peut-être de l'essence.

– Si c'était ça, l'incendie aurait eu une autre allure.

– Quelqu'un a donc glissé quelque chose par la fente destinée au courrier ?

– Sans doute, oui.

Faråker repoussa du pied le débris calciné qui avait été le tapis de l'entrée.

– Je ne pense pas que ç'ait été du papier, dit-il. Plutôt un bout de tissu. Ou de la bourre.

Hemberg eut un geste résigné.

– C'est quand même un monde, de flanquer le feu chez un mort.

– C'est ton affaire, répéta Faråker.

– On va devoir dire aux techniciens d'y jeter un coup d'œil.

L'espace d'un instant, Hemberg parut soucieux. Puis il se tourna vers Wallander.

– Tu m'offres un café ?

Ils traversèrent le palier. Hemberg considéra la bassine renversée et la flaque d'eau.

– Tu as essayé d'éteindre l'incendie toi-même ?

– Je prenais un bain de pieds.

– Ah ? fit Hemberg avec intérêt.

– J'ai mal aux pieds, parfois.

– Ça, c'est parce que tu n'as pas les chaussures qu'il faut. Moi, j'ai patrouillé dix ans et je n'ai jamais eu mal aux pieds.

Il s'attabla pendant que Wallander préparait le café.

– Tu as entendu quelque chose ? Du bruit dans l'escalier ?

– Non.

Wallander se sentait gêné d'admettre qu'il dormait cette fois encore.

– S'il y avait eu quelqu'un, tu l'aurais entendu ?

Il choisit d'éluder.

– En général, on entend la porte de l'immeuble se refermer. Ça, je l'aurais sans doute entendu. À moins que la personne n'ait retenu la porte.

Il posa sur la table un paquet de biscuits. Il n'avait rien d'autre à proposer pour accompagner le café.

– C'est tout de même bizarre, dit Hemberg. D'abord Hålén se suicide. Ensuite quelqu'un s'introduit la nuit dans son appartement. Et maintenant une tentative d'incendie.

– Ce n'était peut-être pas un suicide.

– J'ai parlé au légiste aujourd'hui. Tout indique un suicide parfait. Ce Hålén devait avoir la main sûre. Il a visé juste. Droit au cœur. Aucune hésitation. Le médecin n'a pas tout à fait fini, mais il n'y a pas lieu de chercher une autre cause à son décès. La question est plutôt de savoir ce qu'on cherchait dans l'appartement. Et pourquoi on a essayé d'y mettre le feu. On peut supposer qu'il s'agit de la même personne.

Il fit signe à Wallander qu'il voulait encore du café et enchaîna :

– Tu as un avis ? Vas-y. Montre-moi si tu es capable de raisonner.

Wallander ne s'attendait pas du tout à une telle proposition.

– L'individu, homme ou femme, qui est venu l'autre nuit cherchait quelque chose, commença-t-il. Mais je pense qu'il ne l'a pas trouvé.

– Parce que tu l'as dérangé ? Et que, sinon, il serait parti avant ?

– Oui.

– Que cherchait-il ?

– Je n'en sais rien.

– Et ce soir, quelqu'un essaie de mettre le feu. Supposons que ce soit le même individu. Qu'est-ce que cela signifie ?

Wallander réfléchit.

– Prends ton temps, dit Hemberg. Si on veut devenir un bon enquêteur, on doit apprendre à réfléchir méthodiquement. Ça veut dire lentement.

– Peut-être ne voulait-il pas que quelqu'un d'autre trouve ce que lui-même n'avait pas réussi à trouver ?

– Pourquoi « peut-être » ?

57

– Il peut y avoir une autre explication.

– Laquelle ?

Wallander chercha fébrilement une deuxième hypothèse.

– Je ne sais pas, dit-il enfin. Je ne trouve pas d'autre explication. En tout cas pas maintenant.

Hemberg prit un biscuit.

– Moi non plus, dit-il. Ce qui signifie que la solution est peut-être encore dans l'appartement. Sans que nous ayons réussi à la découvrir. Si ça s'était arrêté à la visite nocturne, cette enquête se serait terminée avec les résultats de l'examen balistique. Après cet incendie, il va sans doute falloir retourner y faire un tour.

– Hålén n'avait-il vraiment aucune famille ?

Hemberg repoussa sa tasse et se leva.

– Passe me voir demain, je te montrerai le rapport.

Wallander hésita.

– Je ne sais pas si j'aurai le temps. Nous avons une intervention prévue dans tous les parcs de Malmö.

– Je vais en parler à ton chef, dit Hemberg. Ça devrait pouvoir s'arranger.

Dès huit heures, le lendemain, 7 juin, Wallander parcourut le dossier contenant tout ce que Hemberg avait rassemblé concernant Hålén. C'était maigre, pour dire le moins. Hålén n'avait pas de fortune, mais pas davantage de dettes. Il semblait avoir vécu uniquement de sa pension de retraité. Sa seule parente signalée était une sœur, décédée en 1967 à Katrineholm. Les parents étaient morts longtemps auparavant.

Il lisait ce rapport dans le bureau de Hemberg pendant que celui-ci était en réunion. Il revint peu après huit heures trente.

– Tu as trouvé quelque chose ?

– Comment quelqu'un peut-il être aussi seul ?

– On se le demande. Mais ça ne nous donne aucune réponse. Viens, on va à l'appartement.

Au cours de la matinée, les techniciens passèrent le studio de Hålén au peigne fin. L'homme qui dirigeait le travail était un petit type maigrichon qui ne parlait presque pas. Il s'appelait Sjunnesson et, dans la police scientifique suédoise, c'était une légende.

– S'il y a quelque chose à trouver, il le trouvera, dit Hemberg. Observe et apprends.

Un collègue entra et communiqua un message à Hemberg, qui disparut.

– Un type s'est pendu dans un garage du côté de Jägersro, dit-il en revenant.

Il disparut de nouveau. À son retour, il s'était fait couper les cheveux.

À quinze heures, Sjunnesson mit un point final aux recherches.

– Il n'y a rien, dit-il. Pas d'argent, pas de drogue. Rien du tout.

– Alors c'est juste quelqu'un qui a cru qu'il y avait quelque chose, dit Hemberg. Et qui s'est trompé. Il est temps de clore l'affaire.

Wallander le suivit dans la rue.

– On doit savoir quand il faut arrêter. C'est peut-être le plus important de tout.

Après l'avoir quitté, Wallander remonta chez lui et appela Mona. Ils convinrent de se retrouver dans la soirée. Une copine lui avait prêté sa voiture, elle passerait le prendre à dix-neuf heures chez lui, ils iraient faire un tour.

– Allons à Helsingborg, proposa-t-elle.

– Pourquoi ?

– Parce que je n'y suis jamais allée.

– Moi non plus. Je m'arrange pour être rentré avant dix-neuf heures. Et on ira à Helsingborg.

Il n'y eut jamais d'excursion automobile ce soir-là. Le téléphone sonna chez lui peu avant dix-huit heures. C'était Hemberg.

– Viens, dit-il. Je suis dans mon bureau.

– J'ai d'autres projets, dit Wallander.

– Je croyais que tu voulais savoir ce qui était arrivé à ton voisin. Viens, je vais te montrer quelque chose. Ça ne prendra pas longtemps.

La curiosité fut la plus forte. Il appela Mona mais elle n'était pas chez elle.

J'ai le temps, pensa-t-il. Je n'ai pas franchement les moyens de prendre un taxi, mais tant pis. Il déchira un bout de sac en papier et écrivit qu'il serait de retour à dix-neuf heures. Puis il appela les taxis. Cette fois, on lui répondit aussitôt. Il punaisa le mot sur sa porte et partit pour le commissariat. Hemberg était dans son bureau, les pieds sur la table.

Il fit signe à Wallander de s'asseoir.

– On s'est trompés, dit-il. Il y a une possibilité qu'on n'avait pas envisagée. Sjunnesson n'a pas commis d'erreur. Il n'y avait rien dans l'appartement de Hålén. Mais il y *avait eu* quelque chose.

Wallander ne comprenait rien.

– J'admets que je me suis fait avoir, dit Hemberg. Hålén avait emporté ce qu'il y avait à trouver dans l'appartement.

– Mais il est mort ?

Hemberg hocha la tête.

– Le légiste a appelé. Il a découvert un truc intéressant dans son estomac.

Hemberg ôta ses pieds du bureau. Puis il sortit d'un tiroir un petit carré d'étoffe qu'il déplia avec précaution sous le nez de Wallander.

60

Il contenait des pierres. Des pierres précieuses. Wallander n'aurait pas pu dire de quelle variété il s'agissait.

– Juste avant que tu n'arrives, j'ai fait venir un joaillier. Il les a examinées rapidement. Ce sont des diamants. Probablement issus de mines sud-africaines. Il a dit qu'ils valaient une petite fortune. Et Hålén les avait avalés.

– C'était ça, le contenu de son estomac ?

Hemberg hocha la tête.

– Pas étonnant qu'on ne les ait pas trouvés…

– Mais pourquoi ? Quand ?

– La deuxième question est peut-être la plus importante. D'après le médecin, il les aurait avalés deux heures avant de se tuer – ou, si tu préfères, deux heures avant que ses intestins ne cessent de fonctionner. Qu'est-ce que cela signifie, à ton avis ?

– Qu'il avait peur.

– Exact.

Hemberg repoussa les diamants et posa de nouveau ses pieds sur la table. Wallander perçut une odeur de transpiration.

– Résume-moi la situation, dit Hemberg.

– Je ne sais pas si je peux.

– Essaie !

– Hålén a avalé les pierres parce qu'il avait peur que quelqu'un les lui vole. Ensuite il s'est tiré une balle dans le cœur. La personne qui est venue l'autre nuit cherchait les diamants. Mais ça n'explique pas l'incendie.

– Ne peut-on pas voir les choses sous un autre angle ? proposa Hemberg. Si tu modifies un peu les mobiles de Hålén – qu'est-ce que ça donne ?

Wallander comprit soudain où il voulait en venir.

– Il n'avait peut-être pas peur. Il avait peut-être juste décidé de ne jamais se séparer de ces pierres.

Hemberg acquiesça.

– On peut tirer une deuxième conséquence. Quelqu'un savait que Hålén avait ces diamants en sa possession.

– Et Hålén savait que ce quelqu'un savait.

Hemberg acquiesça d'un air satisfait.

– Ça vient. Tu es franchement très lent, mais ça vient.

– Ça n'explique pas l'incendie.

– On doit toujours se demander ce qui est le plus important. Voilà la question décisive. Où est le centre ? Le noyau ? L'incendie peut être une manœuvre de diversion. Ou l'acte de quelqu'un qui est en colère.

– Qui ?

Hemberg haussa les épaules.

– Difficile de répondre. Hålén est mort et nous ne savons pas comment il s'est procuré ces pierres. Si je vais voir le procureur avec ce qu'on a là, il me rira au nez.

– Que vont devenir ces diamants ?

– Ils reviennent à la fondation qui gère les héritages en l'absence d'héritiers. Quant à nous, nous pouvons tamponner notre rapport sur la mort de Hålén et l'envoyer au fonds des archives.

– Cela veut dire que l'incendie ne fera pas l'objet d'une enquête ?

– Une enquête, oui, mais pas trop poussée. Il n'y a pas de raison.

Hemberg s'était levé et approché d'une armoire qui occupait toute la longueur d'un mur. Il l'ouvrit à l'aide d'une clé qu'il avait sortie de sa poche. Puis il fit signe à Wallander d'approcher et lui montra quelques dossiers rangés à part et entourés d'un élastique.

– Je te présente mes compagnons. Trois meurtres qui ne sont pour l'instant ni élucidés, ni prescrits. Ce n'est pas moi qui en suis chargé. On les passe en revue une fois par an, ou si de nouveaux éléments surviennent. Ce que tu vois là ce ne sont pas les originaux, mais des copies. Il m'arrive d'y jeter un coup d'œil. Il m'arrive aussi d'en rêver. La plupart des collègues ne sont pas comme ça. Ils font leur boulot et après, quand ils rentrent chez eux, ils oublient tout. Mais il y a une autre catégorie. Celle des types comme moi. Incapables de lâcher ce qui n'a pas été bien résolu. Figure-toi que je me les trimballe même quand je pars en vacances. Je parle de ces trois meurtres. Une fille de dix-neuf ans : Ann-Louise Franzén, 1963. On l'a trouvée étranglée derrière des buissons au bord de la bretelle d'accès de l'autoroute vers le nord. Leonard Johansson, 1963 lui aussi. Dix-sept ans. Quelqu'un lui a écrasé la tête avec une pierre. On l'a trouvé sur une plage au sud de la ville.

– Je me souviens de lui, dit Wallander. Est-ce qu'on ne soupçonnait pas une bagarre qui aurait dégénéré, à propos d'une fille ?

– Oui. On a interrogé son rival pendant des années mais on n'a jamais réussi à le coincer. D'ailleurs je ne crois pas que c'était lui.

Hemberg montra le dernier dossier.

– Une autre fille. Lena Moscho. Vingt ans. 1959. L'année où je suis arrivé à Malmö. On lui a coupé les mains et on l'a enterrée dans un fossé au bord de la route vers Svedala. C'est un chien qui l'a découverte, à l'odeur. Elle avait été violée. Elle vivait avec ses parents à Jägersro. Une fille tout ce qu'il y a de bien, qui étudiait la médecine – parmi tous les métiers possibles. C'était en avril. Elle est partie acheter le journal et elle n'est jamais revenue. On a mis cinq mois à la retrouver.

Hemberg secoua la tête.

– Tu verras bien à quelle catégorie tu appartiens, dit-il en refermant l'armoire. Ceux qui oublient. Ou ceux qui n'oublient pas.

– Je ne sais même pas si je suis capable de faire ce métier.

– En tout cas, tu en as envie. C'est un bon début.

Hemberg enfila sa veste. Wallander s'aperçut soudain qu'il était presque dix-neuf heures.

– Je dois y aller !

– Je peux te ramener en voiture, dit Hemberg. Si tu te calmes cinq minutes.

– C'est que… je suis pressé.

Hemberg haussa les épaules.

– Au moins, maintenant, tu sais ce que Hålén avait dans le ventre.

Wallander eut de la chance. Il réussit à héler un taxi devant le commissariat. Quand il arriva à Rosengård, il était dix-neuf heures passées de neuf minutes. Il espérait que Mona serait en retard. Mais, en voyant le mot sur sa porte, il comprit que non. Elle avait griffonné un message sous le sien :

Ça va toujours être comme ça entre nous ?

Wallander prit le papier. La punaise tomba et roula sur les marches. Il ne prit pas la peine d'aller la ramasser. Dans le meilleur des cas, elle se fixerait à la semelle de Linnea Almqvist.

Ça va toujours être comme ça entre nous ? Wallander comprenait parfaitement l'impatience de Mona. Elle n'avait pas les mêmes attentes que lui par rapport à sa vie professionnelle. Le rêve du salon de coiffure ne deviendrait pas réalité avant longtemps.

Une fois chez lui et affalé dans le canapé, il éprouva du remords. Il devrait consacrer plus de temps à Mona. Au lieu de continuellement miser sur sa patience. L'appeler maintenant ne servirait à rien. Elle était en route vers Helsingborg, avec la voiture de sa copine.

Soudain il fut saisi d'inquiétude : tout ça était peut-être une erreur. Avait-il vraiment réfléchi à ce que cela impliquerait de partager sa vie avec Mona ? D'avoir des enfants avec elle ?

Il se raisonna. Quand on sera à Skagen, on aura le temps de parler. De se parler vraiment. On aura tout le temps du monde. Sur une plage, on ne peut pas être en retard.

Il regarda la pendule. Dix-neuf heures trente. Il alluma la télé. Comme d'habitude un avion s'était écrasé quelque part. Ou alors c'était un train qui avait déraillé. Il alla à la cuisine tout en suivant les infos d'une oreille distraite et chercha en vain une bière. Le frigo ne contenait qu'un soda à moitié bu. Son envie d'alcool devint très palpable. Il eut l'impulsion de retourner en ville et de s'asseoir dans un bar, n'importe lequel. Il y résista en se disant qu'il n'avait pas d'argent pour ça. Pourtant ce n'était encore que le début du mois.

Il réchauffa le café qui restait dans la cafetière et pensa à Hemberg. Hemberg avec ses affaires irrésolues enfermées dans une armoire. Deviendrait-il comme lui ? Ou saurait-il oublier le travail en rentrant chez lui à la fin de la journée ? Je n'aurai pas le choix, de toute façon. Ou alors Mona va devenir folle.

Son regard tomba sur le trousseau de clés. Il le ramassa et le posa distraitement sur la table. Quelque chose surgit dans sa tête au même instant. En lien avec Hålén.

La serrure supplémentaire. Qu'il avait fait installer peu de temps avant sa mort. Comment fallait-il interpréter cela ? De la peur, peut-être. Et pourquoi la porte était-elle entrebâillée quand Wallander l'avait trouvé ?

Trop de choses clochaient. Hemberg avait beau affirmer qu'il s'agissait d'un suicide, le doute le rongeait.

Il était de plus en plus persuadé que ce suicide cachait une réalité qu'ils n'avaient pas même effleurée. Suicide ou non, il y avait autre chose.

Il dénicha un bloc-notes dans un tiroir et s'assit pour noter les points qui continuaient de le tarauder. La serrure supplémentaire. Le coupon de loto foot. La porte entrebâillée. Pourquoi ? Qui était venu l'autre nuit ? Pourquoi l'incendie ?

Il tenta de se rappeler ce qu'il avait lu dans les cahiers de marin. Rio de Janeiro, il s'en souvenait. Mais était-ce la ville ou le nom d'un bateau ? Il avait vu aussi mentionnées Göteborg et Bergen. Puis il se rappela avoir lu le nom de Saint Louis. Où était-ce ? Il alla chercher son vieil atlas scolaire dans l'armoire. Il n'était plus très sûr de l'orthographe. Était-ce Saint Louis ou Saint Luis ? Les États-Unis ou le Brésil ? En feuilletant l'index de l'atlas il aperçut soudain le nom São Luis et eut aussitôt la certitude que c'était ça.

Il parcourut de nouveau sa liste. Y a-t-il quelque chose que je ne vois pas ? Un lien, une explication ou, comme disait Hemberg, un centre ?

Il ne trouvait rien.

Le café avait refroidi. Plein d'impatience, il retourna à son canapé. Encore un débat à la télé. Cette fois un groupe de gens à cheveux longs discutait de la nouvelle pop anglaise. Il éteignit le poste et mit un disque. Linnea Almqvist frappa immédiatement trois coups au plafond. Réprimant son envie de monter le volume à fond, il ôta le disque de la platine.

Le téléphone sonna au même moment. C'était Mona.

– Je suis à Helsingborg, dit-elle. Dans une cabine téléphonique, devine où ? Devant le terminal des ferries.

– Je suis désolé d'être arrivé en retard.

– Laisse-moi deviner. On t'a appelé à la dernière minute ?

– Oui. La brigade criminelle. Je n'y travaille pas encore, pourtant ils m'ont fait venir.

Il espérait qu'elle serait un peu impressionnée, mais, à son silence, il comprit qu'elle ne le croyait pas. Le silence fit un aller et retour entre Malmö et Helsingborg.

– Tu ne voudrais pas passer chez moi ? risqua-t-il.

– On ferait mieux de faire une pause. Une semaine. Ou plus.

Wallander sentit une chape de froid descendre sur lui. Mona était-elle en train de le quitter ?

– Je pense que ça vaut mieux, dit-elle.

– Je croyais qu'on devait partir en vacances ensemble.

– Mais oui. Si tu n'as pas changé d'avis.

– Bien sûr que non.

– Ce n'est pas la peine de hausser le ton. Tu peux me rappeler dans une semaine, si tu veux. Pas avant.

Il répondit dans l'espoir de la garder encore en ligne. Mais elle avait déjà raccroché.

Il passa le reste de la soirée à sentir croître la panique. Rien ne lui faisait aussi peur que la perspective d'être abandonné. Au prix d'un effort extrême, il réussit à ne pas rappeler Mona après minuit – heure à laquelle elle devait raisonnablement être rentrée chez elle. Il alla se coucher mais se releva aussitôt. Le ciel lumineux de la nuit d'été était soudain plein de menace. Il fit frire des œufs qu'il ne mangea pas. Il était cinq heures quand il s'assoupit enfin. Mais il se réveilla quelques minutes après.

Une idée venait de le frapper.

Le coupon de loto foot.

Hålén devait faire valider ses coupons quelque part. Si ça se trouve, au même endroit chaque semaine. Dans la mesure où il s'éloignait rarement de chez lui, ce devait être chez un marchand de tabac du quartier.

Il ne savait pas ce que ça pourrait donner. Probablement rien du tout.

Il résolut cependant de suivre son impulsion. Ne serait-ce que pour creuser une petite distance entre la panique et lui.

Il dormit deux ou trois heures d'un sommeil agité. Le jour suivant était un dimanche. Wallander le consacra à ne rien faire.

Le lundi 9 juin, il fit quelque chose qu'il n'avait jamais fait. Il appela le commissariat et se déclara malade. Il inventa une grippe intestinale. Mona en avait eu une la semaine précédente. À sa propre surprise, il n'éprouvait pas le moindre scrupule.

Le temps était couvert mais il ne pleuvait pas quand il quitta l'immeuble vers neuf heures. Le vent soufflait, la température avait chuté. L'été n'était pas encore arrivé en Scanie.

Il y avait dans le quartier deux marchands de tabac qui validaient les coupons de jeu. Le premier se trouvait au coin de sa rue. En entrant, il pensa qu'il aurait dû emporter une photo de Hålén. L'homme derrière le comptoir était un Hongrois qui était arrivé en Suède en 1956, mais dont le suédois restait très approximatif. Il reconnut Wallander, qui avait l'habitude d'acheter ses cigarettes chez lui. Il en prit d'ailleurs deux paquets.

– Tu prends les coupons de loto foot ? demanda-t-il quand il eut payé.

– Je croyais que tu ne jouais qu'à la loterie nationale.

– Est-ce qu'Artur Hålén venait valider ses coupons de loto foot chez toi ?

– Qui ?

– L'homme qui est mort dans l'incendie de l'autre jour.

– Il y a eu un incendie ?

Wallander s'expliqua, mais, lorsqu'il entreprit de décrire physiquement Hålén, le Hongrois secoua la tête.

– Ça ne me dit rien. Il devait aller chez quelqu'un d'autre.

Dehors, il s'était mis à pleuvoir, une pluie fine. Il hâta le pas. Il songeait sans cesse à Mona. Le deuxième marchand de tabac n'avait pas davantage eu affaire à Hålén. Wallander, abrité sous la saillie d'un balcon, se demanda ce qu'il fabriquait au juste. Hemberg jugerait sans doute que je ne suis pas tout à fait sain d'esprit, pensa-t-il.

Il poursuivit son chemin. Le tabac suivant était distant d'un kilomètre. Il regretta de ne pas avoir emporté son imperméable. En arrivant à la boutique, située à côté d'une supérette, il dut attendre son tour. La vendeuse était une fille de son âge. Elle était belle. Il ne la quitta pas du regard pendant qu'elle cherchait pour un client un vieux numéro d'une revue de motards. Il avait le plus grand mal à ne pas tomber amoureux de la première belle femme qui croisait son chemin. L'inquiétude et la pensée de Mona le quittèrent tout à fait. Tout en achetant un troisième paquet de cigarettes, il se demanda si elle était comme toutes ces femmes qui prenaient tout de suite leurs distances dès qu'il déclarait être de la police. Ou si elle se rangeait à l'avis de la majorité de la population, qui estimait encore que les policiers étaient pour la plupart des gens à la fois nécessaires et honnêtes. Il risqua le tout pour le tout.

– J'ai quelques questions, dit-il après avoir payé. Je suis inspecteur de la brigade criminelle et mon nom est Kurt Wallander.

– Ah bon, fit la vendeuse.

Elle n'avait pas l'accent de la ville.

– Tu n'es pas de Malmö, n'est-ce pas ?

– C'était ça, ta question ?

– Non.

– Je suis de Lenhovda.

Wallander ne savait pas où ça se trouvait. Peut-être dans le Blekinge, la province voisine ? Mais il n'insista pas. Il passa directement à Hålén et aux coupons de loto foot. Elle avait entendu parler de l'incendie. Wallander lui décrivit la physionomie de Hålén. Elle réfléchit.

– Peut-être, dit-elle ensuite. Est-ce qu'il parlait lentement ? Sans faire de bruit, ou comment dire…

Wallander hésita, puis hocha la tête. Ça pouvait coller.

– Je crois qu'il jouait de petites grilles de trente-deux lignes.

Elle acquiesça.

– Oui, dit-elle. Il venait ici. Une fois par semaine. Il jouait en alternance une grille de trente-deux et une de soixante-quatre.

– Tu te souviens de son apparence ?

– Il avait une veste bleue, dit-elle sans hésiter.

70

Wallander se rappelait que Hålén portait presque toujours, chaque fois qu'il le croisait, une veste bleue à fermeture éclair. Cette femme avait bonne mémoire. Et une bonne dose de curiosité.

– Il a fait quelque chose ?

– Pas à notre connaissance.

– J'ai entendu dire que c'était un suicide.

– C'est vrai. Mais l'incendie était d'origine criminelle.

Je ne devrais pas dire ça, pensa-t-il. On n'en a pas la certitude.

– Il avait toujours le compte juste pour payer. Pourquoi veux-tu savoir s'il déposait ses coupons ici ?

– Pure routine. Te rappelles-tu autre chose le concernant ?

Sa réponse le prit au dépourvu.

– Il avait l'habitude d'utiliser le téléphone.

Elle montra l'appareil, posé sur une tablette à côté de l'endroit où l'on pouvait choisir parmi différents coupons de jeu.

– Souvent ?

– Chaque fois. D'abord il me remettait son coupon et il payait. Puis il téléphonait et revenait ensuite payer sa communication.

Elle se mordit la lèvre.

– Il y avait un truc bizarre. Je me souviens d'y avoir pensé une fois.

– Quoi donc ?

– Il attendait toujours qu'un autre client soit entré dans la boutique avant de composer le numéro. Il ne téléphonait jamais quand nous étions seuls, lui et moi.

– Il ne voulait pas que tu entendes ce qu'il disait ?

Elle haussa les épaules.

– Faut croire qu'il ne voulait pas être dérangé. C'est toujours le cas quand on téléphone, non ?

71

– Tu n'as jamais surpris un bout de conversation ?

– Oh, si, ce n'est pas comme si on n'entendait plus rien sous prétexte qu'on est occupée à servir un client.

Sa curiosité était décidément très utile.

– Et que disait-il ?

– Pas grand-chose. La conversation ne durait jamais longtemps. Il indiquait une heure, je crois. C'est à peu près tout.

– C'est-à-dire ?

– J'avais l'impression qu'il convenait d'un horaire avec quelqu'un. Et il regardait sa montre.

Wallander réfléchit.

– Venait-il un jour précis de la semaine ?

– Toujours le mercredi après-midi. Entre quatorze heures et quinze heures, ou peut-être un peu plus tard.

– Achetait-il quelque chose ?

– Non.

– Comment se fait-il que tu t'en souviennes avec une telle précision ? Tu dois avoir un tas de clients…

– Je ne sais pas. Je crois qu'on se souvient de bien plus de choses qu'on ne le croit. Il suffit que quelqu'un vous interroge et ça vous revient.

Wallander avait observé ses mains ; elle ne portait pas d'alliance. Il avait envie de l'inviter à boire un verre. La panique revint au même instant.

Comme si Mona avait pu lire dans ses pensées.

– Autre chose ? demanda-t-il.

– Non. Mais je suis sûre qu'il parlait à une femme.

– Ah bon ? Comment peux-tu le savoir ?

– C'est le genre de chose qu'on entend tout de suite.

Il n'y avait aucune hésitation dans sa voix.

– Tu veux donc me dire que Hålén appelait d'ici chaque semaine pour convenir d'un horaire avec une femme ?

– Et alors ? Il était vieux, d'accord, mais ça n'empêche pas.

Wallander acquiesça. Elle avait raison, bien sûr, et dans ce cas il avait appris une chose importante. Il y avait eu, tout compte fait, une femme dans la vie de Hålén.

– Bien, dit-il. Autre chose ?

Avant qu'elle ait pu répondre, la clochette de la boutique tinta. Wallander attendit, le temps que deux petites filles choisissent avec le plus grand soin de quoi remplir deux sachets de bonbons, qu'elles payèrent ensuite avec une quantité inimaginable de pièces de cinq *öre*.

– Cette femme avait peut-être un nom qui commençait par un A, dit-elle après leur départ. Il parlait toujours à voix basse, je l'ai déjà dit, mais bon. Peut-être s'appelait-elle Anna. Ou peut-être était-ce un nom composé. Qui commençait par A, quoi qu'il en soit.

– Tu en es certaine ?

– Presque.

Wallander n'avait plus qu'une question :

– Venait-il toujours seul ?

– Oui.

– Tu m'as été d'une aide très précieuse.

– Peut-on savoir le pourquoi de toutes ces questions ?

– Malheureusement non. Nous en posons beaucoup, mais nous répondons rarement à celles des autres.

– Je devrais peut-être essayer d'intégrer l'école de police. En tout cas, je n'ai pas l'intention de rester toute ma vie dans cette boutique.

Wallander se pencha par-dessus le comptoir et nota son numéro de téléphone personnel sur un petit bloc-notes posé à côté de la caisse.

– Appelle-moi, dit-il. Passe me voir et je te raconterai comment c'est, d'être dans la police. D'ailleurs, j'habite le quartier.

– Wallander, lut-elle. C'est bien ça ?

– Kurt Wallander.

– Je m'appelle Maria. Mais ne va rien t'imaginer. J'ai déjà un petit ami.

– Je n'ai pas pour habitude de m'imaginer quoi que ce soit, dit-il en souriant.

Un petit ami, ça peut toujours s'évincer, pensa-t-il quand il fut dans la rue. Puis il s'arrêta net. Qu'arriverait-il si elle le prenait au mot ? Si elle l'appelait ? Et si elle l'appelait quand Mona était chez lui ? Il se demanda ce qu'il fabriquait au juste. En même temps, il ne put s'empêcher d'éprouver une certaine satisfaction.

C'était bien fait pour elle. Qu'il ait donné son numéro de téléphone à une fille. Qui s'appelait Maria et qui était franchement belle.

Comme pour le punir du péché à peine entrevu, la pluie s'intensifia. Il pleuvait à torrents. Le temps de rentrer chez lui, il était trempé jusqu'aux os. Il posa les paquets de cigarettes mouillés sur la table de la cuisine et se déshabilla entièrement. *C'est maintenant que Maria devrait être ici. À m'essuyer. Pendant que Mona coupe les cheveux de ses clientes. Entre deux pauses.*

Il enfila son peignoir et nota sur son bloc ce que lui avait appris Maria. Hålén avait donc eu pour habitude de téléphoner à une femme chaque mercredi. Une femme dont le nom commençait par la lettre A. Le prénom, plus exactement, sans doute. La question maintenant était juste de savoir ce que cela pouvait signifier, en dehors du fait que le mythe du vieil homme seul avait été pulvérisé.

Il s'assit à la table de la cuisine et relut ce qu'il avait écrit la veille. Soudain une pensée le frappa. Il devait exister quelque part un registre de la marine. Qui pourrait lui apprendre quelque chose sur les longues années que Hålén avait passées en mer. Les bateaux sur lesquels il avait servi, etc.

Il connaissait quelqu'un qui aurait pu l'aider. Helena. Helena, qui travaillait pour une boîte de transport maritime. Elle devrait au moins pouvoir me dire où chercher. Si elle ne me raccroche pas au nez...

Il n'était pas encore onze heures. Par la fenêtre de la cuisine, il vit que la grosse averse était finie. Helena ne déjeunait jamais avant midi trente. Il aurait le temps de la cueillir avant.

Il enfila des vêtements secs et prit le bus jusqu'à la gare centrale. Le bureau de Helena se trouvait dans la zone portuaire. Il franchit la porte du bâtiment ; la réceptionniste le reconnut.

– Helena est là ?

– Elle est au téléphone. Tu peux monter, tu sais où c'est.

Wallander grimpa l'escalier jusqu'au deuxième non sans appréhension. Cette irruption risquait de la mettre dans une colère noire. Il se calma en pensant qu'elle serait surtout étonnée. Il en profiterait pour lui préciser qu'il venait pour un motif purement professionnel. Ce n'était pas l'ex-petit ami Kurt Wallander qu'elle devait voir en lui, mais le futur enquêteur du même nom.

Helena Aronsson, assistante, lut-il sur la plaque. Il prit une profonde inspiration et frappa. « Entrez », cria la voix de Helena. Il entrebâilla la porte. Elle n'était plus au téléphone. Elle leva la tête. Il avait vu juste. Sa surprise était totale, mais elle ne paraissait pas fâchée.

– Toi ? Qu'est-ce que tu fais là ?

– Je viens pour une affaire de police. Je crois que tu peux m'aider.

Elle s'était levée, l'air déjà hostile.

– Sincèrement, Helena. Rien de privé, je te le jure.

Elle était sur ses gardes.

– Que veux-tu ?

– Je peux m'asseoir ?

– À condition que ça ne prenne pas trop de temps.

Le même langage de pouvoir que Hemberg. On devait rester debout et se sentir inférieur, pendant que ceux qui avaient le pouvoir restaient assis. Il prit place néanmoins, en se demandant comment il avait pu être si désespérément amoureux de cette femme.

À présent, le seul souvenir qu'il avait d'elle, c'était précisément son côté raide et hostile.

– Je vais bien, annonça-t-elle. Alors pas la peine de m'interroger là-dessus.

– Moi aussi, je vais bien.

– Qu'est-ce que tu me veux ?

Wallander soupira à cause de ce ton sec qu'elle prenait, sans raison. Puis il lui résuma les événements.

– Toi qui travailles ici, conclut-il, tu devrais savoir comment je peux en apprendre plus sur le passé de Hålén, pour quelles boîtes il travaillait, sur quels bateaux.

– Moi, je m'occupe de fret, dit Helena. On loue des bateaux et des emplacements pour le compte de Kockums et de Volvo. C'est tout.

– Quelqu'un doit savoir.

– La police n'a-t-elle pas les moyens de se procurer les informations directement ?

Il avait prévu cette question, et donc aussi sa réponse.

– Il s'agit d'une enquête, disons, parallèle. Pour des raisons que je ne peux dévoiler.

76

Il sentit qu'elle ne le croyait pas vraiment. En même temps, elle parut amusée.

– Je peux interroger un collègue. On a ici un ancien commandant. Que me donneras-tu en échange ?

Il répondit le plus aimablement qu'il put.

– Qu'est-ce qui te ferait plaisir ?

Elle secoua la tête.

– Rien.

– Je n'ai pas changé de numéro, dit-il en se levant.

– Moi si. Et je ne te le donnerai pas.

Quand il fut dans la rue, il s'aperçut qu'il transpirait. La rencontre avec Helena avait été plus éprouvante qu'il ne voulait bien l'admettre. Il hésitait à retourner chez lui. S'il avait eu plus d'argent, il aurait pu se payer la traversée jusqu'à Copenhague. Et il ne devait pas oublier qu'il était en arrêt de travail. Quelqu'un pouvait l'appeler pour vérifier qu'il était chez lui. Il valait mieux ne pas s'absenter trop longtemps. Et il avait de plus en plus de mal à justifier, à ses propres yeux, tout ce temps qu'il consacrait à son voisin mort. Il entra dans un café situé en face du terminal des ferries et, après avoir compté ses sous, il commanda un plat du jour. Le lendemain il lui faudrait passer à la banque. Il avait encore mille couronnes sur son compte. Ça devrait suffire pour le mois. Il mangea son ragoût et but de l'eau.

À treize heures, il était de nouveau dans la rue. D'autres averses n'allaient pas tarder à arriver, à en juger d'après l'allure du ciel au sud-ouest. Il résolut de rentrer chez lui. Puis il aperçut un bus qui allait dans la direction de la banlieue où vivait son père et monta à bord. Il pouvait bien lui accorder une heure ou deux pour l'aider à faire ses cartons.

Il le trouva assis au milieu d'un chaos indescriptible, coiffé d'un chapeau de paille troué, en train de lire le journal. Le vieux parut surpris de le voir.

– Tu as arrêté ?

– De quoi parles-tu encore ?

– Tu as récupéré ta santé mentale ? Tu as démissionné ?

– Je suis de repos. Et ça ne sert à rien d'aborder ce sujet. On ne sera jamais d'accord.

– J'ai trouvé un journal qui date de 1949. Il y a beaucoup de choses intéressantes à lire dedans.

– Tu es en plein déménagement et tu prends le temps de lire les journaux d'il y a vingt ans ? Je rêve.

– Je me rattrape. Je n'ai pas eu le temps de le lire à l'époque, entre autres parce que j'avais un gamin qui hurlait toute la journée.

– Je suis venu t'aider à faire tes cartons.

Le père indiqua une table surchargée de vaisselle.

– Ça, dit-il, il faut le ranger dans des caisses. Mais il faut que ce soit bien fait. Rien ne doit tomber. Si je trouve une assiette cassée, tu me la rembourses.

Le père retourna à sa lecture. Wallander suspendit sa veste au portemanteau et commença à emballer la faïence. Des assiettes, des soucoupes et des tasses qui dataient de son enfance. Il découvrit dans le lot une tasse un peu ébréchée dont il se souvenait parfaitement. Derrière lui, son père tournait soigneusement les pages de son journal.

– Ça fait quel effet ? demanda Wallander.

– Quoi donc ?

– De déménager.

– C'est bien. Le changement, c'est agréable.

– Et tu n'as toujours pas vu la maison ?

– Non. Mais elle est très bien.

Soit mon père est fou, soit il devient sénile. Et je ne peux rien faire.

– Je croyais que Kristina devait venir ?

– Oui, elle est sortie faire les courses.

– J'aimerais bien la voir. Comment va-t-elle ?

– Bien. Elle a rencontré un type parfait.

– Elle l'a amené ?

– Non. Mais il a l'air bien sous tout rapport. Lui au moins, il va s'arranger pour me donner bientôt des petits-enfants.

– Comment s'appelle-t-il ? Que fait-il dans la vie ? Il faut vraiment te tirer les vers du nez !

– Il s'appelle Jens et il est chercheur en dialyse.

– Quoi ?

– Les reins. Tu as entendu parler de ça ? Les reins ? Il est chercheur. En plus, il adore tirer le petit gibier ; ça me paraît un type parfait.

Au même instant, Wallander laissa échapper une assiette qui se cassa proprement en deux en heurtant le sol. Le père ne leva pas la tête de son journal.

– Ça va te coûter cher.

Ce fut la goutte de trop. Wallander prit sa veste et partit sans un mot. Je n'irai pas le voir dans l'Österlen, pensa-t-il rageusement. Je ne mettrai plus jamais les pieds chez lui. Je ne comprends pas comment j'ai fait pour le supporter pendant toutes ces années. Maintenant ça suffit. Je n'en peux plus.

Il parlait tout haut sans s'en apercevoir. Un cycliste arc-bouté sur son guidon contre le vent lui jeta en passant un regard surpris.

Wallander rentra chez lui. La porte de Hålén était ouverte. Il entra. Un technicien esseulé rassemblait des restes de cendre.

– Je croyais que vous en aviez fini, dit Wallander, étonné.

– Sjunnesson est méticuleux.

La conversation resta sans suite. Wallander retourna sur le palier en cherchant ses clés. Linnea Almqvist surgit au même moment dans l'escalier. Elle remontait chez elle.

– C'est terrible, dit-elle. Pauvre homme. Si seul.

– Apparemment, il fréquentait une dame.

– Ah non, ça me paraît impensable. Je m'en serais aperçue.

– Sûrement. Mais il ne la fréquentait peut-être pas ici.

– Il ne faut pas dire du mal des morts, répondit-elle en attaquant la troisième volée de marches.

Curieux. Était-ce mal parler d'un mort que de dire qu'il avait eu une relation avec une femme ?

De retour dans sa cuisine, il ne put repousser davantage la pensée de Mona. Il devait l'appeler. Ou peut-être l'appellerait-elle de sa propre initiative dans la soirée ? Pour se débarrasser de son inquiétude, il entreprit de jeter de vieux journaux. Puis il s'attaqua à la salle de bains. Il dut frotter très longtemps : il y avait bien plus de vieille crasse incrustée qu'il ne lui avait semblé de prime abord. Il s'acharna pendant trois heures avant de s'estimer satisfait. Il était dix-sept heures quinze. Il mit des pommes de terre à cuire et commença à hacher un oignon.

Le téléphone sonna. Mona ! Son cœur battit plus vite.

Ce n'était pas Mona, mais une autre voix de femme. Elle dit son nom, Maria. Il mit quelques secondes à identifier la vendeuse qui l'avait charmé chez le marchand de tabac.

– J'espère que je ne te dérange pas, dit-elle. J'ai perdu le bout de papier où tu avais noté ton numéro, et tu n'es pas dans l'annuaire. J'aurais pu appeler les renseignements, mais j'ai fait simple, j'ai appelé le commissariat.

Wallander sursauta.

– Que leur as-tu dit ?

– Que je cherchais un policier du nom de Kurt Wallander, parce que j'avais des informations importantes à lui communiquer. Ils n'ont pas voulu me donner ton numéro privé. Mais j'ai insisté.

– Tu as demandé l'inspecteur criminel Wallander ?

– J'ai demandé Kurt Wallander. Quelle importance ?

– Aucune.

Il poussa un soupir de soulagement. Les rumeurs se répandaient vite au commissariat. Ça aurait pu lui causer des ennuis. Il imaginait très bien le genre de blague idiote qui aurait commencé à circuler, comme quoi Wallander se faisait passer pour un enquêteur de la brigade criminelle. Il ne voulait pas entamer sa carrière comme ça.

– Je ne te dérange pas, tu es sûr ? demanda-t-elle de nouveau.

– Pas du tout.

– J'ai réfléchi. À Hålén et à ses coupons de loto foot. D'ailleurs il ne gagnait jamais.

– Comment le sais-tu ?

– Ça m'amusait de voir la façon dont il misait. Pas que lui, d'ailleurs, d'autres clients aussi. Il n'avait vraiment aucune notion du football anglais.

Exactement ce qu'a dit Hemberg, pensa Wallander. Ce point-là fait apparemment l'unanimité.

– Mais après, j'ai repensé aux conversations téléphoniques. Et je me suis rappelé qu'il lui arrivait d'avoir un autre interlocuteur que cette femme.

L'attention de Wallander s'aiguisa.

– Qui d'autre ?

– Les taxis.

– Comment le sais-tu ?

– Bah, je l'ai entendu demander une voiture en donnant l'adresse du magasin.

Wallander réfléchit.

– Combien de fois est-ce arrivé ?

– Trois ou quatre. Toujours après avoir d'abord appelé l'autre numéro.

– Tu n'aurais pas par hasard entendu où il voulait se rendre ?

– Il ne l'a pas dit.

– Tu as bonne mémoire, dit Wallander, sincèrement admiratif. À quelles dates a-t-il donné ces coups de fil aux taxis ? Tu t'en souviens ?

– Bof. Enfin, c'était forcément un mercredi.

– Quand l'a-t-il fait pour la dernière fois ?

Aucune hésitation

– Il y a deux semaines.

– Tu en es certaine ?

– Bien sûr que oui. Il a appelé un taxi ce mercredi-là, on était le 28 mai. C'est la dernière fois que je l'ai vu.

– Bien, dit Wallander. Très bien.

– Ça t'aide ?

– Sûrement, oui.

– Et tu n'as toujours pas l'intention de me dire ce qui est arrivé ?

– Même si je le voulais, je ne le pourrais pas.

– Peut-être pourras-tu me le raconter après ?

Wallander accepta. Puis il conclut la conversation et réfléchit à ce qu'elle venait de lui apprendre. Qu'est-ce que cela signifiait ? Hålén avait eu une femme quelque part et, après l'avoir appelée, il commandait un taxi…

Il s'approcha de la gazinière et enfonça la pointe d'un couteau dans une pomme de terre. Pas encore cuite.

Puis il se rappela qu'il avait un ami chauffeur de taxi à Malmö. Ils avaient fait toute leur scolarité ensemble et ils étaient restés en contact au fil des ans. Il s'appelait Lars Andersson et Wallander se souvenait qu'il avait noté son numéro sur la page de garde de l'annuaire.

Banco ! Il le trouva tout de suite, et l'appela dans la foulée. Une voix féminine répondit. La femme d'Andersson, Elin – Wallander l'avait rencontrée à l'occasion. Il la salua et demanda à parler à Lars.

– Il travaille, dit-elle. Il sera là dans une heure à peu près.

– Tu peux lui dire de me rappeler ?

– Oui. Comment vont les petits ?

– Je n'ai pas d'enfants.

– Alors c'est un malentendu. Il me semblait que Lars m'avait dit que tu avais deux fils.

– Hélas non. Je ne suis même pas marié.

– Ça n'empêche pas d'avoir des enfants.

Il retourna à ses patates et à son oignon, et réussit à composer un repas avec les restes qui traînaient dans le frigo. Mona n'avait toujours pas appelé. Il pleuvait de nouveau. Il lui semblait entendre un accordéon quelque part. Il se demanda ce qu'il fabriquait au juste. Son voisin Hålén s'était suicidé après avoir avalé une poignée de cailloux. Quelqu'un avait ensuite cherché à s'emparer des diamants, avant de mettre le feu à l'appartement. Les fous, ce n'était certes pas ce qui manquait dans le monde, pas plus que les gens cupides. Mais le suicide n'était pas un crime. La cupidité non plus.

À dix-huit heures trente, Lars Andersson n'avait toujours pas rappelé. Wallander résolut d'attendre jusqu'à dix-neuf heures avant de réessayer.

L'autre le rappela à moins dix.

– On a toujours plus de clients quand il pleut. Ma femme m'a dit que tu avais cherché à me joindre…

– Oui. Je suis sur une enquête, et j'ai pensé que tu pourrais peut-être m'aider. J'essaie de retrouver un collègue à toi qui aurait eu une course le mercredi 28 mai, vers quinze heures. Le client a appelé de Rosengård. Je ne connais pas sa destination. Un certain Hålén.

– Il lui est arrivé un malheur ?

– Je ne peux rien te dire, dit Wallander en notant que son malaise augmentait chaque fois qu'il avait recours à ce faux-fuyant.

– Pas de problème, fit Andersson. Le central de Malmö est bien organisé. Donne-moi juste les détails, et je m'en occupe. Où veux-tu que je t'appelle ? Au commissariat ?

– Chez moi, ça vaut mieux. C'est moi qui m'occupe de l'affaire.

– De chez toi ?

– Aujourd'hui, oui.

– Je vais voir ce que je peux faire.

– Combien de temps ?

– Avec un peu de chance, ça va aller vite.

– Je suis chez moi, j'attends ton coup de fil.

Il donna à Andersson tous les détails qu'il avait. Puis il raccrocha et but un café. Mona n'avait toujours pas appelé. Il pensa à sa sœur. Et à la version qu'avait pu lui donner son père de son propre départ précipité – à supposer qu'il ait même pris la peine de mentionner sa visite. Kristina prenait souvent le parti de leur père. Wallander soupçonnait une certaine lâcheté de sa part ; qu'elle avait peur du vieux et de son humeur capricieuse.

Puis il regarda le journal télévisé. L'industrie automobile se portait bien, la Suède connaissait une embellie économique. Suivait un reportage sur une exposition canine. Il baissa le son. Il pleuvait toujours. Il lui semblait entendre des roulements de tonnerre au loin. Ou alors c'était un avion de la Metropolitan qui s'apprêtait à atterrir à Bulltofta.

Il était vingt et une heures dix quand Andersson le rappela.

– C'est bien ce que je pensais, annonça-t-il. L'ordre règne au central de Malmö.

Wallander attira à lui son bloc-notes et un crayon.

– La course allait de Rosengård à Arlöv. Il n'y a pas de nom précisé. Le chauffeur était un certain Norberg. On peut évidemment le retrouver et lui demander s'il se souvient du client.

– Il n'y a aucun risque d'erreur ?

– Personne d'autre n'a commandé une voiture pour cette adresse le mercredi 28 mai.

– Et il a demandé à être conduit à Arlöv ?

– Attends, je te donne l'adresse exacte. Smedsgatan 9. C'est à côté de la sucrerie. Un lotissement ancien de maisons mitoyennes.

– Ce n'est donc pas un immeuble ? Il n'y a qu'une seule famille, ou une seule personne, qui habite à ce numéro de la rue.

– On peut le supposer...

Wallander nota l'adresse.

– Bien joué, dit-il.

– Je peux faire mieux encore. Même si tu ne m'as pas interrogé là-dessus. Mais après cette course-là, il y en a eu une autre, de Smedsgatan vers le centre-ville cette fois. Le jeudi matin, à quatre heures. Le chauffeur s'appelait Orre. Mais lui, tu ne pourras pas le joindre. Il est en vacances à Majorque.

Quoi ? pensa Wallander. Les chauffeurs de taxi, eux, ont les moyens de partir à Majorque ? Par quel miracle ? Les courses au noir, peut-être ?

Bien entendu, il ne dit rien là-dessus à Andersson.

– Ça peut se révéler important.

– Tu n'as toujours pas de voiture ?

– Pas encore.

– Tu as l'intention d'aller là-bas ?

– Oui.

– Tu peux prendre une voiture de la police ?

– Bien sûr.

– Sinon je peux t'y conduire. Je n'ai rien de spécial à faire et ça fait longtemps qu'on ne s'est pas vus.

Wallander accepta sans hésiter et Lars Andersson s'engagea à passer le prendre une demi-heure plus tard. Pendant ce temps, il appela les renseignements pour découvrir l'identité d'un éventuel abonné domicilié à Smedsgatan 9, à Arlöv. On lui répondit que la personne était sur liste rouge.

Il pleuvait de plus en plus fort. Wallander enfila des bottes en caoutchouc et une veste imperméable. Il se posta à la fenêtre de la cuisine et vit bientôt une voiture apparaître au coin de la rue. Il n'y avait pas de signal lumineux sur le toit. Andersson avait pris sa voiture personnelle.

Entreprise de fou par temps de chien, pensa-t-il en fermant sa porte à clé. Mais ça vaut mieux que de tourner en rond en attendant l'appel de Mona. Et si jamais elle appelle, ce sera bien fait pour elle de voir que je suis sorti.

Lars Andersson se mit immédiatement à évoquer de vieux souvenirs. Wallander, lui, avait presque tout oublié. Andersson le fatiguait avec sa manie de ressasser l'enfance et l'école, comme si ça représentait le meilleur de sa vie – pour Wallander au contraire, cette époque avait été un quotidien tout gris, où seule l'histoire-géo avait réussi à éveiller un peu son intérêt. Ça ne l'empêchait pas de bien aimer Lars. Ses parents avaient tenu une boulangerie à Limhamn. Par périodes, Lars et lui avaient passé beaucoup de temps ensemble. Et c'était quelqu'un sur qui il avait toujours pu compter. Quelqu'un qui prenait l'amitié au sérieux.

Ils quittèrent Malmö et ne tardèrent pas à pénétrer dans la commune d'Arlöv.

– Tu viens souvent jusqu'ici ?

– Ça m'arrive. Surtout le week-end. Je conduis des gens qui ont passé la soirée à boire, à Malmö ou à Copenhague, et qui veulent rentrer chez eux.

– Tu as déjà eu des problèmes ?

Lars Andersson lui jeta un coup d'œil.

– Quel genre ?

– Agression, menace, que sais-je.

– Jamais. Une fois un type a voulu filer sans payer. Mais je l'ai rattrapé.

Ils étaient dans le centre d'Arlöv. Lars Andersson se rendit sans hésiter à la bonne adresse.

– Voilà, dit-il en pointant un doigt sur le pare-brise ruisselant. Smedsgatan, 9.

Wallander baissa sa vitre et plissa les yeux pour tenter d'apercevoir quelque chose malgré la pluie. Le 9 était la dernière maison d'une rangée de six. Une fenêtre était éclairée.

– Tu n'y vas pas ? demanda Andersson, surpris.

– Il s'agit de surveillance, éluda Wallander. Si tu m'attends un peu plus loin, je vais aller jeter un coup d'œil.

– Tu ne veux pas que je vienne avec toi ?

– Ce n'est pas nécessaire.

Wallander sortit de la voiture et releva la capuche de sa veste. Et maintenant ? Qu'est-ce que je fais ? Je sonne et je demande si c'est bien ici que M. Hålén est venu le mercredi 28 mai et s'il y est bien resté de trois heures de l'après-midi à quatre heures du matin ?

Et si c'est une histoire d'adultère ? Si c'est le mari qui m'ouvre ? Qu'est-ce que je dis ?

Il se sentait ridicule. Tout ça est idiot, complètement puéril. La seule chose que j'ai réussi à prouver, c'est qu'il y a bien une maison qui correspond à l'adresse Smedsgatan 9 à Arlöv.

Il ne put cependant résister à l'envie de traverser la rue. Il y avait une boîte aux lettres. Il essaya de lire le nom. Impossible. À grand-peine il réussit à frotter une allumette et à déchiffrer le nom avant que la pluie n'éteigne la flamme.

Alexandra Batista. Jusque-là, Maria la buraliste confirmait son parcours sans faute : le prénom commençait bien par un A. Hålén avait donc appelé une certaine Alexandra. Restait à savoir si elle vivait seule ou entourée d'une famille. Il jeta un regard par-dessus la clôture à la recherche de ballons, de vélos d'enfants ou autres signes révélateurs. Il ne vit rien.

Il contourna la maison. De l'autre côté s'étendait un terrain en friche. Quelques tonneaux rouillés étaient empilés derrière un pan de clôture effondré. Il n'y avait rien d'autre. L'arrière de la maison était plongé dans le noir. La seule fenêtre éclairée était celle de la cuisine donnant sur la rue. Avec le sentiment croissant d'être embarqué dans une entreprise absurde et condamnable, il résolut d'aller jusqu'au bout. Enjambant la clôture basse, il traversa la pelouse au pas de course. Si quelqu'un me voit, il va appeler la police, pensa-t-il. Je me ferai arrêter et ce sera la fin de ma carrière.

Il décida de laisser tomber. Il pourrait se procurer le numéro de téléphone de la famille Batista dès le lendemain matin. Si c'était une femme qui décrochait, il lui poserait peut-être quelques questions. Si c'était un homme, il pourrait toujours raccrocher.

La pluie avait diminué d'intensité. Il essuya son visage ruisselant. Il s'apprêtait à revenir par le même chemin quand il découvrit que la porte de la véranda était entrebâillée. Ils ont peut-être un chat, se dit-il. Qui veut pouvoir rentrer tout seul.

En même temps, ça ne lui paraissait pas tout à fait normal. Une intuition diffuse, mais impossible à repousser. Il s'approcha de la porte à pas de loup et écouta. La pluie avait presque cessé. Au loin, un poids lourd s'éloignait. De l'intérieur de la maison, il ne percevait pas un bruit. Quittant la véranda, il contourna la bâtisse dans l'autre sens.

La fenêtre était toujours éclairée et, vit-il, entrebâillée elle aussi, comme la porte de la véranda. Il se plaqua contre la façade et écouta. Silence compact. Alors, prudemment, il se hissa sur la pointe des pieds et jeta un coup d'œil à l'intérieur.

Il faillit crier. Une femme, assise sur une chaise, le regardait droit dans les yeux. Il s'enfuit en direction de la rue. D'un instant à l'autre, quelqu'un allait apparaître sur le perron et appeler au secours. Ou alors les voitures de police étaient déjà en route, sirènes hurlantes. Il courut jusqu'à la voiture d'Andersson et s'engouffra à l'avant.

– Qu'est-ce qui se passe ?

– Démarre !

– Quelle direction ?

– Démarre, je te dis. On rentre à Malmö.

– Il y avait quelqu'un ?

– Pas de questions. Démarre, c'est tout.

Lars Andersson obéit. Ils se retrouvèrent sur la route de Malmö. Wallander, encore secoué, pensait à la femme et à l'horrible fixité de son regard.

De nouveau il eut la sensation que ce n'était pas normal.

– Arrête-toi dès que tu peux.

Andersson s'arrêta sur l'aire suivante. Wallander restait muet.

– Tu ne voudrais pas me dire un peu ce qui se passe ? demanda prudemment Andersson.

Il ne répondit pas. Le visage de cette femme…

– Fais demi-tour.

– Vers Arlöv ?

À son ton, il comprit qu'Andersson commençait à en avoir assez.

– Je t'expliquerai plus tard. Retourne à la même adresse. Si tu as un taximètre, tu peux t'en servir.

– Je ne fais quand même pas payer mes amis, bordel !

Andersson était furieux.

Ils retournèrent vers Arlöv en silence. Il ne pleuvait plus. La rue était toujours aussi déserte. Pas de voitures de police, pas de réactions indignées. Rien du tout. Juste cette lumière dans la cuisine.

Il poussa le portail avec précaution. Alla à la fenêtre. Inspira profondément.

Si c'était ce qu'il croyait, ça allait être très désagréable.

Il se hissa en s'agrippant au rebord de la fenêtre. La femme était toujours assise sur la même chaise et le regardait avec une expression inchangée.

Il contourna la maison et ouvrit la porte de la véranda. À la lumière de l'éclairage municipal, il distingua une lampe sur une table. Il l'alluma. Puis il ôta ses bottes et se rendit dans la cuisine.

La femme ne se tourna pas vers lui. Assise sur sa chaise, elle regardait toujours vers la fenêtre.

Autour du cou, elle portait une chaîne à vélo maintenue dans la nuque par le manche d'un marteau.

Le cœur de Wallander battait à se rompre.

Il dénicha le téléphone dans l'entrée et appela le commissariat de Malmö.

Il était vingt-deux heures quarante-cinq.

Il demanda à parler à Hemberg. On l'informa que celui-ci avait quitté le commissariat à dix-huit heures.

Il insista pour avoir son numéro personnel et l'appela dans la foulée.

Ce fut Hemberg en personne qui décrocha. Wallander entendit à sa voix qu'il le réveillait.

Il lui dit ce qu'il en était.

Une femme était assise sur une chaise dans un lotissement à Arlöv, et elle était morte.

3

Hemberg arriva à Arlöv peu après minuit. L'équipe technique était déjà sur place. Wallander avait renvoyé Andersson chez lui sans plus d'explications. Puis il s'était planté devant le portail pour attendre la première voiture de police. Un inspecteur de la brigade criminelle du nom de Stefansson, qui avait le même âge que lui, vint à sa rencontre.

– Tu la connaissais ?

– Non.

– Qu'est-ce que tu fais là, alors ?

– C'est ce que je vais expliquer à Hemberg.

Stefansson lui jeta un regard méfiant. Mais il n'insista pas.

Hemberg, à peine arrivé, se rendit tout droit à la cuisine. Il demeura longtemps sur le seuil à observer la morte. Wallander vit que son regard faisait lentement le tour de la pièce. Après être resté ainsi immobile un long moment, il se tourna vers Stefansson, dont toute l'attitude signalait qu'il avait le plus grand respect pour lui.

– Savons-nous de qui il s'agit ?

Ils allèrent dans le séjour. Stefansson avait ouvert un sac à main et découvert une carte d'identité.

– Alexandra Batista-Lundström, lut-il. Nationalité suédoise. Née au Brésil en 1922. Apparemment, elle est arrivée ici après la guerre. Elle a été mariée à un Suédois du nom de Lundström. Ils ont divorcé en 1957. À ce moment-là, elle avait déjà la nationalité suédoise. Elle a abandonné le nom de Lundström par la suite. J'ai trouvé un livret de Caisse d'épargne au seul nom de Batista.

– Avait-elle des enfants ?

Stefansson fit non de la tête.

– Apparemment, personne ne vivait ici avec elle. On a parlé à un voisin. Elle habite là depuis la construction du lotissement.

Hemberg opina du bonnet et se tourna vers Wallander.

– Je propose qu'on monte à l'étage. Et qu'on laisse les techniciens travailler en paix.

Stefansson fit mine de les suivre, mais Hemberg l'en dissuada. Au premier, ils découvrirent trois chambres. La chambre à coucher d'Alexandra Batista ; une autre qui était vide à l'exception d'une grande armoire ; et une chambre d'amis. Hemberg se laissa tomber sur le lit de la chambre d'amis et fit signe à Wallander de s'asseoir sur la chaise qui occupait le coin de la pièce.

– En fait je n'ai qu'une question, dit-il. À ton avis, laquelle est-ce ?

– J'imagine que tu veux savoir ce que je faisais là.

– Je formulerais sans doute la chose avec un peu plus de vigueur. Comment bordel de merde t'es-tu retrouvé ici ?

– C'est une longue histoire.

– Abrège. Mais n'oublie aucun détail.

Wallander lui raconta tout. Le coupon de loto foot, les coups de fil, les taxis… Hemberg l'écoutait, le regard rivé au sol. Quand Wallander eut fini, il resta un moment silencieux avant de reprendre la parole.

– Dans la mesure où tu as découvert un meurtre, je dois évidemment te féliciter. Ton entêtement est d'un calibre plus qu'honorable. Et ta faculté de raisonnement aussi. À part cela, cette entreprise est totalement répréhensible du début à la fin. Il n'y a absolument aucune place, dans le travail de police, pour des enquêtes parallèles secrètes menées en solitaire, où on se fixe ses missions à soi-même. Je ne le dirai qu'une fois.

Wallander hocha la tête. Il avait compris.

– Tu as fabriqué autre chose ? À part suivre la piste qui t'a conduit ici à Arlöv ?

Wallander avoua son contact avec Helena, de l'entreprise de transport maritime.

– Et à part ça ?

– Rien.

Wallander s'attendait à un savon. Mais Hemberg se contenta de se lever du lit et lui fit signe de le suivre.

Il se retourna dans l'escalier.

– J'ai cherché à te joindre aujourd'hui. Pour te dire qu'on a reçu les conclusions de l'expertise balistique. Elle n'a rien donné d'autre que ce que nous attendions. On m'a dit que tu étais malade…

– J'avais mal au ventre ce matin. Je crois que c'était une gastro.

Hemberg le toisa avec ironie.

– Elle n'a pas duré longtemps dans ce cas. Bon. Comme tu parais à peu près rétabli, tu peux rester avec moi cette nuit et, éventuellement, apprendre quelque chose. Ne touche à rien, ne dis rien. Contente-toi de mémoriser tout ce que tu verras.

À trois heures trente, on emporta le corps. Sjunnesson était arrivé à Arlöv peu après une heure du matin. Wallander s'était demandé comment ce type pouvait avoir l'air si reposé en pleine nuit. Hemberg, Stefansson et un troisième enquêteur avaient exploré la maison de façon méthodique en ouvrant tiroirs et placards, et réuni une quantité de documents qui s'empilaient au fur et à mesure sur la table. Wallander avait aussi suivi une conversation entre Hemberg et un médecin légiste du nom de Jörne. Il confirma que la femme avait été étranglée. D'après l'examen préliminaire, elle avait probablement aussi reçu un coup à l'arrière de la tête. Hemberg avait dit au médecin que leur priorité était de connaître avec précision le moment du décès.

– À mon avis, répondit Jörne, elle a passé quelques jours sur cette chaise.

– Combien ?

– Je ne joue pas aux devinettes. Il va falloir attendre le rapport.

Après sa conversation avec Jörne, Hemberg se tourna vers Wallander.

– Tu comprends pourquoi j'ai posé cette question ?

– Tu veux savoir si elle est morte avant Hålén ou après ?

Hemberg acquiesça.

– Si elle est morte avant, ça nous donnerait un possible mobile au suicide. Il n'est pas rare qu'un meurtrier se donne la mort.

Hemberg s'était assis sur le canapé du séjour. Stefansson, debout dans l'entrée, parlait au photographe de la police.

– Il y a au moins une chose de sûre, dit Hemberg après un silence. Cette femme a été tuée alors qu'elle était assise sur cette chaise. On l'a frappée à la tête avant de l'étrangler. Il y a des traces de sang au sol et sur la toile cirée. Cela nous donne quelques points de départ.

Hemberg se tut sans le quitter des yeux. Il me teste, pensa Wallander. Il veut savoir ce que je vaux.

– Ça indiquerait qu'elle connaissait son meurtrier.

– Exact. Mais encore ?

Wallander réfléchit. Quelle autre conclusion pouvait-on en tirer ? Il renonça, fit non de la tête.

– Tu dois apprendre à te servir de tes yeux. Y avait-il quelque chose sur la table ? Une tasse ? Plusieurs ? Comment était-elle habillée ? Elle connaissait son meurtrier, d'accord. Supposons, par souci de simplicité, que c'était un homme. De quelle façon le connaissait-elle ?

Wallander comprit. Cela l'irrita de ne pas y avoir pensé tout de suite.

– Elle était en chemise de nuit et en robe de chambre. En général, quand on reçoit de la visite, on n'est pas habillé comme ça.

– Comment était sa chambre à coucher ?

– Le lit était défait.

– Conclusion ?

– On peut supposer qu'elle avait une liaison avec son meurtrier.

– Mais encore ?

– Il n'y avait pas de tasses sur la table. Par contre, on a trouvé sur la paillasse des verres qui attendaient d'être lavés.

– On va les faire analyser, dit Hemberg. Qu'avaient-ils bu ? Y a-t-il des empreintes ? Les verres vides racontent beaucoup d'histoires intéressantes.

Il se leva lourdement. Wallander vit soudain toute sa fatigue.

– Nous savons donc pas mal de choses, poursuivit Hemberg. Comme rien ne suggère une effraction, nous travaillons pour l'instant selon la théorie d'un mobile d'ordre personnel.

– Ça n'explique pas l'incendie chez Hålén.

Hemberg lui jeta un regard aigu.

– Tu t'égares. Il faut avancer lentement, méthodiquement, sans précipitation. Nous savons certaines choses avec un degré de certitude plutôt élevé. Il faut partir de là. Ce que nous ignorons, ou dont nous ne sommes pas sûrs – ces éléments-là attendront le temps qu'il faudra. Tu ne peux pas achever un puzzle tant que la moitié des pièces sont encore dans l'emballage.

Ils étaient de retour dans l'entrée. Stefansson avait fini sa conversation avec le photographe et était à présent au téléphone avec quelqu'un.

– Comment es-tu venu ? demanda Hemberg.

– En taxi.

– Je peux te ramener.

Hemberg garda le silence tout au long du trajet vers Malmö. Ils roulaient dans le brouillard, une pluie fine mouillait le pare-brise. Il le déposa au pied de son immeuble de Rosengård.

– Appelle-moi demain. Si tu es définitivement remis de ta gastro.

Wallander monta chez lui. Le jour se levait, le brouillard se dissipait. Il s'allongea tout habillé sur le lit et s'endormit très vite.

Il fut tiré du sommeil par la sonnette de l'entrée. Mal réveillé, il se leva à tâtons et alla ouvrir.

– Je te dérange ?

C'était sa sœur Kristina.

Il fit non de la tête et s'effaça pour la laisser entrer.

– J'ai travaillé toute la nuit. Quelle heure est-il ?

– Sept heures. Je dois aller à Löderup avec papa aujourd'hui. Mais je voulais te voir avant.

Wallander lui demanda de préparer le café pendant qu'il se douchait et se changeait. Il s'aspergea longuement le visage d'eau froide.

Quand il entra dans la cuisine, il avait réussi à chasser de son corps le souvenir de la longue nuit. Kristina le regardait en souriant.

– Tu es l'un des rares hommes que je connaisse qui ne portent pas les cheveux longs.

– J'ai essayé, mais ça ne me va pas. La barbe, c'est pareil. Je ressemble à un yeti. Je l'ai laissée pousser une fois, Mona a menacé de me quitter.

– Comment va-t-elle ?

– Bien.

Il hésita à lui parler de leur brouille, et du silence qui régnait depuis entre eux.

Du temps où ils vivaient encore chez leurs parents, Kristina et lui avaient eu une bonne relation, proche et confiante. Pourtant il décida de ne rien lui dire. Après son emménagement à Stockholm, le contact s'était effiloché.

Il s'assit et lui demanda comment elle allait.

– Bien.

– Le vieux m'a dit que tu avais rencontré un type spécialisé dans les reins.

– Il est ingénieur et travaille à mettre au point un nouveau type d'appareil d'hémodialyse.

– Je ne suis pas sûr de savoir ce que c'est. Mais ça paraît calé.

Au même moment, il comprit qu'elle était venue pour une raison précise. Ça se voyait à son air.

– Je ne sais pas à quoi ça tient, enchaîna-t-il. Mais je suis toujours capable de voir quand tu m'en veux. Alors vas-y. Qu'est-ce que tu as sur le cœur ?

– Je ne comprends pas comment tu peux traiter papa comme tu le fais.

Wallander n'en crut pas ses oreilles.

– De quoi tu me parles ?

– Qu'est-ce que tu crois ? Tu le laisses s'occuper de son déménagement tout seul. Tu refuses d'aller voir sa nouvelle maison. Tu fais semblant de ne pas le reconnaître quand tu le croises dans la rue.

Wallander secoua la tête.

– C'est ce qu'il t'a raconté ?

– Oui. Et il est très en colère.

– Rien de tout ce que tu viens de dire n'est vrai.

– Je ne t'ai pas vu une seule fois depuis que je suis arrivée. Et le déménagement est pour aujourd'hui.

– Il ne t'a pas dit que j'étais passé l'aider ? Et qu'il m'a pour ainsi dire flanqué dehors ?

– Non.

– Tu ne devrais pas croire tout ce qu'il raconte. En tout cas pas à mon sujet.

– Alors ce n'est pas vrai ?

– Il ne m'a même pas dit qu'il avait acheté cette maison. Il n'a pas voulu me la montrer, il n'a pas voulu me dire combien il l'avait payée. Quand je suis allé chez lui pour l'aider à faire ses cartons, j'ai eu le malheur de laisser tomber une assiette. Ça l'a mis hors de lui. Et quand je le croise dans la rue, crois-moi ou non, je m'arrête et je lui parle. Même si, parfois, il a l'air de sortir d'une poubelle.

Elle n'était pas convaincue, il le voyait bien, et cela l'exaspéra. Moins cependant que le fait qu'elle soit capable de débarquer chez lui à sept heures du matin pour lui faire la leçon. Ça lui rappelait sa mère. Ou Mona. Ou Helena. Les femmes autoritaires qui prétendaient lui dicter sa conduite – il ne supportait pas ça.

– Tu ne me crois pas, constata-t-il. Pourtant tu devrais. N'oublie pas que tu vis à Stockholm et que c'est moi qui me le coltine au quotidien. Ça fait une certaine différence.

Le téléphone sonna. Il était sept heures vingt. Wallander décrocha.

– Je t'ai appelé hier soir, dit la voix de Helena.

– Je travaillais.

– Ça ne répondait pas, alors j'ai cru que j'avais un faux numéro. J'ai appelé Mona pour lui demander le bon.

Wallander faillit lâcher le combiné.

– Tu as fait quoi ?

– J'ai appelé Mona pour lui demander ton numéro.

Wallander voyait déjà les conséquences s'étaler en majuscules comme la manchette d'un tabloïd. La jalousie de Mona allait exploser. Ça n'allait pas arranger leurs relations. Et ce n'était rien de le dire.

– Tu es là ? demanda-t-elle.

– Oui, mais j'ai la visite de ma sœur.

– Tu peux m'appeler au travail.

Wallander raccrocha et retourna à la cuisine.

– Tu es malade ?

– Non. D'ailleurs, je dois aller bosser.

Il la raccompagna à la porte.

– Tu devrais me croire, dit-il. On ne peut pas toujours se fier à ce que raconte le vieux. Je passerai le voir dès que je pourrai. Si je suis le bienvenu et si quelqu'un veut bien me dire où se trouve cette maison.

– C'est à l'entrée de Löderup. Tu passes devant une épicerie de campagne, tu longes une allée de saules pleureurs. La maison est tout de suite après, sur la gauche, derrière un mur de pierre. Elle a un toit noir et elle est très jolie.

– Tu y es allée ?

– Le premier chargement est parti hier.

– Tu sais combien il l'a payée ?

– Ça, il ne le dit pas.

Kristina partie, et une fois qu'il eut fini d'agiter la main par la fenêtre de la cuisine, il refoula sa colère au sujet de ce qu'avait dit son père. Les révélations de Helena étaient plus graves. Il la rappela. On lui dit qu'elle était au téléphone. Il raccrocha brutalement. Ça ne lui arrivait pas souvent de perdre le contrôle. Mais là, il sentait qu'il n'en était pas loin. Il rappela. Elle était encore occupée. Mona va mettre fin à notre histoire, pensa-t-il. Pour elle, il n'y a qu'une seule version qui tienne : j'ai refait des avances à Helena. Je pourrai dire tout ce que je voudrai, elle ne me croira pas. Il appela une troisième fois. Cette fois, elle répondit.

– Alors, qu'est-ce que tu avais à me dire ?

– Tu es obligé de me parler sur ce ton ? J'ai quand même essayé de t'aider, au cas où tu l'aurais oublié.

– Et toi ? Tu étais vraiment obligée d'appeler Mona ?

– Elle sait que tu ne m'intéresses plus.

– Ah oui ? Alors tu ne connais pas Mona.

– Je ne vais pas m'excuser sous prétexte que je me donne du mal pour trouver ton numéro de téléphone.

– Qu'est-ce que tu avais à me dire ?

– J'ai interrogé le capitaine Verke. Si tu t'en souviens, je t'avais dit qu'on avait un vieux commandant ici.

Wallander s'en souvenait.

– Il a bien voulu m'aider. J'ai les photocopies devant moi. Ce sont des listes de matelots et de mécaniciens qui ont travaillé pour des compagnies de navigation suédoises au cours des dix dernières années. Ça fait pas mal de monde, tu l'imagines. Au fait : tu es sûr que cet homme-là ne servait qu'à bord de bâtiments suédois ?

– Je ne suis sûr de rien.

– Tu peux passer les chercher, si tu veux. Cet après-midi je serai en réunion.

Il promit de passer dans la matinée. Après avoir raccroché, il se dit que la seule chose à faire était d'appeler Mona et de s'expliquer. Mais il ne le fit pas. Il n'osait pas lui parler – c'était aussi simple que cela.

Il était huit heures moins dix. Il enfila sa veste d'uniforme.

La perspective d'une nouvelle journée de patrouille augmentait son découragement.

Il allait sortir quand le téléphone sonna de nouveau. Mona, pensa-t-il. Elle va m'envoyer en enfer.

Il inspira profondément et prit le combiné.

– Comment va ta gastro ?

Hemberg.

– Je m'apprêtais à aller au commissariat.

– C'est bien. Passe me voir en arrivant. J'ai parlé à Lohman. Nous avons besoin de t'entendre en tant que témoin. Autrement dit, pas de patrouille en ce qui te concerne aujourd'hui. Tu peux me remercier, ça va t'éviter une descente dans les squats.

– J'arrive.

– Sois là pour dix heures. Je me disais que tu pourrais participer à notre réunion de synthèse sur le meurtre d'Arlöv.

Hemberg raccrocha. Wallander regarda sa montre. Il avait le temps de passer chercher les papiers qui l'attendaient dans le bureau de Helena. Au mur de la cuisine il avait punaisé les horaires des bus au départ de Rosengård. S'il faisait vite, il éviterait l'attente.

Mais à peine fut-il dans la rue qu'il tomba nez à nez avec Mona. Il ne s'y attendait pas du tout, et encore moins à la suite – elle leva la main et lui flanqua une gifle retentissante avant de tourner les talons.

Il était si surpris qu'il n'eut même pas l'idée de lui courir après. Sa joue gauche le brûlait, et un homme qui ouvrait au même moment la portière de sa voiture le dévisagea avec curiosité.

Mona avait disparu. Lentement il se mit en marche vers l'arrêt de bus. Il avait une boule dans le ventre. Jamais il n'aurait cru qu'elle réagirait avec une brutalité pareille.

Le bus arriva. Wallander monta à bord. Le brouillard s'était complètement dissipé mais le ciel était chargé de nuages et la pluie fine s'obstinait. Il était là, assis dans le bus, la tête vide. Les événements de la nuit n'existaient plus. La femme étranglée sur sa chaise de cuisine semblait appartenir à un rêve. La seule chose réelle, c'était Mona qui l'avait giflé avant de passer son chemin. Sans un mot, sans hésiter.

Je dois lui parler, pensa-t-il. Pas maintenant, pas pendant qu'elle est en colère. Mais ce soir. Ce soir au plus tard.

Il descendit du bus. Sa joue le brûlait toujours. Elle avait frappé fort. Il regarda son reflet dans une vitrine. La rougeur était très visible.

Il resta planté, indécis, sur le trottoir, ne sachant que faire. Pensa qu'il devait rappeler Lars Andersson au plus vite. Le remercier pour son aide et lui expliquer toute l'histoire.

Puis il songea à cette maison de Löderup qu'il n'avait jamais vue. Et à la maison de son enfance désormais habitée par d'autres.

Il se mit en marche. Le fait de rester là comme un ballot n'arrangeait rien.

Il alla au port récupérer l'épaisse enveloppe que Helena avait laissée pour lui à la réception.

– J'ai besoin de lui parler, dit Wallander à la standardiste.

– Elle est occupée. Elle m'a demandé de te remettre ce pli.

Il devina que la conversation du matin l'avait contrariée et qu'elle ne voulait pas le voir. Au fond, il la comprenait.

Quand il arriva au commissariat, il n'était que neuf heures cinq. Il se rendit dans son bureau et découvrit avec soulagement que personne ne l'y attendait. Il essaya une fois de plus d'analyser l'incident du matin. S'il appelait au salon, Mona ferait dire qu'elle n'avait pas le temps de lui parler. Il était obligé d'attendre jusqu'au soir.

Il ouvrit l'enveloppe et s'ébahit de la longueur des listes que Helena avait réussi à se procurer. Il chercha le nom d'Artur Hålén. Il n'y était pas. Les plus proches étaient un certain matelot du nom de Håle, qui avait surtout travaillé pour la compagnie de navigation Gränges, et un chef mécanicien de la ligne Johnson du nom de Hallén. Il repoussa les papiers. Si ces listes étaient complètes, cela signifiait que Hålén avait travaillé à bord de bâtiments qui n'étaient pas enregistrés dans la flotte marchande suédoise. Dans ce cas, il serait quasi impossible de le retrouver. Soudain il ne savait même plus ce qu'il avait espéré découvrir. Une explication à quoi ?

Entre-temps, trois quarts d'heure s'étaient écoulés. Il se leva et monta à l'étage du dessus. Dans le couloir il tomba sur son chef, Lohman.

– Tu ne devais pas être chez Hemberg aujourd'hui ?

– J'y vais.

– Qu'est-ce que tu fabriquais au juste à Arlöv ?

– C'est une longue histoire. Et c'est justement le sujet de cette réunion avec Hemberg.

Lohman secoua la tête et poursuivit son chemin. Wallander, lui, était surtout soulagé d'échapper à la visite déprimante et sinistre des squats que ses collègues allaient se coltiner ce jour-là.

Hemberg feuilletait des documents dans son bureau. Les pieds sur la table comme d'habitude. Quand Wallander parut à la porte, il leva la tête.

– Qu'est-ce qui t'arrive ? demanda-t-il en désignant sa joue.

– Je me suis cogné dans une porte.

– Ah oui ? C'est ce que racontent les femmes battues qui ne veulent pas dénoncer leur mari.

Wallander se sentit démasqué. Mais pourquoi ? De quelle façon ? Hemberg semblait pratiquer un double langage où l'auditeur devait sans cesse deviner le sens caché de ses paroles.

– On attend encore le rapport définitif de Jörne, dit Hemberg. Ça prend du temps. Or, tant qu'on ne connaît pas le moment de la mort de cette femme, on ne peut pas commencer à valider la théorie que Hålén l'aurait tuée avant de rentrer chez lui et de se tirer une balle dans le cœur – par remords ou par crainte.

Il se leva, les papiers sous le bras. Wallander le suivit jusqu'à une salle de réunion située plus loin dans le même couloir. Plusieurs enquêteurs y étaient déjà, et parmi eux Stefansson, qui jeta à Wallander un regard hostile. Sjunnesson se curait les ongles avec un cure-dents et évitait de regarder qui que ce soit. Il y avait aussi deux autres personnages qui lui étaient vaguement familiers. Il savait que l'un s'appelait Hörner et l'autre Mattsson. Hemberg s'assit en bout de table et indiqua une chaise à Wallander.

– On se fait aider par les gardiens de la paix maintenant ? attaqua Stefansson. Ils n'ont pas assez à faire avec tous ces connards de manifestants ?

– On ne se fait pas aider par les gardiens de la paix, répliqua Hemberg avec calme. Wallander a trouvé la dame dans la cuisine d'Arlöv. Ce n'est pas plus compliqué que ça.

Stefansson fut le seul à lui témoigner de l'agressivité. Les autres le saluèrent d'un signe de tête. Wallander se dit qu'ils étaient sans doute contents d'avoir un peu de renfort. Sjunnesson posa son cure-dent, et ce fut apparemment le signal qu'attendait Hemberg pour commencer. Wallander nota le soin méthodique qui caractérisait la réflexion collective du groupe. Ils partaient des faits, mais s'autorisaient en même temps, Hemberg en particulier, à déployer leurs antennes dans différentes directions. Pourquoi Alexandra Batista avait-elle été assassinée ? Quelle était la nature de ses relations avec Hålén ? Existait-il d'autres pistes ?

– À propos des diamants qu'on a trouvés à l'autopsie, dit Hemberg à la fin de la réunion. J'ai obtenu une estimation d'un joaillier : cent cinquante mille couronnes. On a tué des gens dans ce pays pour bien moins que ça.

– Un chauffeur de taxi a eu le crâne défoncé à coups de barre de fer il y a quelques années, dit Sjunnesson. Son portefeuille contenait vingt-deux couronnes.

Hemberg jeta un regard circulaire.

– Les voisins de Batista. Quelqu'un a-t-il vu ou entendu quelque chose ?

Mattsson feuilleta ses notes.

– Aucune observation. Elle menait une vie retirée. Sortait rarement, sinon pour faire ses courses. Ne recevait pas de visiteurs.

– Quelqu'un a tout de même dû remarquer les allées et venues de Hålén ?

– Apparemment non. Et les voisins les plus proches donnent l'impression d'être des citoyens suédois ordinaires. C'est-à-dire curieux comme des pies.

– Quand Batista a-t-elle été vue pour la dernière fois ?

– On a des informations un peu contradictoires à ce sujet. Mais la conclusion générale semble être que le meurtre remonte à quelques jours. Deux ou trois – on n'en sait pas plus.

– Sait-on de quoi elle vivait ?

Hemberg s'était tourné cette fois vers Hörner.

– Elle disposait apparemment d'une petite rente. Sur la provenance de ces ressources, on ne sait pas encore tout. Le montant était versé par l'intermédiaire d'une banque portugaise qui possède des filiales au Brésil. Les banques mettent toujours un temps fou à répondre aux questions les plus simples. Mais elle ne travaillait pas. Si on en juge d'après ce qu'elle avait dans ses penderies et ses placards, son train de vie était plus que modeste.

– La maison ?

– Aucun emprunt sur la maison. Elle avait été achetée comptant par son ex-mari.

– Où est-il, celui-là ?

– Dans sa tombe, dit Stefansson. Il est mort il y a quelques années. Enterré à Karlskoga. J'ai parlé à sa veuve – j'ai oublié de préciser qu'il s'était remarié. La conversation a été un peu pénible, hélas. J'ai réalisé trop tard qu'elle ignorait jusqu'à l'existence d'une Alexandra Batista dans le passé de son mari. Mais, apparemment, Batista n'avait pas d'enfants.

– Eh oui, commenta mystérieusement Hemberg avant de se tourner vers Sjunnesson.

– On travaille, répondit celui-ci à sa question muette. On a trouvé plusieurs empreintes sur les verres, qui contenaient des traces de vin rouge. Nous les comparons actuellement avec les résidus de la bouteille de vin espagnol vide qui était dans la cuisine. Nous vérifions par ailleurs si les empreintes en question figurent dans le fichier. Et nous allons bien sûr les comparer avec celles de Hålén.

– Si ça se trouve, la réponse est plutôt du ressort d'Interpol, remarqua Hemberg. Et on ne peut pas s'attendre à avoir une réponse immédiate de leur part.

– Nous pouvons partir de l'hypothèse qu'elle a laissé entrer son meurtrier de son plein gré. Il n'y a aucune trace d'effraction, que ce soit sur les portes ou sur les fenêtres. D'ailleurs il peut avoir eu sa propre clé. Nous avons vérifié le trousseau de Hålén, mais aucune de ses clés ne correspondait. La porte de la véranda était ouverte, d'après les informations fournies par notre ami Wallander ici présent. Dans la mesure où Batista n'avait ni chien ni chat, on peut imaginer qu'elle l'avait peut-être laissée ouverte pour profiter de la fraîcheur nocturne. Dans ce cas, cela signifierait qu'elle n'était pas sur ses gardes. Ou alors, on peut supposer que le meurtrier est sorti par là. L'arrière de la maison est mieux dissimulé aux regards que ne l'est la façade.

– D'autres traces ?

Hemberg accélérait le mouvement.

– Rien de remarquable.

Hemberg repoussa les papiers éparpillés devant lui.

– Alors il n'y a qu'à continuer. Il faudrait mettre un peu la pression à l'institut médico-légal. Dans le meilleur des cas, Hålén pourra être lié au crime. Personnellement, c'est la thèse que je soutiendrais. Mais nous devons continuer à parler aux voisins et à scruter le passé des uns et des autres.

Il se tourna vers Wallander.

– As-tu quelque chose à ajouter ? C'est toi qui as découvert le corps…

Wallander fit non de la tête et constata qu'il avait la bouche sèche.

– Rien ?

– Je n'ai rien remarqué que vous n'ayez pas déjà soulevé pendant la réunion.

Hemberg pianota contre le bord de la table.

– Alors ce n'est pas la peine de s'éterniser. On a quoi pour déjeuner aujourd'hui ? Quelqu'un sait ?

– Hareng, dit Hörner. Il est bon, en général.

Hemberg proposa à Wallander de manger avec eux. Mais il déclina l'offre. Il n'avait aucun appétit. Il avait besoin d'être seul et de réfléchir. Il descendit récupérer sa veste dans son bureau. Par la fenêtre, il vit que la pluie avait cessé. Il s'apprêtait à sortir quand un collègue entra et s'assit lourdement en balançant sa casquette d'uniforme sur la table.

– Putain de merde !

Il s'appelait Jörgen Berglund et était originaire d'une ferme des environs de Landskrona. Wallander avait parfois du mal à comprendre son dialecte.

– On a nettoyé deux squats ce matin. Dans le premier on a trouvé deux filles de treize ans qui avaient disparu de chez elles depuis plusieurs semaines. L'une sentait tellement mauvais qu'on a dû se boucher le nez pour l'approcher. L'autre a refusé de sortir. Quand on a essayé de la soulever de force, elle a mordu Persson à la jambe. Qu'est-ce qui se passe dans ce pays ? Et toi ? Pourquoi tu n'étais pas avec nous ?

– J'ai été appelé chez Hemberg.

À la première question, il n'avait pas de réponse.

Il prit sa veste et sortit. À la réception, il fut arrêté par l'une des standardistes.

– Il y a un message pour toi, dit-elle en glissant sous la vitre du guichet un numéro de téléphone griffonné sur un bout de papier.

– Qu'est-ce que c'est ?

– Quelqu'un a cherché à te joindre. Un parent éloigné, a-t-il dit. Il n'était même pas sûr que tu te souviendrais de lui.

– Il n'a pas dit son nom ?

– Non. Mais à la voix c'était quelqu'un d'assez âgé.

Wallander regarda le numéro. Le préfixe, 0411, correspondait à l'Österlen.

Ce n'est pas vrai ! Le vieux exagère.

– C'est où, Löderup ? demanda-t-il à la standardiste.

– C'est dans le district d'Ystad, je crois bien.

– Je ne te parle pas du district de police. C'est dans quelle zone téléphonique ?

– Ystad.

Wallander rangea le papier dans sa poche et s'en alla. S'il avait eu une voiture, il serait parti pour Löderup dans la seconde demander des comptes au vieux. Et quand celui-ci aurait eu fini de répondre, il lui aurait annoncé qu'à compter de cet instant le contact était rompu entre eux. Plus de soirées de poker, plus de coups de fil, plus rien. Fini, terminé. Il s'engageait juste à assister à son enterrement, dont il espérait qu'il aurait lieu dans un futur pas trop lointain. À part ça, il ne voulait plus entendre parler de lui.

Il prit par Fiskehamnsgatan, bifurqua dans Slottsgatan et entra dans le parc. J'ai deux problèmes, pensa-t-il. Le premier, le plus important, c'est Mona. Le second, c'est mon père. Je dois les régler l'un et l'autre le plus vite possible.

Il s'assit sur un banc et contempla quelques moineaux qui prenaient leur bain dans une flaque. Un homme ivre dormait, à moitié caché derrière un buisson. Je devrais le ramasser et l'asseoir sur ce banc, se dit Wallander. Ou mieux, je devrais appeler les collègues pour qu'ils viennent le chercher et qu'il puisse dormir dans un lit le temps que ça se tasse. Mais là, tout de suite, je n'en ai pas la force. Il n'a qu'à rester où il est.

Il se leva, quitta Kungsparken et se retrouva dans Regementsgatan. Il n'avait toujours pas faim. Il s'arrêta malgré tout devant un kiosque de la place Gustav Adolfs Torg et demanda une saucisse grillée dans du pain. Puis il retourna au commissariat.

Il était treize heures trente. Hemberg était occupé. Wallander ne savait pas quoi faire. À vrai dire, il aurait dû aller voir Lohman et lui demander à quoi il était censé passer son après-midi. Mais il laissa tomber. À la place, il se replongea dans les listes que lui avait transmises Helena. Une fois de plus, il parcourut tous les noms. En essayant d'imaginer le visage et la vie de ces hommes. Matelots et mécaniciens dans la marine. Leur date de naissance était notée dans la marge. Il reposa les papiers. Dans le couloir, il entendit quelque chose qui ressemblait à un rire méchant.

Il essaya de penser à Hålén. Son voisin. Qui avait joué au loto foot et fait installer une serrure supplémentaire avant de se suicider d'une balle dans le cœur. Tout indiquait que l'hypothèse de Hemberg serait bientôt confortée par le rapport médico-légal. Pour une raison ou pour une autre, Hålén avait tué Alexandra Batista avant de se supprimer.

La théorie de Hemberg était logique, évidente. Pourtant elle sonnait creux. L'habillage était valable. Mais le contenu ? Il se sentait en présence d'une

111

grande confusion. Entre autres, ce scénario ne collait pas avec l'impression que lui avait faite son voisin de son vivant. Hålén n'avait jamais manifesté le moindre signe d'un tempérament passionné ou violent. Certes, les personnes les plus discrètes pouvaient, dans certaines circonstances exceptionnelles, exploser et semer le chaos autour d'elles de façon imprévue. Quelle raison exceptionnelle Hålén avait-il pu avoir d'assassiner brutalement la femme qui était, selon toute apparence, sa maîtresse ?

L'essentiel manque encore, pensa-t-il. L'enveloppe est vide.

Il essaya d'approfondir son intuition, sans succès. Son regard était toujours distraitement posé sur les listes de Helena. Sans qu'il ait pu dire d'où lui était venue l'idée, il commença à examiner les dates de naissance inscrites dans la marge. Quel âge exact avait Hålén ? Il se rappelait qu'il était né en 1898. Mais quel jour, quel mois ? Il appela le standard et demanda Stefansson, qui répondit aussitôt.

– Ici Wallander. Je me demandais si tu avais par hasard sous la main la date de naissance de Hålén ?

– Tu veux lui souhaiter son anniversaire ?

Il ne m'aime pas. Un jour je lui prouverai que je vaux beaucoup mieux que lui professionnellement.

– Hemberg m'a demandé de vérifier un point, mentit-il.

Stefansson posa le combiné, Wallander l'entendit compulser un dossier.

– 17 septembre 1898. Autre chose ?

– Non, merci.

Il raccrocha et reprit ses listes.

Sur la troisième page, il découvrit ce qu'il n'avait pas eu la présence d'esprit de chercher de prime abord.

Un mécanicien né le 17 septembre 1898. *Anders Hansson*. Les mêmes initiales qu'Artur Hålén.

Il parcourut les autres papiers pour s'assurer que personne d'autre ne partageait cette date de naissance. Il trouva un matelot né le 19 septembre 1901. C'était le plus proche. Il prit l'annuaire et chercha le numéro du bureau pastoral. Dans la mesure où Hålén et lui vivaient dans le même immeuble, ils devaient être enregistrés officiellement dans la même paroisse[1]. Il fit le numéro et attendit. Une femme lui répondit. Wallander pensa qu'il pouvait bien continuer à se présenter comme étant de la crim'.

– Mon nom est Wallander, enquêteur à la brigade criminelle de Malmö. C'est au sujet d'un décès intervenu il y a quelques jours.

Il donna le nom, l'adresse et la date de naissance de Hålén.

– Que veux-tu savoir ?

– Si Artur Hålén a éventuellement porté autrefois un autre nom.

– Il aurait changé de nom de famille, c'est cela ?

Et merde, pensa Wallander. C'est vrai qu'en général les gens changent leur nom de famille ou leur prénom, mais pas les deux à la fois.

– Je vais vérifier, dit la femme.

Planté ! poursuivit-il intérieurement. Je réagis sans réfléchir. Il envisagea de raccrocher purement et simplement. Mais la femme s'interrogerait, croirait que la communication avait été coupée et chercherait peut-être à joindre l'enquêteur Wallander au commissariat. Il attendit donc. Elle revint après un long moment.

1. L'Église de Suède a coupé ses liens avec l'État en l'an 2000 seulement.

– On était justement en train d'enregistrer le décès, figure-toi. C'est pour ça que ça a pris du temps. Mais tu avais raison.

Wallander se redressa vivement dans son fauteuil.

– Il s'appelait Hansson. Il a changé de nom en 1962.

– Le prénom, dit-il très vite. C'est quoi ?

– Anders.

– Ce devrait être Artur.

Il n'avait pas du tout anticipé la réponse qu'elle lui fit.

– Mais oui, tu as raison. Ses parents devaient avoir le goût des prénoms, ou alors ils n'ont pas réussi à se mettre d'accord. Il s'appelait Erik Anders Artur Hansson.

Wallander retenait son souffle.

– Alors il ne me reste plus qu'à te remercier, dit-il enfin.

Après avoir raccroché, sa première impulsion fut d'appeler Hemberg. Il s'obligea à rester assis sans bouger et à réfléchir d'abord. La question était de savoir ce que valait en réalité sa découverte. Je vais m'en assurer par moi-même, résolut-il. Si ça ne mène à rien, ce n'est pas la peine d'en parler à qui que ce soit.

Il attira à lui un bloc-notes et s'attaqua à une synthèse. Que savait-il ? Artur Hålén avait changé de nom sept ans auparavant. Linnea Almqvist, de l'étage au-dessus, avait dit un jour, il s'en souvenait, que Hålén avait emménagé au début des années 1960. Ça pouvait coller.

Il resta assis, le crayon à la main. Puis il rappela le bureau pastoral. La même femme lui répondit.

– J'ai oublié un détail, s'excusa-t-il. J'ai besoin de savoir quand Hålén a emménagé à Rosengård.

– Tu veux dire Hansson. Je vais voir.

Cette fois, elle revint nettement plus vite.

– Il est enregistré à cette adresse à compter du 1er janvier 1962.

– Où habitait-il avant ?

– Je n'en sais rien.

– Je croyais que c'était noté dans vos registres.

– Oui, mais il vivait à l'étranger. Il n'est pas précisé où.

Wallander hocha la tête à l'intention du combiné.

– Alors je crois bien que c'est tout. Je te promets de ne plus te déranger.

Il retourna à ses notes. Hansson emménage à Malmö en 1962 en même temps qu'il change de nom, après avoir séjourné dans un pays étranger X. Quelques années plus tard, il entame une liaison avec une femme habitant Arlöv. On peut se demander s'ils se connaissaient avant… Quelques années plus tard encore, elle est assassinée et Hålén se suicide. Après avoir rempli un coupon de loto foot et fait installer une serrure supplémentaire à sa porte. Et après avoir avalé une poignée de diamants.

Il fit la grimace. Rien à tirer de ce résumé. Pourquoi change-t-on de nom ? Pour se rendre invisible ? Pour se rendre intouchable ? Pour que personne ne sache qui on est ni où on est allé ?

Qui on est et où on est allé…

Il réfléchit encore. Personne ne connaissait Hålén. Il avait été un loup solitaire. En revanche, il pouvait y avoir des gens qui avaient connu un certain Anders Hansson. Mais comment les trouver ?

Au même instant, il se rappela un événement survenu l'année précédente qui pouvait éventuellement le rapprocher de la solution. Il y avait eu du grabuge du côté du terminal des aéroglisseurs, une bagarre qui avait éclaté entre quelques types ivres. Wallander avait fait partie de l'équipe d'intervention. L'un des types était un marin danois du nom de Holger Jespersen. Wallander avait eu le net sentiment que celui-ci avait été entraîné dans la bagarre contre son gré, et il l'avait signalé à son chef. Résultat, Jespersen avait été relâché pendant que les autres étaient tous emmenés au poste. Wallander avait oublié l'incident, mais quelques semaines plus tard ce même Jespersen avait surgi devant sa porte, à Rosengård, pour lui offrir une bouteille d'aquavit danois. Il n'avait jamais su comment Jespersen s'était débrouillé pour dénicher son adresse, mais il l'avait invité à entrer. Dans le courant de la conversation, Jespersen lui avait expliqué qu'il buvait, mais seulement par périodes ; quand il ne buvait pas, il travaillait sur différents bateaux en tant que mécanicien. C'était pour le reste un formidable raconteur d'histoires, qui semblait connaître personnellement chaque marin nordique en activité au cours du dernier demi-siècle. Jespersen lui avait dit qu'il passait ses soirées dans un bar de Nyhavn. Dans ses périodes sobres, il buvait du café. Sinon de la bière. Mais toujours au même endroit. S'il n'y était pas, c'est qu'il était en mer.

Jespersen saura, pensa Wallander. Et s'il ne sait pas, il pourra toujours me donner un tuyau.

Sa décision était prise. S'il avait de la chance, Jespersen serait à Copenhague, et s'il avait un peu plus de chance encore, il ne serait pas ivre mort et il pourrait lui parler. Il n'était même pas quinze heures. Il avait le temps de faire l'aller-retour. Et personne n'avait apparemment besoin de lui au commissariat. Avant de traverser le détroit, il avait cependant un autre coup de fil à passer. Ce fut comme si la décision d'aller à Copenhague lui avait donné la confiance nécessaire. Il composa le numéro du salon de coiffure où travaillait Mona.

Ce fut Karin, la propriétaire du salon, qui lui répondit. Wallander l'avait rencontrée à plusieurs reprises. Une affreuse commère, à son avis. Mais Mona la jugeait bonne patronne. Il se présenta et lui demanda si elle pouvait transmettre un message à Mona.

– Tu peux lui parler en personne, dit Karin. J'ai une cliente sous le casque.

– Je suis en pleine réunion d'enquête, dit Wallander en essayant de prendre un ton affairé. Dis-lui simplement que je l'appellerai sans faute à dix heures ce soir.

– D'accord, je le lui dirai.

En raccrochant, il s'aperçut que ce bref échange l'avait laissé en nage. Mais il était content d'avoir réussi à l'appeler.

Il arriva au terminal des aéroglisseurs pour le départ de quinze heures. À une époque, il allait souvent à Copenhague. Seul et aussi quelquefois, ces derniers temps, avec Mona. Il aimait la ville, qui était tellement plus grande et plus animée que Malmö. Parfois il allait aussi au Théâtre royal de Copenhague, quand on y donnait un opéra qu'il avait envie de voir.

Il n'aimait pas les aéroglisseurs. Avec eux, la traversée était trop rapide. Les vieux ferries lui donnaient le sentiment qu'il existait une vraie distance entre la Suède et le Danemark, et qu'il se rendait vraiment à l'étranger en traversant le détroit. Il but un café en regardant le ciel au-dehors. Un jour, pensa-t-il, ils construiront sûrement un pont ici. Mais avec un peu de chance ce ne sera pas de mon vivant.

Le temps d'accoster à Nyhavn, la pluie avait recommencé. Jespersen lui avait expliqué où se trouvait son bar, et ce fut avec une certaine excitation que Wallander découvrit l'enseigne, tira la porte et se glissa dans la pénombre. Il était quinze heures quarante-cinq.

Il regarda autour de lui. Une clientèle clairsemée était attablée çà et là dans le local et buvait de la bière.

Une radio était allumée. Ou peut-être était-ce un disque ? Une voix de femme, en tout cas, une chanson sentimentale en danois. Il ne vit nulle part Jespersen. Le barman était à son poste, un journal ouvert sur le comptoir. Il faisait des mots croisés. À l'approche de Wallander, il leva la tête.

– Une bière, s'il te plaît.

L'homme lui servit une Tuborg.

– Je cherche Jespersen.

– Holger ? Il sera là dans une heure à peu près.

– Alors il n'est pas mort...

Le barman sourit.

– S'il l'était, je ne t'aurais pas dit ça. Il arrive en général sur le coup des cinq heures.

Wallander s'assit à une table et attendit. La voix de femme avait entre-temps été remplacée par une voix d'homme, tout aussi sentimentale. Si Jespersen arrivait à dix-sept heures, il aurait largement le temps d'être de retour à Malmö à l'heure où il devait rappeler Mona. Il essaya de préparer ce qu'il lui dirait. La gifle ? Il ferait comme si elle n'avait pas existé. Helena ? Il expliquerait pourquoi il avait repris contact avec elle. Et il ne renoncerait pas tant qu'elle ne le croirait pas.

Un homme s'était endormi à une table. Le barman était toujours penché sur ses mots croisés. Le temps s'égrenait avec lenteur. Parfois la porte s'ouvrait et laissait entrevoir la lumière du jour. Quelqu'un arrivait, quelqu'un d'autre repartait. Wallander regarda sa montre. Seize heures cinquante. Toujours pas de Jespersen. Il avait faim. On lui servit des bouts de saucisse sur une assiette. Encore une Tuborg. Il avait l'impression que le barman ruminait les mêmes mots qu'à son entrée dans le bar une heure plus tôt.

Dix-sept heures. Toujours pas de Jespersen. Il ne viendra pas, pensa Wallander, résigné. Il a choisi ce jour entre tous pour se remettre à boire.

Deux femmes entrèrent. L'une s'assit après avoir commandé une eau-de-vie. L'autre passa derrière le comptoir. Le barman quitta son journal et commença à inspecter les bouteilles alignées sur les étagères. La femme travaillait manifestement là, elle aussi. Dix-sept heures vingt. Soudain la porte s'ouvrit et Jespersen fit son entrée, en blouson de jean et casquette. Il se rendit droit vers le comptoir et salua le barman, qui lui servit aussitôt un café et lui indiqua la table où était Wallander. Jespersen sourit en le reconnaissant.

– Quelle surprise, dit-il en approchant avec sa tasse. Un fonctionnaire de police suédois à Copenhague.

Il parlait un suédois fortement coloré de danois.

– Pas fonctionnaire, dit Wallander. Enquêteur.

– C'est la même chose, non ?

Jespersen s'assit avec un petit rire et mit quatre morceaux de sucre dans son café.

– Quoi qu'il en soit, ça fait toujours plaisir de recevoir de la visite. Je connais tous ceux qui viennent là, je sais ce qu'ils vont boire et ce qu'ils vont dire et ils en savent autant sur moi. Parfois je me demande pourquoi je ne change pas de crémerie. Je crois que je n'ose pas.

– Pourquoi ?

– Quelqu'un dira peut-être des choses que je n'ai pas envie d'entendre.

Wallander n'était pas vraiment certain de comprendre tout ce que disait Jespersen. D'une part parce que son danois-suédois prêtait à confusion, d'autre part parce qu'il s'exprimait parfois d'une manière un peu flottante.

– Je suis venu exprès pour te voir, dit-il. J'ai pensé que tu pourrais peut-être m'aider.

– Je ne parle pas aux flics, dit Jespersen gaiement.

– Dommage.

– Toi, c'est différent. Qu'est-ce que tu veux savoir ?

Wallander lui résuma l'affaire en peu de mots.

– Un marin qui s'appelle à la fois Anders Hansson et Artur Hålén, conclut-il. Et qui a servi à la fois comme mécanicien et comme matelot.

– Quel armateur ?

– Sahlén.

Jespersen secoua la tête.

– Quelqu'un qui a changé de nom, j'aurais dû en entendre parler. Ça sort de l'ordinaire.

Wallander essaya de lui décrire physiquement Hålén. Tout en pensant aux photos qu'il avait vues dans les deux cahiers de marin. Les gens pouvaient beaucoup changer au cours d'une vie. Peut-être Hålén avait-il délibérément modifié son apparence en même temps que son nom…

– Peux-tu m'en dire plus ? demanda Jespersen. Matelot et mécanicien, c'est une combinaison inhabituelle. Quelles routes faisait-il ? Quel type de bateaux ?

Wallander hésita.

– Je crois qu'il est allé assez souvent au Brésil. Rio de Janeiro, bien sûr, mais aussi un endroit qui s'appelle São Luis.

– Ah oui. C'est dans le nord du pays. J'y suis allé une fois. J'ai eu une permission et j'ai même dormi à l'hôtel. Ça s'appelait Casa Grande.

– Je n'en sais pas beaucoup plus, malheureusement.

Jespersen ajouta encore un sucre dans son café.

– Quelqu'un qui l'aurait connu… c'est ça que tu veux savoir ? Quelqu'un qui aurait connu un Anders Hansson ou un Artur Hålén ?

Wallander hocha la tête.

– Alors je ne peux rien faire pour toi.

– Dommage.

– Pour te répondre, il faut d'abord que je voie du monde, que je pose des questions. Ici, à Copenhague, et aussi à Malmö. En attendant, je te propose d'aller dîner.

Wallander regarda sa montre. Dix-huit heures trente. Il avait le temps. Même s'il prenait le bateau de vingt et une heures, il pourrait appeler Mona comme prévu. D'ailleurs, il avait faim. Les bouts de saucisse ne l'avaient pas nourri.

– Des moules, proposa Jespersen en se levant. Viens, je t'emmène à la taverne d'Anne-Birte.

Wallander paya ses consommations. Jespersen était déjà sorti. Il dut aussi payer son café.

La taverne d'Anne-Birte se situait dans le bas de Nyhavn. La soirée était encore jeune, et ils n'eurent aucun mal à trouver une table. Les moules n'étaient peut-être pas ce qui faisait le plus envie à Wallander, mais Jespersen avait pris sa décision et ne paraissait pas près d'en changer. Wallander continua à la bière pendant que Jespersen commandait un *Citronvand* – une limonade danoise couleur jaune vif.

– Je ne bois pas en ce moment, expliqua-t-il. Mais d'ici deux, trois semaines, je m'y remets.

Wallander mangea ses moules tout en écoutant les innombrables histoires tirées de la vie en mer de Jespersen. Ils se levèrent de table peu avant vingt heures trente.

Il eut peur un instant de ne pas avoir de quoi régler l'addition, dans la mesure où Jespersen semblait tenir pour acquis qu'il était son invité. Mais la note se révéla raisonnable ; il paya, et ils se séparèrent devant la taverne.

– Je me renseigne et je t'appelle, dit Jespersen.

Wallander alla se ranger dans la file des passagers qui attendaient d'embarquer. L'aéroglisseur largua les amarres à vingt et une heures pile. Il ferma les yeux et s'endormit presque aussitôt.

Il fut réveillé par un grand silence. Le bruit assourdissant des moteurs avait cessé. Il regarda autour de lui. Ils se trouvaient à peu près à mi-chemin entre le Danemark et la Suède. Il y eut un grésillement, puis la voix du commandant résonna dans les haut-parleurs. Suite à une avarie, il se voyait dans l'obligation de retourner à Copenhague. Wallander jaillit de son siège et demanda à une hôtesse s'il y avait un téléphone à bord. Réponse négative.

– Quand serons-nous à Copenhague ?

– Malheureusement pas avant deux ou trois heures. Mais nous offrons sandwich et boisson au choix à tous les passagers.

– Je ne veux pas un sandwich. Je veux un téléphone.

Personne ne put lui venir en aide. Il s'adressa à un second qui lui répondit sans amabilité excessive que les radiotéléphones ne pouvaient servir à des conversations d'ordre privé quand le navire était en détresse.

Wallander se rassit.

Elle ne me croira pas, pensa-t-il avec découragement. Une panne de bateau ! C'est trop gros pour elle. Ce sera la fin de notre relation.

Il arriva à Malmö à deux heures trente du matin. Vers minuit, quand ils avaient enfin accosté à Copenhague, il avait depuis longtemps renoncé à toute idée d'appeler Mona. À Malmö, il pleuvait à verse. Comme il n'avait plus de quoi prendre un taxi, il dut rentrer à Rosengård à pied. Il eut juste le temps de franchir le seuil de son appartement avant d'être submergé par un violent accès de nausée. Lorsque les vomissements cessèrent, il tremblait de fièvre.

Les moules ! se dit-il. Ah non ! Je ne vais quand même pas me taper une vraie gastro.

Le reste de la nuit se passa en allers et retours entre le lit et la cuvette des WC. Il eut la force de se souvenir qu'il n'avait pas encore appelé le commissariat pour se déclarer rétabli. Il était donc toujours officiellement en arrêt de travail. À l'aube, il s'assoupit enfin et dormit quelques heures. Puis les courses aux cabinets reprirent. Appeler Mona dans cet état lui paraissait impossible. Dans le meilleur des cas, elle comprendrait qu'il était arrivé quelque chose, qu'il était malade ou accidenté. Mais le téléphone resta silencieux. Nul ne chercha à le joindre de toute la journée.

Il commença à se sentir un peu mieux en fin de soirée. Mais il était si affaibli qu'il ne put rien préparer d'autre qu'une tasse de thé. Avant de se rendormir, il se demanda vaguement comment allait Jespersen. Il l'espérait au moins aussi malade que lui, vu que la suggestion des moules venait de lui.

Le lendemain au réveil, il essaya de manger un œuf à la coque. Résultat, il dut se précipiter une fois de plus aux toilettes. Il passa le reste de la journée au lit, pendant que son système digestif se détendait petit à petit.

Peu avant dix-sept heures, le téléphone sonna.

– J'ai cherché à te joindre, dit la voix de Hemberg.

– Je suis malade.

– Gastro ?

– Moules.

– Aucune personne sensée ne mange de moules.

– Eh bien moi, je l'ai fait. Et je n'aurais pas dû.

Hemberg changea de sujet.

– J'appelle pour te dire que Hörner a terminé son boulot. Ce n'est pas ce que nous pensions. Hålén s'est suicidé *avant* le meurtre d'Alexandra Batista. Nous devons changer notre fusil d'épaule. Meurtrier inconnu.

– C'est peut-être une coïncidence.

– Quoi ? La mort de Batista et celle de Hålén ? À d'autres. Ce qui nous manque, c'est la nature du lien. De façon imagée, on peut juste dire qu'un drame entre deux personnes s'est transformé en triangle.

Wallander voulait lui raconter le changement de nom de Hålén, mais il fut de nouveau pris par l'envie de vomir. Il s'excusa.

– Si tu vas mieux demain, passe me voir. Rappelle-toi qu'il faut boire beaucoup. C'est la seule chose qui aide.

Après avoir raccroché précipitamment, et après une nouvelle visite aux toilettes, Wallander se recoucha. La soirée et la nuit se passèrent dans une sorte de zone frontière entre le sommeil, la veille et un brouillard comateux. Son estomac s'était calmé mais il était à bout de forces. Il rêva de Mona. Dans ses moments de lucidité, il repensait à ce que lui avait appris Hemberg. Mais il n'avait pas l'énergie suffisante pour s'y intéresser, ni même pour réfléchir de façon à peu près cohérente. Le lendemain, il découvrit qu'il allait beaucoup mieux. Il fit griller du pain et but une tasse de café léger. Son estomac ne réagit même pas. Il aéra l'appartement, qui en avait besoin. Les nuages chargés de pluie étaient partis et il faisait chaud. À l'heure du déjeuner, il appela le salon de coiffure. Il tomba de nouveau sur Karin.

– Peux-tu dire à Mona que je l'appellerai ce soir ? J'ai été très malade.

– Je vais le lui dire.

Il ne put déceler s'il y avait ou non une pointe de sarcasme dans sa réponse. Mais Mona n'était pas du genre à parler à tort et à travers de sa vie privée. Du moins il l'espérait.

Vers treize heures, il envisagea de se rendre au commissariat, mais commença par appeler, par mesure de précaution, et demanda si Hemberg était là. Après plusieurs tentatives infructueuses pour le joindre ou, à défaut, apprendre où il était, il laissa tomber. Il décida de consacrer le reste de l'après-midi à préparer sa conversation du soir avec Mona. Ça n'allait pas être facile.

Le soir, il se prépara un potage et s'allongea sur le canapé devant la télé. Peu après dix-neuf heures, on sonna à sa porte. *Mona*, pensa-t-il. Elle a compris que je n'allais pas bien et elle a décidé de passer me voir.

Mais, en ouvrant, il reconnut Jespersen.

– Toi et tes satanées moules ! s'écria-t-il. J'ai été malade pendant deux jours.

Jespersen parut surpris.

– Ah bon ? Moi, je n'ai rien remarqué. Elles étaient très bonnes.

Wallander comprit qu'il ne servirait à rien d'insister. Il laissa entrer Jespersen et ils s'attablèrent dans la cuisine.

– Il y a une drôle d'odeur chez toi…

– C'est normal quand l'occupant des lieux vient de passer quarante-huit heures aux toilettes.

Jespersen secoua la tête.

– Ce devait être autre chose. Pas les moules d'Anne-Birte.

– Écoute, si tu es venu, c'est que tu as quelque chose à me dire.

– Un café ne serait pas de refus.

– Je n'en ai plus. Malheureusement. En plus, je ne pouvais pas savoir que tu viendrais chez moi.

Jespersen hocha la tête. Il n'était pas du genre à se formaliser.

– Est-ce que je me trompe, ou il y a autre chose qui te tracasse ? À part les moules, je veux dire.

Wallander n'en croyait pas ses oreilles. Jespersen voyait clair en lui, jusqu'au nœud de douleur enfouie qui avait pour nom Mona.

– Peut-être. Mais je n'ai pas envie d'en parler.

Jespersen écarta les mains.

– Alors ? enchaîna Wallander.

– T'ai-je jamais dit quel respect j'avais pour votre président, M. Palme ?

– Il n'est pas président, il n'est même pas Premier ministre. Et tu n'es quand même pas venu jusque chez moi pour me dire ça ?

– Non, non, j'y tiens beaucoup, insista Jespersen. Mais tu as raison. Quand on habite Copenhague, on ne va pas à Malmö à moins d'avoir une très bonne raison d'y aller. Si tu vois ce que je veux dire.

Wallander opina avec impatience. Jespersen pouvait être énervant à force de lenteur. Sauf quand il racontait ses histoires de marin. Là, c'était un maître.

– J'ai parlé à quelques amis que j'ai à Copenhague. Ça n'a rien donné. Alors j'ai fait la traversée et là, j'ai vu que ça allait nettement mieux. J'ai parlé à un vieux de la vieille. Un ancien électricien, qui a fait le tour du monde pendant mille ans. Il s'appelle Ljungström et il habite ces temps-ci dans une maison de retraite. J'ai oublié le nom de l'endroit. Il tient à peine sur ses jambes mais sa mémoire est impeccable.

– Qu'a-t-il dit ?

– Rien. Mais il m'a conseillé d'aller voir un type au port de Malmö. Et quand j'ai fini par trouver ce type-là et que je l'ai interrogé sur Hansson et Hålén, il m'a dit, « Ben, dis donc, on peut dire qu'ils sont sacrément recherchés, ces deux-là ».

– Que voulait-il dire ?

– À ton avis ? C'est toi le flic, c'est toi qui es censé comprendre ce que les gens normaux ne saisissent pas.

– Qu'a-t-il dit ? Je veux ses paroles exactes.

– « Ben, dis donc, on peut dire qu'ils sont sacrément recherchés, ces deux-là. » Tu veux que je le redise encore une fois ?

– Ça signifie que quelqu'un l'avait déjà interrogé sur eux… enfin, sur lui ?

– Yes.

– Qui ?

– Il ne connaissait pas son nom. Mais il a dit que c'était un type un peu… désordonné, ou comment dit-on ? Mal rasé, mal habillé. Et pas très sobre.

– Quand était-ce ?

– Il y a à peu près un mois.

À peu près un mois. En gros, pensa Wallander, au moment où Hålén a fait installer sa nouvelle serrure.

– Il n'avait vraiment aucune idée sur l'identité du type ? Attends, je vais aller voir ton copain et lui parler. Comment s'appelle-t-il ?

– Il ne veut pas discuter avec la police.

– Pourquoi ?

Jespersen haussa les épaules.

– Tu sais ce que c'est. Les caisses d'alcool qui se cassent au déchargement, un sac de café qui disparaît…

Wallander avait entendu parler du phénomène.

– Mais j'ai continué à me renseigner. Si je ne me trompe pas du tout au tout, il y a des gens désordonnés du genre du type qui t'intéresse qui ont l'habitude de se retrouver et de partager une bouteille ou deux dans ce fameux parc, en plein milieu de votre ville. J'ai oublié son nom. Ça commence par P, je crois.

– Pildammsparken.

– C'est ça. Et le type qui avait interrogé mon copain sur Hålén, ou peut-être Hansson, avait une paupière pendante.

– Quel œil ?

– À mon avis, si tu trouves le gars, tu le verras tout de suite.

– Je résume : un type à la paupière pendante est venu il y a un mois interroger ton copain sur Hålén ou Hansson, et ce type traîne souvent dans Pildammsparken ?

– Je me disais qu'on pourrait partir à sa recherche tous les deux avant que je ne rentre à Copenhague. Peut-être découvrirons-nous un café en chemin ?

Wallander regarda sa montre. Dix-neuf heures trente.

– Pas possible. Je suis occupé.

– Bon, alors je retourne à Copenhague. Je vais aller voir Anne-Birte et lui parler de ses moules.

– C'était peut-être autre chose.

– C'est précisément ce que je comptais dire à Anne-Birte.

Ils étaient dans l'entrée.

– Merci d'être venu. Et merci pour ton aide.

– Merci à toi, dit Jespersen. Si tu n'avais pas été là, j'aurais eu un tas d'ennuis et d'amendes ce jour-là, quand les autres ont commencé à se taper dessus.

– À bientôt. Mais pas de moules la prochaine fois.

– D'accord, dit Jespersen.

Wallander retourna à la cuisine et nota ce qu'il venait d'entendre. Il y a environ un mois, quelqu'un s'est renseigné sur le compte de Hålén, alias Hansson, à la même époque où celui-ci faisait mettre une nouvelle serrure à sa porte. L'homme qui cherche Hålén a une paupière pendante et donne l'impression d'être un marginal, il passe une partie de son temps à Pildammsparken…

Il posa son crayon. Je vais en parler à Hemberg, pensa-t-il. C'est une piste qui se tient.

Il aurait dû demander à Jespersen si quelqu'un parmi ses connaissances avait entendu parler d'une femme du nom d'Alexandra Batista. Sa négligence l'irrita. Je ne réfléchis pas jusqu'au bout, se dit-il. Je commets des erreurs complètement idiotes.

Dix-neuf heures quarante-cinq. Wallander faisait les cent pas dans son appartement. Inquiet, nerveux, bien que ses intestins soient tout à fait remis. Il se dit qu'il devrait appeler son père à son nouveau numéro. Mais ils risquaient la dispute immédiate. Et il avait déjà assez à faire avec Mona. Pour passer le temps, il fit le tour du pâté de maisons. L'été était enfin arrivé. La soirée était tiède. Il se demanda si les vacances prévues à Skagen auraient bien lieu…

À vingt heures trente, il était de retour chez lui. Il s'installa dans la cuisine et posa sa montre-bracelet sur la table. Je me comporte comme un enfant, pensa-t-il. Mais là, tout de suite, je ne saurais pas agir autrement.

À vingt et une heures, il composa le numéro. Mona décrocha à la deuxième sonnerie. Il attaqua bille en tête.

– Je voudrais juste m'expliquer avant que tu ne raccroches.

– Qui a dit que j'avais l'intention de raccrocher ?

Il perdit aussitôt ses moyens. Il s'était soigneusement préparé, il savait ce qu'il allait lui dire. Et voilà qu'elle prenait la parole à sa place.

– Je te crois, je pense que tu es sûrement capable de t'expliquer. Mais là tout de suite, ça ne m'intéresse pas. Je pense plutôt que nous devrions nous voir et parler tous les deux.

– Maintenant ?

– Non, pas ce soir. Demain. Si tu peux ?

– Je peux.

– Alors je passerai chez toi. Mais ne m'attends pas avant vingt et une heures. C'est l'anniversaire de ma mère et j'ai promis d'y aller.

– Je peux préparer à dîner.

– Ce ne sera pas nécessaire.

Il essaya de reprendre à zéro ses explications toutes prêtes. Mais elle l'interrompit.

– Demain. Pas maintenant, pas au téléphone.

Leur échange avait duré moins d'une minute. Rien à voir avec ce qu'il avait imaginé. Il aurait à peine osé rêver une conversation pareille. Même si on pouvait aussi, à vrai dire, l'interpréter dans un sens funeste.

L'idée de rester enfermé chez lui le reste de la soirée lui donnait des fourmis. Vingt et une heures quinze… Rien ne l'empêchait de faire un tour par Pildammsparken. Peut-être avec un peu de chance, il croiserait un homme à la paupière pendante.

Dans sa bibliothèque, Wallander avait un livre où il avait glissé cent couronnes en petites coupures. Il les empocha, prit sa veste et quitta l'appartement. Pas un souffle de vent, température encore tiède. Sur le chemin de l'arrêt de bus, il se mit à fredonner un air de *Rigoletto*. Puis il aperçut le bus et se mit à courir.

Une fois dans le parc, il se demanda si c'était vraiment une bonne idée. L'endroit était vaste et désert. Le type qu'il cherchait était malgré tout un tueur potentiel. La défense absolue d'agir seul, soulignée avec force par Hemberg, lui résonnait aux oreilles. Mais rien ne m'empêche de faire une petite promenade, raisonnat-il. Je ne suis pas en uniforme, personne ne sait qui je suis. Je suis juste un type qui promène un chien invisible.

Il bifurqua vers une allée. Un groupe de jeunes était assis sous un arbre. L'un d'eux jouait de la guitare. Wallander aperçut des bouteilles de vin et se demanda combien d'infractions ces gamins commettaient en cet instant peut-être à leur insu. Lohman aurait sûrement frappé fort sans hésiter. Mais lui se contenta de passer son chemin. Quelques années plus tôt, il aurait pu être l'un d'eux. Maintenant il était flic, et censé arrêter toute personne surprise à consommer de l'alcool dans un lieu public. Il secoua la tête. Il n'en pouvait plus, l'envie de rejoindre la brigade criminelle était plus forte que jamais. Ce n'était pas pour ça qu'il était entré dans la police. Pas pour intervenir contre des jeunes qui jouaient de la guitare et buvaient du vin en l'honneur de la première soirée d'été digne de ce nom. Mais pour arrêter les vrais criminels. Les violents dangereux, les braqueurs, les trafiquants de drogue.

Il s'enfonçait toujours plus loin dans le parc. La rumeur de la circulation lui parvenait de loin. Deux jeunes étroitement enlacés le dépassèrent. Il pensa à Mona. Ça allait sûrement s'arranger. Bientôt ils partiraient pour Skagen et il ne serait plus jamais en retard à leurs rendez-vous.

Il s'immobilisa. Sur un banc devant lui, quelques hommes étaient assis avec une bouteille d'alcool. L'un d'eux tirait sur la laisse d'un berger allemand qui refusait de rester couché. Wallander s'approcha lentement. Ils ne faisaient pas attention à lui. Il ne lui semblait pas que l'un ou l'autre ait une paupière pendante. Mais soudain un des types se leva, s'approcha, flageolant, de Wallander et se planta devant lui. Il était très costaud. Les muscles saillaient sous sa chemise déboutonnée jusqu'au ventre.

131

– Il me faut dix couronnes.

La première impulsion de Wallander fut de refuser. Dix couronnes, c'était beaucoup d'argent. Puis il changea d'avis.

– Je cherche un copain, dit-il. Il a une paupière qui lui tombe sur l'œil.

Il ne s'attendait pas à ce que l'autre morde à l'hameçon mais, à son grand étonnement, il répondit avec sérieux.

– Rune ? Il a foutu le camp et on sait pas où.

– C'est ça, dit Wallander. Rune.

– Et toi, t'es qui ?

– Kurt. Un copain.

– Je ne t'ai jamais vu.

Il lui donna un billet de dix.

– Si tu le vois, dis-lui que Kurt est passé le voir. C'est quoi, au fait, son nom de famille ?

– Je sais pas s'il en a un. Rune, c'est Rune.

– Tu sais où il habite ?

L'homme cessa un instant d'osciller.

– Je croyais que vous étiez copains.

– Il déménage pas mal.

L'homme se tourna vers ses compagnons.

– Quelqu'un sait où habite Rune en ce moment ?

S'ensuivit un échange très confus. D'abord il fallut un long moment pour démêler de quel Rune on parlait. Puis il y eut une avalanche de suggestions quant à son domicile du moment. S'il en avait un. Ce qui n'était pas sûr. Wallander attendit. Le berger allemand aboyait sans interruption.

L'homme aux muscles saillants revint vers lui.

– On ne sait pas où il habite. Mais on peut lui dire que Kurt le cherche.

Wallander hocha la tête et s'éloigna rapidement. Il pouvait se tromper, bien sûr. Ils pouvaient être plus d'un à avoir la paupière tombante. Pourtant il était convaincu de tenir la bonne piste. Il devait appeler Hemberg tout de suite et proposer une surveillance du parc. Peut-être la police avait-elle déjà un homme à la paupière tombante dans son fichier ?

Puis il hésita. Il allait trop vite une fois de plus. Avant toute chose, il devait avoir une conversation approfondie avec Hemberg. Il lui parlerait du changement de nom de Hålén et lui communiquerait les informations de Jespersen. À charge pour Hemberg de décider si c'était une piste valable.

Mais il était tard. Cette conversation devrait attendre jusqu'au lendemain.

Il quitta le parc et reprit le bus jusque chez lui.

Il était encore fatigué après sa gastro et se coucha avant minuit.

Le lendemain, il se réveilla en pleine forme à sept heures. Il n'avait plus du tout mal au ventre. Il prit une douche. Puis il appela le numéro que lui avait donné la standardiste du commissariat.

Son père décrocha après plusieurs sonneries.

– Ah, c'est toi ? fit-il avec brusquerie. Je ne retrouvais plus le téléphone au milieu du bazar.

– Pourquoi appelles-tu au commissariat en disant que tu es un parent éloigné ? Tu pourrais quand même dire que tu es mon père, bordel !

– Je ne veux rien avoir à faire avec la police. Pourquoi ne passes-tu pas me voir ?

– Je ne sais même pas où tu habites.

– Tu es trop paresseux pour te renseigner, c'est ça ton problème.

La conversation, à peine entamée, avait déjà dérapé. La meilleure chose à faire, comprit Wallander, était de raccrocher.

– Je passerai te voir dans quelques jours. Et je t'appellerai avant pour que tu m'expliques l'itinéraire. Comment vas-tu ?

– Bien.

– C'est tout ? « Bien » ?

– Il y a un peu de désordre. Mais quand je serai mieux installé, ce sera parfait. Il y a une vieille remise qui fera un très bon atelier.

– Je viendrai voir tout ça, dit Wallander.

– Je ne le croirai que quand tu seras là. On ne peut pas faire confiance à la police.

Wallander raccrocha. Il peut vivre vingt ans encore, pensa-t-il avec résignation. Je l'aurai sur le dos jusqu'à la fin de ma vie. Je ne lui échapperai jamais. Autant l'admettre une fois pour toutes. Et si je le trouve difficile maintenant, qu'est-ce que ça va être dans quelques années ? Il faut que je pense à ça quand je m'énerve.

Il mangea deux tartines, content d'avoir retrouvé l'appétit, et prit ensuite le bus jusqu'au commissariat. Peu après huit heures, il frappait à la porte entrouverte de Hemberg. Un grognement lui répondit. Pour une fois, Hemberg n'avait pas les pieds sur la table. Debout près de la fenêtre, il feuilletait un journal du matin et lui jeta un regard amusé en le voyant.

– Il faut se méfier des moules. Elles absorbent toute la merde qu'il y a dans l'eau.

– C'était peut-être autre chose…

Hemberg posa son journal et s'assit.

– J'ai besoin de te parler, dit Wallander. Et ça va prendre plus de cinq minutes.

Hemberg indiqua le deuxième fauteuil.

Wallander s'assit. Il lui raconta sa découverte, à savoir que Hålén avait changé de nom sept ans auparavant. Il vit l'attention de Hemberg s'aiguiser. Il continua en résumant sa conversation avec Jespersen à

Copenhague, la visite imprévue de celui-ci la veille au soir et sa promenade dans le parc.

– Un certain Rune. Qui n'a pas de nom de famille. Mais qui a une paupière tombante.

Hemberg évalua en silence ce que venait de lui apprendre Wallander.

– Tout le monde a un nom de famille, dit-il ensuite. Et des paupières tombantes, il ne peut pas y en avoir tant que ça dans une ville comme Malmö.

Puis il fronça les sourcils.

– Je t'ai déjà dit de ne pas agir seul. Tu aurais dû prendre contact avec moi ou quelqu'un d'autre dès hier soir. Ceux que tu as croisés dans le parc auraient dû être ramenés ici. Une fois l'ivresse tombée et après quelques interrogatoires précis, les gens se souviennent en général de tout un tas de choses. As-tu par exemple noté le nom de ces hommes à qui tu as parlé ?

– Je n'ai pas dit que j'étais de la police. Je me suis fait passer pour un copain de Rune.

Hemberg secoua la tête.

– Tu ne peux pas continuer comme ça. Nous agissons toujours à visage découvert, à moins d'une raison absolument impérieuse.

– Il m'a demandé de l'argent, se défendit Wallander. S'il ne l'avait pas fait, j'aurais passé mon chemin.

Hemberg le scruta froidement.

– Que faisais-tu dans le parc ?

– Je me promenais.

– Tu n'étais donc pas en train de mener une enquête parallèle en solitaire ?

– J'avais besoin de bouger après la gastro.

Le visage de Hemberg exprimait un doute profond.

– C'était donc un pur hasard si tu as choisi ce parc-là pour ta balade ?

Wallander ne répondit pas. Hemberg se leva.

– Je vais mettre des gars sur cette piste. Dans l'immédiat, il nous faut ratisser le plus large possible. J'avoue que, pour moi, jusqu'à preuve du contraire, c'était Hålén qui avait tué Batista. Il arrive qu'on se trompe. Dans ce cas-là, il n'y a qu'à tirer un trait et tout recommencer du début.

Wallander quitta le bureau de Hemberg et descendit à l'étage inférieur. Il espérait ne pas croiser Lohman. Mais à croire que son chef le guettait tapi derrière la porte, il le vit sortir d'une salle de réunion, une tasse de café à la main, et s'avancer vers lui dans le couloir.

– Ah, te voilà, dit Lohman. Je commençais à me poser des questions.

– J'étais en arrêt de travail.

– Pourtant on t'a vu dans la maison.

– Je suis rétabli. C'était une gastro. J'avais mangé des moules.

– Tu es prévu pour une patrouille à pied. Va voir Håkansson.

Wallander se rendit dans la salle où les agents recevaient leurs instructions. Håkansson, un homme grand et gros qui transpirait en permanence, était assis derrière une table et feuilletait un magazine. Il leva la tête à l'entrée de Wallander.

– Centre-ville, annonça-t-il. Wittberg prend son service à neuf heures, finit à quinze. Va avec lui.

Wallander fit demi-tour et se rendit au vestiaire. Il sortit l'uniforme de son casier et se changea. Il bouclait son ceinturon quand Wittberg entra. Wittberg avait trente ans et parlait sans cesse de son rêve d'être un jour pilote de Formule 1.

À neuf heures et quart, ils quittaient le commissariat.

– Dès qu'il fait chaud, ça se calme, observa Wittberg. Pas d'interventions intempestives, surtout. On aura peut-être une journée tranquille.

La journée fut effectivement très tranquille. Quand Wallander se débarrassa de son uniforme peu après quinze heures, ils n'avaient rien fait du tout, à part arrêter un cycliste qui roulait du mauvais côté de la rue.

À seize heures, il était de retour chez lui. Il avait acheté quelques provisions au magasin près de l'arrêt du bus. Mona avait dit qu'elle aurait dîné, mais elle aurait peut-être faim quand même.

À seize heures trente, il s'était douché et changé. Encore quatre heures et demie à attendre jusqu'à l'arrivée de Mona. Rien ne l'empêchait de retourner faire un petit tour dans le parc. Surtout que son chien invisible avait besoin de prendre l'air.

Mais il hésitait. Hemberg avait donné des ordres stricts qui ne laissaient aucune place à l'interprétation.

Il partit. À dix-sept heures trente, il emprunta la même allée que la veille. Les jeunes à la guitare n'étaient plus là. Le banc des ivrognes était désert, lui aussi. Il résolut de s'octroyer un quart d'heure avant de rentrer. Il descendit jusqu'au grand étang et resta un moment à observer les canards. Le parfum des arbres était fort, comme toujours au début de l'été. Partout les oiseaux chantaient. Un couple âgé passa. Il les entendit parler de la « pauvre sœur » de quelqu'un. Il ne sut jamais de quelle sœur il s'agissait ni pourquoi il fallait s'apitoyer sur son sort.

Il s'apprêtait à rebrousser chemin quand il aperçut deux personnages assis sous un arbre. Impossible de dire à cette distance s'ils étaient ivres ou non. L'un d'eux se leva. Sa démarche était chancelante. Il s'éloigna. Son camarade dormait, apparemment ; il avait le menton affaissé contre la poitrine. Wallander s'approcha. Son visage n'était celui d'aucun des hommes de la veille. Mais il était aussi mal vêtu qu'eux. Une bouteille de vodka vide traînait entre ses pieds.

Il s'accroupit pour mieux distinguer ses traits. En même temps, il entendit un bruit dans l'allée derrière lui. En se retournant, il aperçut deux filles. Il lui sembla en reconnaître une, sans pour autant la situer.

– Tiens, dit la fille. C'est un des enfants de salauds qui m'ont tabassée à la manif.

Wallander comprit d'un coup. C'était la fille du café. Celle qui l'avait agressé la semaine précédente pendant qu'il finissait son sandwich.

Il se redressa. Au même instant, il vit que l'autre fille regardait quelque chose dans son dos. Il fit volteface. L'homme endormi au pied de l'arbre ne dormait plus. Il était debout et tenait un couteau à la main.

Tout alla très vite. Par la suite, Wallander se souviendrait juste que les filles avaient crié avant de s'enfuir. Lui-même avait levé les bras pour se protéger. Trop tard. Il ne put parer le coup. La lame s'enfonça dans sa poitrine. Il sentit une grande vague noire et chaude le submerger.

Quand il s'effondra sur le gravier de l'allée, sa mémoire avait déjà cessé d'enregistrer ce qui se passait.

Après il n'y avait plus rien eu. Juste un immense brouillard. Ou peut-être comme une mer épaisse, où tout était blanc et silencieux.

Wallander passa quatre jours dans un coma profond. Il subit deux interventions difficiles. La lame avait effleuré son cœur. Il avait survécu. Peu à peu, lentement, il revint du brouillard. Quand enfin il ouvrit les yeux, au matin du cinquième jour, il n'avait aucune idée de ce qui lui était arrivé ni où il était.

Mais il aperçut au même moment un visage familier.

Un visage qui signifiait tout pour lui. Celui de Mona.

Et elle souriait.

Épilogue

Un jour, début septembre, après que Wallander eut appris de la bouche du médecin qui l'examinait qu'il pourrait reprendre le travail une semaine plus tard, il appela Hemberg au téléphone. Plus tard dans l'après-midi, celui-ci vint le voir dans son appartement de Rosengård. Ils se croisèrent dans l'escalier. Wallander revenait après être allé vider la poubelle dans le conteneur.

– Tout a commencé là, dit Hemberg en indiquant d'un signe de tête la porte de Hålén.

– Il n'y a pas encore de nouveau locataire. Ses meubles sont toujours là. Rien n'a été fait pour effacer les traces de l'incendie. Chaque fois que je suis sur le palier, je sens l'odeur de la fumée.

Ils burent un café dans la cuisine. Cette journée de septembre était d'une fraîcheur inhabituelle. Hemberg avait enfilé un gros pull sous son manteau.

– L'automne arrive tôt cette année.

– Je suis allé voir mon père hier, répliqua Wallander comme par une association d'idées. Il a quitté la ville pour s'installer à Löderup. C'est beau, là-bas.

– Comment quelqu'un peut choisir de s'installer de son plein gré dans la boue de la plaine scanienne, ça me dépasse. Sans parler de l'hiver, où on reste coincé chez soi à cause de la neige.

– Il a l'air de se plaire. En plus, je crois qu'il se fiche pas mal de la météo. Il peint ses tableaux du matin au soir.

– Je ne savais pas que ton père était artiste…

– Il peint toujours la même chose. Un paysage de forêt, avec ou sans coq de bruyère.

Il se leva ; Hemberg le suivit dans la pièce principale et considéra un moment le tableau suspendu au-dessus du canapé.

– Un de mes voisins a le même, dit-il. Faut croire qu'ils ont du succès.

Ils retournèrent dans la cuisine.

– Tu as commis toutes les fautes qu'il est possible de commettre, dit Hemberg. Mais ça, je te l'ai déjà dit. On ne mène pas une enquête seul, on n'intervient pas sans être au minimum deux. Ça, c'est la règle de base. Tu as frôlé la mort. Littéralement, à deux centimètres près. J'espère que ça t'a appris quelque chose. Au moins sur la façon dont il *ne faut pas* se comporter.

Wallander ne dit rien. Hemberg avait raison.

– Si on regarde la chose sous un angle positif, évidemment, on peut dire que tu es quelqu'un de têtu et d'opiniâtre. C'est toi qui as appris le changement de nom de Hålén. On l'aurait découvert tôt ou tard, et on aurait aussi retrouvé la trace de Rune Blom. Mais tu as raisonné juste.

– Si je t'ai demandé de venir, en fait, c'est parce que je suis curieux. Il y a plein de choses que je ne sais pas encore.

Hemberg lui raconta tout par le menu. Rune Blom avait avoué. Grâce aux résultats de la police scientifique, il avait même été possible de l'inculper pour le meurtre d'Alexandra Batista.

– L'histoire remonte en réalité à 1954. Blom n'a pas lésiné sur les détails. Hålén – ou Hansson, comme il s'appelait alors – et lui faisaient partie de l'équipage d'un bateau à destination du Brésil. Ils se sont procuré les diamants à São Luis, d'une façon ou d'une autre. Blom prétend qu'ils les ont achetés pour rien à un Brésilien ivre qui ne connaissait pas leur valeur. On peut imaginer qu'eux non plus, d'ailleurs. Et on ne saura jamais s'ils les ont volés ou achetés comme il le prétend. Quoi qu'il en soit, ils ont décidé de partager le butin. Mais, dans la foulée, Blom s'est retrouvé en prison pour meurtre. Là-bas, au Brésil. Hålén a profité de l'occasion ; c'était lui qui détenait les pierres. Il a changé de nom, après quelques années il a quitté la marine marchande et il est venu vivre à Malmö. C'est là qu'il a rencontré Batista. Il était convaincu que Blom passerait le restant de ses jours derrière les barreaux de l'autre côté de l'Atlantique. Mais Blom a fini par être libéré et il s'est mis à la recherche de Hålén. Celui-ci a appris par la bande que Blom venait de ressurgir à Malmö. Il a pris peur. Il a fait installer une deuxième serrure. Mais il a continué de fréquenter Batista. Pendant tout ce temps, Blom le cherchait. Il affirme que Hålén s'est suicidé le jour où il a su que lui, Blom, avait découvert son adresse. Cela l'aurait mis dans un état de terreur insensée d'apprendre qu'il l'avait retrouvé. On peut évidemment s'interroger là-dessus. Pourquoi ne pas simplement remettre les diamants à Blom ? Quel sens y a-t-il à être cupide à ce point ? Au point de préférer mourir en avalant l'objet auquel on tient plutôt que de l'abandonner ?

Hemberg but une gorgée de café en regardant par la fenêtre. Il pleuvait.

– La suite, tu la connais. Blom n'a pas retrouvé les diamants. Il a soupçonné que Batista les avait. Il est allé la voir. Dans la mesure où il s'est présenté comme un ami de Hålén, elle l'a laissé entrer. Elle n'a rien soupçonné, et il l'a tuée. Il est d'une nature violente. Il l'avait déjà prouvé par le passé. Quand il boit, il est capable de devenir très brutal. Il y a toute une série de faits, dans son histoire, qui vont dans le même sens, sans même parler du meurtre commis au Brésil. Cette fois, c'est Batista qui en a fait les frais.

– Mais pourquoi s'est-il donné la peine de mettre le feu à l'appartement ? Pourquoi prendre un tel risque ?

– L'explication qu'il a fournie, c'est que la disparition des diamants l'avait mis hors de lui. Je crois que c'est la vérité. Blom est un type antipathique. Peut-être aussi avait-il peur que son nom figure quelque part sur un document que Hålén aurait conservé chez lui. Il n'avait sans doute pas eu le temps de vérifier ce point quand tu l'as surpris. Mais il prenait un très grand risque, bien sûr. Il aurait pu être arrêté.

Wallander acquiesça. Le tableau s'éclaircissait peu à peu.

– Au fond, ce à quoi on a affaire ici, c'est à un meurtre crapuleux et à un avare qui se fait sauter le caisson, dit Hemberg. Quand tu seras à la brigade, tu verras ce genre de scénario plus souvent qu'à ton tour. La méthode n'est jamais tout à fait la même. Le mobile, par contre, oui.

– C'est ça que je voulais te demander, justement. Enfin, je veux dire… Je me rends bien compte que j'ai commis beaucoup d'erreurs.

– Ne t'inquiète pas. Tu arrives chez nous le 1er octobre. Pas avant ! Tiens-le-toi pour dit.

Il avait bien entendu. Intérieurement il eut une poussée de jubilation comme il en avait rarement connu. Mais il ne montra rien, se contenta de hocher la tête.

Hemberg s'attarda dans sa cuisine un moment encore avant de prendre congé. Wallander, de la fenêtre, le vit s'éloigner sous la pluie et monter dans sa voiture. D'un geste distrait, il caressa la cicatrice sur sa poitrine.

Soudain il se rappela une phrase qu'il avait lue, il ne se souvenait plus dans quel contexte.

Il y a un temps pour vivre et un temps pour mourir.

Je m'en suis sorti, pensa-t-il. J'ai eu de la chance.

L'instant d'après, il prit la décision de ne jamais oublier ces mots-là.

Il y a un temps pour vivre et un temps pour mourir.

À compter de ce jour, ce serait sa formule de conjuration personnelle.

La pluie crépitait contre la fenêtre.

Mona arriva peu après vingt heures.

Ce soir-là, ils parlèrent longtemps du voyage qui avait été annulé en raison des circonstances. Ils le feraient l'été suivant, décidèrent-ils. L'été suivant, ils iraient ensemble à Skagen.

La faille

Wallander regarda la pendule. Seize heures quarante-cinq. Veille de Noël, 1975. Il se trouvait dans son bureau du commissariat de Malmö. Les deux collègues avec lesquels il partageait ce bureau, Stefansson et Hörner, étaient en congé. Lui-même le serait dans moins d'une heure. Il se leva, s'approcha de la fenêtre. Il pleuvait. Ce ne serait pas un Noël sous la neige, pas plus que celui de l'année précédente. La vitre commençait à s'embuer. Il bâilla, entendit un craquement et referma les mâchoires avec précaution. Ça lui arrivait parfois d'attraper une crampe, quand il bâillait trop fort.

Il retourna s'asseoir. Quelques papiers traînaient sur son bureau, mais rien dont il devait s'occuper dans l'immédiat. Il se renversa dans son fauteuil et pensa avec plaisir aux jours qui s'annonçaient. Presque une semaine entière. Il ne reprendrait le service que le 31 au soir. Il posa les pieds sur la table, prit une cigarette dans le paquet, l'alluma et commença à tousser. Il avait décidé d'arrêter. Mais ce n'était pas une résolution de jour de l'An, à mettre en œuvre sur-le-champ. Il se connaissait trop pour croire que ça puisse fonctionner. Pour lui, il faudrait un long temps de préparation. Et, un matin au réveil, il saurait que ce jour-là il allumerait sa dernière cigarette.

Nouveau regard à la pendule. Rien ne l'empêchait de partir dès à présent. Le mois de décembre avait été étonnamment calme. La brigade criminelle de Malmö n'avait pas pour l'instant de grosse affaire en cours. D'autres s'occuperaient des bagarres familiales qui éclataient toujours au moment de Noël.

Il ôta ses pieds de la table et appela chez lui. Mona répondit à la deuxième sonnerie.

– C'est Kurt.

– Ne me dis pas que tu vas encore être en retard.

Il sentit l'irritation surgir comme de nulle part. Il ne réussit pas à la camoufler.

– J'appelais juste pour te dire que je pensais rentrer maintenant. Mais ce n'est peut-être pas une bonne idée.

– Pourquoi es-tu de mauvaise humeur ?

– Moi ? Je suis de mauvaise humeur ?

– Ben, oui.

– D'accord, je suis de mauvaise humeur. Et toi alors ? Pourquoi m'agresses-tu alors que je t'appelle justement pour te dire que je rentre plus tôt ? Si tu n'as pas d'objection, bien sûr.

– Fais attention sur la route.

Elle raccrocha. Wallander demeura immobile, le combiné à la main. Puis il le reposa brutalement sur son socle.

Nous ne sommes même plus capables de nous parler au téléphone. Elle m'engueule pour le moindre prétexte. Et elle en dirait probablement autant de moi.

Il resta assis à suivre du regard la fumée qui montait vers le plafond. Évitant autant que possible de penser à Mona. Et à leurs disputes incessantes. La pensée qu'il voulait à tout prix éviter de formuler – à savoir que la seule chose qui faisait encore tenir leur couple, c'était l'existence de leur fille de cinq ans, Linda –, cette pensée s'imposait à lui de plus en plus souvent. Chaque fois, il se hérissait. La perspective de vivre sans Mona et sans Linda lui était intolérable.

Il n'avait pas encore trente ans. Et, il le savait, il avait ce qu'il fallait pour devenir un bon enquêteur. S'il le voulait, il pourrait faire une vraie carrière. Ses six années d'expérience et sa promotion rapide l'avaient conforté sur ce point, même s'il lui arrivait de ne pas se sentir à la hauteur. Mais était-ce vraiment cela qu'il voulait ? Mona avait plusieurs fois tenté de le persuader d'intégrer une de ces sociétés de surveillance qui devenaient monnaie courante partout en Suède. Elle découpait les offres d'emploi dans le journal et lui disait qu'il gagnerait beaucoup mieux sa vie, que ses horaires seraient beaucoup moins aléatoires. Mais, au fond, il savait qu'elle lui demandait de changer de métier parce qu'elle avait peur. À cause de ce qui lui était arrivé. Et qui pourrait lui arriver encore, il ne fallait pas nier l'évidence.

Il retourna à la fenêtre. Regarda la ville qui s'étendait de l'autre côté de la vitre embuée.

C'était sa dernière année à Malmö. Avant l'été, il prendrait son nouveau service à Ystad. La famille avait déjà emménagé là-bas. Depuis septembre, ils occupaient un appartement du centre-ville, dans Mariagatan. Ils n'avaient pas hésité, même si ce n'était pas forcément très bon pour sa carrière d'aller s'enterrer dans un petit commissariat. Mona ne souhaitait pas que Linda grandisse dans une grande ville comme Malmö. Wallander, lui, ressentait un besoin de changement. Le fait que son père soit installé dans l'Österlen depuis quelques années était une incitation supplémentaire. En allant à Ystad, il se rapprochait de lui. Mais le plus important était que Mona avait réussi à dénicher là-bas, pour un très bon prix, un salon de coiffure pour dames.

Il s'était rendu plusieurs fois au commissariat d'Ystad pour faire la connaissance de ses futurs collègues. Il avait particulièrement apprécié un commissaire d'âge mûr du nom de Rydberg. Avant de le rencontrer, il n'avait entendu que des rumeurs le présentant comme un type pas commode, mais il avait eu d'emblée une impression très différente. Que Rydberg soit un solitaire et un original, cela ne faisait aucun doute. Mais Wallander avait été épaté par sa faculté de décrire et d'analyser en peu de mots toutes les étapes de l'élucidation d'un crime.

Il retourna à son bureau et éteignit sa cigarette. Il était dix-sept heures quinze. Il pouvait y aller. Il ramassa sa veste. Prêt à rentrer chez lui. En faisant attention, comme le lui avait demandé Mona.

Peut-être avait-il eu une voix désagréable au téléphone sans même s'en rendre compte ? Il était fatigué. Ce congé n'était vraiment pas de trop. Mona le comprendrait, il suffirait de le lui expliquer.

Il enfila sa veste et vérifia que les clés de sa Peugeot étaient bien dans sa poche.

Sur le mur, derrière la porte, il avait suspendu un petit miroir qui lui servait à se raser à l'occasion. Il contempla son reflet. Ce qu'il voyait lui plaisait. Il allait avoir vingt-neuf ans, mais le miroir lui renvoyait le visage d'un homme qui aurait pu en avoir vingt-deux.

La porte s'ouvrit au même moment. C'était Hemberg, son supérieur immédiat depuis qu'il avait intégré la brigade criminelle. En général, leur collaboration se passait bien. Les rares difficultés qu'ils connaissaient étaient dues principalement au côté lunatique de Hemberg.

Celui-ci serait de service pendant les fêtes, à Noël et au jour de l'An. Hemberg était célibataire et il s'était sacrifié au profit d'un autre chef, père de famille nombreuse.

– Je me demandais si tu serais encore là…

– J'allais partir, dit Wallander. Je pensais m'esquiver avec une demi-heure d'avance.

– Moi, je n'y vois pas d'inconvénient.

Mais il y avait manifestement quelque chose.

– Que se passe-t-il ?

Hemberg haussa les épaules.

– Vu que tu habites Ystad, j'ai pensé que tu pourrais peut-être t'arrêter en chemin pour une vérification de routine. Je n'ai pas beaucoup de personnel en ce moment. Et c'est sûrement sans importance.

Wallander attendit patiemment des explications.

– Voilà. Une femme a appelé au commissariat deux ou trois fois dans l'après-midi. Elle tient une supérette près du grand magasin de meubles, tu vois ? Juste avant le dernier rond-point de Jägersro. À côté de la station-service.

Wallander savait où c'était. Hemberg consulta le papier qu'il tenait à la main.

– Elle s'appelle Elma Hagman et à mon avis elle est assez âgée. Elle prétend qu'un type étrange rôde devant son magasin depuis le début de l'après-midi.

Wallander attendit la suite, mais rien ne vint.

– C'est tout ?

Hemberg écarta les mains en signe d'impuissance.

– On dirait. Elle vient de rappeler. Et j'ai pensé à toi.

– Tu veux que je m'arrête et que je la rassure, c'est ça ?

Hemberg jeta un regard à sa montre.

– Elle ferme à dix-huit heures, m'a-t-elle dit. Si tu te dépêches, tu peux y arriver. J'imagine qu'elle s'est raconté tout un film. Au pire, tu pourras lui souhaiter un joyeux Noël.

Wallander réfléchit rapidement. Ça lui prendrait au maximum dix minutes de s'arrêter à la supérette et de constater que tout allait bien.

– D'accord. Après tout, je suis encore officiellement de service.

Hemberg opina.

– Joyeux Noël, dit-il. On se retrouve le 31.

– J'espère que ta soirée sera calme.

– Les bagarres commencent en général un peu plus tard dans la nuit, répondit Hemberg avec un air sombre. Tout ce qu'on souhaite, c'est que ça ne dégénère pas trop. Et qu'il n'y ait pas trop d'enfants déçus.

Ils se séparèrent dans le couloir. Wallander se dépêcha de rejoindre sa voiture, qu'il avait garée devant le commissariat. Il pleuvait fort. Il glissa une cassette dans le lecteur et monta le son. La ville scintillait de décorations et de vitrines illuminées. La voix de Jussi Björling remplit l'habitacle. Il se réjouissait vraiment de ce congé qui s'annonçait.

Au moment de négocier le dernier rond-point avant la sortie vers Ystad, il avait presque oublié la demande de Hemberg. Il dut freiner, changer de file un peu trop vite et faire demi-tour sur le parking du grand magasin de meubles, qui était fermé. La station-service était déserte, elle aussi. Mais la supérette était encore éclairée. Il s'arrêta et sortit de la voiture sans retirer la clé de contact. Il ferma sa portière si négligemment que la lumière resta allumée à l'intérieur. Il ne prit pas la peine de revenir sur ses pas. Il en avait pour quelques minutes à peine.

Il pleuvait toujours à verse. Il regarda autour de lui. Rien à signaler. La rumeur de la circulation lui parvenait en sourdine. Il se demanda vaguement comment une supérette aussi vétuste pouvait survivre dans un quartier dominé par les supermarchés et les PME. Il se dépêcha sans attendre la réponse, voûté contre la pluie, et ouvrit la porte du magasin.

Dès l'entrée, il sut que quelque chose ne tournait pas rond.

C'était sérieux.

Il ne comprit pas ce qui l'avait fait réagir ainsi. Il s'était immobilisé sur le seuil. Le magasin était désert. Profond silence. Personne en vue.

C'est trop calme, pensa-t-il. Où est Elma Hagman ?

Il s'avança avec précaution jusqu'à la caisse. Se pencha, regarda par terre. Rien. La caisse enregistreuse était fermée. Le silence assourdissant. Son instinct lui dictait de quitter immédiatement les lieux. Il n'avait pas de radio dans sa voiture ; il devait trouver une cabine téléphonique, appeler des renforts. Il fallait être au moins deux. *Aucune intervention en solitaire.* La rengaine de Hemberg lui résonnait aux oreilles.

Puis il renia son intuition. Refusa de se laisser dominer par elle en permanence.

– Y a quelqu'un ? Madame Hagman ? Elma ?

Pas de réponse.

Il contourna la caisse. Derrière, il y avait une porte fermée. Il frappa. Pas de réaction. Il abaissa la poignée. Elle céda. Doucement, il ouvrit.

Tout alla très vite. Une femme était couchée au sol, sur le ventre. Il eut le temps d'enregistrer qu'il y avait du sang répandu autour de sa tête et une chaise renversée à côté d'elle. Il sursauta, bien qu'il ne fût pas, au fond de lui, totalement surpris. Le silence avait été trop lourd. À l'instant où il se retournait, il sentit une présence dans son dos. Il finit sa rotation genoux fléchis et entraperçut l'ombre qui se propulsait à grande vitesse vers son visage. Puis ce fut le noir.

En ouvrant les yeux, il sut aussitôt où il était. La douleur au crâne était intense, et il avait la nausée. Il était assis par terre, derrière la caisse. Il n'avait pas dû rester évanoui longtemps. Un objet était venu à sa rencontre, une ombre l'avait frappé violemment. C'était son dernier souvenir. Encore très net. Il essaya de se lever, sans succès. Une corde lui entravait les jambes et les bras. Elle était attachée à quelque chose dans son dos, qu'il ne pouvait pas voir.

Cette corde avait un air familier. Puis il comprit. C'était celle qu'il gardait toujours dans le coffre de sa voiture, au cas où.

La mémoire lui revint au même moment. Il avait découvert une femme morte dans le petit bureau derrière la caisse du magasin. Elma Hagman, selon toute vraisemblance. Puis on l'avait frappé et ligoté avec sa propre corde. Il regarda autour de lui. Rien. Il écouta. Il devait y avoir quelqu'un à proximité. Quelqu'un dont il avait toutes les raisons d'avoir peur. La nausée, qui avait reflué un moment, le submergea. Il essaya de donner du mou à la corde pour évaluer s'il avait la moindre chance de se dégager par ses propres moyens. En même temps, il dressait l'oreille, aux aguets. Le silence était toujours aussi compact, mais d'une qualité différente de celle qu'il avait perçue en entrant dans le magasin. Il essaya encore. Les liens n'étaient pas très serrés mais on lui avait tordu bras et jambes de telle sorte qu'il n'avait plus de forces.

C'est alors seulement qu'il sentit la peur. On avait tué Elma Hagman. On n'avait pas hésité à le frapper et à le ficeler au sol. Qu'avait dit Hemberg ? *Elle prétend*

154

qu'un type étrange rôde devant son magasin depuis le début de l'après-midi. Elle avait vu juste ! Il essaya de réfléchir calmement. Mona savait qu'il était en route. Ne le voyant pas arriver, elle s'inquiéterait et appellerait Malmö. Hemberg penserait aussitôt qu'il lui avait demandé de passer à la supérette. À partir de là, les voitures de police ne tarderaient pas à venir.

Il écouta. Silence. Essaya de se soulever pour voir si le tiroir-caisse était ouvert. Il ne pouvait envisager autre chose qu'un crime crapuleux. Si la caisse était ouverte, ça signifiait que le cambrioleur était probablement parti. Il se démena ; impossible d'en avoir le cœur net. N'empêche. Il était de plus en plus convaincu d'être seul dans le magasin avec le corps de sa propriétaire.

Le type n'était sans doute plus là. Le risque était grand que sa voiture ait disparu aussi, puisqu'il avait laissé la clé dans le contact.

Il continua à remuer pour tenter d'assouplir la corde. Après avoir allongé bras et jambes autant que possible, c'est-à-dire à peine, il comprit qu'il devait se focaliser sur sa jambe gauche. S'il se concentrait pour étirer davantage cette jambe-là, il pourrait peut-être la libérer. Alors il ferait pivoter son buste et verrait de quelle façon il était attaché au mur.

Il transpirait. À cause de l'effort ou de la peur, difficile à dire. Six ans plus tôt, alors qu'il était encore un policier très jeune et très naïf, il avait reçu un coup de couteau. Ça s'était passé si vite qu'il n'avait rien pu faire. La lame s'était enfoncée dans sa poitrine, juste à côté du cœur. La peur était venue après. Cette fois, la peur était immédiate, viscérale. Il se persuada de son mieux qu'il ne lui arriverait rien de plus. Tôt ou tard il parviendrait à se dégager. Tôt ou tard les collègues commenceraient à le chercher.

Il fit une pause. La gravité de la situation le submergea d'un coup, à pleine puissance. Une vieille femme tuée dans son magasin le 24 décembre, juste avant la fermeture. Un acte d'une brutalité irréelle. Ce genre de chose n'arrivait tout simplement pas en Suède. Pas la veille de Noël.

Il recommença à tirer sur ses liens. C'était laborieux, mais la corde semblait le blesser déjà moins. À grand-peine, il fit pivoter son avant-bras et réussit à regarder sa montre. Dix-huit heures neuf. Mona n'allait pas tarder à se poser des questions. Une demi-heure encore, elle s'inquiéterait. Elle appellerait sûrement le commissariat… au plus tard à dix-neuf heures trente.

Soudain il entendit un bruit tout près de lui. Il retint son souffle, écouta. Il l'entendit de nouveau. Un frottement. Il le reconnut. C'était la porte du magasin. Il avait entendu le même à son entrée. Quelqu'un venait de pénétrer dans la boutique. Quelqu'un qui se déplaçait silencieusement.

Au même moment il aperçut l'homme.

Il se tenait debout de l'autre côté de la caisse enregistreuse. Il le regardait.

Il portait une cagoule noire. Plus bas, une veste épaisse, et des gants. De taille moyenne. Plutôt maigre. Il se tenait immobile. Wallander essaya de voir ses yeux. Mais les néons l'aveuglaient. Les fentes de la cagoule étaient minuscules.

L'homme avait un tube d'acier à la main. Ou peut-être était-ce l'extrémité d'une clé anglaise.

Il ne bougeait pas d'un millimètre.

Wallander fut submergé par la peur – une peur décuplée par l'impuissance. La seule chose qu'il aurait pu faire, c'était crier. Une tentation absurde. Il n'y avait personne. On ne l'entendrait pas.

L'homme continuait de l'observer par les fentes de sa cagoule.

Puis il se détourna et disparut de son champ de vision.

Le cœur de Wallander cognait dans sa poitrine. Il aiguisa son ouïe. La porte ? Il n'avait rien entendu de ce côté. L'homme devait encore être dans le magasin.

Il réfléchit fébrilement. Pourquoi le type ne s'en allait-il pas ? Qu'est-ce qu'il attendait ?

Il est entré, pensa-t-il. Ça veut dire qu'il était dehors, et qu'il est revenu. Il voulait vérifier que j'étais toujours au même endroit, dans le même état. Pourquoi ?

Il n'y a qu'une explication. Il attend quelqu'un. Qui devrait déjà être là.

Il essaya de pousser plus loin le raisonnement. Sans relâcher sa vigilance, attentif au moindre son.

Un homme équipé d'une cagoule et de gants, c'est quelqu'un qui veut commettre un cambriolage sans être identifié. Il a choisi le magasin d'Elma Hagman. L'endroit est isolé, elle est vieille. Jusque-là, on suit. Pourquoi l'a-t-il tuée ? C'est incompréhensible. Elle n'a pas pu lui opposer la moindre résistance. Et ce type ne donne pas l'impression d'être nerveux ni drogué.

Il a terminé son affaire. Pourtant il reste. Alors qu'il n'avait probablement pas prévu de tuer quelqu'un. Ni qu'un tiers entrerait dans la boutique juste avant la fermeture. Malgré tout ça, il ne prend pas la fuite. Il attend.

Ce n'était donc pas un cambriolage ordinaire. *Pourquoi l'homme restait-il sur place ?* Il devait trouver la réponse à cette question. Mais les morceaux ne s'emboîtaient pas. Il y avait aussi un autre détail qui avait son importance.

Cet homme ne pouvait pas savoir que lui, Wallander, était de la police. Il n'avait aucune raison de le prendre pour autre chose qu'un client tardif. Mais était-ce un avantage ou un handicap ? Difficile à dire.

Il continua de forcer sa jambe gauche à s'étirer petit à petit. Sans cesser de surveiller les abords du comptoir. L'homme à la cagoule était là, quelque part. Et il se déplaçait sans aucun bruit. La corde commençait à céder un peu. La sueur collait à sa chemise. Au prix d'un dernier effort, il parvint à dégager sa jambe. Il s'immobilisa, aux aguets, reprenant son souffle. Puis il se retourna avec précaution. La corde était fixée au montant d'un rayonnage. Impossible de se dégager sans faire tomber du même coup l'étagère et son contenu. En revanche, il pouvait s'aider de sa jambe pour libérer son autre jambe, millimètre par millimètre. Il regarda sa montre. Sept minutes seulement s'étaient écoulées depuis qu'il l'avait consultée pour la dernière fois. Mona n'avait sans doute pas encore appelé. Avait-elle même commencé à s'inquiéter ? Ce n'était pas sûr. Il poursuivit ses efforts. Il n'y avait plus de retour possible. Si l'homme revenait maintenant, il verrait tout de suite qu'il était en train de se défaire de ses liens et, en même temps, il serait incapable de se défendre.

Il s'efforça de travailler vite et en silence. Ses deux jambes étaient désormais dégagées. Peu après suivit le bras gauche. Restait le bras droit, et il pourrait se lever. Il n'avait aucune idée de ce qu'il ferait. Il n'avait pas emporté son arme de service. S'il était attaqué, il devrait se défendre à mains nues. Mais l'homme ne lui avait pas fait l'effet d'être très grand ni très costaud. En plus, il aurait l'avantage de la surprise. Ce serait son arme à lui ; il n'en avait pas d'autre. Et il ne ferait pas durer le combat. Il essaierait de quitter le magasin le plus vite possible. Seul, il ne pouvait rien. Il devait contacter les collègues.

Sa main droite était à présent libre aussi. La corde traînait au sol. Il avait les membres ankylosés. Avec mille précautions, il se mit à genoux et risqua un regard par-dessus le comptoir.

L'homme à la cagoule lui tournait le dos.

Il voyait pour la première fois sa silhouette entière. Sa première impression se confirma : il était réellement très maigre. Il portait un jean sombre et des baskets blanches.

Il se tenait immobile. La distance entre eux était de trois mètres à peine. Il pouvait tenter le tout pour le tout, se jeter sur lui et le frapper à la nuque. Ça devrait suffire pour lui laisser le temps de fuir.

Pourtant il hésitait.

Soudain, il aperçut le tube d'acier. L'homme l'avait posé sur une tablette à portée de main.

Cela balaya ses derniers doutes. Sans arme, l'autre ne pourrait pas se défendre.

Il se redressa lentement. L'homme ne réagit pas. Wallander était maintenant debout.

L'homme fit volte-face au moment où Wallander se jetait sur lui. Il l'esquiva, et Wallander alla heurter une étagère chargée de boîtes de biscottes. Il retrouva l'équilibre in extremis et se retourna pour se jeter de nouveau sur lui. En plein mouvement, il se figea.

L'homme cagoulé avait une arme à la main. Le canon était braqué sur la poitrine de Wallander. Lentement, il le releva jusqu'à viser son front.

L'espace d'un instant vertigineux, Wallander crut qu'il allait mourir. Il avait survécu au coup de couteau. Mais ce pistolet-là ne manquerait pas sa cible. Il allait mourir. Le soir de Noël, dans une supérette de la banlieue de Malmö. Une mort absurde, voilà ce qu'il laisserait en héritage à Mona et à Linda.

Il ferma les yeux malgré lui. Peut-être pour ne pas voir. Ou alors pour se rendre invisible. Après quelques secondes il les rouvrit. Le pistolet le visait toujours au même endroit.

Il entendait son propre souffle. Chaque expiration ressemblait à un gémissement. L'homme qui le visait respirait, lui, sans aucun bruit.

Il paraissait indifférent, comme si la situation ne le concernait pas. Wallander ne pouvait rien voir par les fentes découpées dans la cagoule.

Ses pensées se bousculèrent. Pourquoi le type était-il toujours là ? Qu'attendait-il ? Pourquoi ne disait-il rien ?

Wallander avait le regard rivé sur le pistolet et les fentes de la cagoule.

– Ne tire pas, dit-il.

Sa propre voix lui parvint, bégayante et faible.

L'homme ne réagit pas.

Wallander leva les mains. Il n'avait pas d'arme, il n'avait aucune intention de résister.

– Je venais juste acheter un truc, dit-il, en montrant l'étagère la plus proche et en faisant bien attention à ce que son geste ne soit pas trop rapide ni trop brusque. Je rentrais chez moi. Ma femme m'attend. J'ai une fille de cinq ans.

L'homme ne répondit pas. Aucune réaction.

Wallander réfléchit désespérément. Avait-il mal évalué la situation en se faisant passer pour un client ? Aurait-il dû dire la vérité ? Qu'il était de la police, qu'on lui avait demandé de venir parce que Elma Hagman avait appelé ?

Il n'en savait rien. La plus grande confusion régnait sous son crâne. Mais ses pensées revenaient toujours au même point.

Pourquoi ne s'en va-t-il pas ? Qu'est-ce qu'il attend ?

Alors l'homme à la cagoule recula d'un pas. Le pistolet ne quittait pas sa cible. Avec le pied, il tira vers lui un petit tabouret et le désigna très vite de la pointe de son arme avant de braquer de nouveau le canon vers le visage de Wallander.

Celui-ci comprit qu'il devait s'asseoir. Pourvu qu'il ne me ligote pas de nouveau. S'il doit y avoir une fusillade quand Hemberg arrivera, je ne veux pas me retrouver au milieu, saucissonné sur un tabouret.

Lentement, il avança et s'assit. L'homme s'était éloigné de quelques pas. Une fois Wallander assis, il glissa le pistolet dans sa ceinture.

Il sait que j'ai vu le corps de la femme, pensa Wallander. Il était là sans que je le voie. C'est pour ça qu'il me retient. Il n'ose pas me laisser partir.

Il évalua ses chances de pouvoir bondir et le désarmer, ou prendre la fuite. Mais la présence du pistolet était dissuasive. Et la porte devait être verrouillée.

Il abandonna tout projet. L'homme donnait l'impression de maîtriser totalement la situation.

Il n'a encore rien dit, se dit-il. C'est toujours plus facile de cerner quelqu'un une fois qu'on a entendu sa voix. Ce type-là est muet.

Wallander fit un lent mouvement de la tête. Comme si les muscles de sa nuque le faisaient souffrir. En réalité pour jeter un regard à sa montre.

Dix-neuf heures trente-cinq. Mona doit commencer à se poser des questions. Mais je ne peux pas espérer qu'elle ait déjà appelé. C'est trop tôt. Elle est beaucoup trop habituée à mes retards.

Il décida de se jeter à l'eau.

– Je ne sais pas pourquoi tu me retiens. Tu ferais mieux de me laisser partir.

Pas de réponse. L'homme avait tressailli, mais il restait muet.

La peur, qui avait reflué au cours des dernières minutes, revint, encore plus forte.

D'une manière ou d'une autre, il doit être dingue. Il cambriole un magasin la veille de Noël, il tue une vieille dame sans défense, il m'assomme, me ligote, me menace avec une arme.

Et il ne s'en va pas. C'est surtout ça ! Il reste sur place…

Soudain une sonnerie de téléphone retentit. Wallander sursauta. Mais l'homme à la cagoule resta imperturbable. Comme s'il n'avait pas entendu.

Le téléphone était posé sur le comptoir. La sonnerie continua. L'homme était toujours immobile. Wallander essaya d'imaginer qui pouvait être au bout du fil. Quelqu'un qui se demandait pourquoi Elma n'était pas rentrée ? C'était l'hypothèse la plus probable. Elle aurait dû fermer boutique depuis un moment déjà. On était le 24 décembre. Sa famille l'attendait sûrement quelque part.

Wallander sentit l'indignation l'envahir – si forte qu'elle domina un instant la peur. Comment pouvait-on tuer une vieille dame de cette façon ? Que se passait-il au juste dans ce pays ?

Ils en parlaient souvent au commissariat ou autour d'un café. Ou au début d'une enquête.

Que se passait-il ? Une faille souterraine avait brusquement fait surface dans la société suédoise. Les séismographes radicaux, les plus sensibles, l'enregistraient. Mais d'où venait-elle ? L'évolution perpétuelle du crime n'avait rien de surprenant en soi. Comme l'avait fait remarquer un jour un collègue, « dans le temps, on volait des gramophones à manivelle, pas des radiocassettes. Pour la simple raison que les radio-cassettes n'existaient pas ».

Cette faille à laquelle il pensait était d'un autre ordre. Elle se manifestait sous la forme d'une brutalité aveugle. D'une violence gratuite.

Et voilà qu'il se retrouvait lui-même au beau milieu de la faille. Devant lui se tenait un homme cagoulé, impassible, qui le menaçait d'un pistolet après avoir tué une vieille dame dont le corps gisait dans une flaque de sang à quelques mètres de lui. Le 24 décembre au soir.

Il n'y avait aucune logique là-dedans. Quand on cherchait en profondeur, avec patience, on arrivait en général à un élément compréhensible. Mais là ? On ne tuait pas une femme à coups de barre de fer à moins d'y être acculé.

Surtout, on ne restait pas planté là après le meurtre, sa cagoule sur la tête et son arme à la main.

Le téléphone se remit à sonner. Wallander en était maintenant certain : quelqu'un attendait Elma Hagman. Et ce quelqu'un commençait à s'inquiéter.

Il essaya de deviner ce qui se passait dans la tête de l'homme cagoulé. Toujours aussi silencieux et immobile, impassible.

Les sonneries s'interrompirent. Un tube de néon, au plafond, se mit à clignoter.

Wallander s'aperçut soudain qu'il pensait à Linda. Il s'imaginait sur le seuil de l'appartement de Mariagatan, rempli de joie en la voyant venir vers lui.

Cette situation est complètement dingue. Je n'ai rien à faire sur ce tabouret. Avec cette blessure à la nuque, ce vertige et cette peur.

Il baissa les yeux. Dix-neuf heures moins dix-neuf minutes. Mona était sûrement en train d'appeler le commissariat, et elle ne se contenterait pas de

163

réponses vagues. Elle était du genre têtu. Tôt ou tard le message parviendrait à Hemberg, qui donnerait l'alerte dans la seconde. Mieux, il dirigerait sans doute lui-même les opérations. Pour un collègue en mauvaise posture, même les chefs n'hésitaient pas à aller sur le terrain.

La nausée était revenue. Et il avait besoin de se rendre aux toilettes.

Il ne pouvait pas rester passif indéfiniment. Il n'y avait qu'une chose à faire, il le savait. Il fallait engager le dialogue avec cet homme qui cachait son visage sous une cagoule noire.

– Bon, commença-t-il. Écoute-moi. La vérité, c'est que moi, en réalité, je suis de la police et que toi, ta meilleure option, c'est de laisser tomber. Mes collègues vont bientôt donner l'assaut. L'endroit va être assiégé. N'aggrave pas ton cas.

Il avait parlé lentement, distinctement. D'une voix pleine d'assurance.

L'homme ne réagit pas.

– Pose ton arme. Reste ou pars. Mais pose ton arme.

Aucune réaction.

Wallander se demanda si l'autre était muet. À moins qu'il ne fût dans un état de confusion tel qu'il ne comprenait rien ?

– Ma carte de police est dans la poche intérieure de ma veste. Tu peux vérifier par toi-même. Je ne suis pas armé. Mais ça, tu le sais sans doute déjà.

Enfin une réaction. De nulle part, un bruit – comme un déclic. L'homme avait peut-être claqué de la langue ?

Ce fut tout. Le type était toujours immobile. Une minute s'écoula.

Puis, sans que rien eût annoncé son geste, il leva la main. Empoigna sa cagoule par le haut et l'arracha.

Wallander en fut médusé. Comme paralysé, son regard plongea dans celui de l'homme. Deux yeux sombres le dévisageaient avec une expression de grande lassitude.

Par la suite, il se demanderait souvent à quoi il s'était attendu au juste. Comment s'était-il imaginé le visage sous la cagoule ? Une seule chose était sûre. Jamais il n'aurait imaginé celui-là.

C'était un homme noir. Ni cuivré, ni métis. Noir.

Et il était jeune. Vingt ans tout au plus.

Différentes pensées traversèrent le cerveau de Wallander, et d'abord que l'autre n'avait peut-être rien compris à ce qu'il lui avait dit un peu plus tôt. Alors il le répéta de son mieux dans son mauvais anglais. Et il vit à son expression que, cette fois, le jeune homme saisissait le sens de ses paroles. Wallander parla très lentement. Il lui redit qu'il était de la police. Que le magasin serait bientôt cerné par les véhicules d'intervention. Qu'il devait se rendre.

L'homme eut un signe de tête. Imperceptible, mais clairement négatif. Wallander eut l'impression qu'il était fatigué, à la limite de l'épuisement.

Je ne dois pas oublier que ce garçon a massacré une vieille dame. Il m'a frappé, ligoté, visé à la tête avec un pistolet.

Qu'avait-il appris ? Comment fallait-il se comporter dans une situation pareille ? Garder son calme. Aucun mouvement brusque, aucune déclaration provocante. Parler calmement, un flux continu, sans heurts ni interruptions. Patience et amabilité. Si possible, engager un échange. Ne pas perdre son sang-froid. Surtout ça. Perdre son sang-froid revenait à perdre le contrôle de la situation.

Cette ouverture qu'il venait de faire en anglais pouvait être un bon début. Il enchaîna donc en se présentant. Il lui dit son nom, et qu'il s'apprêtait à rentrer chez lui, où il devait retrouver sa femme et sa fille pour fêter Noël. L'homme l'écoutait, à présent. Ça se voyait à son regard.

Il lui demanda s'il comprenait.

L'homme hocha la tête. Il n'avait toujours pas prononcé une parole.

Wallander regarda sa montre. Mona avait dû téléphoner, à présent. Hemberg était peut-être déjà en route.

Il résolut de lui dire exactement ce qu'il en était.

L'homme l'écoutait. Wallander eut même l'impression qu'il guettait le bruit des sirènes en approche.

Il se tut. Risqua un sourire, suivi d'une question :

– Comment t'appelles-tu ?

– Oliver.

La voix était faible. Résignée, pensa Wallander. Ce garçon n'attend pas l'arrivée de quelqu'un. Il attend que quelqu'un lui explique ce qu'il vient de faire.

– Tu habites en Suède ?

Oliver acquiesça.

– Tu es suédois ?

Il comprit l'inanité de sa question. Le garçon, un peu plus tôt, n'avait pas saisi un mot de ce qu'il lui disait en suédois.

– D'où es-tu ?

Le garçon ne répondit pas. Wallander attendit. Il était certain que la réponse allait venir. Il y avait beaucoup de choses qu'il voulait savoir avant l'irruption des collègues. Mais il ne pouvait pas accélérer le mouvement. Le pas qui les séparait du moment où cet homme lèverait son pistolet et l'abattrait d'une balle dans la tête – ce pas pouvait être franchi en une fraction de seconde.

La douleur au crâne avait repris, plus intense qu'auparavant. Il essaya de ne pas y penser.

– J'ai beaucoup lu sur l'Afrique quand j'étais à l'école. La géographie était ma matière préférée. J'ai lu des choses sur les déserts, sur les fleuves, sur les villes.

Oliver l'écoutait attentivement. Wallander eut le sentiment que sa vigilance se relâchait d'une manière imperceptible.

– La Gambie, dit Wallander. Pas mal de Suédois vont là-bas. Certains de mes collègues y passent leurs vacances. C'est de là que tu es ?

– Je suis d'Afrique du Sud.

La réponse était venue vite. Sur un ton dur.

Wallander était mal informé sur ce qui se passait au juste là-bas. Il savait que l'apartheid s'y appliquait en ce moment plus brutalement que jamais. Mais aussi que la résistance augmentait. Il avait lu ça dans le journal – les bombes qui explosaient à Johannesburg, et aussi au Cap.

Certains Sud-Africains avaient trouvé refuge en Suède. En particulier ceux qui avaient participé à la résistance et qui risquaient la pendaison.

Il tenta d'évaluer la situation. Que savait-il de plus que tout à l'heure ? Un jeune Sud-Africain qui se nommait Oliver avait tué Elma Hagman. Voilà ce qu'il pouvait affirmer. Rien de plus.

Personne ne me croirait, pensa-t-il. Ce genre de chose n'arrive pas. Pas en Suède, pas à Noël.

Oliver prit la parole, de façon imprévue, alors que Wallander se demandait comment enchaîner.

– Elle a commencé à crier.

Wallander n'hésita pas une seconde. Il fallait embrayer, créer un dialogue.

– Elle a dû avoir peur. Un homme qui arrive avec une cagoule, ça fait peur. Surtout s'il est armé.

– Elle n'aurait pas dû.

– Tu n'aurais pas dû la tuer. Elle t'aurait sûrement donné l'argent quand même.

Oliver s'empara du pistolet glissé dans sa ceinture. Ça alla si vite que Wallander n'eut pas le temps de réagir. Il le visait de nouveau à la tête.

– Elle n'aurait pas dû crier, répéta Oliver.

Sa voix était pleine de colère et de peur.

– Je peux te tuer, ajouta-t-il.

– Oui. Et après ? Et pourquoi ?

– Elle n'aurait pas dû crier.

Wallander comprit qu'il s'était trompé. Ce garçon était tout sauf calme et maître de lui. En réalité, il était sur le point de craquer. Ce qui se passait en lui, Wallander n'en avait aucune idée. Mais il redoutait sérieusement ce qui risquait d'arriver quand les autres débouleraient dans le local. Ça pouvait tourner au massacre.

Je dois le désarmer, se dit-il. C'est la seule chose à faire. Je dois le persuader de poser ce pistolet. Cet homme-là est capable de se mettre à tirer dans tous les sens. Hemberg est sûrement en route. Et il ne se doute de rien. Il a des craintes, mais il ne s'attend pas à ça. Pas plus que moi tout à l'heure. C'est trop invraisemblable. Il faut faire diversion...

– Depuis combien de temps es-tu ici ?

– Trois mois.

– Et avant ?

– Francfort. L'Allemagne. Mais je ne pouvais pas rester là-bas.

– Pourquoi ?

Oliver ne répondit pas. Wallander devinait que ce n'était peut-être pas la première fois qu'il enfilait une cagoule pour vider un tiroir-caisse. Il pouvait être en fuite, recherché par la police allemande.

Auquel cas, il séjournait illégalement en Suède.

– Qu'est-ce qui s'est passé ? demanda Wallander. Pas en Allemagne. En Afrique du Sud. Tu as été obligé de partir ?

Oliver se rapprocha d'un pas.

– Qu'est-ce que tu sais sur l'Afrique du Sud ?

– Que les Noirs y sont maltraités.

Il faillit se mordre la langue. Avait-on le droit de dire « noir » ou était-ce de la discrimination ?

– La police a tué mon père. Ils y sont allés au marteau. Après ils lui ont coupé la main. Elle est conservée quelque part dans un flacon. Peut-être à Sanderton, peut-être dans une autre banlieue blanche de Johannesburg. Un trophée, quoi. Un souvenir. Et la seule chose qu'il avait faite, c'était de faire partie de l'ANC. Et de parler à ses camarades.

Wallander ne doutait pas de la véracité de ce que lui disait le jeune homme. Il s'exprimait à présent d'une voix posée. Pas de place pour des mensonges dans cette voix.

– La police m'a recherché. Je me suis caché. J'ai dormi chaque nuit dans un lit différent. Pour finir je suis passé en Namibie. De là, en Europe. L'Allemagne, Francfort. Puis ici. Je suis encore en fuite. En fait je n'existe pas.

Il se tut. Wallander guettait le bruit des sirènes.

– Tu avais besoin d'argent. Tu as trouvé ce magasin. Elle s'est mise à crier et tu l'as tuée.

– Ils ont massacré mon père au marteau. Ils gardent sa main dans un flacon.

Il est en pleine confusion, pensa Wallander. Il ne sait pas ce qu'il fait.

– Moi, dit-il, je suis policier. Et je peux te dire que je n'ai jamais frappé quelqu'un à la tête comme tu m'as frappé.

– Je ne savais pas.

– C'est une chance pour toi. Écoute. Mes collègues vont bientôt arriver. Ils savent que je suis ici. Toi et moi, il faut qu'on trouve une solution avant.

Oliver agita le pistolet.

– Si quelqu'un vient, je tire.

– Ça n'arrangera rien.

– Et alors ? Ça ne peut pas être pire.

Wallander sut soudain comment il fallait poursuivre ce dialogue forcé.

– Que dirait ton père, à ton avis ? Comment jugerait-il ce que tu as fait ?

Une secousse parcourut le corps d'Oliver. Wallander comprit qu'il n'avait jamais pensé à ça. Ou alors, au contraire, il n'avait fait que ça.

– Si tu te rends, je te promets qu'on ne touchera pas un seul cheveu de ta tête. Je te le garantis. Mais tu as commis un meurtre. La seule issue pour toi, c'est de te rendre.

Oliver n'eut pas l'occasion de répondre. Le bruit des voitures à l'approche percuta le silence. Des véhicules freinèrent brutalement, des portières claquèrent.

Et merde ! Il m'aurait fallu plus de temps.

Très lentement, il tendit la main.

– Donne-moi ce pistolet. Rien ne va t'arriver. Personne ne va te taper dessus.

Quelqu'un frappa à la porte. Il reconnut la voix de Hemberg. Le regard désorienté d'Oliver allait de Wallander à la porte.

– Le pistolet, insista Wallander. Donne-le-moi.

Hemberg appela son nom.

– Attends ! cria Wallander.

Il répéta encore une fois sa demande, dans son anglais le plus distinct.

– Tout va bien ?

La voix tendue de Hemberg.

Rien ne va, pensa Wallander. C'est un cauchemar.

– Oui, cria-t-il. Attendez !

Il répéta sa phrase une dernière fois.

Oliver visa le plafond et tira. Le bruit était assourdissant.

Puis il braqua son arme vers la porte. Wallander cria à Hemberg de ne pas ouvrir. L'instant d'après, il se jetait sur Oliver. Ils roulèrent au sol, renversant au passage un présentoir de journaux. Toutes les facultés de Wallander étaient mobilisées par un seul objectif : récupérer le pistolet. Oliver lui griffait le visage en hurlant des mots dans une langue qu'il ne comprenait pas. Quand il sentit que le garçon essayait de lui arracher l'oreille, il entra dans un état second. Il dégagea sa main pour le frapper au visage, poing fermé. Le pistolet avait glissé un peu plus loin, au milieu des journaux éparpillés. Wallander allait s'en emparer quand Oliver lui balança un coup de pied dans le ventre. Souffle coupé, paralysé par la douleur, il vit le jeune homme plonger et se saisir de l'arme. Il ne pouvait rien faire. Oliver, assis au milieu des journaux, le mit en joue.

Pour la deuxième fois de la soirée, il ferma les yeux devant l'inévitable. Il allait mourir. Maintenant. À l'extérieur, il entendait de nouvelles sirènes, et des voix bouleversées criant « Qu'est-ce qui se passe, bordel ? ».

C'est juste moi qui meurs. C'est tout.

Puis la détonation le projeta en arrière. Pendant quelques fractions de seconde, il lutta pour reprendre sa respiration.

Il comprit alors seulement qu'il n'avait pas été touché. Il ouvrit les yeux.

Oliver, devant lui, était à terre et ne bougeait plus.

Il s'était tiré une balle en pleine tête. L'arme était tombée à côté de lui.

Pourquoi tu as fait ça ?

Au même instant, la porte fut enfoncée et il entrevit la silhouette de Hemberg. Puis il regarda ses mains. Elles tremblaient. Tout son corps tremblait.

On lui avait donné une tasse de café. Ses blessures avaient été pansées. Il avait raconté en peu de mots à Hemberg ce qui s'était produit.

– Quand je pense que c'est moi qui t'ai demandé d'y aller. Seul.

– Comment aurais-tu pu imaginer un truc pareil ? Comment *quiconque* aurait-il pu imaginer un truc pareil ?

Hemberg parut méditer la question.

– Quelque chose est en train de changer, dit-il enfin. Le chaos du monde déborde nos frontières.

– C'est un chaos que nous créons tout autant nous-mêmes.

Hemberg tressaillit, comme si Wallander avait dit quelque chose d'inconvenant.

– Qu'est-ce que tu racontes ? Moi, ça ne me plaît pas de voir la Suède envahie par des étrangers criminels.

– Ce que tu dis là ne correspond à aucune réalité.

Il se fit un silence. Ni l'un ni l'autre n'avait la force de poursuivre la discussion. Ils savaient qu'ils ne tomberaient pas d'accord.

Voilà une autre faille, se dit Wallander. Celle qui s'élargit, lentement mais sûrement, entre Hemberg et moi.

– Pourquoi est-il resté sur place, à ton avis ? demanda enfin Hemberg.

– Où aurait-il pu aller ?

Le silence retomba. Il n'y avait rien d'autre à dire.

– C'est ta femme qui nous a alertés, dit Hemberg après un moment. Elle s'étonnait de ne pas te voir arriver – tu l'avais apparemment prévenue que tu rentrais.

Wallander repensa à son échange au téléphone avec Mona. Leur courte dispute. Mais il ne ressentait rien d'autre que de la fatigue et un grand vide.

– Tu devrais l'appeler, tu ne crois pas ? fit Hemberg doucement.

Wallander le regarda.

– Ah oui ? Et qu'est-ce que je vais lui dire ?

– Que tu as été retardé. À ta place, je ne raconterais pas l'histoire en détail. J'attendrais pour ça d'être rentré à la maison.

– Tu n'es pas censé être célibataire, toi ?

Hemberg sourit.

– Je crois que je suis capable d'imaginer ce que c'est que d'avoir quelqu'un qui vous attend à la maison.

Wallander hocha la tête et se leva lourdement. Il avait mal partout. La nausée ne le quittait pas.

Il se fraya un chemin entre Sjunnesson et les autres techniciens qui travaillaient à plein régime.

Une fois dehors, il resta un long moment immobile, à inspirer l'air froid au fond de ses poumons. Puis il s'approcha d'une voiture de police. Il s'assit à l'avant. Regarda le radiotéléphone, puis sa montre. Vingt heures et dix minutes.

Le soir de Noël. Le 24 décembre 1975.

À travers le pare-brise mouillé, il aperçut une cabine téléphonique juste à côté de la station-service. Il sortit de la voiture et y alla. Le téléphone serait sûrement cassé. Il voulait essayer quand même.

Un homme, debout sous la pluie, contemplait les voitures de police et la supérette éclairée. Il tenait un chien en laisse.

– Que se passe-t-il ? demanda-t-il quand Wallander passa près de lui.

Au même moment, il aperçut les traces de griffures sur son visage et fronça les sourcils.

– Rien du tout, dit Wallander. Un accident.

L'homme au chien comprit qu'il ne lui disait pas la vérité, mais il n'insista pas.

– Joyeux Noël, dit-il.

– Merci. Joyeux Noël à toi.

Puis il entra dans la cabine et appela Mona.

Il pleuvait de plus en plus fort.

Le vent s'était levé. Ça soufflait du nord, par rafales.

L'homme sur la plage

Le 26 avril 1987, le commissaire Kurt Wallander de la brigade criminelle d'Ystad était dans son bureau et se coupait distraitement les poils du nez. Il était dix-sept heures. Il venait de relire un dossier d'enquête concernant un gang qui exportait des voitures de luxe volées via le ferry de Pologne. Moyennant quelques interruptions, l'enquête venait de fêter ses dix ans. Elle avait démarré à peu près au moment de l'arrivée de Wallander à Ystad, et il soupçonnait qu'elle ferait encore partie des affaires en cours le jour où il prendrait sa retraite.

Sa table était, pour une fois, parfaitement rangée. Après une longue période de chaos, il avait pris prétexte du mauvais temps pour faire le ménage ; la vérité, c'était que personne ne l'attendait chez lui.

Mona et Linda étaient parties pour deux semaines de vacances aux îles Canaries. Wallander était tombé des nues en apprenant ce projet. Sa femme avait économisé la somme nécessaire sans rien lui dire, et sa fille avait, elle aussi, gardé le silence. Linda venait de prendre la décision d'arrêter le lycée. Sans tenir compte des protestations de ses parents. Wallander trouvait qu'elle paraissait surtout fatiguée, désorientée et en colère. Il les avait conduites tôt le matin à l'aéroport de Sturup et, sur le chemin du retour, il s'était avoué que la perspective d'avoir ces deux semaines pour lui ne le dérangeait pas du tout. Son couple battait de l'aile. Ni l'un ni l'autre n'aurait vraiment pu mettre le doigt sur ce qui clochait. Mais il était clair que leur mariage, depuis plusieurs années, ne tenait que grâce à Linda, et à elle seule. Que se passerait-il, à présent qu'elle avait choisi d'arrêter ses études et de commencer à faire sa vie ?

Il s'approcha de la fenêtre. Le vent tourmentait les arbres de l'autre côté de la rue, sous une pluie fine. Le thermomètre indiquait quatre degrés au-dessus de zéro. Le printemps était encore loin.

Il enfila sa veste et sortit. En passant devant la réception, il adressa un signe de tête à la standardiste du week-end, qui était au téléphone. Une fois au volant, il prit la direction du centre-ville et glissa une cassette de Maria Callas dans le lecteur tout en se demandant ce qu'il allait se préparer à dîner.

D'ailleurs, est-ce qu'il avait faim ? Valait-il la peine de s'arrêter pour faire les courses ? Sa propre indécision l'exaspérait. Il n'avait pas envie pourtant de retourner à ses vieilles habitudes et de manger des saucisses debout devant un kiosque. Mona lui faisait souvent remarquer qu'il grossissait. Elle avait raison. Quelques mois plus tôt, il avait aperçu son reflet dans le miroir de la salle de bains et constaté qu'il n'était plus un jeune homme. Ça lui avait fait un choc. Il allait avoir quarante ans, mais il en paraissait plus. Dans le temps, c'était le contraire. Il faisait plus jeune que son âge.

Toujours énervé, il prit la route de Malmö et s'arrêta sur le parking d'un hypermarché. Il venait de claquer la portière quand le téléphone bourdonna dans l'habitacle. Il l'ignora. Quelqu'un d'autre s'en occuperait, il avait assez à faire pour l'instant avec ses propres problèmes. Puis il changea d'avis, rouvrit la portière et prit le combiné.

– Wallander ?

La voix de son collègue Hansson.

– Oui.

– Où es-tu ?

– Au supermarché.

– Ça peut peut-être attendre ? Je suis à l'hôpital. Je te retrouve devant l'entrée.

– Qu'est-ce qui t'arrive ?

– Un peu difficile à expliquer. Il vaut mieux que tu viennes.

Hansson raccrocha sans attendre une réponse. Wallander le savait, il n'aurait pas appelé si ce n'était pas sérieux, et il lui fallut quelques minutes seulement pour se rendre à l'hôpital. Hansson l'attendait devant l'entrée principale, il paraissait frigorifié. À sa tête, Wallander essaya de deviner ce qui se passait.

– Alors ? dit-il en sortant de la voiture.

– À la cafétéria de l'hôpital, il y a un chauffeur de taxi qui s'appelle Stenberg. Il boit un café et il est très en colère.

Perplexe, Wallander suivit son collègue entre les portes vitrées. Stenberg, ça lui disait quelque chose. Il l'avait déjà rencontré – dans quelles circonstances ?

La cafétéria se trouvait au bout du couloir à droite en partant du hall. Ils passèrent devant un vieux assis dans un fauteuil roulant ; il mâchonnait une pomme. Wallander reconnut Stenberg, seul à une table. Un homme corpulent, la cinquantaine, presque chauve. Son nez était tordu comme celui des boxeurs ou anciens boxeurs. Hansson fit les présentations.

– Tu connais peut-être le commissaire Wallander ?

Stenberg opina et fit mine de se lever.

– Reste assis, va, dit Wallander. Dis-moi plutôt ce qui se passe.

Le regard de Stenberg errait à travers le local sans réussir à se poser. Soit il était inquiet, soit il avait carrément peur…

– J'ai eu une course tout à l'heure pour le centre-ville. Moi, je me trouvais à Malmö et le client était censé m'attendre à la sortie du village de Svarte. Il m'avait donné un nom, Alexandersson. Il était bien à l'endroit convenu. Il est monté à l'arrière et m'a demandé de le conduire à Ystad, comme prévu. Je devais le déposer sur la place centrale. J'ai vu dans mon rétro qu'il avait fermé les yeux. Je le croyais endormi. Quand je lui ai dit qu'on était arrivés, il n'a pas réagi. Je suis sorti de la voiture, j'ai ouvert sa portière et je lui ai touché l'épaule. Aucune réaction. J'ai pensé qu'il était malade, alors je l'ai amené ici, à l'entrée des urgences. C'est là qu'ils m'ont annoncé qu'il était mort.

– Quoi ? dit Wallander en fronçant les sourcils.

– Ils ont essayé de le ranimer. Mais rien à faire. Il était bien mort.

– Attends un peu. De Malmö à Svarte, il te faut quinze minutes. Il n'avait pas l'air mal en point quand il est monté dans ta voiture ?

– Non, je m'en serais aperçu. Et puis il aurait plutôt demandé à être conduit à l'hôpital, non ?

– Il n'était pas blessé ?

– Je n'ai rien vu. Il était en costume, avec un imperméable bleu clair.

– Quelque chose à la main ? Une valise ou un sac ?

– Rien. J'ai pensé qu'il valait mieux appeler la police. Mais j'imagine que l'hôpital l'a fait aussi de son côté.

Les réponses de Stenberg étaient rapides et précises. Wallander se tourna vers Hansson.

– Savons-nous de qui il s'agit ?

Hansson sortit son carnet.

– Göran Alexandersson, quarante-neuf ans, entrepreneur dans l'électronique, domicilié à Stockholm. On a trouvé pas mal d'argent dans son portefeuille. Et plusieurs cartes de crédit.

– Faut croire qu'il a fait un AVC. Que disent les médecins ?

– Que seule l'autopsie pourra révéler la cause du décès.

Wallander se leva en se tournant vers Stenberg.

– Pour la course, il faudra te faire payer par ses ayants droit. On te contactera si on a d'autres questions.

– C'était une expérience vraiment désagréable, dit Stenberg avec emphase. Mais si tu crois que je vais demander aux héritiers de me régler, tu te trompes. Je conduis un taxi, pas un corbillard.

Stenberg s'en alla.

– Je voudrais jeter un coup d'œil sur le corps, dit Wallander. Tu n'es pas obligé de m'accompagner.

– Merci. Pendant ce temps-là, je vais essayer de joindre ses proches.

– Qu'allait-il fabriquer à Ystad ? Il va falloir leur poser la question.

Il ne resta qu'un court moment au pied du lit à roulettes qu'on avait mis dans une chambre du service des urgences. Le visage du mort ne révélait rien. Ses vêtements étaient d'excellente qualité, comme ses chaussures. S'il s'avérait qu'un crime avait été commis, les techniciens devraient examiner tout ça plus attentivement. Dans le portefeuille il ne trouva rien d'autre que ce qu'avait déjà signalé Hansson. Il alla voir un médecin urgentiste et lui demanda son avis.

– Ça m'a tout l'air d'une mort naturelle. Aucune trace de violences.

D'ailleurs, pensa Wallander, qui aurait pu le tuer alors qu'il était seul à l'arrière d'un taxi ?

– Je veux quand même les résultats de l'autopsie le plus vite possible, dit-il à haute voix.

– On va le conduire dès maintenant à l'institut médico-légal de Lund. Si la police n'y voit pas d'inconvénient.

– Non. Pourquoi y verrions-nous un inconvénient ?

Il retourna au commissariat et passa voir Hansson, qui terminait une conversation téléphonique dans son bureau. Wallander attendit en tâtant le début de bedaine qui commençait à déborder de sa ceinture. Hansson raccrocha.

– J'ai appelé le bureau d'Alexandersson, à Stockholm. J'ai eu sa secrétaire et son collaborateur le plus proche. Ils étaient très choqués par la nouvelle, bien sûr. Mais ils ont pu m'apprendre que Göran Alexandersson était divorcé depuis dix ans.

– Avait-il des enfants ?

– Un fils.

– Il faut le trouver.

– Ce n'est pas possible.

– Pourquoi ?

– Parce qu'il est mort.

La lenteur de Hansson était parfois exaspérante.

– Comment ça, mort ?

Hansson examina ses notes.

– Son fils unique est décédé voilà bientôt sept ans. Un accident, apparemment. Je n'ai pas d'informations plus précises.

– Ce fils avait-il un nom ?

– Bengt.

– Tu as demandé à ses collaborateurs ce que Göran Alexandersson faisait à Ystad ? Et à Svarte ?

– Il leur avait dit qu'il prenait une semaine de vacances. Il devait descendre à l'hôtel Kung Karl. Il y est arrivé il y a quatre jours.

– Ah, quand même ! Alors on va à l'hôtel.

Ils fouillèrent la chambre d'Alexandersson pendant plus d'une heure sans rien trouver d'intéressant. Il y avait là, en tout et pour tout, une valise vide, des vêtements soigneusement rangés dans la penderie et des chaussures de rechange.

– Pas un papier, dit pensivement Wallander, pas un livre, rien du tout.

Il saisit le combiné du téléphone et demanda à la réception si Göran Alexandersson avait reçu ou émis des appels pendant son séjour. Le réceptionniste alla vérifier. Aucun coup de fil pour la chambre 211. Aucune visite. Wallander raccrocha.

– Il descend à l'hôtel ici, à Ystad. Et il demande une voiture au départ de Svarte. Comment est-il arrivé là-bas ?

– Je vais enquêter auprès des taxis, dit Hansson.

Ils retournèrent au commissariat. De retour dans son bureau, Wallander resta planté à la fenêtre à contempler tristement le château d'eau de l'autre côté de la rue. Il s'aperçut qu'il pensait à Mona et à Linda. Elles étaient sans doute en train de dîner à une terrasse. De quoi parlaient-elles ? Sûrement de ce que Linda comptait faire maintenant... Il essaya d'imaginer leur conversation. Mais tout ce qu'il entendit fut le sifflement du radiateur à côté de lui. Il s'assit pour rédiger un rapport préliminaire pendant que Hansson était au téléphone avec les chauffeurs de taxi d'Ystad. Puis il changea d'avis et alla à la cafétéria chercher un café en raflant au passage quelques biscuits qui traînaient sur une assiette. Il était près de vingt heures quand Hansson frappa à sa porte.

– Depuis quatre jours qu'il est à Ystad, il a pris le taxi trois fois pour Svarte ! Il s'est fait déposer à l'entrée du village, tôt le matin, et il a commandé le taxi du retour dans l'après-midi.

Wallander acquiesça distraitement.

– Il avait peut-être une maîtresse là-bas…

Il retourna à la fenêtre. Le vent avait forci.

– On lance une recherche dans nos registres, dit-il après un moment. Je crois que ça ne donnera rien, mais il faut le faire. Après, il n'y aura plus qu'à attendre les résultats de l'autopsie.

– Qui conclura sans doute à un AVC.

– Sûrement.

Wallander rentra chez lui et ouvrit une boîte de *pyttipanna*[1]. Il avait déjà presque oublié Göran Alexandersson. Son pauvre repas terminé, il s'endormit devant la télé.

Le lendemain, son collègue Martinsson passa le nom de Göran Alexandersson à travers tous les fichiers de la police. Il n'y avait rien. Parmi les membres du groupe d'enquête, Martinsson était à la fois le plus jeune et le plus ouvert aux nouvelles technologies.

---

1. Deuxième plat national (après les boulettes de viande à la confiture d'airelles), le *pyttipanna* se compose de restes de pommes de terre et de viande coupés en dés et sautés avec des oignons, le tout surmonté, dans la version la plus classique, d'un œuf au plat et accompagné de tranches de betterave cuite.

Wallander consacra la journée aux voitures volées qui continuaient d'entamer de nouvelles vies en Pologne. Le soir, il rendit visite à son père à Löderup et joua deux heures aux cartes avec lui. Ça se termina en dispute, sur le thème de qui devait combien à l'autre. Dans la voiture, en rentrant à Ystad, Wallander se demanda s'il deviendrait comme lui au même âge. À moins que le processus ne fût déjà enclenché ? Colérique, geignard, grognon… Il devrait poser la question à quelqu'un. Mais peut-être pas à Mona…

Le lendemain matin, 28 avril, le téléphone sonna dans son bureau. L'institut médico-légal souhaitait lui parler.

– C'est au sujet du dénommé Göran Alexandersson, dit le médecin, qui s'appelait Jörne.

Wallander le connaissait du temps où il travaillait à Malmö.

– Alors ? AVC ?

– Non. Il s'agit soit d'un suicide, soit d'un meurtre.

Wallander sursauta.

– Quoi ? Que veux-tu dire ?

– Ce que j'ai dit.

– Reprenons. Göran Alexandersson était à l'arrière d'un taxi. Je connais le chauffeur, et il n'est pas du genre à trucider les gens. Quant au suicide, nom d'un chien, comment veux-tu qu'il s'y soit pris ?

– Ça, c'est ton problème, dit Jörne avec insouciance. Moi, je constate juste qu'il est mort après avoir absorbé une dose de poison. Mélangée à une boisson ou à un aliment solide, au choix. Pour moi, ça indique le suicide ou le meurtre. Mais c'est à vous de voir.

Wallander resta muet.

– Je te faxe le rapport, conclut Jörne. Tu es toujours là ?

– Oui. Je suis là.

Il le remercia, raccrocha et réfléchit à ce qu'il venait d'apprendre. Puis il enfonça une touche de son téléphone, demanda à Hansson de venir, attira à lui un bloc-notes et écrivit deux mots en haut de la page :

Göran Alexandersson.

Autour du commissariat, le vent avait encore forci. Ça commençait à prendre des allures de tempête.

De violentes rafales continuaient à souffler sur la Scanie. Wallander, enfermé dans son bureau, constata qu'il n'en savait toujours pas beaucoup plus sur l'homme décédé deux jours plus tôt à l'arrière du taxi de Stenberg. À neuf heures trente, il se rendit dans l'une des salles de réunion du commissariat. Hansson et Rydberg étaient déjà arrivés. Wallander fut surpris en voyant Rydberg, en congé depuis plusieurs jours à cause de douleurs au dos. On ne l'avait pas prévenu de son retour.

– Comment vas-tu ?

– Bah, comme tu vois. Je suis là. C'est quoi, ces bêtises à propos d'un homme qui se serait assassiné tout seul à l'arrière d'un taxi ?

– On va prendre les choses par le début. Où est Martinsson ?

– Il a appelé pour dire qu'il avait un furoncle au cou. Svedberg peut éventuellement le remplacer ?

– On verra si c'est nécessaire, dit Wallander en mettant de l'ordre dans ses papiers.

Le fax de Lund était entre-temps arrivé. Il le plaça en évidence. Puis il regarda ses collègues.

– Cette affaire qui paraissait simple au début se révèle potentiellement compliquée. Un homme est donc décédé il y a deux jours à l'arrière d'un taxi. L'institut médico-légal a établi qu'il était mort par empoisonnement. Nous ne savons pas encore combien de temps a pu s'écouler entre l'absorption du poison et le décès. Les légistes de Lund ont promis de nous en informer dans les prochains jours.

– Meurtre ou suicide ? demanda Rydberg.

– Meurtre, à mon avis. J'ai du mal à imaginer un candidat au suicide avalant une dose de poison avant d'appeler un taxi.

– Peut-il l'avoir absorbé par erreur ? demanda Hansson.

– Peu probable. D'après les médecins, c'est un mélange toxique qui n'est pas vraiment censé exister.

– C'est-à-dire ?

– Que seul un spécialiste est capable de le doser. Entendre par là un médecin, un chimiste, un biologiste...

Le silence se fit.

– Nous devons donc partir de l'hypothèse du meurtre, reprit Wallander. Que savons-nous sur Göran Alexandersson ?

Hansson feuilleta son carnet.

– C'était un homme d'affaires. Il possédait deux magasins d'électronique à Stockholm, l'un dans le quartier de Västberga, l'autre à Norrtull. Il vivait seul dans un appartement d'Åsögatan. Son ex-femme vivait en France. Son fils est décédé il y a sept ans. Parmi ses collaborateurs, tous ceux à qui j'ai parlé le décrivent de la même manière.

– Comment ?

– Comme quelqu'un de gentil.

– *Gentil ?*

– C'est le mot qu'ils ont employé.

Wallander opina.

– Autre chose ?

– Il menait apparemment une vie réglée. D'après sa secrétaire, il faisait peut-être collection de timbres. En tout cas, il recevait au bureau des catalogues de philatélie. À sa connaissance, il n'avait pas d'amis proches.

Le silence se fit. Quand il devint pesant, Wallander toussota et enchaîna :

– On va devoir demander l'aide de Stockholm, pour l'appartement. Et parler à son ex-femme. Ou ex-veuve, comme vous voulez. De mon côté, je vais essayer de découvrir ce qu'il fabriquait entre ici et Svarte. Autrement dit, *qui* il allait retrouver là-bas. On se revoit cet après-midi pour faire le point.

– Une chose me chagrine, dit Rydberg. Une personne peut-elle être tuée à son insu ?

– C'est une question intéressante. Je vais la poser à Jörne.

– Pas sûr qu'il puisse te répondre.

Ils se répartirent les tâches et se séparèrent. Wallander rejoignit son bureau et sa fenêtre, une tasse de café à la main, en se demandant par où commencer.

Une demi-heure plus tard, il était dans sa voiture, direction Svarte. Le vent avait faibli et le soleil faisait des apparitions entre les nuages. Pour la première fois depuis le début de l'année, il eut la sensation que le printemps approchait enfin. Il s'arrêta à l'entrée du village et sortit de la voiture.

Voilà donc le trajet que Göran Alexandersson avait fait en taxi chaque matin pendant quatre jours. En revenant à Ystad en fin d'après-midi le quatrième jour, il était mort dans le taxi. Empoisonné.

Il se mit en marche vers le centre de l'agglomération. Plusieurs des maisons qu'il dépassait, côté plage, étaient clairement des résidences secondaires, fermées en cette saison.

Au cours de sa promenade, il ne croisa que deux personnes. Le côté désertique des lieux le mit soudain mal à l'aise. Il rebroussa chemin.

Il venait de mettre le contact quand il aperçut une femme qui soignait un massif de fleurs dans un jardin un peu plus loin. Il coupa le moteur et ressortit. La femme leva la tête en entendant claquer la portière. Wallander s'approcha de la clôture et la salua d'un geste.

– J'espère que je ne te dérange pas.

– Personne ne me dérange, répondit la femme en le dévisageant avec curiosité.

– Je m'appelle Kurt Wallander et je suis de la police d'Ystad.

– Ah oui, dit-elle. Je te reconnais. Je t'ai peut-être vu à la télé ? Dans un débat ?

– Ça m'étonnerait. Mais il est malheureusement arrivé que ma photo soit dans le journal.

– Je m'appelle Agnes Ehn, dit-elle en lui tendant la main.

– Tu vis ici à l'année ?

– Les six mois d'été seulement. D'habitude j'arrive début avril et je reste jusqu'en octobre. L'hiver, j'habite Halmstad. Je suis professeur à la retraite. Mon mari est mort il y a quelques années.

– C'est beau par ici. Beau et tranquille. Tout le monde se connaît…

– Ça, je ne sais pas. On pourrait tout aussi bien dire qu'on ne connaît personne. Pas même ses plus proches voisins.

– Tu n'aurais pas, par hasard, remarqué un homme seul qui serait arrivé en taxi à plusieurs reprises au cours de la semaine écoulée ? Et qui serait reparti en taxi en fin d'après-midi ?

Sa réponse le prit complètement au dépourvu.

– Il a emprunté mon téléphone quatre jours de suite pour appeler son taxi. Si c'est bien l'homme dont tu parles.

– A-t-il dit son nom ?

– Il était très poli.

– Il s'est présenté ?

– On peut être poli sans se présenter.

– Il t'a donc demandé s'il pouvait utiliser ton téléphone ?

– Oui.

– Rien d'autre ?

– Pourquoi, il est arrivé quelque chose ?

Wallander pensa qu'il pouvait aussi bien lui dire la vérité.

– Il est mort.

– Mais c'est affreux ! Comment ?

– Nous ne le savons pas. Pour l'instant, tout ce que nous savons, c'est qu'il n'est plus en vie. Alors voilà. Sais-tu ce qu'il venait faire à Svarte ? A-t-il dit à qui il rendait visite ? Dans quelle direction est-il allé ? Était-il accompagné ? Tout ce dont tu te souviendras peut se révéler très important.

De nouveau elle le surprit par la promptitude de sa réponse.

– Il se promenait sur la plage. Derrière ma maison, il y a un chemin qui descend vers la mer. Il le prenait, puis il s'en allait vers l'ouest et il ne revenait que dans l'après-midi.

– Était-il seul ?

– Ça, je n'en sais rien. Le rivage dessine une courbe, comme tu l'as peut-être constaté. Il a pu retrouver quelqu'un plus loin, sans que je le voie.

– Portait-il quelque chose ? Une valise, ou un paquet ?

Elle fit non de la tête.

– T'a-t-il paru inquiet, d'une façon ou d'une autre ?

– Non. Mais ça ne veut rien dire. On peut être inquiet sans que ça se voie.

– Il a donc utilisé ton téléphone avant-hier ?

– Oui.

– Tu n'as rien remarqué de spécial ?

– Il m'a fait l'effet d'un homme gentil. Chaque fois, il insistait pour payer la communication.

– Merci. Tu m'as été d'une aide précieuse.

Il lui serra la main et lui remit une carte portant son numéro de téléphone.

– S'il te revenait autre chose, je te serais reconnaissant de m'appeler à ce numéro.

– C'est tragique, dit-elle. Un homme si aimable.

Wallander contourna la maison et vit aussitôt le chemin qui conduisait à la plage. Il descendit jusqu'au bord du rivage. Il n'y avait pas un chat. En se retournant, il vit qu'Agnes Ehn le suivait du regard.

Il retrouvait quelqu'un sur cette plage. La question est juste de savoir qui.

Il reprit sa voiture et retourna au commissariat. Rydberg l'arrêta dans le couloir pour lui apprendre qu'il avait réussi à localiser le domicile de l'ex-femme d'Alexandersson sur la Côte d'Azur.

– Mais personne ne répond au téléphone. Je vais réessayer.

– Bien ! Passe me voir quand tu l'auras eue en ligne.

– Martinsson est passé. On comprenait à peine ce qu'il disait. Je lui ai conseillé de rentrer chez lui.

– Tu as bien fait.

Wallander entra dans son bureau, ferma la porte et se rassit devant le bloc-notes où il avait noté le nom de Göran Alexandersson. *Qui ? Qui retrouvait-il sur cette plage ? Voilà ce que j'ai besoin de savoir.*

Vers treize heures, alors qu'il s'apprêtait à sortir manger, Hansson frappa à sa porte. À sa tête, il vit tout de suite que c'était important.

– J'ai quelque chose pour toi…

– Vas-y. Dis-le.

– Tu te souviens que Göran Alexandersson avait un fils qui est mort il y a sept ans. Eh bien, il a été tué. Et d'après ce que j'ai pu voir, personne n'a jamais été arrêté pour ce meurtre.

Wallander le dévisagea longuement.

– Parfait, dit-il ensuite. On a un point de départ. On ne sait pas du tout en quoi il consiste. Mais on le tient.

Sa faim s'était envolée.

Peu après quatorze heures, ce 28 avril, Rydberg frappa à la porte entrouverte de Wallander.

– J'ai réussi à joindre la femme d'Alexandersson.

Il fit la grimace en s'asseyant dans le fauteuil des visiteurs.

– Comment va ton dos ?

– Sais pas. Il y a un truc qui cloche.

– Tu as peut-être repris le travail trop tôt ?

– Rester chez moi à fixer le plafond, ce n'est pas mieux.

Le sujet était clos. Wallander savait qu'il ne servirait à rien de le persuader de rentrer chez lui, alors il enchaîna :

– Qu'a-t-elle dit ?

– Elle était très choquée, bien sûr. Je crois qu'il s'est bien écoulé une minute avant qu'elle ne reprenne la parole.

– Ça va revenir cher au contribuable. Et après ?

– Elle a demandé des détails, évidemment. Je lui ai dit la vérité. Elle n'en croyait pas ses oreilles.

– Tu m'étonnes !

– Quoi qu'il en soit, j'ai appris qu'ils n'avaient plus aucun contact. D'après elle, ils avaient divorcé parce qu'ils s'ennuyaient trop ensemble.

Wallander fronça les sourcils.

– Ah bon ?

– Je crois que c'est une cause de divorce plus fréquente qu'on ne l'imagine. Personnellement, je trouverais épouvantable de vivre avec quelqu'un qui m'ennuierait.

Wallander hocha la tête, pensif. Mona serait-elle du même avis, si on lui posait la question ? Et lui ?

– Je lui ai demandé si elle avait la moindre idée de qui aurait pu vouloir attenter à ses jours. Elle a dit non. Bien sûr. Puis si elle savait ce qu'il fabriquait en Scanie. Elle n'a rien pu me dire non plus là-dessus. Et voilà tout.

– Tu ne l'as pas interrogée sur leur fils ?

– Si. Elle ne voulait pas en parler.

– N'est-ce pas un peu étrange ?

Rydberg opina.

– C'est bien aussi mon avis.

– Je crois que tu vas devoir la rappeler.

Rydberg acquiesça et repartit. Wallander prit note intérieurement de poser la question à Mona, à l'occasion. Lui demander si c'était l'ennui, d'après elle, qui plombait leur couple. Il fut interrompu par la sonnerie du téléphone. Ebba, de la réception, l'informait que la police de Stockholm désirait lui parler. Il attrapa son bloc-notes. Le collègue se présenta, Rendal. Wallander n'avait jamais eu affaire à lui.

– On est allés regarder l'appartement d'Åsögatan.

– Alors ? Vous avez trouvé quelque chose ?

– Comment veux-tu qu'on trouve quoi que ce soit quand on ne sait pas ce qu'on cherche ?

Rendal était stressé.

– À quoi ressemblait l'appartement ? demanda Wallander le plus aimablement qu'il put.

– Bien ordonné. Avec un ordre un peu maniaque même, peut-être. Ça m'a fait l'effet d'un logement de célibataire.

– Oui, c'est bien ça.

– On a regardé le courrier. Apparemment, il serait parti depuis une petite semaine.

– Ça colle.

– Il avait un répondeur téléphonique. Mais personne n'avait laissé de message.

– Et lui ? Enfin, je veux dire, à quoi ressemblait son message d'accueil ?

– Normal, rien à signaler.

– Parfait, merci. On vous recontacte s'il y a autre chose.

L'heure de la réunion du groupe d'enquête approchait. À son entrée dans la salle, il trouva Hansson et Rydberg déjà installés.

– Je viens de parler à Stockholm, dit Wallander en s'asseyant. La visite de l'appartement n'a rien donné.

– J'ai rappelé la veuve, dit Rydberg. Elle a encore refusé de parler de son fils. Mais quand je lui ai

194

expliqué que nous pouvions l'obliger à rentrer en Suède pour témoigner dans le cadre de l'enquête, c'est devenu beaucoup plus facile. Apparemment, le garçon a été poignardé dans la rue, dans le centre de Stockholm.

– Je me suis documenté sur l'affaire, intervint Hansson. Elle n'est toujours pas prescrite. Mais ça fait cinq ans que personne ne s'en occupe plus.

– Aucun suspect ? demanda Wallander.

– Non. Il a été agressé, et il est mort de ses blessures. On n'a jamais su par qui, ni pourquoi.

– Aucun témoin ?

– Non. Rien du tout.

Wallander repoussa son bloc-notes.

– Comme dans le cas qui nous occupe, dit-il.

Le silence se fit. C'était à lui d'enchaîner.

– Il va falloir parler à ses employés. Ceux qui travaillent dans ses magasins. Pour ça, on doit rappeler un collègue de Stockholm du nom de Rendal et lui demander son aide. On se revoit demain.

Après la distribution des tâches, il retourna dans son bureau en pensant qu'il devrait appeler son père à Löderup et s'excuser pour la dispute de la veille. Mais il laissa tomber. Le sort de Göran Alexandersson le turlupinait. La situation était tellement improbable qu'elle méritait une explication – ne serait-ce que pour satisfaire son besoin de rationalité. Tous les meurtres, et la plupart des autres crimes, possédaient un noyau logique – il le savait par expérience. Il suffisait de retourner les bonnes pierres dans le bon ordre, de chercher le lien possible entre les informations qu'ils avaient collectées.

Peu avant dix-sept heures, il quitta le commissariat et longea la côte en direction de Svarte. Cette fois, il ne s'arrêta qu'après être parvenu dans le centre de l'agglomération. Il enfila les bottes en caoutchouc qu'il gardait toujours dans son coffre au cas où. Puis il descendit sur la plage. À l'horizon, un cargo faisait route vers l'ouest. À part ça, rien du tout.

Il commença à longer le rivage en observant les villas sur sa droite. Une maison sur trois en moyenne paraissait habitée. Il continua jusqu'à laisser l'agglomération derrière lui. Puis il revint sur ses pas. Soudain il eut le sentiment qu'il espérait en réalité voir Mona se matérialiser et venir à sa rencontre. Il repensa à l'été où ils étaient allés ensemble à Skagen. Le meilleur moment de leur vie commune. Ils avaient tant de choses à se dire. Le temps avait passé si vite là-bas.

Il se secoua. À quoi bon ressasser des pensées tristes… Il s'obligea à se concentrer sur Göran Alexandersson en dressant pour lui-même un bilan provisoire.

Que savaient-ils ? Alexandersson vivait seul, il possédait deux magasins d'électronique, avait quarante-neuf ans et avait fait le déplacement jusqu'à Ystad où il était descendu à l'hôtel Kung Karl. À ses collaborateurs il avait dit qu'il avait besoin de vacances. À l'hôtel, il n'avait reçu ni visites, ni coups de fil. Lui-même ne s'était pas servi du téléphone.

Chaque matin, pendant quatre jours, il s'était rendu en taxi à Svarte, où il avait passé une partie de la journée à marcher sur la plage. Chaque jour, en fin d'après-midi, il était retourné à Ystad après avoir emprunté le téléphone d'Agnes Ehn. Le quatrième jour, il était mort. Empoisonné. À l'arrière du taxi.

Wallander s'immobilisa et regarda autour de lui. La plage était toujours aussi déserte. À un moment donné, Göran Alexandersson avait disparu de cette plage.

Avant de ressurgir chez Agnes Ehn. Trente minutes plus tard, il était mort.

Il a dû rencontrer quelqu'un ici même… Ou plutôt, il devait avoir rendez-vous. On ne tombe pas par hasard sur un empoisonneur.

Il se remit en marche, en regardant de nouveau les villas qui se succédaient, cette fois sur sa gauche. Le lendemain, ils commenceraient le porte-à-porte. Quelqu'un avait dû apercevoir Alexandersson. Peut-être même avec une autre personne.

Soudain il vit qu'il n'était plus seul sur la plage. Un homme âgé approchait dans sa direction, flanqué d'un labrador noir qui trottait docilement à ses côtés. Wallander s'arrêta pour regarder le chien. Ces derniers temps, il avait plusieurs fois failli proposer à Mona d'acheter un chiot. En définitive, il n'avait rien dit. Ses horaires étaient si irréguliers que ce chien aurait fini par être synonyme de mauvaise conscience plus que de bonne compagnie. Et une source supplémentaire de tensions avec Mona.

L'homme leva sa casquette en arrivant à sa hauteur et l'aborda d'une manière surprenante :

– Verrons-nous le printemps un jour ?

Wallander nota qu'il n'avait pas l'accent de Scanie.

– On peut l'espérer, dit-il.

L'homme hocha la tête et fit mine de passer son chemin. Il fallait le retenir !

– Je suppose que vous vous promenez ici tous les jours ?

L'autre s'arrêta et indiqua une des maisons qui bordaient la plage.

– J'habite là depuis la retraite.

– Mon nom est Kurt Wallander, je suis de la police d'Ystad et j'aurais une question à vous poser : auriez-vous éventuellement remarqué un homme seul d'une cinquantaine d'années qui se serait promené sur cette plage au cours des derniers jours ?

L'homme avait les yeux d'un bleu limpide. Ses cheveux blancs rebiquaient sous la casquette.

– Non, sourit-il. Personne ne se promène ici à part moi. En mai, quand il recommencera à faire chaud, ce sera une autre histoire.

– En êtes-vous absolument certain ?

– Je promène mon chien trois fois par jour. Et je n'ai pas vu un homme seul sur cette plage. Vous êtes le premier.

– Alors je ne vais pas vous retenir plus longtemps.

Wallander se remit en marche. Quand il se retourna, l'homme au chien avait disparu.

D'où lui était venue cette pensée, ou plus exactement cette intuition, il n'en eut jamais le cœur net. C'était l'expression du vieil homme ; un changement imperceptible survenu après qu'il lui avait demandé s'il avait vu un homme seul sur la plage.

Il sait quelque chose, pensa-t-il. Mais quoi ?

Il se retourna de nouveau.

La plage était vide.

Il resta planté là dans le sable, à réfléchir.

Puis il rejoignit sa voiture et rentra chez lui.

Le mercredi 29 avril fut la première vraie journée de printemps qu'on ait vue en Scanie cette année-là. Wallander se réveilla de bonne heure comme d'habitude. Il était en nage, après un cauchemar dont le contenu lui avait échappé à l'instant du réveil. Peut-être une fois de plus les taureaux qui le piétinaient ? Ou Mona qui le quittait ? Il se doucha, s'habilla et but un café en feuilletant distraitement l'édition du jour d'*Ystads Allehanda*.

Dès six heures trente, il était dans son bureau. Le soleil brillait dans un ciel d'azur. Avec un peu de chance, Martinsson serait rétabli et pourrait reprendre ses recherches. Avec lui, les résultats étaient plus rapides et plus fiables. Si Martinsson venait aujourd'hui, lui-même pourrait emmener Hansson à Svarte et commencer à frapper aux portes. Mais le plus urgent était de se faire une image aussi complète que possible de Göran Alexandersson. Martinsson était beaucoup plus méthodique que Hansson quand il s'agissait de contacter des gens susceptibles de détenir des informations. Il résolut aussi de se pencher sérieusement sur l'agression fatale dont avait été victime le fils, Bengt Alexandersson.

À sept heures, il essaya d'appeler Jörne, le médecin chargé de l'autopsie, en vain. Il raccrocha avec impatience.

Cette affaire du type mort dans le taxi de Stenberg commençait à l'inquiéter.

Il était huit heures moins deux quand ils se retrouvèrent dans la salle de réunion habituelle. Martinsson, lui apprit Rydberg, avait encore de la fièvre et mal à la gorge. Comme par hasard, pensa Wallander, ça tombait sur Martinsson – lui qui avait une peur panique des microbes.

– Alors, tu n'as plus qu'à venir avec moi sonner aux portes à Svarte, dit-il. Toi, Hansson, tu restes ici et tu continues à fouiner. J'aimerais bien en savoir plus sur la mort du fils. Fais-toi aider par Rendal.

– On a du nouveau sur le poison ? demanda Rydberg.

– J'ai essayé de joindre Jörne ce matin. Mais personne ne répond.

– C'est normal. Tu as vu l'heure ?

La réunion fut brève. Wallander demanda un agrandissement de la photo du permis de conduire d'Alexandersson, avec des copies. Après quoi il alla voir Björk, le chef de la police d'Ystad. À ses yeux, c'était grosso modo un bon chef, qui laissait les gens travailler en paix. Mais parfois, sans qu'on sache pourquoi, il se mettait à faire du zèle et à exiger un compte rendu détaillé de toutes les affaires en cours. C'était apparemment un matin comme ça, car à peine fut-il dans son bureau que Björk le toisa d'un air impérieux.

– Comment va le gang des exportateurs de voitures ? demanda-t-il en laissant tomber ses mains à plat sur la table pour signaler qu'il voulait une réponse digne de ce nom.

– Mal, répondit Wallander.

– Tu as des interpellations en vue ?

– Aucune. Si je vais voir le procureur avec ce que j'ai, il me mettra dehors.

– Il n'est pas question de laisser tomber les recherches.

– Bien sûr que non. Dès qu'on aura résolu l'affaire du mort du taxi, je m'y remets.

– Hansson m'en a parlé. C'est très bizarre.

– Je ne te le fais pas dire.

– L'hypothèse du meurtre paraît tirée par les cheveux.

– C'est le médecin légiste qui l'a formulée le premier. Pour lui, il n'y avait pas de doute. Homicide ou suicide, au choix. On va frapper aux portes à Svarte aujourd'hui. Quelqu'un a dû le voir. Avec un peu de chance, quelqu'un l'a aussi vu accompagné.

– Tiens-moi au courant, dit Björk en se levant.

L'entretien était clos.

Ils prirent la voiture de Wallander pour se rendre à Svarte. Le trajet se déroula en silence, jusqu'au moment où Rydberg déclara de façon impromptue :

– C'est beau, la Scanie.

– Oui, dit Wallander. Par un jour comme celui-ci en tout cas. À l'automne, ça peut être vraiment affreux. Quand la boue déborde le seuil des maisons et vous rentre sous la peau.

– On est au printemps, Kurt. L'automne arrivera bien assez vite.

Wallander ne répondit pas. Il se concentrait pour dépasser un tracteur.

– On commence par les villas qui longent la plage à l'ouest de l'agglomération, dit-il. On les prend chacun par un bout et on se retrouve au milieu. Essaie de savoir à qui appartiennent les maisons inoccupées.

– Qu'espères-tu découvrir ?

– La solution. Quelqu'un a dû l'apercevoir. Quelqu'un a dû le voir rencontrer quelqu'un.

Wallander laissa Rydberg commencer par la maison d'Agnes Ehn pendant que lui-même pianotait sur le radiotéléphone pour joindre Jörne. Toujours personne. Il démarra vers l'ouest, quitta le village et gara la voiture un peu plus loin sur le bord de la route. Puis il se mit au travail. La première maison était une longère scanienne classique, ancienne et bien entretenue. Il franchit le portail et sonna. Pas de réponse. Il sonna encore. Il allait repartir quand la porte s'ouvrit. Une femme d'une trentaine d'années vêtue d'une salopette pleine de taches le regardait d'un air contrarié.

– Je n'aime pas être dérangée.

– Parfois on n'a pas le choix, dit-il en lui montrant sa carte de police.

– Qu'est-ce que tu veux ?

– Ça va sans doute te paraître étrange. Je veux savoir si tu aurais vu ces derniers jours un homme d'une cinquantaine d'années marcher sur la plage. Il portait un imperméable bleu clair.

Elle haussa les sourcils d'un air amusé.

– Je peins rideaux fermés, dit-elle. Je n'ai rien vu.

– Je croyais que les artistes avaient besoin de lumière ?

– Moi non. Ce n'est pas interdit, que je sache.

– Et tu n'as rien vu ?

– C'est ce que je viens de te dire.

– Y a-t-il quelqu'un d'autre dans cette maison qui aurait pu voir quelque chose ?

– J'ai un chat qui passe beaucoup de temps sur l'appui de la fenêtre. Tu peux l'interroger, si tu veux.

Wallander sentit l'exaspération monter d'un coup.

– Je fais mon travail. Et je n'ai pas besoin de ton ironie. Au revoir.

La femme referma sa porte. Il l'entendit tirer plusieurs verrous pendant qu'il s'éloignait en direction de la maison voisine. Une villa à deux étages, relativement récente ; une petite fontaine dans le jardin. Il sonna. Un chien se mit à aboyer à l'intérieur. Il attendit.

Le chien se tut. L'homme âgé qu'il avait croisé la veille lui ouvrit. Wallander eut aussitôt la sensation que cette visite ne le surprenait guère. Il l'attendait, et il était sur ses gardes.

– Encore vous…

– Oui. Je frappe aux portes et j'interroge les voisins.

– Je vous ai dit hier que je n'avais rien vu.

– Il arrive que la mémoire se ranime après coup.

L'homme s'effaça pour le laisser entrer. Le labrador le renifla au passage avec curiosité.

– Vous habitez là à l'année ?

– Oui. J'ai été médecin de district à Nynäshamn pendant vingt-deux ans. Quand j'ai pris ma retraite, nous nous sommes installés ici, ma femme et moi.

– Votre femme peut-elle avoir vu quelque chose ?

– Elle est malade. Elle n'a rien vu.

Wallander sortit son carnet.

– Votre nom, s'il vous plaît ?

– Je m'appelle Martin Stenholm. Ma femme se prénomme Kajsa.

Wallander prit note et rangea son carnet et son crayon.

– Alors je ne vais pas vous déranger plus longtemps.

– Je vous en prie, dit Martin Stenholm.

– Je reviendrai peut-être d'ici quelques jours pour parler à votre femme. Parfois il vaut mieux laisser les gens dire eux-mêmes ce qu'ils ont vu et ce qu'ils n'ont pas vu.

– Je ne pense pas que ce soit une bonne idée. Ma femme est très malade. Elle a un cancer. Elle est mourante.

– Je comprends, dit Wallander. Dans ce cas, je ne vous dérangerai pas.

Martin Stenholm lui tint la porte.

– Votre femme est-elle également médecin ?

– Non. Elle était juriste.

Wallander sonna sans résultat à la porte des trois maisons suivantes avant de tomber sur Rydberg. Il partit chercher la voiture. Rydberg n'avait rien obtenu de son côté. Personne n'avait vu Göran Alexandersson sur la plage.

– C'est étrange, commenta-t-il. J'ai toujours entendu dire que les gens étaient curieux. Surtout à la campagne, et surtout quand un inconnu se pointe.

De retour au commissariat, Wallander demanda à Rydberg s'il pouvait aller chercher Hansson pour une réunion dans son bureau. Il appela le médecin légiste et réussit cette fois à lui parler. Le temps qu'il finisse sa communication, les collègues avaient pris place autour de lui.

– Alors ? demanda-t-il à Hansson.

– Rien qui modifie de façon significative l'image que nous avions d'Alexandersson.

– Je viens de parler à Jörne. Il a très bien pu absorber la dose à son insu. Il est impossible d'indiquer le temps exact que met ce poison à agir. Jörne l'estime à une demi-heure au minimum, sans certitude. Une fois qu'il agit, la mort intervient très vite.

– Jusque-là nous avions donc raison. Ce poison a-t-il un nom ?

Wallander récita la formule chimique complexe qu'il avait notée sur son bloc-notes.

Puis il résuma sa conversation avec Martin Stenholm.

– Je ne sais pas sur quoi ça repose, mais j'ai l'intuition que la solution est dans la maison de ce médecin.

– Un médecin s'y connaît en préparations chimiques, observa Rydberg. C'est toujours un début…

– Oui. Mais il y a aussi autre chose.

– Tu veux que je le cherche dans le fichier ? Dommage que Martinsson soit malade, il fait ça mieux que moi.

Wallander acquiesça. Une idée lui traversa l'esprit.

– Cherche aussi au nom de sa femme. Kajsa Stenholm.

Pendant tout le week-end de la Sainte-Walpurgis, l'enquête resta au point mort. Wallander passa du temps chez son père. Il consacra un après-midi à repeindre sa cuisine. Il appela aussi Rydberg au téléphone. Sans raison particulière, sinon que Rydberg était aussi seul que lui. Mais il avait vite compris que Rydberg était ivre et ils n'étaient pas restés longtemps en ligne.

Le lundi 4 mai il était de retour au commissariat, de très bonne heure une fois de plus. En attendant d'apprendre ce que Hansson avait peut-être déniché dans les registres, il reprit le dossier sur le gang des voitures volées. Mais Hansson ne revint au commissariat que le lendemain. Il apparut dans son bureau sur le coup des onze heures.

– Je ne trouve rien sur Martin Stenholm, dit-il. Il n'a sans doute jamais rien fait d'immoral de toute sa vie.

Wallander n'était pas surpris. Son intuition pouvait l'entraîner dans des impasses.

– Et sa femme ?

Hansson secoua la tête.

– Encore moins. Elle a été procureur à Nynäshamn pendant un grand nombre d'années.

Il posa quelques documents sur la table de Wallander.

– Je vais parler une nouvelle fois aux chauffeurs de taxi, dit-il. Peut-être ont-ils malgré tout noté quelque chose.

De nouveau seul, Wallander regarda les papiers laissés par Hansson. Il lui fallut une heure pour tout lire en détail. Pour une fois, Hansson avait été méticuleux. Pourtant, il persistait à penser que la mort de Göran Alexandersson était liée au vieux médecin. Comme tant de fois auparavant, il avait la sensation de *savoir sans savoir*. Il se méfiait de son intuition, mais il était arrivé qu'elle soit juste. Il appela Rydberg et lui donna le dossier.

– Je veux que tu lises ça. Hansson et moi n'avons rien trouvé, mais je suis sûr qu'on passe à côté de quelque chose.

– Hansson n'est pas une référence, dit Rydberg, sans chercher à dissimuler l'estime mitigée qu'il portait à leur collègue.

Et moi alors ? pensa Wallander. Est-ce qu'il nous met dans le même sac ?

Tard dans l'après-midi, Rydberg lui rendit le dossier. Lui non plus n'avait rien trouvé.

– Il faut reprendre depuis le début, dit Wallander. On se voit demain matin et on essaie de voir par quel autre bout il faut prendre cette affaire.

Un peu plus tard, il se rendit une fois de plus à Svarte. Il refit une longue promenade le long du rivage. Il ne croisa personne. Puis il s'assit dans sa voiture sans allumer le contact et relut le dossier de Hansson, qu'il avait emporté avec lui. *Il y a un lien entre ce médecin et Göran Alexandersson. Quel est ce lien ?*

Il rapporta le dossier chez lui à Mariagatan – le même appartement de trois pièces qu'ils occupaient depuis leur arrivée à Ystad, quatorze ans plus tôt.

Il essaya de penser à autre chose. Mais ce dossier le taraudait. Il était près de minuit quand il se rassit à la table de la cuisine pour le parcourir une énième fois.

Malgré la fatigue, un détail retint enfin son attention. Ça ne signifiait sans doute rien. Il décida tout de même d'en avoir le cœur net le lendemain à la première heure.

Il dormit mal cette nuit-là.

Peu avant sept heures, il était de retour au commissariat. Une pluie fine tombait sur la ville. L'homme qu'il cherchait était, il le savait, aussi matinal que lui. Il se rendit dans l'aile du bâtiment qui abritait les bureaux du procureur et frappa à la porte de Per Åkeson. Comme d'habitude, il y régnait le plus grand désordre. Åkeson et Wallander travaillaient ensemble depuis de nombreuses années et il s'était établi entre eux un rapport de confiance et de respect mutuels. Åkeson repoussa ses lunettes sur son front et considéra son visiteur.

– Toi ici ? À cette heure ? Ça veut dire que tu as quelque chose d'important à me dire.

– Je ne sais pas. Mais j'ai besoin de ton aide.

Wallander débarrassa une chaise de la montagne de dossiers qui l'encombrait et s'assit. Puis il lui raconta la situation en peu de mots.

– Très étrange, dit Åkeson quand il eut fini.

– Ça arrive. Tu le sais aussi bien que moi.

– Bon, ce n'est pas pour me dire ça que tu es venu me voir à sept heures du matin. Tu ne veux tout de même pas que je t'autorise à arrêter ce médecin ?

– J'ai besoin de ton aide au sujet de sa femme. Kajsa Stenholm a été ta collègue. Elle a toujours travaillé à Nynäshamn, mais elle a eu des périodes de congé sabbatique, où il lui arrivait d'accepter des missions de courte durée. Il y a sept ans, elle a assuré un remplacement à Stockholm. Ça coïncide avec la mort du fils Alexandersson. J'ai besoin de savoir s'il existe un lien entre les deux.

Il feuilleta ses papiers avant de poursuivre.

– Le fils s'appelait Bengt. Bengt Alexandersson. Il avait dix-huit ans quand il a été tué.

Per Åkeson se balançait sur sa chaise et le considérait, sourcils froncés.

– Qu'est-ce que tu imagines, exactement ?

– Je ne sais pas. Mais je voudrais savoir s'il y a un lien. Si Kajsa Stenholm a été impliquée, d'une façon ou d'une autre, dans l'enquête sur la mort de Bengt Alexandersson.

– Et je suppose que tu veux la réponse le plus vite possible ?

Wallander hocha la tête et sourit.

– À l'heure qu'il est, tu devrais savoir que la patience n'est pas mon fort.

– Je vais voir ce que je peux faire. Mais ne t'attends pas à des miracles.

En passant quelques instants plus tard devant la réception, Wallander dit à Ebba qu'il voulait voir Rydberg et Hansson dans son bureau dès qu'ils arriveraient au commissariat.

– Au fait, fit Ebba. Je voulais te poser une question. Comment vas-tu, au juste ? Est-ce qu'il t'arrive de dormir, la nuit ?

– Tu sais quoi ? Parfois, j'ai l'impression que je dors trop.

Ebba était le roc du commissariat. Elle veillait en permanence sur le bien-être de tout un chacun et il était parfois nécessaire de se défendre un peu de sa sollicitude.

À huit heures et quart, Hansson fit son entrée dans son bureau, bientôt suivi de Rydberg. Wallander leur fit un bref compte rendu de ce qu'il avait découvert dans ce qui portait désormais l'appellation « les papiers de Hansson ».

– Il faut attendre la réponse d'Åkeson, conclut-il. Si ça se trouve, c'est complètement farfelu. Mais s'il s'avère que Kajsa Stenholm était impliquée dans l'enquête sur la mort de Bengt Alexandersson, nous aurons au moins établi un lien.

– Tu ne nous as pas dit hier qu'elle était à l'agonie ou presque ? demanda Rydberg.

– Ça, c'est ce que prétend son mari. Moi, je ne l'ai pas rencontrée.

– Avec tout le respect que je te dois, intervint Hansson, ça me paraît très vague. Supposons que tu aies raison. Que Kajsa Stenholm ait dirigé l'enquête préliminaire dans cette affaire. Qu'est-ce que cela signifie pour le cas qui nous occupe ? Une femme malade aurait-elle assassiné un homme surgi de son passé ?

– D'accord, c'est vague. Attendons quand même la réponse d'Åkeson.

Après le départ de Rydberg et de Hansson, il resta longtemps indécis. Il se demanda ce que faisaient Mona et Linda en cet instant, de quoi elles parlaient… Peu avant neuf heures trente, il alla se chercher un café ; à dix heures trente, un autre café. Il venait de revenir dans son bureau quand le téléphone sonna.

– C'est allé plus vite que je ne le pensais, dit la voix de Per Åkeson. Tu as un crayon ?

– Oui.

– Entre le 10 mars et le 9 octobre 1980, Kajsa Stenholm a rempli une mission de procureur intérimaire à Stockholm. Avec l'aide d'un greffier compétent du tribunal de première instance, j'ai obtenu la réponse à ta deuxième question.

Il se tut. Wallander attendait, tous les sens en alerte.

– Eh bien, reprit Åkeson, tu avais raison. C'est elle qui a diligenté l'enquête préliminaire et c'est elle aussi qui a classé l'affaire. Personne n'a jamais été inculpé pour le meurtre de Bengt Alexandersson.

– Merci ! Je vais méditer ces informations. Je te rappelle.

Après avoir raccroché, il s'approcha de la fenêtre. La vitre était embuée. Il pleuvait plus fort que dans la matinée. Il n'y a qu'une chose à faire, pensa-t-il. Retourner là-bas et apprendre ce qui s'est réellement passé. Il décida d'emmener seulement Rydberg. Il le fit venir dans son bureau ainsi que Hansson et leur communiqua ce que venait de lui apprendre Åkeson.

– Merde alors, dit Hansson.

– Je t'emmène, dit Wallander à Rydberg. À trois, on serait trop.

Hansson acquiesça, il comprenait.

Ils refirent en silence le trajet jusqu'à Svarte dans la voiture de Wallander et s'arrêtèrent à une centaine de mètres de la villa des Stenholm.

– Qu'attends-tu de moi ? demanda Rydberg.

– Que tu sois présent. C'est tout.

Soudain une pensée le frappa : c'était la première fois que Rydberg l'assistait et non l'inverse. Rydberg n'avait jamais donné l'impression d'être son supérieur ; le boulot de chef ne correspondait pas à son tempérament, et ils avaient toujours travaillé côte à côte. Mais, pendant toutes ces années à Ystad, Rydberg avait été son mentor. Tout ce qu'il savait, et que Hemberg ne lui avait pas déjà appris, il le devait à Rydberg.

Ils poussèrent le portail. Wallander sonna. La porte s'ouvrit presque aussitôt, comme s'ils avaient été attendus. Le vieux médecin était seul. L'absence du labrador était étrange.

– J'espère que nous ne venons pas à un mauvais moment, dit-il. Nous avons malheureusement quelques questions qui ne peuvent attendre.

– À quel sujet ?

Toute amabilité avait disparu. Le vieux monsieur était à la fois effrayé et hostile.

– Au sujet de l'homme de la plage.

– J'ai déjà dit que je ne l'avais pas vu.

– Nous voudrions parler à votre femme.

– Je vous ai dit qu'elle était au plus mal. Elle est grabataire. Comment aurait-elle pu voir quoi que ce soit ? Je ne comprends pas que vous ne nous laissiez pas en paix !

– Dans ce cas, nous allons partir. Mais nous reviendrons très vite, et à ce moment-là vous serez contraint de nous laisser entrer.

Il prit Rydberg par le bras et l'entraîna vers la rue. La porte se referma dans leur dos.

– Pourquoi as-tu lâché le morceau si facilement ? demanda Rydberg.

– C'est toi qui me l'as appris ! Ça ne fait jamais de mal de laisser les gens réfléchir un peu. Et puis Åkeson doit nous signer un ordre de perquisition.

– Tu es sûr de ton coup ?

– Oui. C'est lui. Mais je ne vois toujours pas pourquoi ni comment.

L'ordre fut signé l'après-midi même, mais Wallander résolut d'attendre le lendemain matin. Par mesure de précaution, il obtint cependant de Björk qu'il mette la villa sous surveillance.

Quand Wallander se réveilla à l'aube, le lendemain 7 mai, et qu'il enroula le store de sa chambre, la ville était plongée dans le brouillard. Avant de se doucher, il fit ce qu'il avait oublié de faire la veille au soir : il prit l'annuaire et chercha le nom « Stenholm » dans la commune de Svarte. Il n'y avait ni de Martin, ni de Kajsa Stenholm. Il appela les renseignements et apprit qu'ils étaient sur liste rouge. Il hocha la tête, comme si cette réponse ne l'étonnait pas.

Tout en buvant son café, il se demanda s'il allait emmener Rydberg ou retourner seul à Svarte. Il était déjà dans la voiture quand il prit la décision d'y aller sans attendre. Le brouillard était compact. Toute la longueur de la côte était plongée dans la blancheur.

Il conduisait très lentement. Il était presque huit heures lorsqu'il gara sa voiture devant la ville des Stenholm, poussa le portail, remonta l'allée et sonna. La porte ne s'ouvrit qu'à la troisième tentative. En reconnaissant Wallander, Martin Stenholm fit mine de la refermer aussitôt. Wallander eut juste le temps de la coincer avec le pied et de la rouvrir de force.

– Qui vous a donné le droit de violer mon domicile ! cria le vieil homme d'une voix aiguë.

– J'ai un ordre du procureur. Il vaut mieux que vous me laissiez entrer. Pouvons-nous nous asseoir quelque part ?

Martin Stenholm parut soudain abandonner la partie. Wallander le suivit dans une pièce aux murs tapissés de livres. Le vieil homme s'assit. Wallander prit place en face de lui dans un fauteuil en cuir.

– Êtes-vous certain de n'avoir rien à me dire ?

– Je n'ai vu personne. Ma femme non plus. Elle est alitée à l'étage.

Wallander résolut d'aller droit au but. Il n'y avait plus de raison de tergiverser.

– Votre femme exerçait la profession de procureur. Dans les années 1980, elle a effectué plusieurs remplacements à Stockholm. Entre autres, elle a dirigé l'enquête préliminaire sur les circonstances de la mort du jeune Bengt Alexandersson, qui avait dix-huit ans au moment des faits. Au terme de cette enquête, elle a classé l'affaire. Avez-vous souvenir de cet épisode ?

– Bien sûr que non. Nous ne parlions jamais ensemble de notre travail. Elle ne me confiait rien sur ses mises en examen, je ne lui confiais rien sur mes patients. C'est parfaitement normal, vous vous en doutez.

– L'homme de la plage était le père de Bengt Alexandersson. Il est mort, lui aussi. Il a été empoisonné. Est-ce une coïncidence ?

Stenholm ne répondit pas. Wallander crut soudain entrevoir un scénario possible. Il poursuivit, plus lentement cette fois :

– Je ne le pense pas… Voyons… À la retraite, avec votre femme, vous quittez Nynäshamn. Vous choisissez de vous installer en Scanie. Dans une petite bourgade où personne ne vous connaît. Vous ne figurez même pas dans l'annuaire. Peut-être voulez-vous juste avoir la paix. Mais peut-être aussi essayez-vous ainsi d'échapper à quelque chose ou à quelqu'un. Peut-être à un homme qui ne comprend pas pourquoi aucun effort sérieux n'a été fait pour élucider le meurtre absurde de son fils unique… Vous déménagez donc, mais il vous retrouve. Nous ne saurons sans doute jamais comment. Soudain il est là. Vous le croisez sur la plage où vous promenez comme chaque jour votre chien. Le choc est terrible. Il renouvelle ses accusations, profère peut-être des menaces. Votre femme est malade – je n'en doute pas un instant. Il revient le lendemain. Et le jour d'après. Il ne vous lâche pas. Vous ne savez plus comment faire pour vous débarrasser de lui. Vous ne voyez aucune issue. Alors vous l'invitez chez vous. Vous lui dites qu'il va pouvoir parler à votre femme. Une fois ici, vous lui proposez un café. Après le café, vous montez à l'étage. Vous redescendez en disant que votre femme a de graves douleurs. Ou peut-être dort-elle ? Vous proposez à l'homme de revenir le lendemain. Vous savez cependant qu'il ne reviendra pas. Le problème est résolu. Göran Alexandersson va mourir, cela ressemblera à un AVC. Personne ne vous a vus ensemble, personne ne connaît le lien qui existe entre vous. Personne ne saura ce que vous avez mis dans son café. N'est-ce pas ainsi que les choses se sont passées ?

Martin Stenholm ne réagit pas.

Wallander attendit. Par la fenêtre, il vit que le brouillard était encore compact. Stenholm leva la tête.

– Ma femme n'a jamais commis d'erreur de toute sa carrière, dit-il. Les temps changeaient, les crimes devenaient plus nombreux, plus lourds. Les policiers, les procureurs, les juges luttaient en vain, et luttent toujours en vain. Vous devriez le savoir. Il était donc profondément injuste de la part d'Alexandersson de venir accuser ma femme. Il nous a harcelés, menacés, terrorisés pendant sept ans. D'une manière tellement habile qu'il était impossible de porter plainte.

Le vieil homme se tut. Puis il se leva.

– Montons voir ma femme. Elle vous le dira mieux elle-même.

– Ce n'est plus nécessaire, dit Wallander doucement.

– Pour moi, ça l'est.

Ils gravirent l'escalier. Kajsa Stenholm occupait un lit médicalisé dans une grande chambre claire. Le labrador était couché au pied du lit.

– Elle ne dort pas. Vous pouvez lui poser les questions que vous voulez.

Wallander s'avança jusqu'au lit. Le visage de Kajsa Stenberg était si émacié qu'on voyait le contour de ses os. Il s'approcha encore.

Au même instant, il comprit qu'elle était morte. Il fit volte-face. Le vieil homme se tenait sur le seuil et le visait avec un pistolet.

– J'avais compris que vous reviendriez, dit-il. Alors il valait mieux qu'elle meure.

– Posez cette arme.

Stenholm fit non de la tête. Wallander sentit la peur le paralyser.

Puis tout alla très vite. Stenholm déplaça le canon de son arme et appuya sur la détente. Le coup de feu résonna dans la chambre avec un bruit assourdissant. Stenberg fut projeté en arrière par le contrecoup pendant que sang et débris de cerveau giclaient sur le mur derrière lui. Wallander crut qu'il allait s'évanouir. Il réussit à tituber jusqu'à la porte, descendit l'escalier et composa le numéro du commissariat. Ebba lui répondit.

– Hansson ou Rydberg, dit-il. Vite.

Rydberg prit l'appel.

– C'est fini, dit Wallander. Il faut des renforts. Il y a deux morts à la maison de Svarte.

– Quoi ? C'est toi qui les as tués ? Tu es blessé ? Pourquoi y es-tu allé seul, merde ?

– Je ne sais pas. Dépêchez-vous. Je ne les ai pas tués. Je n'ai rien.

Wallander sortit attendre dehors. Le brouillard enveloppait la plage. Il pensa à ce qu'avait dit le vieux médecin. Sur les crimes de plus en plus nombreux, de plus en plus lourds. Il ressentait souvent la même chose. Les policiers comme lui appartenaient à une époque révolue. Il n'était pas vieux pourtant. Il avait tout juste quarante ans.

Il attendit dans le brouillard l'arrivée des collègues. Il se sentait mal. Une fois de plus, il avait été impliqué malgré lui dans une tragédie. Combien de temps encore trouverait-il la force de continuer ?

Les voitures arrivèrent, Rydberg aperçut Wallander, telle une ombre dans le brouillard blanc, et se précipita vers lui.

– Qu'est-ce qui s'est passé, Kurt ?

– On a résolu l'affaire du mort du taxi.

Il vit que Rydberg attendait la suite.

– C'est tout, ajouta-t-il. C'est ce qu'on a fait.

Il se détourna et prit la direction de la plage, où il fut bientôt avalé par le brouillard.

La mort du photographe

Chaque année, au début du printemps, il faisait un rêve : il pouvait voler. Le rêve se répétait toujours à l'identique. Il montait un escalier mal éclairé. Soudain le plafond s'ouvrait et il découvrait que les marches conduisaient à la cime d'un arbre. Le paysage s'étendait à ses pieds. Il ouvrait les bras. Il se laissait tomber. Il dominait le monde.

Puis il se réveillait. Le rêve l'abandonnait toujours au même endroit. Et toutes ces années, il n'avait encore jamais pu s'éloigner en planant, quitter réellement cet arbre.

Le rêve revenait. Et le trahissait chaque fois.

Il y repensait ce soir-là en traversant à pied le centre d'Ystad. La semaine précédente, il s'était réveillé une fois de plus à l'instant du décollage. Maintenant il lui faudrait sans doute attendre longtemps avant que le rêve ne revienne.

C'était un soir de la mi-avril 1988. La chaleur printanière n'était pas vraiment au rendez-vous. Il regrettait de n'avoir pas enfilé un gros pull. En plus, il traînait un rhume. Vingt heures. Les rues étaient désertes. Au loin une voiture démarra sur les chapeaux de roue. Le bruit s'estompa. Il empruntait toujours le même itinéraire. De Lavendelvägen, où il habitait, il longeait Tennisgatan. Arrivé au parc Margareta, il tournait à gauche et longeait ensuite Skottegatan en direction du centre-ville. Puis il reprenait à gauche, traversait Kristianstadsvägen et débouchait sur Sankta Gertruds Torg, où il avait son atelier. S'il avait été un jeune photographe cherchant à s'établir à Ystad, la conjoncture n'aurait pas été très favorable. Mais il était là depuis plus de vingt-cinq ans. Sa clientèle était stable et fidèle. On savait où le trouver. On venait chez lui quand on se mariait. Puis à la naissance du premier enfant. Et dans toutes les occasions solennelles dont on voulait garder une trace. La première fois que la seconde génération d'une même famille l'avait sollicité pour un mariage, ça lui avait fait un coup. Il avait compris qu'il devenait vieux. Jusque-là, il n'y avait pas pensé souvent ; voilà soudain qu'il atteignait la cinquantaine. Il avait aujourd'hui cinquante-six ans.

Il s'arrêta devant une vitrine et observa son reflet. La vie était ainsi. Il ne devait pas se plaindre. S'il restait en bonne santé pendant encore dix ou quinze ans, ce serait déjà bien…

Il poursuivit son chemin. Le vent soufflait par bourrasques et il s'enveloppa plus étroitement dans son manteau. Il marchait sans se presser. Il n'éprouvait aucune urgence. Deux soirs par semaine, après avoir dîné, il rejoignait son atelier. Un rite auquel il ne dérogeait jamais. Deux soirs par semaine il était seul avec ses images, dans la chambre noire.

Il était arrivé. Avant de tourner la clé dans la serrure, il considéra sa devanture avec un mélange de résignation et d'agacement. Même si, c'était le moins qu'on puisse dire, sa boutique n'attirait pas beaucoup de nouveaux clients, il aurait dû s'en tenir à la règle qu'il s'était fixée vingt ans plus tôt : changer une fois par mois les photos dans sa vitrine. Cela ferait bientôt deux mois que celles-ci n'avaient pas bougé. Autrefois, quand il employait encore un salarié, il avait plus de temps pour ces détails. Mais il avait licencié le dernier en date quatre ans auparavant. Ça lui revenait trop cher. En réalité, il n'y avait pas assez de travail pour deux.

Il fit jouer la clé dans la serrure et entra. Le magasin était dans la pénombre. Ce jour-là, il avait plu dans la matinée, et les clients avaient sali le sol avec leurs chaussures mouillées. Une femme de ménage venait trois fois par semaine. Elle avait sa propre clé et commençait son travail à cinq heures du matin. Le lendemain, quand il ouvrirait la boutique, tout serait nettoyé mais, pour l'instant, ce n'était pas le cas. Il n'aimait pas la saleté. Il évita donc de faire la lumière, passa directement de la boutique à l'atelier et, de là, dans la pièce du fond, où il développait ses images. Il ferma la porte, alluma le plafonnier, suspendit sa veste au portemanteau. Brancha la radio posée sur une tablette fixée au mur. Il la laissait toujours sur la même fréquence avant de partir, pour être sûr d'entendre de la musique classique quand il l'allumerait la fois suivante. Puis il mit en route la cafetière et lava une tasse. Une sensation de bien-être familier se répandait peu à peu en lui. Cette pièce au fond de l'atelier était sa chapelle. Sa chambre secrète. Personne n'y entrait en dehors de la femme de ménage. Là, il était le centre du monde. Là, il était seul, et il exerçait une domination sans partage. En attendant que le café soit prêt, il pensa à ce qu'il allait faire. Il décidait toujours à l'avance à quel travail il consacrerait la soirée. Il était quelqu'un de méthodique, qui ne laissait rien au hasard.

Ce soir-là, c'était en principe le tour du Premier ministre. Au fond, il était surpris de ne lui avoir jamais encore consacré du temps. Là, quoi qu'il en soit, il était prêt. Pendant plus d'une semaine il avait soigneusement feuilleté la presse quotidienne pour trouver l'image dont il se servirait. Il l'avait finalement dénichée dans un tabloïd. À l'instant où il l'avait vue, il avait su que c'était la bonne. Elle remplissait tous ses critères. Il l'avait photographiée quelques jours auparavant, et elle était à présent enfermée dans un tiroir de son bureau. Il se servit un café en fredonnant au rythme de la radio. Une sonate pour piano de Beethoven. Personnellement, il préférait Bach. Et Mozart plus que tout. Mais la sonate était belle, impossible de le nier.

Il s'assit à son bureau, ajusta le faisceau de la lampe, déverrouilla la colonne de tiroirs de gauche et sortit la photo du Premier ministre. Comme d'habitude, il avait agrandi l'image de façon à obtenir un résultat légèrement supérieur au format A4. Il la posa sur la table, goûta le café et contempla le visage posé devant lui. Par où commencer ? Par où l'attaquerait-il ? L'homme de la photo souriait, le regard tourné vers la gauche. Il y avait dans ce regard une nuance d'inquiétude, ou un manque d'assurance peut-être. Il décida de commencer par les yeux. Il pouvait les faire loucher. Et les rétrécir. S'il posait l'agrandisseur de biais, ça allongerait l'ovale du visage. Il pouvait aussi essayer de plier le papier en demi-cercle sous l'objectif et voir quel résultat ça donnerait. Puis, d'un coup de ciseau et de colle, il enlèverait la bouche. Ou peut-être allait-il coudre les lèvres ensemble. Les politiciens parlaient beaucoup trop.

Il finit son café. La pendule au mur indiquait vingt heures quarante-cinq. Quelques jeunes qui braillaient dans la rue troublèrent brièvement la pureté de la musique.

Il posa sa tasse. Puis il commença le difficile, patient et jouissif travail de retouche. Lentement, il voyait le visage se transformer sous son regard.

Cela lui prit plus de deux heures. On reconnaissait encore les traits du Premier ministre mais – ô mon Dieu – que lui était-il arrivé ? Avec un sourire, il se leva. Fixa l'image au mur. Orienta le faisceau de la lampe. La radio passait maintenant *Le Sacre du Printemps* de Stravinsky. Le caractère dramatique de cette musique correspondait bien à l'œuvre qu'il venait lui-même de créer. Le visage n'était plus le même.

Restait le plus important. La partie la plus délicieuse. Il allait à présent réduire l'image. La rendre minuscule, insignifiante. Il la posa sur la plaque de verre, régla la lumière. Le visage s'amenuisa, encore, encore. Les détails raccourcissaient, mais demeuraient nets. Il s'arrêta juste avant que les traits du nouveau visage ne deviennent flous.

Il touchait au but.

Il était vingt-trois heures trente quand il posa enfin son œuvre achevée sur la table. Il avait réduit le portrait du Premier ministre au format d'une photo d'identité. Une fois de plus, il avait remis à sa juste place un de ces êtres assoiffés de prestige et de pouvoir. Des petits hommes, voilà ce que devenaient entre ses mains les grands de ce monde. Il triturait leurs traits, vandalisait leur image, les rendait ridicules. Des insectes sans importance. Dans son univers, personne n'était grand sauf lui.

Il prit l'album qu'il conservait dans un tiroir, le feuilleta jusqu'à la première page vierge et y colla la photo. Puis, dévissant le capuchon de son stylo-plume, il nota la date du jour.

Il se renversa dans son fauteuil. Encore une image créée et collée dans l'album. Une bonne soirée. Le résultat était satisfaisant. Et rien n'avait troublé sa concentration. Aucune pensée inquiète ne l'avait agité. C'était une soirée réussie dans la chapelle, où tout n'avait été que paix et harmonie.

Il rangea son album et verrouilla la colonne de tiroirs. *Le Sacre du Printemps* avait cédé la place à Haendel. Parfois il s'irritait de cette incapacité des programmateurs à imaginer des transitions douces.

Il se leva, éteignit la radio.

Il eut alors une drôle de sensation. Comme si quelque chose n'était pas tout à fait en place. Il écouta. Après un long silence, il pensa qu'il se faisait des idées. Il ôta le filtre de la cafetière et éteignit les lampes. Il s'arrêta net. Il venait d'entendre un bruit dans l'atelier. Soudain il prit peur. Un intrus ? Il avança à pas de loup jusqu'à la porte et prêta l'oreille. Tout était silencieux. Je déraille, se dit-il, en colère contre lui-même. Qui chercherait à s'introduire dans une boutique où il n'y a même pas d'appareils photo à vendre ?

Il décrocha son manteau et l'enfila. Minuit moins dix-neuf minutes. L'heure à laquelle il avait l'habitude de fermer sa chapelle à clé et de rentrer chez lui. Tout était normal.

Il se retourna une fois encore avant d'éteindre la dernière lampe. Puis il ouvrit la porte. L'atelier était plongé dans le noir. Il alluma le plafonnier. C'était bien ce qu'il pensait. Personne. Il éteignit et commença à traverser la pièce en direction de la boutique.

Il n'eut pas le temps de réagir.

Surgissant de derrière les fonds colorés qu'il utilisait pour ses photos d'atelier, une ombre se dressa devant lui, lui barrant la sortie. Il n'avait qu'une chose à faire : se replier, fuir, se barricader dans la chambre noire, où il y avait un téléphone et où il pourrait appeler la police. Mais il n'atteignit jamais la porte. L'ombre était plus rapide que lui. Un objet lourd heurta sa nuque, le monde explosa dans une lumière blanche puis s'éteignit.

Il mourut avant de toucher le sol.

Il était minuit moins dix-sept minutes.

La femme de ménage s'appelait Hilda Waldén. Elle commençait toujours sa tournée du matin par l'atelier du photographe Simon Lamberg. À cinq heures, elle cadenassa soigneusement son vélo devant la porte. Le temps s'était refroidi, et elle se demandait si le printemps allait un jour se décider à arriver. Elle frissonnait sous la pluie fine en cherchant dans son trousseau la clé qui correspondait au magasin de Lamberg. Elle ouvrit et entra. Le sol était sale après la dernière pluie. Elle posa son sac sur le comptoir et son manteau sur une chaise, à côté de la petite table d'appoint couverte de journaux.

Puis elle se dirigea vers l'atelier où elle rangeait sa blouse et son matériel dans un cagibi. Lamberg devait lui acheter un nouvel aspirateur. Elle allait le lui dire. Celui-là ne valait rien.

Elle le découvrit à l'instant où elle mit le pied dans l'atelier. Et comprit aussitôt qu'il était mort. Le sang formait une flaque autour du cadavre.

Elle s'enfuit. Sur le trottoir, un banquier à la retraite à qui son médecin avait prescrit des promenades quotidiennes tomba nez à nez avec une femme hors d'elle qui hurlait des propos incohérents. Il la calma tant bien que mal et lui demanda ce qui se passait.

Pendant qu'elle restait là, tremblant de tout son corps, il se précipita vers la cabine téléphonique la plus proche et composa le numéro d'urgence.

Il était cinq heures vingt.

Pluie fine. Vent irrégulier du sud-ouest.

À six heures et trois minutes, Martinsson réveilla Wallander à son domicile de Mariagatan. Quand le téléphone sonnait à cette heure, c'était grave, il le savait par expérience. En temps normal, il aurait déjà été éveillé. Mais ce matin-là la sonnerie le tira du sommeil en sursaut. La veille au soir, il avait perdu un morceau de dent et il s'était enfin assoupi vers quatre heures, après s'être levé plusieurs fois pour prendre des antalgiques. Lorsqu'il approcha le combiné de son oreille, il constata que la douleur n'était pas partie.

– Je te réveille ? demanda la voix de Martinsson.

– Oui. Qu'est-ce qui se passe ?

Wallander fut lui-même surpris de s'entendre répondre la vérité. C'était bien la première fois.

– J'ai été appelé à cinq heures et demie par le collègue de garde. Il avait reçu un appel signalant un meurtre sur Sankta Gertruds Torg. C'était plutôt confus. Une patrouille est allée voir sur place.

– Et ?

– Malheureusement, c'était bien ça.

Wallander se redressa dans son lit. Le commissariat avait donc reçu l'appel une demi-heure plus tôt.

– Tu y es allé ?

– Comment veux-tu ? J'étais en train de m'habiller quand le téléphone a sonné. J'ai pensé qu'il valait mieux t'appeler tout de suite.

Wallander hocha la tête.

– Savons-nous qui est la victime ?

– Apparemment, ce serait le photographe qui a sa boutique sur la place. Son nom ne me revient pas, là tout de suite.

– Lamberg ? demanda Wallander en fronçant les sourcils.

– Oui, c'est ça. Simon Lamberg. Si j'ai bien compris, c'est la femme de ménage qui l'a trouvé.

– Où ça ?

– Qu'est-ce que tu veux dire ?

– Dedans ou dehors ?

– Dedans.

Wallander réfléchit en regardant son réveil. Six heures et sept minutes.

– On se retrouve dans un quart d'heure ?

– D'accord. Je te préviens, le collègue m'a dit que c'était désagréable.

– Je ne pense pas avoir déjà vu une scène de crime qu'on pourrait qualifier d'agréable.

Après avoir raccroché, Wallander s'attarda quelques instants. La nouvelle que venait de lui annoncer Martinsson l'affectait. Il connaissait la victime. Les souvenirs de différentes visites à l'atelier lui revinrent. Quand Mona et lui s'étaient mariés fin mai 1970, c'était Lamberg qui les avait photographiés. Ça ne s'était pas passé dans l'atelier, mais sur la plage, près de l'hôtel Saltsjöbad. C'était Mona qui en avait décidé ainsi. Pour lui, tout ça, c'était du tracas inutile. Ils s'étaient mariés à Ystad car le pasteur avec qui Mona avait fait sa communion solennelle officiait à ce moment-là dans cette ville. Wallander aurait préféré se marier à Malmö et se contenter d'un mariage civil. Et le fait de devoir par-dessus le marché aller sur une plage froide et venteuse pour se faire tirer le portrait l'avait moyennement amusé. D'ailleurs, la photo de mariage romantique n'avait pas été très réussie au final. Lamberg avait aussi photographié Linda plusieurs fois quand elle était petite.

Il n'avait pas le temps de prendre une douche. Il s'habilla en vitesse et se planta ensuite devant le miroir de la salle de bains. Il ouvrit la bouche en grand. Combien de fois il l'avait fait au cours de la nuit, il ne s'en souvenait pas. Mais, chaque fois, il espérait découvrir sa dent intacte. Elle se trouvait en bas, à gauche. En écartant la commissure avec le doigt, il la voyait très bien. Il n'en restait qu'une petite moitié. Il brossa ses autres dents avec précaution. En effleurant par mégarde la dent atteinte, il sentit un élancement douloureux.

Dans la cuisine, la vaisselle sale s'empilait dans l'évier. Il jeta un regard par la fenêtre. Il y avait du vent. Il pleuvait. Le lampadaire oscillait. Quatre degrés au-dessus de zéro, à en croire le thermomètre. Il fit la grimace. Le printemps n'arrivait pas. Il se préparait à sortir quand il changea d'avis et alla dans le séjour. La photo de mariage était à sa place dans la bibliothèque.

On n'est pas allés chez Lamberg pour la séparation, pensa-t-il. De ça, on n'a aucune trace. Tant mieux.

Un mois auparavant, Mona avait déclaré qu'elle voulait une séparation provisoire. Elle avait besoin de réfléchir. Wallander était tombé des nues, même si, au fond de lui, cette annonce ne le surprenait pas vraiment. Depuis longtemps ils avaient de moins en moins de choses à se dire, de moins en moins de plaisir à coucher ensemble, et de moins en moins de contact l'un avec l'autre. Ça s'était détérioré petit à petit – seule leur fille Linda les reliait encore.

Wallander l'avait suppliée, menacée. Mais Mona était restée inflexible. Elle avait décidé de retourner vivre à Malmö. Linda voulait aller avec elle – elle était évidemment attirée par la grande ville. Mona avait eu le dernier mot. Elle avait déménagé avec

Linda. Wallander espérait encore qu'ils pourraient recommencer. Sans savoir ce que valait cet espoir.

Il reposa la photo sur son rayonnage et quitta l'appartement. Dans l'escalier il se mit à penser à Lamberg. Quelle sorte d'homme était-il ? Wallander avait beau s'être fait tirer le portrait par lui au moins quatre ou cinq fois, il n'avait aucun souvenir de lui en tant que personne. Cela le surprenait à présent. Lamberg avait quelque chose d'étrangement anonyme. Il avait même du mal à se rappeler son visage.

Il ne lui fallut que quelques minutes pour gagner Sankta Gertruds Torg en voiture. Deux véhicules de police stationnaient face à la boutique. Des collègues étaient occupés à dresser un périmètre devant l'entrée. Un attroupement s'était déjà formé tout autour. Martinsson arriva en même temps que lui. Il était mal rasé ; ça ne lui ressemblait pas.

Ils s'approchèrent des bandes plastifiées et saluèrent le policier qui avait été le premier sur les lieux.

– Ce n'est pas beau à voir. Il est par terre, sur le ventre. Il y a beaucoup de sang.

Wallander hocha la tête.

– Et on est certain que c'est lui ? Le photographe ? Lamberg ?

– C'est en tout cas l'avis de la femme de ménage.

– Elle ne doit pas être au mieux de sa forme, dit Wallander. Emmenez-la au commissariat. Donnez-lui du café. On arrive le plus vite possible.

Ils s'approchèrent de la porte ouverte.

– J'ai appelé Nyberg, dit Martinsson. Les techniciens sont en route.

Ils entrèrent dans le magasin. Tout était très silencieux. Wallander marchait devant, Martinsson sur ses talons. Ils dépassèrent le comptoir et pénétrèrent dans l'atelier. La vision était effectivement peu

229

agréable. L'homme était tombé sur un papier de sol déroulé, de ceux que les photographes utilisent pour moduler la lumière en atelier. Le papier était blanc. Le sang formait un dessin très net autour de la tête du mort.

Wallander s'approcha avec précaution. Il avait retiré ses chaussures. Il s'agenouilla.

La femme de ménage avait dit vrai. C'était bien Simon Lamberg. Wallander le reconnaissait. Il voyait son visage de profil. Il avait les yeux ouverts.

Wallander essaya de déchiffrer son expression. Y avait-il autre chose que le choc et la douleur ? Difficile à dire...

– La cause de la mort paraît évidente, dit-il en montrant la plaie ouverte à la nuque.

Martinsson s'était accroupi à ses côtés.

– Oui. On lui a enfoncé l'arrière du crâne.

Wallander lui jeta un regard. Il était déjà arrivé à Martinsson de vomir sur une scène de crime. En l'occurrence, il semblait à peu près maître de lui.

Ils se relevèrent. Wallander jeta un regard circulaire. Tout paraissait en ordre. Aucun signe que le meurtre ait été précédé par une lutte. Rien non plus à première vue qui ait pu être l'arme du crime. Contournant le corps, il alla ouvrir la porte du fond et alluma le plafonnier. Cette pièce était manifestement le bureau de Lamberg. Sa chambre noire aussi. Là non plus, aucun désordre. Les colonnes de tiroirs étaient équipées de serrures ; a priori, elles ne portaient aucune trace d'effraction.

– Ça ne ressemble pas à un cambriolage, dit Martinsson.

– Il est un peu tôt pour se prononcer. Lamberg était-il marié ?

– D'après la femme de ménage, oui. Sa femme et lui habitent Lavendelvägen.

Wallander connaissait cette rue.

– A-t-elle été prévenue ?

– J'en doute.

– Alors il faut commencer par là. Svedberg peut s'en occuper.

Martinsson eut l'air surpris.

– Ce n'est pas à toi de le faire ?

– Svedberg en est aussi capable que moi. Appelle-le. Dis-lui de penser à emmener un pasteur.

Il était sept heures moins le quart. Martinsson partit téléphoner dans la boutique. Resté seul, Wallander regarda autour de lui en essayant de se représenter un enchaînement. On ne disposait pour l'instant d'aucun horaire, ce qui ne l'aidait évidemment pas. La première chose à faire était de parler à la femme de ménage. Sans son témoignage, il ne pourrait pas tirer la moindre conclusion.

Martinsson revint.

– Svedberg est en route.

– Nous aussi. Je veux m'entretenir avec la femme de ménage. A-t-elle pu fournir un horaire ?

– On a eu du mal à lui parler jusqu'à présent. Elle commence tout juste à reprendre pied.

Nyberg surgit dans le dos de Martinsson. Ils se saluèrent d'un hochement de tête. Le chef de la police technique d'Ystad était un professionnel talentueux, expérimenté, et irascible. Des affaires complexes avaient souvent été résolues grâce à son seul travail.

Nyberg grimaça en apercevant le mort.

– Le photographe en personne...

– Simon Lamberg.

231

– Je me suis fait faire des photos d'identité chez lui il y a deux ans. Qui aurait pu imaginer que quelqu'un irait lui faire la peau ?

– Il possède cette boutique depuis très longtemps, dit Wallander. Il n'y est pas né, mais c'est tout comme.

Nyberg avait ôté sa veste.

– Que savons-nous ?

– La femme de ménage l'a trouvé peu après cinq heures. C'est tout.

– En somme, on ne sait rien.

Martinsson et Wallander quittèrent l'atelier. Il valait mieux laisser Nyberg travailler en paix avec son équipe. Le boulot serait fait à fond, aucune inquiétude de ce côté.

Ils se rendirent au commissariat en voiture. Wallander s'arrêta à la réception pour demander à Ebba, qui venait d'arriver, de lui prendre un rendez-vous chez le dentiste. Il lui indiqua son nom.

– Tu as mal ?

– Oui. Mais je dois d'abord parler à quelqu'un. Ça va me prendre une bonne heure. J'aimerais bien aller chez le dentiste le plus vite possible après ça.

– D'accord.

– La personne à qui je dois parler est la femme de ménage de Simon Lamberg. Le photographe, tu sais ? Elle l'a trouvé mort dans son atelier ce matin.

– Lamberg ? Quoi ? C'est terrible. Comment est-ce possible ? Comment est-il mort ?

– Il a été tué.

Ebba en resta sans voix.

– Simon Lamberg… Je suis allée plein de fois chez lui. Il a photographié tous mes petits-enfants.

Wallander hocha la tête. Puis il longea le couloir jusqu'à son bureau.

Tout le monde semble être allé se faire photographier chez Lamberg, pensa-t-il. Je me demande si les autres avaient de lui la même image que moi. Vague, presque fuyante.

Il était sept heures cinq.

Quelques minutes plus tard, Hilda Waldén franchit le seuil de son bureau. Elle avait fort peu de choses à dire. Wallander comprit tout de suite que ça ne tenait pas à l'émotion, mais au fait qu'elle ne connaissait pas du tout Lamberg, alors qu'elle travaillait pour lui depuis plus de dix ans.

À l'entrée de Hilda Waldén, suivie de Hansson, Wallander lui avait serré la main et l'avait priée de s'asseoir. La soixantaine, les traits émaciés. Elle avait sûrement travaillé dur toute sa vie. Hansson parti, il fouilla parmi les blocs-notes à spirale qui s'entassaient dans ses tiroirs. Puis il lui présenta ses condoléances. Il comprenait sa tristesse et son état de choc. Pourtant les questions ne pouvaient attendre. Il s'agissait d'un crime, et il fallait en identifier au plus vite l'auteur.

– Commençons par le début. Tu étais donc chargée de faire le ménage dans l'atelier de Simon Lamberg, c'est bien ça ?

Elle répondit d'une voix à peine audible. Wallander dut se pencher par-dessus la table pour l'entendre.

– Je fais le ménage là-bas depuis douze ans et sept mois. Trois matins par semaine. Le lundi, le mercredi et le vendredi.

– À quelle heure es-tu arrivée ce matin ?

– Comme d'habitude, juste après cinq heures. J'ai quatre magasins à faire dans la matinée. Je commence toujours par Lamberg.

– Je suppose que tu as ta propre clé ?

Elle parut surprise.

– Comment veux-tu que j'entre, sinon ? Lamberg n'ouvre qu'à dix heures.

Wallander hocha la tête et poursuivit.

– Tu es entrée par la rue ?

– Il n'y a pas d'autre entrée.

Wallander nota.

– Et la porte était fermée à clé ?

– Oui.

– La serrure n'avait pas été forcée ?

– Je ne crois pas.

– Et ensuite ?

– Je suis entrée. J'ai posé mon sac à main, j'ai enlevé mon manteau.

– Tu n'as rien remarqué d'inhabituel ?

Il vit qu'elle faisait l'effort de se concentrer et de se remémorer ce qu'elle pouvait.

– Tout était normal. Il avait plu hier ; comme toujours dans ce cas-là, le sol était très sale. Je suis allée chercher mon seau et mes balais…

Elle s'interrompit.

– Et c'est alors que tu l'as découvert ?

Elle hocha la tête sans répondre. Un instant, Wallander eut peur qu'elle ne s'effondre. Puis elle inspira profondément et se ressaisit.

– Quelle heure était-il quand tu l'as trouvé ?

– Cinq heures neuf.

Il la regarda, surpris.

– Comment peux-tu le savoir avec une telle précision ?

– Il y a une pendule dans l'atelier. Je l'ai tout de suite regardée. Peut-être pour ne pas le regarder, lui. Peut-être pour me rappeler l'heure exacte du pire moment de ma vie.

Wallander acquiesça. Il croyait comprendre.

– Qu'as-tu fait alors ?

– Je me suis sauvée en courant. Je criais peut-être, je ne m'en souviens pas. Mais un homme est arrivé. Il a appelé la police d'une cabine.

Wallander posa son crayon. Il avait obtenu l'horaire de Hilda Waldén. Il ne doutait pas de son exactitude.

– Peux-tu m'expliquer pourquoi Lamberg se trouvait dans sa boutique à cette heure-là ?

Sa réponse fusa sans une hésitation. Il comprit qu'elle s'était déjà posé la même question.

– Il lui arrivait de se rendre à l'atelier le soir et d'y rester jusqu'à minuit. Alors ça a dû se passer avant.

– Comment le sais-tu si tu fais toujours le ménage le matin ?

– Il y a quelques années, j'ai découvert un jour que j'avais oublié mon porte-monnaie dans ma blouse. J'y suis retournée le soir pour le récupérer. Lamberg était là. J'étais étonnée, bien sûr. C'est là qu'il m'a dit qu'il avait l'habitude de venir deux soirs dans la semaine.

– Pour travailler ?

– Oh, je pense qu'il classait des papiers dans son bureau, des choses comme ça. La radio était allumée.

Wallander hocha pensivement la tête. Le meurtre n'avait sans doute pas eu lieu le matin ni la nuit, mais la veille au soir.

Il la regarda en face.

– As-tu la moindre idée de qui peut avoir fait ça ?

– Non.

– Avait-il des ennemis ?

– Je ne le connaissais pas. Je ne sais pas s'il avait des amis ou des ennemis. J'étais juste la femme de ménage.

Wallander insista.

– Mais tu travaillais pour lui depuis plus de douze ans ? Tu as tout de même dû apprendre à le connaître

235

un peu ? Ses habitudes ? Ses mauvaises habitudes, peut-être ?

Elle répondit avec beaucoup de détermination, là encore.

– Je ne le connaissais pas du tout. C'était quelqu'un de très réservé.

– Tu devrais tout de même pouvoir le décrire en deux mots…

Sa réponse le surprit.

– Comment veux-tu décrire quelqu'un qui est transparent au point de se confondre avec les murs ?

– Bon, dit Wallander.

Il repoussa son bloc-notes.

– As-tu remarqué un changement chez lui ces derniers temps ?

– Je ne le voyais qu'une fois par mois, quand il me faisait mon chèque. La dernière fois, je n'ai rien remarqué de spécial.

– Quand l'as-tu vu pour la dernière fois ?

– Il y a deux semaines.

– Et là, tu dirais qu'il était comme d'habitude ?

– Oui.

– Il n'était pas inquiet ? Pas nerveux ?

– Non.

– Tu n'as rien remarqué non plus dans le magasin ? Quelque chose qui aurait changé ?

– Non.

Le témoin idéal, pensa Wallander. Réponses précises, aucune hésitation, un bon sens de l'observation. Je n'ai pas à m'interroger sur la véracité de ces souvenirs.

Il n'avait pas d'autres questions. L'entretien avait duré moins de vingt minutes. Il appela Hansson, qui promit de veiller à ce que Hilda Waldén soit raccompagnée chez elle.

236

Une fois seul, il se posta à la fenêtre et regarda la pluie tomber en se demandant distraitement quand le printemps arriverait. Et quel effet ça lui ferait de passer ce printemps sans Mona. Puis sa dent se rappela à lui. Mais il était encore tôt. Son dentiste ne devait même pas être arrivé à son cabinet. Comment Svedberg s'en sortait-il, chez la veuve ? Annoncer un décès, c'était toujours une épreuve redoutée. Parmi les pires. Surtout quand le décès était un meurtre brutal. Mais il ne doutait pas de ses capacités à remplir sa mission. Svedberg était un policier, peut-être pas doué à l'excès, mais minutieux, avec un sens de l'ordre presque maniaque. De ce point de vue, c'était l'un des meilleurs à qui il ait jamais eu affaire. En plus, il lui était d'une loyauté à toute épreuve.

Quittant la fenêtre, il alla à la cafétéria se chercher un café et revint vers son bureau en réfléchissant à ce qui avait bien pu se produire dans cet atelier.

Simon Lamberg est un photographe qui approche la soixantaine. Un homme aux habitudes régulières, s'acquittant bien de son travail, qui consiste à photographier les communiants, les jeunes mariés et les enfants d'Ystad à différents âges. D'après sa femme de ménage, il y retourne deux soirs dans la semaine pour ranger ses papiers et écouter de la musique avant de rentrer chez lui vers minuit.

Il était de nouveau à son poste. Debout, sa tasse de café à la main, à regarder tomber la pluie.

Pourquoi Lamberg retournait-il à son atelier le soir ?

Il jeta un coup d'œil à sa montre. Ebba appela au même moment. Elle avait réussi à joindre le dentiste ; il pouvait y aller tout de suite.

Il décida de ne pas attendre. S'il devait diriger une enquête préliminaire pour meurtre, il ne pouvait pas vraiment se balader avec une rage de dents. Il alla voir Martinsson.

– Je vais chez le dentiste, mais en principe je serai de retour dans moins d'une heure. On fera le point à ce moment-là. Svedberg est revenu ?

– Pas que je sache.

– Essaie de voir si Nyberg peut nous rejoindre un petit moment et nous livrer ses premières impressions.

Martinsson s'étira en bâillant.

– Qui peut avoir eu envie de trucider un vieux photographe ? Apparemment ce n'était pas un cambriolage.

– Il n'était pas si vieux. Il avait cinquante-six ans. Pour le reste, je suis d'accord avec toi.

– Il a été agressé dans l'atelier. Comment le tueur est-il entré ?

– Soit il avait une clé, soit Lamberg l'a fait entrer.

– Lamberg a été frappé de dos.

– Ce qui peut s'expliquer de nombreuses façons. Nous ne savons presque rien pour l'instant.

Wallander se rendit chez le dentiste, qui avait son cabinet sur la place principale d'Ystad, à côté du magasin de radio. Enfant, Wallander avait eu une peur bleue quand on le traînait chez le dentiste. Cette peur avait disparu avec l'âge. Tout ce qu'il voulait, c'était être débarrassé de la douleur le plus vite possible. D'un autre côté, il comprenait bien que cette dent cassée était un signe de vieillissement. Il n'avait que quarante et un ans, mais la décadence s'amorçait déjà à pas de loup.

Il n'eut pas à attendre ; le dentiste le reçut aussitôt. C'était un type jeune, qui travaillait vite, avec aisance. Une demi-heure plus tard, il en avait fini. La douleur aiguë était devenue une douleur lancinante.

– Bientôt tu ne sentiras plus rien. Mais tu devrais revenir pour un détartrage. Je ne crois pas que tu te brosses les dents aussi souvent que tu le devrais.

– Sûrement, répondit Wallander.

Il prit rendez-vous pour deux semaines plus tard et retourna au commissariat. À dix heures, il retrouva ses collaborateurs dans la salle de réunion. Svedberg était revenu, Nyberg était là aussi. Wallander s'assit à sa place habituelle en bout de table et regarda autour de lui : combien de fois avait-il ainsi pris son élan, assis sur cette même chaise, au début d'une enquête criminelle ? Il voyait bien que ça lui était de plus en plus difficile et pesant avec les années. Mais qu'il n'y avait rien à faire, à part se jeter à l'eau. Ils avaient un meurtre brutal sur les bras. Ça ne pouvait pas attendre.

– Quelqu'un sait-il où est Rydberg ?

– Il a mal au dos, répondit Martinsson.

– Dommage. On aurait eu besoin de lui.

Il se tourna vers Nyberg et lui donna la parole.

– Il est encore trop tôt pour affirmer quoi que ce soit. Mais il n'y a pas eu d'effraction, aucune porte n'a été forcée, rien n'a été volé à première vue. Tout cela est très étonnant.

Wallander n'avait pas pensé que Nyberg puisse avoir des observations décisives à leur communiquer à ce stade de l'enquête. Mais il souhaitait sa présence.

Il se tourna vers Svedberg, qui enchaîna.

– Sa veuve, Elisabeth Lamberg, était sous le choc. D'après ce qu'elle m'a dit, ils font chambre à part et elle ne remarque donc pas à quelle heure son mari rentre quand il lui arrive de s'absenter le soir. Ils ont dîné vers dix-huit heures trente. Peu avant vingt heures, il est sorti pour retourner à son atelier. Pour sa part, elle s'est couchée vers vingt-trois heures et elle s'est endormie peu après. Elle n'imagine pas un instant qui aurait pu vouloir tuer son mari. La seule idée qu'il ait pu avoir des ennemis lui paraît absurde.

– Très bien, dit Wallander. Nous avons un photographe mort. Mais il semble bien que ce soit tout ce que nous ayons…

Ils savaient tous ce que cela signifiait. Leurs efforts ne faisaient que commencer.

Où ces efforts les mèneraient, ils n'en avaient aucune idée.

Cette réunion du groupe d'enquête, la première dans la traque du ou des meurtriers du photographe Simon Lamberg, fut de courte durée. Un certain nombre de procédures routinières devaient être suivies. Tout d'abord, il fallait attendre le rapport de l'institut médico-légal de Lund et les résultats de l'examen technique en cours. De leur côté, ils allaient s'intéresser de près à la personne et au passé de Simon Lamberg et procéder à une enquête de voisinage. Sans exclure la possibilité qu'une information leur parvienne, qui leur permettrait de résoudre l'affaire en quelques jours. Mais Wallander avait d'instinct le sentiment d'être face à une enquête difficile.

Il constata sur le moment même, dans la salle de réunion, qu'il était inquiet. La douleur à la dent avait disparu. Elle était remplacée par cette sensation de nœud à l'estomac.

Björk, le chef de la police d'Ystad, les rejoignit et s'assit pour écouter la synthèse provisoire de Wallander concernant un horaire et un enchaînement possibles. Personne n'avait de questions à poser. Ils se répartirent les tâches urgentes et se séparèrent. Wallander parlerait à la veuve plus tard dans la journée. Tout d'abord, il voulait se faire une image plus précise de la scène du crime. Nyberg lui dit que dans deux heures il pourrait le laisser entrer dans les lieux.

Björk et Wallander s'attardèrent dans la salle après le départ des autres.

– Tu ne crois donc pas à un cambrioleur qui se serait affolé ?

– Non. Cela dit, je peux me tromper, et nous ne devons rien exclure. Mais qu'est-ce qui aurait pu attirer un cambrioleur dans la boutique de Lamberg ?

– Des appareils photo ?

– C'était un photographe d'atelier. Il ne vendait pas d'équipement. Il ne vendait rien du tout, à part des cadres et des albums. Je ne pense pas qu'un cambrioleur se donne du mal pour ça.

– Que reste-t-il alors ? Un mobile d'ordre privé ?

– Je ne sais pas. D'après Svedberg, la veuve était tout à fait certaine qu'il n'avait pas d'ennemis.

– Alors ? Un dingue ?

Wallander haussa les épaules.

– On n'a rien du tout. Mais on peut se faire trois réflexions. Premièrement : comment le tueur est-il entré ? Il n'y a aucune trace d'effraction, et on imagine que Lamberg n'avait pas laissé la porte ouverte. D'après sa veuve, il avait plutôt tendance à tout verrouiller derrière lui.

– Ça nous donne deux possibilités. Soit il avait une clé. Soit Simon Lamberg l'a fait entrer.

Wallander opina d'un air encourageant et poursuivit.

– Deuxièmement : le coup mortel a été porté avec beaucoup de force à la base du crâne. Cela indique une grande détermination. Ou de la rage. Ou d'impressionnantes ressources physiques. Ou les trois à la fois. Au moment où il a été frappé, Simon Lamberg tournait le dos à son agresseur. Cela nous mène à notre troisième réflexion : soit Lamberg ne se méfiait pas de lui, soit il essayait de lui échapper.

– S'il a lui-même ouvert à son meurtrier, on comprendrait qu'il ait pu lui tourner le dos.

– On peut même aller un peu plus loin, dit Wallander. Aurait-il laissé entrer quelqu'un, tard le soir, à moins de le connaître personnellement ?

– Bien. Autre chose ?

– D'après sa femme de ménage, Lamberg retournait à sa boutique deux soirs par semaine. On peut imaginer que le meurtrier était au courant. On aurait donc affaire à quelqu'un qui connaissait au moins certaines des habitudes de Lamberg.

Ils avaient quitté la salle de réunion et continuaient de discuter dans le couloir.

– Cela nous donne tout de même quelques points de départ, dit Björk. On n'a pas juste un grand blanc comme c'est le cas parfois.

Wallander grimaça.

– Presque. C'est presque tout blanc. On aurait eu besoin de Rydberg.

– Ses problèmes de dos m'inquiètent. J'ai l'impression qu'il s'agit en fait d'autre chose.

Wallander le regarda, surpris.

– Et qu'est-ce que ce serait ?

– Il a peut-être une maladie. Le mal au dos, ce n'est pas forcément juste une histoire de muscles ou de vertèbres.

Wallander savait que Björk avait un beau-frère médecin. Et qu'il avait par ailleurs des tendances hypocondriaques. Était-il en train d'étendre son inquiétude à la personne de Rydberg ?

– Bon. En général, quand ça lui prend, il est toujours rétabli au bout d'une semaine. C'est plutôt rassurant, il me semble.

Ils se séparèrent ; Wallander retourna dans son bureau. La nouvelle du meurtre du photographe s'était répandue et Ebba lui annonça que plusieurs journalistes avaient téléphoné pour savoir quand ils prévoyaient de tenir une conférence de presse. Sans prendre la peine de consulter qui que ce soit, Wallander lui dit qu'il serait disponible pour répondre à leurs questions à quinze heures.

Ensuite il consacra une heure à rédiger un résumé à son propre usage. Il venait de finir quand Nyberg lui annonça au téléphone qu'il pouvait, s'il le désirait, venir inspecter le bureau de Lamberg, mais pas encore l'atelier. Nyberg n'avait toujours pas d'observation décisive à lui communiquer. Le médecin légiste, de son côté, avait simplement confirmé que Lamberg était mort des suites d'un coup violent porté à la base du crâne. Wallander demanda s'il était possible de se prononcer dès à présent sur le type d'arme utilisé. Mais c'était trop tôt. Il raccrocha et resta assis à penser à Rydberg. Son professeur, son mentor, le policier le plus doué qu'il eût jamais rencontré. Rydberg, qui lui avait appris à retourner ses arguments dans tous les sens et à aborder les problèmes sous un angle inattendu.

Là, tout de suite, j'aurais eu besoin de lui. Je pourrai peut-être l'appeler ce soir…

Il alla à la cafétéria pour boire un autre café. Il ramassa une biscotte et mordit dedans avec précaution. La douleur ne se manifesta pas.

Fatigué après sa nuit agitée, il choisit de descendre à pied jusqu'à Sankta Gertruds Torg. Il pleuvait toujours. Et ce printemps qui ne se décidait pas à venir… L'impatience collective suédoise est grande en avril, pensa-t-il. Le printemps n'arrive jamais à son heure.

L'hiver arrive toujours trop tôt et le printemps trop tard.

Beaucoup de gens étaient à présent massés devant la boutique du photographe. Wallander en connaissait un certain nombre, au moins de vue. Il distribua salutations et hochements de tête, mais ne répondit à aucune question. Enjambant la rubalise, il pénétra dans le magasin où Nyberg, un couvercle de thermos à la main, était en train d'engueuler un technicien. Il ne s'interrompit pas à son entrée, au contraire. Il finit de dire à son gars tout ce qu'il avait à lui dire avant de se tourner vers Wallander et de l'entraîner dans l'atelier. Le corps avait été emporté ; restait la grande tache de sang séché sur le papier blanc. Un peu plus loin, un sentier de plastique artificiel couvrait une partie du sol.

– Marche là, ordonna Nyberg. On a trouvé pas mal d'empreintes de chaussures.

Wallander enfila des protège-chaussures, rangea une paire de gants en latex dans sa poche et se fraya un chemin précautionneux jusqu'au bureau qui faisait aussi office de chambre noire.

Il se souvint soudain du temps – il était très jeune alors, quatorze ou quinze ans au plus – où il avait nourri le rêve passionné de devenir photographe. Il n'aurait pas un atelier, non : il serait photographe de presse ! Il couvrirait tous les grands événements ; il serait là, au premier rang, et il prendrait des photos pendant que d'autres prendraient des photos de lui.

En entrant dans le bureau, il se demanda où était passé ce rêve – un jour, il avait disparu, sans plus, et il était désormais le propriétaire d'un Instamatic rudimentaire dont il se servait rarement. Quelques années plus tard, il avait voulu être chanteur d'opéra. Ça n'avait rien donné non plus.

Il ôta sa veste et regarda autour de lui. De l'atelier lui parvenait la voix de Nyberg qui engueulait de nouveau quelqu'un. Il crut comprendre que l'autre avait mesuré de façon trop approximative la distance séparant deux empreintes. Il alluma la radio. Musique classique. Jusque-là, ça collait avec ce que lui avait raconté Hilda Waldén. Il s'assit derrière le bureau, qui était bien rangé, et souleva le sous-main. Rien. Il retourna auprès de Nyberg et lui demanda s'ils avaient trouvé un trousseau de clés. Réponse affirmative. Wallander enfila les gants en plastique, retourna s'asseoir et fit jouer la clé permettant d'ouvrir la colonne de tiroirs. Le premier contenait des documents relatifs aux impôts et une correspondance avec le comptable de la boutique. Wallander feuilleta le tout avec précaution. Il ne cherchait rien de spécial. Tout pouvait se révéler intéressant.

Il parcourut méthodiquement le contenu des tiroirs l'un après l'autre. Rien ne retint son attention. Simon Lamberg était jusqu'à nouvel ordre quelqu'un qui avait mené une vie bien organisée, sans secret ni surprise. Mais il en était encore à effleurer la surface. Il se pencha pour ouvrir le dernier tiroir. Celui-ci ne contenait qu'un album photo. La reliure était en cuir. Très belle. Wallander posa l'album sur la table et l'ouvrit. Fronçant les sourcils, il contempla la photo solitaire collée au centre de la première page. Le format était celui d'une photo d'identité. Il avait vu une loupe dans l'un des tiroirs qu'il venait d'explorer. Il la prit, alluma l'une des deux lampes de bureau et examina l'image de plus près.

Elle représentait Ronald Reagan. Le président des États-Unis. Mais l'image était tordue. Le visage avait été déformé. On reconnaissait Reagan, et pourtant non. Le vieil homme ridé avait pris l'aspect d'un monstre.

Une date était notée à l'encre à côté de l'image : *10 août 1984*.

Perplexe, il tourna la page. Même chose sur la suivante : une petite photographie soigneusement collée au centre de la page. Cette fois, c'était un ex-Premier ministre suédois. Difforme. Quasi méconnaissable. Pourtant on voyait bien que c'était lui. Et une date notée à l'encre.

Wallander continua de tourner les pages sans plus examiner chaque photo en détail. C'était toujours la même chose. Un portrait. Isolé et déformé. Ces hommes, car ce n'étaient que des hommes, avaient été transformés en monstres. Certains étaient suédois, d'autres non. Surtout des politiciens, mais aussi quelques hommes d'affaires, un écrivain et d'autres que Wallander ne reconnut pas.

Il essaya de comprendre ce que racontaient ces images. Pourquoi Simon Lamberg conservait-il cet étrange album ? Était-ce lui qui avait trafiqué les photos ? Était-ce à cela qu'il consacrait ses soirées dans la solitude de sa chambre noire ? L'attention de Wallander s'était aiguisée. Derrière la façade lisse, il y avait manifestement autre chose. Et, pour commencer, quelqu'un qui passait du temps, de façon délibérée, à détruire symboliquement le visage de personnalités connues.

Il tourna une nouvelle page. Tressaillit. Un atroce malaise l'envahit.

Il avait du mal à en croire ses yeux.

Svedberg entra au même instant.

– Viens voir ça, dit Wallander d'une voix sourde.

Svedberg se pencha par-dessus son épaule.

– Mais c'est toi !

– Oui. C'est moi. Peut-être.

Il regarda de nouveau. L'image avait dû être retouchée à partir d'une photo prise dans un journal. C'était lui, et pourtant non. Il était repoussant.

Il ne se souvenait pas de la dernière fois où il avait été à ce point secoué. Cette image déformée de lui-même lui donnait la nausée. Il était habitué aux attaques spontanées de la part de gens qu'il venait d'interpeller ou qu'il interrogeait, mais l'idée que quelqu'un ait pu consacrer des heures à créer volontairement cette image pleine de haine – cette idée était effrayante. Svedberg, voyant sa réaction, alla chercher Nyberg. Ensemble ils parcoururent l'album. La dernière photo était datée de la veille, et représentait le Premier ministre suédois en exercice. La date était notée à côté, à l'encre.

– Celui qui a fait ça doit être malade, dit Nyberg.

– On peut partir de l'hypothèse que c'est Simon Lamberg. Mais qu'est-ce que je fais, moi, au milieu de ce catalogue macabre ? Unique habitant d'Ystad, par-dessus le marché. Au milieu des ministres et des chefs d'État. J'admets, ce n'est pas très agréable.

– Et quel est le but ? dit Svedberg.

Personne n'avait de réponse.

Wallander éprouvait un intense besoin de quitter l'atelier. Il demanda à Svedberg de continuer à fouiller le bureau. Pour sa part, il allait devoir rentrer pour rencontrer les journalistes.

La nausée le quitta quand il fut dans la rue. Il enjamba de nouveau la rubalise et retourna au commissariat. Il pleuvait toujours. Le vertige était parti, mais son malaise persistait.

Simon Lamberg écoute de la musique classique le soir dans son atelier en déformant le visage des puissants de ce monde et d'un policier de la brigade criminelle d'Ystad. Il cherchait fébrilement une explication.

Qu'un homme fût capable de mener une double vie et de cacher sa folie sous une apparence parfaitement normale, cela n'avait rien d'exceptionnel. Les annales du crime en fournissaient de nombreux exemples. Mais pourquoi lui, Wallander, figurait-il dans cet album ? Qu'avait-il de commun avec ces autres hommes ? Ou pourquoi cette exception en sa faveur ?

Il se rendit tout droit dans son bureau et ferma la porte. Une fois assis, il s'aperçut qu'il était vraiment inquiet. Quelqu'un avait défoncé la boîte crânienne de Simon Lamberg avec une violence inouïe. Et dans le bureau du photographe, on avait découvert un album à la reliure luxueuse et au contenu sinistre.

Il fut arraché à ses pensées par un coup frappé à la porte.

– Lamberg est mort, dit Hansson en entrant, comme s'il annonçait une nouvelle. Quand je pense que c'est lui qui m'avait photographié pour ma communion…

– Toi, tu as fait ta communion ? Je croyais que tu n'avais rien à cirer du ciel et tout ça.

– C'est vrai, dit Hansson gaiement en se curant l'oreille avec le doigt. Mais j'avais très envie d'une montre et d'un costume. Mon premier costume, tu comprends.

Il indiqua le couloir par-dessus son épaule.

– Les journalistes sont là. Je me suis dit que j'allais me mêler à eux, pour apprendre ce qui s'est passé.

– Je peux te le dire tout de suite. Quelqu'un a enfoncé le crâne de Lamberg hier soir entre vingt heures et minuit, et apparemment, il ne s'agirait pas d'un cambrioleur.

– C'est tout ?

– Oui.

– Ce n'est pas grand-chose.

– On pourrait difficilement en savoir moins.

La rencontre avec les représentants de la presse fut improvisée et brève. Wallander rendit compte des faits et répondit laconiquement aux questions. Le tout ne dura qu'une demi-heure. Il était quinze heures trente quand les journalistes se dispersèrent et qu'il s'aperçut qu'il avait faim. Son portrait déformé dans l'album de Simon Lamberg le taraudait. Et la question insistante, insidieuse : pourquoi y figurait-il ? Il devinait que seule une personne à l'esprit dérangé avait pu accomplir une œuvre pareille. Mais tout de même. *Pourquoi lui ?*

À quinze heures quarante-cinq, il résolut de se rendre à Lavendelvägen, où Lamberg avait vécu avec sa femme. Quand il sortit du commissariat, il ne pleuvait plus, mais le vent avait forci. Il se demanda s'il allait essayer de trouver Svedberg et l'emmener avec lui. Mais il laissa tomber. Il avait envie de voir Elisabeth Lamberg seul. Il avait beaucoup de questions à lui poser – dont une qui lui importait tout particulièrement.

Il prit sa voiture. L'adresse correspondait à une villa entourée d'un jardin bien entretenu. Ça se voyait, même s'il n'y avait pas encore de fleurs. Il sonna. Une femme d'une cinquantaine d'années lui ouvrit. Il lui tendit la main. La femme paraissait farouche.

– Je ne suis pas Elisabeth Lamberg, mais une de ses amies, précisa-t-elle. Je m'appelle Karin Fahlman.

Elle le fit entrer.

– Elisabeth se repose dans sa chambre. Cette conversation ne peut-elle pas attendre ?

– Malheureusement non. Nous ne pouvons pas nous permettre de perdre du temps.

Karin Fahlman le conduisit dans le séjour et disparut sans bruit.

Wallander regarda autour de lui. Sa première impression était celle d'un grand silence. Pas d'horloge, aucun bruit en provenance de la rue. Des enfants y jouaient pourtant, il les voyait par la fenêtre et leur jeu était animé, mais il ne pouvait les entendre. Il s'approcha. Sans surprise, c'était un double vitrage ; d'un modèle très efficace, de toute évidence. Le séjour était meublé avec goût, sans ostentation. Un mélange d'ancien et de moderne ; des gravures ; un mur entier tapissé de livres.

Il ne l'entendit pas entrer. Soudain il sentit simplement sa présence dans son dos. Il sursauta malgré lui. Elle était très pâle, presque comme si elle s'était maquillée de blanc. Ses cheveux étaient coupés court, noirs, raides. Wallander pensa qu'en temps normal elle devait être très belle.

– Je regrette de débouler ainsi, dit-il en lui tendant la main.

– Je sais qui tu es. Je comprends que tu sois obligé de venir vite.

– Toutes mes condoléances.

– Merci.

Il nota qu'elle s'efforçait de garder son sang-froid. Il se demanda combien de temps elle tiendrait le coup.

Ils s'assirent. Il devinait la présence de Karin Fahlman dans la pièce voisine. Elle devait écouter leur conversation… Un instant il hésita sur la façon de commencer. Mais Elisabeth Lamberg le devança.

– Sais-tu qui a tué mon mari ?

– Non. Nous n'avons pas de piste digne de ce nom. Mais il semblerait que ce ne soit pas un cambriolage. Cela signifie soit que ton mari a ouvert la porte à quelqu'un, soit que ce quelqu'un avait sa propre clé.

Elle secoua la tête comme si elle s'opposait énergiquement à ce qu'il venait d'affirmer.

– Simon était très prudent. Jamais il n'aurait ouvert à un inconnu. Surtout pas le soir.

– Mais s'il le connaissait ?

– Qui serait-ce ?

– Je ne sais pas. Il avait peut-être des amis.

– Simon se rendait à Lund une fois par mois pour la réunion mensuelle des astronomes amateurs. Il faisait partie du bureau de l'association. À ma connaissance, il n'avait pas d'autres relations.

Wallander pensa au même moment que Svedberg et lui avaient négligé une question très importante.

– Avez-vous des enfants ?

– Oui. Une fille. Matilda.

Quelque chose dans sa façon de répondre éveilla aussitôt l'attention de Wallander. Une modulation dans sa voix, comme si la question l'avait inquiétée. Il continua avec prudence.

– Quel âge a-t-elle ?

– Vingt-quatre ans.

– Elle n'habite peut-être plus avec vous ?

Elisabeth Lamberg le regarda droit dans les yeux.

– Matilda est née avec un handicap grave. Elle a passé quatre ans avec nous. Après, cela n'a plus été possible. Elle vit dans un foyer. Elle ne peut rien faire seule.

Wallander en perdit ses moyens. Il ne savait pas ce qu'il avait imaginé. Pas ça, en tout cas.

– Cela a dû être une décision difficile, dit-il en s'efforçant de paraître compréhensif. Une décision presque impossible, de confier son enfant à une institution.

Elle répondit en le regardant encore droit dans les yeux.

– Ce n'était pas ma décision. C'était celle de Simon. C'est lui qui a décidé cela, et il a obtenu gain de cause.

L'espace d'un instant, Wallander eut la sensation de contempler un abîme tant la douleur que dégageait cette femme était forte.

Il resta silencieux un long moment avant de reprendre.

– Peux-tu imaginer qui aurait eu des raisons de tuer ton mari ?

– Après ce qui s'est passé à cette époque, j'ai cessé de savoir qui était Simon.

Chacune de ses réponses le prenait au dépourvu.

– Cela remonte à vingt ans ?

– Certaines choses ne s'effacent jamais.

– Mais vous étiez toujours mariés ?

– Nous vivions sous le même toit. C'est tout.

Wallander réfléchit avant de poursuivre.

– Tu n'as donc aucune idée quant à la possible identité de la personne qui a fait ça ?

– Non.

– Et quant à une possible raison ?

– Non.

Wallander résolut de poser dans la foulée la question décisive :

– À mon arrivée, tu as dit que tu me reconnaissais. Et ton mari ? T'a-t-il jamais parlé de moi ?

Elle haussa les sourcils, surprise.

– Pourquoi m'aurait-il parlé de toi ?

– Je ne sais pas. Je te pose la question.

– Nos échanges étaient limités. Mais il ne me semble pas que nous ayons jamais parlé de toi.

Wallander s'éclaircit la voix.

– Dans son atelier, nous avons trouvé un album. Il contenait un grand nombre de photographies. Des portraits d'hommes d'État et d'autres personnalités. Pour une raison que j'ignore, j'y figure aussi. Connais-tu l'existence de cet album ?

– Non.

– En es-tu certaine ?

– Oui.

– Le visage de ces personnes a été déformé. Tous, moi y compris, ont été retouchés de façon à ressembler à des monstres. Ton mari a dû consacrer beaucoup d'heures à ce travail. Cela ne t'évoque rien ?

– Non. Ça me paraît très étrange. Incompréhensible.

Wallander sentit qu'elle disait la vérité. Elle ne savait réellement pas grand-chose sur son mari. Cela faisait vingt ans qu'elle ne voulait délibérément plus rien savoir le concernant.

Il se leva. Il savait qu'il reviendrait la voir dans peu de temps avec beaucoup d'autres questions. Mais dans l'immédiat il n'avait rien à ajouter.

Elle le raccompagna jusqu'à la porte.

– Simon avait sans doute beaucoup de secrets, dit-elle soudain. Mais je ne les connaissais pas.

– Qui, à ton avis, pourrait les connaître ?

– Je ne sais pas, dit-elle sur un ton presque suppliant. Quelqu'un doit bien être au courant.

– Quelle sorte de secrets ?

– J'ai déjà dit que je ne le savais pas. Mais Simon était – comment dire ? – plein de chambres secrètes. Je ne voulais pas voir ce qu'elles contenaient. Et même si je l'avais voulu, je n'aurais pas pu. Il ne m'aurait jamais laissée approcher.

Wallander prit congé d'Elisabeth Lamberg.

Dans la voiture, il resta assis sans mettre le contact. Il s'était remis à pleuvoir.

Qu'avait-elle voulu dire ? Simon était un homme « plein de chambres secrètes ». Comme si la chambre noire au fond de son atelier n'en était qu'une parmi d'autres. Qui leur étaient pour l'instant inconnues.

Il retourna au commissariat. L'inquiétude était plus forte qu'avant.

Le reste de l'après-midi et la soirée furent consacrés à tenter d'exploiter le peu d'éléments qu'ils possédaient. Wallander rentra chez lui vers vingt-deux heures. Le groupe d'enquête avait rendez-vous dès huit heures le lendemain.

Il réchauffa une boîte de haricots. C'était tout ce qu'il avait trouvé de comestible. Peu après vingt-trois heures, il dormait.

Le coup de fil arriva quatre minutes avant minuit. Wallander, mal réveillé, attrapa le combiné. La voix était celle d'un vieil homme, qui affirmait être un promeneur. Il se présenta comme étant celui qui s'était occupé de réconforter le matin même la femme de ménage de Lamberg.

— Je viens de voir un individu s'introduire dans le magasin de Lamberg, murmura-t-il.

Wallander se redressa immédiatement.

— Tu en es sûr ? Ce n'était pas un policier ?

— J'ai vu une ombre se faufiler à l'intérieur. J'ai le cœur qui flanche, mais j'ai de bons yeux. Les policiers n'entrent pas comme ça.

La communication fut soudain coupée. Wallander resta assis, le combiné à la main. Il était rare qu'on l'appelle, à moins que ce ne soit un collègue. Surtout la nuit. Il ne figurait évidemment pas dans l'annuaire. Quelqu'un avait dû donner son numéro à ce monsieur au cours de la bousculade du matin.

Il se leva en vitesse et s'habilla.

Il était minuit une.

Wallander arriva devant l'atelier du photographe quelques minutes plus tard. Il y était allé au pas de course. Ce n'était pas loin de chez lui, mais en arrivant il était hors d'haleine. Il découvrit aussitôt la silhouette postée sur le trottoir un peu plus loin. Il se dépêcha de rejoindre le vieux monsieur, le salua et l'emmena à l'écart, où ils pouvaient voir l'entrée de la boutique sans être eux-mêmes repérés au premier coup d'œil. L'homme pouvait avoir soixante-dix ans, voire plus. Il se présenta, Lars Backman, directeur à la retraite d'une agence de Handelsbanken – sauf que lui appelait la banque par son ancien nom : *Svenska* Handelsbanken.

– J'habite Ågatan, juste à côté. Je me promène tôt le matin et tard le soir. Ordre du médecin.

– Redis-moi ce qui s'est passé.

– J'ai vu un homme entrer par la porte du magasin du photographe.

– Un homme ? Au téléphone tu as parlé d'une ombre.

– J'imagine qu'on croit automatiquement que c'est un homme. Mais tu as raison, ce pourrait être une femme.

– Et depuis tu ne l'as pas vu ressortir du magasin ?

– Je suis resté là. Je n'ai vu personne.

Wallander courut jusqu'à la cabine téléphonique et appela Nyberg, qui répondit à la troisième sonnerie. Il eut l'impression de le réveiller, mais ne lui posa pas la question et se contenta de lui résumer la situation. Banco. Nyberg avait bien les clés de la boutique. En plus, il ne les avait pas laissées au commissariat, il les avait emportées chez lui car il devait y retourner tôt le lendemain pour achever l'examen technique. Wallander lui demanda de venir au plus vite. Il hésita ensuite à appeler Hansson ou l'un des autres. Il lui arrivait bien trop souvent de violer la règle qui voulait qu'un policier n'intervienne jamais seul, surtout dans une situation qu'il n'était pas certain de pouvoir maîtriser. Mais Nyberg était policier, après tout. Ils décideraient ensemble de la marche à suivre. Il retourna auprès de Lars Backman, qui l'attendait au même endroit, et lui demanda avec courtoisie de quitter les lieux ; un collègue allait arriver et ils avaient besoin d'être seuls. Au lieu de se vexer, Backman hocha la tête et s'éloigna.

Wallander avait froid. Il ne portait qu'une chemise sous sa veste. Les nuages se dissipaient sous l'action du vent. Il ne devait pas faire beaucoup de degrés au-dessus de zéro. Il surveillait l'entrée du magasin. Backman avait-il pu se méprendre ? Il ne le pensait pas. Il essaya de voir s'il y avait de la lumière au fond du local. Impossible. Une voiture passa, puis une autre. Soudain il aperçut Nyberg de l'autre côté de la place. Il alla à sa rencontre. Ils se postèrent sous le porche d'un immeuble, à l'abri du vent. Wallander lui parla sans quitter des yeux la porte du magasin. Nyberg le dévisagea.

– Tu veux dire qu'on va entrer là-dedans tout seuls ?

– Je t'ai appelé, toi, parce que tu as les clés. C'est bien certain qu'il n'y a pas une deuxième entrée ?

– Non.

– La seule issue, c'est celle-là ?

– Oui.

– Alors on appelle une patrouille de nuit. Puis on ouvre la porte et on lui ordonne de sortir.

Le regard toujours fixé sur la porte, Wallander alla appeler le commissariat. La patrouille serait là dans quelques minutes, lui dit-on. Ils s'approchèrent du magasin. Minuit trente-cinq. La place était déserte.

Soudain la porte de l'atelier s'ouvrit et un homme émergea sur le trottoir. Son visage était dans l'ombre.

Ils s'aperçurent au même instant. Wallander allait lui crier de ne pas bouger quand l'homme fit volte-face et se mit à courir en direction de Norra Änggatan. Wallander cria à Nyberg d'attendre la patrouille et se lança à sa poursuite. L'homme courait extrêmement vite. Malgré ses efforts, il ne put le rattraper. Dans Vassgatan, l'homme bifurqua en direction du parc. Pourquoi la patrouille n'arrivait-elle pas ? Il risquait à tout instant de le perdre de vue. Le fuyard tourna encore à droite et disparut dans Aulingatan. Wallander trébucha et tomba. Son genou heurta le trottoir. Il se releva, se remit à courir. Une douleur fulgurante l'obligea à ralentir. La distance qui le séparait de l'homme augmentait sans cesse. Où étaient Nyberg et la patrouille ? Il jura à voix basse. Son cœur cognait comme un marteau. L'homme disparut dans Giöddes-gränd, et Wallander le perdit de vue. À l'instant où il allait tourner au coin de la rue, il pensa qu'il devait s'arrêter et attendre Nyberg. Au lieu de cela, il continua à courir.

L'homme l'attendait à l'angle. Wallander reçut un coup brutal en pleine face. Tout devint noir.

Il se réveilla sans la moindre notion de l'endroit où il était. Face à lui, le ciel nocturne. Sous son corps, un revêtement dur et froid. En tâtonnant, il identifia de l'asphalte. Puis la mémoire lui revint. Il se redressa. Il avait mal à la joue gauche, là où le coup avait porté. De la pointe de la langue, il constata qu'il avait une dent cassée. La même qu'il venait de faire réparer chez le dentiste. Il se leva avec effort. Son genou lui faisait mal, sa tête menaçait d'exploser – il regarda autour de lui. Personne. Évidemment. Il rebroussa chemin en clopinant. C'était allé si vite qu'il n'avait pas eu le temps de voir le visage de son agresseur. Il avait tourné au coin de la rue et le monde avait explosé.

Il vit la voiture de police arriver en direction d'Åga-tan. Il se planta au milieu de la chaussée pour être vu. Il reconnut le conducteur. Il s'appelait Peters et servait à Ystad depuis aussi longtemps que lui. Nyberg sauta de la voiture.

– Qu'est-ce qui se passe ?

– Il a disparu dans Giöddesgränd. Il m'a frappé. On ne le retrouvera pas. Mais on peut essayer !

– Il faut t'emmener à l'hôpital. C'est ça, la priorité.

Wallander tâta sa joue. Sa main, quand il la retira, était couverte de sang. Il eut un vertige. Nyberg l'agrippa par le bras et l'aida à monter dans le véhicule de patrouille.

À quatre heures du matin, Wallander put enfin quitter l'hôpital. Svedberg et Hansson étaient arrivés entretemps. Plusieurs patrouilles de nuit avaient quadrillé la ville à la recherche de son agresseur. Mais le signalement était trop vague : une veste qui pouvait être noire ou bleu foncé... Ça n'avait évidemment rien donné. Sa joue avait enflé. Le sang provenait d'une plaie à la racine des cheveux. À l'hôpital, on avait pansé ses blessures et paré au plus urgent. La dent cassée attendrait jusqu'au lendemain.

À peine sorti, il insista pour se rendre tout de suite à l'atelier. Hansson et Svedberg protestèrent : il devait se reposer. Mais il ne voulut rien entendre. Nyberg était déjà sur place et au travail. Ils allumèrent toutes les lampes et se réunirent au centre de l'atelier.

– Rien n'a l'air de manquer ou d'avoir été déplacé, dit Nyberg.

Wallander savait que son collègue possédait une mémoire des détails exceptionnelle. Mais l'homme pouvait fort bien avoir été à la recherche de quelque chose qui ne se voyait pas au premier coup d'œil. D'ailleurs, ils n'avaient aucune idée des raisons de sa visite nocturne.

– Des empreintes ? demanda Wallander.

Nyberg indiqua le sol qu'il avait marqué à plusieurs endroits afin qu'on n'y mette pas les pieds.

– J'ai vérifié les poignées de porte. Il portait des gants.

– Et la porte d'entrée ?

– Intacte. Ça confirme l'hypothèse qu'il a bien une clé. C'est moi qui ai fermé hier soir.

Wallander regarda ses collègues.

– Ne devait-il pas y avoir une surveillance ici ?

– C'était ma décision, répondit Hansson. Pour moi, il n'y avait pas de raison valable d'immobiliser du monde. Vu le peu de personnel qu'on a en ce moment.

Hansson avait raison. À sa place, il n'aurait pas non plus exigé que l'atelier soit maintenu sous surveillance.

– Que cherchait-il ? Même s'il n'y avait aucune voiture de police en vue, il devait se douter qu'on n'était pas loin. Il a pris un gros risque. Je veux que quelqu'un parle à Lars Backman. Il me fait l'effet d'un homme sensé. Il peut avoir vu quelque chose sans y prêter attention sur le moment.

– Il est quatre heures du matin, dit Svedberg. Tu veux que je l'appelle tout de suite ?

– Il est sûrement réveillé. Hier il se promenait à cinq heures. C'est un type qui a l'air d'être à la fois du soir et du matin.

Svedberg quitta l'atelier. Il n'y avait pas de raison de retenir les autres.

– On se retrouve à huit heures, dit Wallander. Le mieux à faire d'ici là, c'est de dormir un peu.

Ses collègues firent mine d'y aller.

– Tu viens ? demanda Hansson.

– Je reste un petit moment.

– Tu crois que c'est malin ? Après ce que tu viens de vivre ?

– Bof, je n'en sais rien. Mais je reste quand même.

Nyberg lui donna les clés. Hansson et Nyberg partis, Wallander verrouilla la porte. Malgré la fatigue et la douleur à la joue, son attention était aiguisée. Rien ne semblait avoir été touché. Il écouta un moment le silence. Puis il alla dans le bureau du fond, se plaça au centre de la pièce et regarda autour de lui avec une concentration extrême. Cet homme est venu pour une raison précise. Il a pris un gros risque. Il était pressé. Ça ne pouvait pas attendre. Il n'y a qu'une seule explication – il venait chercher quelque chose. Il s'assit à la table. La serrure de la colonne de tiroirs paraissait intacte. Il les ouvrit l'un après l'autre. L'album était au même endroit. Rien ne paraissait manquer. Il essaya de calculer combien de temps l'homme avait passé dans le magasin. Backman l'avait appelé à minuit moins quatre minutes. À minuit dix, Wallander était sur place. Sa conversation avec le retraité et le coup de fil à Nyberg avaient mobilisé quelques minutes supplémentaires. Minuit un quart. Nyberg était arrivé à minuit trente. L'homme était resté quarante minutes à l'intérieur. Il avait été surpris au moment de sortir. Ce n'était donc pas une fuite. Il avait quitté le magasin parce qu'il avait fini ce qu'il était venu faire.

Mais quoi ? Qu'était-il venu faire ?

Wallander regarda autour de lui une nouvelle fois, de façon plus fragmentée et systématique. Il devait y avoir un changement. C'était juste qu'il ne le voyait pas. Quelque chose qui avait été là auparavant n'y était plus. Ou le contraire. Quelque chose, qui n'y était pas auparavant, avait été ajouté. Ou remis ? Il alla dans l'atelier et renouvela l'opération. Puis fit de même dans la boutique.

Rien. Il retourna dans le bureau. Son intuition lui disait qu'il devait chercher là. Dans la chambre secrète de Simon Lamberg. Il s'assit dans le fauteuil. Laissa son regard errer le long des murs, des meubles, des rayonnages. Se leva, entra dans le réduit qui servait de chambre noire. Alluma la lampe rouge. Tout était comme dans son souvenir. La faible odeur de produits chimiques. Les bacs en plastique vides, l'agrandisseur.

Pensif, il retourna dans le bureau. Resta planté là. D'où lui vint l'impulsion ? Aucune idée. Il s'approcha de la tablette et alluma la radio.

La musique était assourdissante.

Il en fut comme hypnotisé. Le volume était le même.

Mais ce n'était pas de la musique classique. C'était du rock violent.

Wallander était convaincu que ni Nyberg ni les autres techniciens n'avaient changé la fréquence. Ils ne touchaient à rien à moins d'y être absolument contraints par un impératif lié au travail. Ils n'auraient pas imaginé, même un instant, allumer cette radio histoire de travailler en musique.

Il éteignit le poste. Il n'y avait qu'une possibilité.

L'inconnu avait tripoté le bouton et changé de fréquence.

Pourquoi ?

À dix heures du matin, le groupe d'enquête était au complet et la réunion put enfin démarrer. Le retard tenait au fait que Wallander était allé chez le dentiste, lui-même en retard. Il arriva au pas de course avec un pansement provisoire sur sa dent, une joue violacée et un sparadrap à la racine des cheveux. Il commençait à ressentir péniblement le manque de sommeil. Mais l'inquiétude qui le rongeait primait sur la fatigue.

Plus de vingt-quatre heures s'étaient maintenant écoulées depuis la découverte macabre de Hilda Waldén. Wallander commença par une rapide synthèse de l'état des recherches. Puis il restitua en détail les événements de la nuit.

– La priorité est donc d'identifier l'inconnu et de découvrir ce qu'il voulait, conclut-il. Je crois que nous pouvons écarter l'hypothèse d'un cambrioleur qui aurait perdu son sang-froid.

– C'est curieux, cette histoire de radio, dit Svedberg. Pourrait-il y avoir quelque chose à l'intérieur ?

– On l'a examinée, dit Nyberg. Pour l'ouvrir, il faut commencer par dévisser huit vis. Or la radio n'a pas été ouverte une seule fois depuis son montage à l'usine. Les têtes de vis étaient encore recouvertes de peinture.

– Il y a beaucoup de détails étranges, dit Wallander. N'oublions pas l'album aux photos retouchées. D'après sa veuve, Simon Lamberg était un homme qui avait de nombreux secrets. Je crois que nous devons nous concentrer sur lui, sa personnalité et son histoire. Savoir qui il était. L'image superficielle du photographe poli, réservé et ordonné ne nous apprend rien.

– Qui interroger ? Voilà toute la question, intervint Martinsson. Personne ne semble l'avoir connu de près.

– Nous avons l'association des astronomes amateurs de Lund. Il faut les contacter. De même pour les vendeurs ou vendeuses qui ont travaillé à la boutique. On ne peut pas passer une vie entière dans une ville de la taille d'Ystad sans que quelqu'un vous connaisse. On a à peine commencé à interroger Elisabeth Lamberg.

Bref, on a du pain sur la planche. Et il faut tout faire en même temps.

– J'ai parlé à Backman, dit Svedberg. Tu avais raison, il ne dormait pas. Quand je suis arrivé chez eux, même sa femme était debout, habillée de pied en cap et prête à démarrer sa journée. J'avais l'impression d'être en plein jour, alors qu'il était quatre heures du matin. Malheureusement il n'a pas pu me fournir le moindre signalement. Sauf que sa veste était assez longue et probablement bleu foncé.

– C'est insensé. Il n'a vraiment rien pu dire d'autre ? La taille ? La corpulence ? Était-il petit, grand ? Gros, maigre ? La couleur de ses cheveux ?

– Tout est allé très vite. Backman voulait s'en tenir à ce qu'il avait vu avec certitude.

– Bon. On sait au moins une chose. Il courait beaucoup plus vite que moi. À part ça, je dirais qu'il était de taille moyenne, plutôt costaud. On peut affirmer qu'il était en forme. Plus en forme que moi. Mon impression, même si elle est très vague, est qu'il pouvait avoir mon âge. Sans certitude.

Ils attendaient toujours le rapport préliminaire du médecin légiste. Nyberg restait en contact avec le laboratoire de police scientifique de Linköping. Il y avait une quantité d'empreintes à comparer avec celles qui figuraient dans le fichier.

Tout le monde avait fort à faire. Wallander évita donc de prolonger inutilement la réunion. À onze heures, ils se séparèrent. Il venait de revenir dans son bureau quand Ebba l'appela au téléphone.

– Un certain Gunnar Larsson est à la réception. Il veut te parler de Lamberg.

Wallander venait de prendre la décision de rendre une deuxième visite à Elisabeth Lamberg.

– Quelqu'un d'autre peut-il s'en occuper ?

– C'est toi qu'il veut voir.

– Qui est-ce ?

– Un ex-employé de Lamberg.

Il changea tout de suite d'attitude. La conversation avec la veuve attendrait.

– Je viens le chercher, dit-il en se levant.

Gunnar Larsson avait une trentaine d'années. Il refusa le café que lui proposait Wallander. Ils s'installèrent.

– Tu as bien fait de venir, commença Wallander. Ton nom aurait surgi tôt ou tard mais, comme ça, on gagne du temps.

Il avait ouvert un de ses blocs-notes.

– J'ai travaillé six ans chez Lamberg, dit Gunnar Larsson. Il m'a licencié il y a quatre ans. Je ne crois pas qu'il ait eu d'autre employé après moi.

– Pourquoi t'a-t-il licencié ?

– Il m'a dit qu'il n'avait plus les moyens de payer quelqu'un. Je crois que c'était la vérité. Au fond, je m'y attendais depuis un moment déjà. L'activité n'était pas intense. Il pouvait s'en charger seul et, vu qu'il ne vendait pas d'appareils photo ni d'accessoires, il n'avait pas non plus de gros revenus. Surtout qu'en temps de crise, les gens ont aussi plus tendance à réfléchir avant d'aller chez le photographe.

– Mais tu as travaillé pour lui pendant six ans. Ça veut dire que tu le connaissais assez bien.

– Oui et non.

– Commençons par le oui.

– Il était toujours poli, aimable. Avec tout le monde. Moi, les clients – vraiment tout le monde. Il avait par exemple une patience infinie avec les enfants. Et il était très ordonné.

Une pensée venait de frapper Wallander.

– Dirais-tu que Simon Lamberg était un bon photographe ?

– Je dirais qu'il n'était pas spécialement original. Il prenait des photos conventionnelles. C'est ce que les gens veulent. Et qu'on voie que ça a été fait en atelier. Ça, il savait faire. Il apportait du soin à son travail. Il n'était pas original parce qu'il n'avait pas besoin de l'être. Je doute qu'il ait jamais eu la moindre ambition artistique. En tout cas, je ne l'ai jamais remarqué.

Wallander acquiesça.

– Ça me donne l'image de quelqu'un d'aimable mais d'un peu terne. C'est cela ?

– Oui.

– Venons-en donc à la raison pour laquelle tu n'avais pas l'impression de le connaître.

– C'était sans doute l'homme le plus réservé que j'aie rencontré dans ma vie.

– De quelle façon ?

– Il ne parlait jamais de lui. Il n'exprimait aucune émotion, aucune pensée personnelle. Je ne me souviens pas de l'avoir entendu évoquer une expérience d'ordre personnel. Au début, j'essayais d'entretenir la conversation.

– À quel sujet ?

– Tout et rien. Mais j'ai vite laissé tomber.

– Lui arrivait-il de commenter l'actualité ?

– Je crois qu'il était profondément conservateur.

– Qu'est-ce qui te fait dire ça ?

Gunnar Larsson haussa les épaules.

– C'est juste une impression. Mais je ne pense pas qu'il lisait les journaux.

Là, tu te trompes, pensa Wallander. Il lisait les journaux. Et il en connaissait sans doute un rayon sur la politique internationale et ses représentants. Et ses

opinions, il les consignait dans un album assez particulier.

– Une autre chose étrange, poursuivit Gunnar
Larsson. Au cours des six années où j'ai travaillé pour
Lamberg, je n'ai jamais rencontré sa femme. Bien
entendu, je ne leur ai jamais rendu visite à leur domicile. Mais un jour, un dimanche, je suis passé devant
chez eux, juste pour me faire une idée de l'endroit où
ils vivaient.

– Tu n'as donc pas non plus rencontré leur fille ?

Gunnar Larsson parut interloqué.

– Pourquoi, ils avaient un enfant ?

– Tu l'ignorais ?

– Oui.

– Une fille. Matilda.

Wallander choisit de ne pas lui dire qu'elle était
dans un foyer pour handicapés. Mais il était évident
que Gunnar Larsson ignorait tout de son existence.

Il posa son crayon.

– Qu'as-tu pensé en apprenant qu'il avait été tué ?

– Que c'était incompréhensible.

– Aurais-tu imaginé qu'il puisse lui arriver malheur ?

– Je ne le peux toujours pas. Qui aurait eu des raisons de faire une chose pareille ?

– C'est précisément ce que nous essayons de découvrir.

Il nota soudain que Gunnar Larsson paraissait gêné.
Comme s'il n'arrivait pas à décider s'il devait parler
ou non.

– Tu penses à quelque chose, dit Wallander avec
précaution. Je me trompe ?

– Il y avait des rumeurs, dit Larsson sur un ton hésitant. Comme quoi Simon Lamberg jouait.

– À quoi ?

– Jouer, quoi. Pour l'argent. Quelqu'un l'aurait vu à Jägersro.

– Et alors ? Aller aux courses à Jägersro, ça n'a rien d'extraordinaire.

– On l'aurait vu aussi régulièrement dans des clubs clandestins. À Malmö et à Copenhague.

Wallander fronça les sourcils.

– D'où tiens-tu cette information ?

– Beaucoup de ragots circulent dans une petite ville comme Ystad.

Wallander ne le savait que trop bien.

– D'après la rumeur, poursuivit Larsson, il avait de grosses dettes.

– Et alors ? C'était vrai ?

– Pas à l'époque où je travaillais chez lui. J'avais accès à sa comptabilité.

– Il aurait pu avoir emprunté de l'argent à titre privé. Ou bien tomber entre les mains d'usuriers.

– Dans ce cas, je n'en aurais rien su, bien sûr.

Wallander réfléchit.

– Les rumeurs ont toujours une origine, dit-il.

– Ça fait si longtemps. Je ne sais même plus où ni quand exactement je les ai entendues.

– Connaissais-tu l'existence de l'album photo qu'il conservait dans un tiroir de son bureau ?

– Je n'ai jamais vu le contenu de ses tiroirs.

Wallander avait le sentiment que cet homme disait la vérité.

– Avais-tu les clés du magasin à l'époque où tu y travaillais ?

– Oui.

– Et quand tu as été licencié ?

– Je les lui ai rendues, bien sûr.

Wallander hocha la tête. Il n'arriverait à rien de plus. Tout terne qu'il fût, plus il entendait les gens

267

s'exprimer à son sujet et plus la personnalité de ce Simon Lamberg devenait énigmatique. Il nota le numéro de téléphone et l'adresse de Gunnar Larsson et le raccompagna à la réception. Puis il alla se chercher un café, retourna dans son bureau et décrocha le téléphone pour ne pas être dérangé. Il ne se rappelait pas quand pour la dernière fois il s'était senti aussi démuni. De quel côté devaient-ils chercher la solution ? Tout ne semblait constitué que de fragments épars. Il avait beau s'en défendre, l'image de son visage torturé, enfermé dans la reliure en cuir d'un certain album photo, le hantait.

Les fragments ne s'emboîtaient pas.

Il avait faim. Il regarda sa montre ; bientôt midi. Le vent semblait forcir de minute en minute. Il raccrocha le téléphone, qui sonna aussitôt. Nyberg lui apprit que l'expertise technique était terminée et qu'on n'avait rien découvert de nouveau. S'il le voulait, Wallander pouvait donc fouiller à loisir dans l'atelier, le bureau et la boutique.

Il s'assit, ferma les yeux et essaya de faire le point. Intérieurement, il dialoguait avec Rydberg. Une fois de plus, il maudit son absence. Qu'est-ce que je fais ? pensa-t-il. Par où je continue ? Cette enquête me donne l'impression de tourner dans un manège qui n'est même pas rond.

Il relut ses notes. Essaya d'en extraire une vérité cachée. Mais il n'y en avait aucune. Exaspéré, il jeta son bloc sur la table.

Midi quarante-cinq. La meilleure chose à faire était encore d'aller manger. L'après-midi, il lui faudrait avoir une nouvelle conversation avec Elisabeth Lamberg.

Il se montrait trop impatient. Il ne s'était malgré tout écoulé qu'une trentaine d'heures depuis la mort

268

de Simon Lamberg. Dans ses pensées, Rydberg partageait cet avis. Il manquait de patience, et il le savait.

Il enfila sa veste et se prépara à sortir.

Martinsson entra au même moment. À sa tête, Wallander comprit qu'il était arrivé quelque chose. Il le dévisagea, aux aguets.

– L'homme qui t'a agressé cette nuit, dit Martinsson. Quelqu'un l'a vu.

Il s'approcha de la carte d'Ystad punaisée au mur.

– Regarde. Il t'a frappé au coin d'Aulingatan et de Giöddesgränd. Puis il a pris la fuite, probablement le long de Herrestadsgatan, et là, il a dû bifurquer vers le nord car il a été vu tout près, dans un jardin de Timmermansgatan.

– Comment ça, « vu » ?

Martinsson attrapa son petit carnet dans sa poche et feuilleta ses notes.

– C'est une jeune femme du nom de Simovic. Elle était éveillée parce qu'elle venait de donner le sein à son bébé de trois mois. À un moment elle a regardé par la fenêtre. C'est là qu'elle l'a vu. Il était dans le jardin. Elle a aussitôt réveillé son mari, mais entretemps l'ombre avait disparu. Il lui a dit qu'elle avait des visions. Le bébé s'est endormi, elle s'est recouchée. Ce n'est qu'en allant dans son jardin ce matin qu'elle s'est souvenue de l'incident. Elle s'est approchée de l'endroit où il lui avait semblé voir quelqu'un. Il faut préciser qu'elle avait entendu parler du meurtre de Lamberg. Ystad est une petite ville. La famille Simovic a elle aussi eu l'occasion de se faire photographier dans son atelier.

– Mais elle ne peut pas avoir entendu parler de ce qui s'est passé cette nuit. On ne l'a dit à personne.

– C'est juste. C'est pourquoi nous pouvons nous réjouir qu'elle nous ait appelés.

– A-t-elle pu fournir un signalement ?

– Elle a juste vu une ombre. Et encore.

Wallander considéra Martinsson d'un air sceptique.

– Alors ça ne nous aide pas vraiment, si ?

– Non. Sauf qu'elle a découvert quelque chose. Qu'elle est venue nous apporter. Et qui se trouve maintenant sur ma table.

Wallander suivit Martinsson.

Sur la table de son bureau, il vit ce qu'il identifia comme étant un livre de psaumes.

– C'est *ça* qu'elle a trouvé ?

– Oui. Un psautier. Édité par l'Église de Suède.

Wallander essaya de réfléchir.

– Pourquoi Mme Simovic nous a-t-elle apporté cet objet ?

– Un meurtre a été commis. Elle a vu quelqu'un dans son jardin en pleine nuit. En allant y voir de plus près ce matin, elle a trouvé ça.

Wallander secoua la tête.

– Ce n'était pas nécessairement le même homme.

– Il y a quand même des chances que oui. Combien de personnes rôdent la nuit dans les jardins à Ystad ? En plus, les patrouilles étaient de sortie. J'ai parlé à ceux qui ont participé à la traque. Ils sont passés plusieurs fois dans Timmermansgatan. Un jardin, c'était la bonne planque.

Martinsson avait raison.

– Un livre de psaumes, dit Wallander. Qui se balade avec ça en pleine nuit ?

– … et le perd dans un jardin après avoir frappé un policier ? C'est bien la question.

– Donne-le à Nyberg. Et remercie Mme Simovic pour son aide.

Il s'apprêtait à sortir lorsqu'une pensée le frappa.

– Qui s'occupe de l'appel à témoins ?

– Hansson. Mais ça n'a pas vraiment démarré encore.

– À supposer que ça démarre un jour.

Il prit sa voiture jusqu'à la boulangerie qui était à côté de la gare routière et mangea deux sandwiches. Le psautier était une découverte énigmatique, qui ne trouvait aucune place dans l'enquête sur la mort du photographe. Wallander se sentait plus désemparé que jamais. Ils tâtonnaient encore à la recherche d'un fil conducteur.

Après la halte à la boulangerie, Wallander retourna à la villa de Lavendelvägen. Ce fut de nouveau Karin Fahlman qui lui ouvrit mais, cette fois, Elisabeth Lamberg n'était pas dans sa chambre. Elle l'attendait dans le séjour. Sa pâleur extrême le frappa une fois de plus. Il eut l'impression que cette pâleur venait de l'intérieur et qu'elle avait ses racines dans un passé lointain ; ce n'était pas une réaction au meurtre de son mari.

Il s'assit en face d'elle. Elle soutint son regard.

– Nous n'avons pas beaucoup avancé, je le crains, commença-t-il.

– Vous faites sûrement de votre mieux.

Wallander se demanda très vite ce qu'elle entendait par là. Était-ce une critique voilée du travail de la police ? Ou un encouragement sincère ?

– Ce n'est sans doute pas ma dernière visite. Les questions n'arrêtent pas de surgir.

– Je vais essayer d'y répondre, bien sûr.

– Cette fois, ce n'est pas seulement pour ça que je viens. J'ai besoin d'examiner les affaires de ton mari.

Elle hocha la tête en silence.

Wallander avait résolu d'aller droit au but.

– Avait-il des dettes ?

– Pas à ma connaissance. On avait fini de payer la maison. Il ne procédait jamais à un nouvel investissement sans être certain de pouvoir rembourser rapidement les emprunts.

– A-t-il pu contracter des emprunts à ton insu ?

– Bien sûr que oui. Je t'ai déjà expliqué que nous menions des vies séparées, bien que sous le même toit. Et qu'il était très secret.

Wallander enchaîna sur la dernière phrase.

– De quelle façon était-il secret ? Je ne crois pas l'avoir encore bien compris.

Elle le dévisagea. Son regard était pénétrant.

– Qu'est-ce qu'un homme secret ? Peut-être devrait-on dire plutôt qu'il était quelqu'un de fermé ? On ne savait jamais s'il y avait un lien entre ce qu'il disait et ce qu'il pensait. Je pouvais être à côté de lui et avoir l'impression qu'il était très, très loin. Je ne savais jamais s'il était content quand il souriait. Je n'étais jamais sûre de savoir qui j'avais en face de moi.

– Ça a dû être difficile, dit Wallander. Mais il n'avait pas toujours été comme ça, j'imagine ?

– Il a beaucoup changé. Ça a commencé à la naissance de Matilda.

– Il y a vingt-quatre ans, donc.

– Ça n'a peut-être pas commencé tout de suite. Disons… que ça s'est passé il y a une petite vingtaine d'années. Au début, j'ai cru que c'était le chagrin. À cause de Matilda. Après, je n'ai plus été sûre de rien. Jusqu'au moment où ça a empiré.

– Quand ?

– Il y a sept ans à peu près.

– Que s'est-il passé ?

– Je ne sais pas.

Wallander choisit de revenir en arrière.

– Si je comprends bien, quelque chose s'est passé il y a sept ans qui a provoqué un important changement chez ton mari.

– Oui.

– Tu n'as aucune idée de ce que c'était ?

– Je ne sais pas. Chaque année, au printemps, il confiait la boutique à son employé pendant quinze jours et il participait à un voyage organisé en Europe.

– Tu ne l'accompagnais pas ?

– Il ne le voulait pas. D'ailleurs, je n'en aurais pas eu envie, même s'il me l'avait proposé. Moi, je partais avec mes amies et pas du tout aux mêmes endroits que lui.

– Alors ? Que s'est-il passé ?

– Cette année-là, c'était un voyage en Autriche. Quand il est rentré, je ne l'ai pas reconnu. Il paraissait exalté et triste à la fois. Quand je l'ai interrogé, il a explosé de rage. Je l'ai très rarement vu dans cet état.

Wallander avait commencé à prendre des notes.

– Quand cet événement s'est-il produit ?

– 1981. En février ou en mars. Le voyage partait de Stockholm. Mais Simon s'est joint au groupe à Malmö.

– Tu ne te rappellerais pas éventuellement le nom de l'agence ?

– Je crois que c'était Markresor. Il partait presque toujours avec eux.

Wallander rangea son carnet après avoir noté ce nom.

– J'aimerais bien jeter un coup d'œil à sa pièce personnelle.

– Il en avait deux. Une chambre à coucher et un bureau.

L'une et l'autre se trouvaient au sous-sol. Wallander se contenta de jeter un rapide regard à la chambre et d'ouvrir la penderie. Elisabeth Lamberg restait derrière lui et observait chacun de ses gestes. De là, ils passèrent dans le bureau, une pièce spacieuse aux murs tapissés de rayonnages. Il y avait une importante collection de disques, un fauteuil de lecture qui avait visiblement beaucoup servi et une grande table de travail.

Une pensée frappa soudain Wallander.

– Ton mari était-il un homme pieux ?

– Non, répondit-elle, surprise. Ou disons que ça m'étonnerait beaucoup d'apprendre qu'il l'ait été.

Wallander parcourut les titres de la bibliothèque. Il y avait là de la littérature en plusieurs langues, mais aussi des ouvrages spécialisés sur différents sujets – dont plusieurs mètres de rayonnage consacrés à l'astronomie. Wallander s'assit derrière le bureau. Il avait pensé à apporter le trousseau de clés de Nyberg. Il ouvrit le premier tiroir. Elisabeth Lamberg avait pris place dans le fauteuil de lecture.

– Si tu veux, je peux sortir, dit-elle.

– Ce n'est pas nécessaire.

Il lui fallut deux heures pour examiner la pièce à fond. Elle resta tout ce temps assise dans le fauteuil, à suivre ses gestes du regard. Il ne trouva rien qui pût faire avancer l'enquête.

Quelque chose s'est passé il y a sept ans au cours d'un voyage en Autriche, pensa-t-il. *Quoi ?* Voilà toute la question.

Il était dix-sept heures trente quand il renonça à poursuivre. La vie de Simon Lamberg paraissait totalement hermétique. Il avait beau chercher, il ne trouvait aucune entrée. Ils remontèrent au rez-de-chaussée. Karin Fahlman était présente quelque part à l'arrière-plan. Tout était très silencieux, comme la première fois.

– As-tu découvert quelque chose ? lui demanda Elisabeth Lamberg, quand il voulut prendre congé.

– Je cherche un fil conducteur susceptible de nous donner une idée du mobile et de l'identité de la personne qui a tué ton mari. Je ne l'ai pas encore trouvé.

Wallander retourna au commissariat. Le vent soufflait toujours. Il frissonna et se demanda pour la énième fois quand le printemps se déciderait à venir.

Devant le commissariat, il croisa le procureur Per Åkeson. Ils entrèrent dans le hall d'accueil et il lui fit un résumé succinct de l'état de l'enquête.

– Aucune piste, si je comprends bien, dit Åkeson quand Wallander eut fini.

– Non. L'aiguille de la boussole n'arrive pas à se stabiliser.

Åkeson ressortit. Dans le couloir, Wallander croisa Svedberg. Ça tombait bien. Ils allèrent dans le bureau de Wallander. Svedberg s'assit dans le fauteuil des visiteurs, dont l'accoudoir menaçait de se détacher à tout moment.

– Tu devrais demander un nouveau fauteuil.

– Tu crois qu'il y a de l'argent pour ça ?

Wallander avait son bloc-notes devant lui.

– Écoute-moi plutôt. Je veux que tu fasses deux choses. D'abord que tu te renseignes pour savoir s'il existe une agence de voyages à Stockholm du nom de Markresor. Simon Lamberg est parti en Autriche pendant deux semaines avec un tour-opérateur de ce nom, en février ou en mars 1981. Essaie d'apprendre tout ce que tu peux sur ce voyage. Si tu pouvais dénicher la liste des participants, après toutes ces années, ce serait évidemment le jackpot.

– Pourquoi est-ce important ?

– Il s'est passé quelque chose au cours de ce voyage. Sa veuve était très affirmative là-dessus. Simon Lamberg n'était pas le même à son retour.

Svedberg prit note.

– Deuxièmement. Nous devons retrouver la fille, Matilda. Elle habite un foyer pour handicapés graves. Lequel ?

– Tu n'as pas posé la question à sa mère ?

– Ça m'a échappé. Le coup que j'ai reçu cette nuit m'a peut-être un peu perturbé.

– Je m'en occupe, dit Svedberg en se levant.

À la porte, il faillit entrer en collision avec Hansson.

– Je crois avoir trouvé quelque chose ! J'ai fouillé ma mémoire. Simon Lamberg n'a jamais eu d'ennuis avec la justice. Mais j'avais quand même l'impression d'avoir vu son nom dans un contexte spécial – sauf que je n'arrivais plus à le situer.

Wallander et Svedberg attendirent, aux aguets. Hansson avait parfois bonne mémoire.

– Ça m'est revenu… Il y a un an, Lamberg a écrit quelques lettres, où il se plaignait de la police. Il les avait adressées à Björk, alors que ses critiques ne concernaient pas particulièrement la police d'Ystad. Il était mécontent entre autres de la façon dont on s'occupait des affaires de violences aux personnes. L'une de ces enquêtes concernait Kajsa Stenholm – la fameuse affaire de Stockholm, le meurtre de Bengt Alexandersson, qui a connu son dénouement ici au printemps dernier. C'est toi qui t'en es occupé. J'ai pensé que ça pouvait expliquer ta présence dans son album insolite.

Wallander acquiesça. Hansson avait peut-être raison. Mais ça ne les faisait pas avancer d'un iota.

Son sentiment de désarroi était très puissant.

Ils n'avaient rien de tangible pour orienter les recherches.

Le tueur n'était encore qu'une ombre.

Au troisième jour de l'enquête préliminaire, le temps changea soudain. Quand Wallander se réveilla dans sa chambre vers cinq heures trente, le soleil entrait à flots. Le thermomètre de la fenêtre de la cuisine indiquait sept degrés au-dessus de zéro. Le printemps était peut-être enfin là.

Il considéra son reflet dans le miroir de la salle de bains. Sa joue gauche était toujours enflée et bleuâtre. Quand il souleva avec précaution le pansement qu'il avait en haut du front, la plaie se remit aussitôt à saigner. Il alla en chercher un autre. Puis il tâta du bout de la langue sa nouvelle dent provisoire. Il ne s'y était pas encore habitué. Il se doucha et s'habilla. La montagne de linge sale, dans la penderie, le poussa, dans un accès d'humeur, à descendre à la buanderie noter un horaire en attendant que le café soit prêt. Il ne comprenait pas comment autant de linge sale pouvait s'accumuler en si peu de temps. Avant, c'était Mona qui s'occupait des lessives. Il eut un coup au cœur en pensant à elle. Puis il s'assit dans la cuisine et lut le journal. Le meurtre de Lamberg occupait une grande place. Wallander lut les déclarations de Björk avec des hochements de tête satisfaits. Björk s'exprimait bien. Il disait ce qu'il en était, s'en tenait aux faits et ne se livrait à aucune spéculation.

À six heures et quart, il quitta l'appartement et prit sa voiture jusqu'au commissariat. Tous les membres du groupe ayant fort à faire, ils étaient convenus de se retrouver en fin de journée seulement. L'exploration systématique de Simon Lamberg, sa personnalité, ses habitudes, ses finances, ses relations – tout cela demandait du temps. Pour sa part, il allait s'intéresser aux rumeurs évoquées par Gunnar Larsson et tenter d'apprendre si elles étaient fondées ou non. Simon Lamberg avait-il été un acteur du monde du jeu illégal ? Il comptait pour cela faire appel à un vieux contact, qu'il n'avait pas vu depuis quatre ans mais qu'il savait où trouver en cas de besoin. À la réception, il feuilleta les messages qui l'attendaient : aucun d'entre eux ne nécessitait une réaction urgente. Puis Wallander alla voir Martinsson, qui était au moins aussi matinal que lui. Il s'escrimait devant son ordinateur.

– Comment va ?

Martinsson secoua la tête.

– Simon Lamberg était le type même du citoyen irréprochable. Pas une amende, rien.

– D'après la rumeur, il jouait dans les clubs illégaux et il avait des dettes. Je pensais consacrer ma matinée à ça. Je vais à Malmö.

– Tu as vu le beau temps ? demanda Martinsson sans quitter l'écran du regard.

– Oui. On se prendrait presque à espérer.

Wallander prit la route de Malmö. La température continuait de grimper, et il se réjouissait de la transformation qu'allait bientôt connaître le paysage. Quelques minutes plus tard, ses pensées tournaient une fois de plus autour de l'enquête. Il leur manquait toujours une direction, un cap. Aucun mobile plausible à l'horizon. La mort de Simon Lamberg restait pour l'instant incompréhensible. Un photographe qui menait une vie tranquille, qui avait connu la tragédie d'avoir un enfant gravement handicapé, qui avait perdu tout contact avec sa femme – même en tenant compte de la présence d'un album photo insolite, on voyait mal pour quelle raison quelqu'un s'était déchaîné contre lui avec une violence aveugle.

Leur seul indice : un voyage organisé, sept ans auparavant, dont il serait revenu transformé. Et puis la rumeur des dettes de jeu.

Wallander regardait le paysage tout en conduisant et en se demandant ce qui lui échappait dans cette image de Lamberg. Il avait l'impression que l'homme entier était flou. Sa vie, sa personnalité étaient étrangement fuyantes.

Il arriva à Malmö à huit heures, laissa sa voiture sur le parking de l'hôtel Savoy, emprunta l'accès direct à l'hôtel et entra dans le restaurant.

L'individu qu'il cherchait était seul à une table, au fond de la salle. Plongé dans la lecture d'un journal du matin. Wallander s'approcha. L'homme tressaillit et leva la tête.

– Kurt Wallander… Est-il possible que tu viennes jusqu'à Malmö pour prendre ton petit déjeuner ?

– Ta logique est toujours aussi étrange, répondit Wallander en s'asseyant.

Il se servit une tasse de café. Sa première rencontre avec Peter Linder remontait à plus de dix ans. Au milieu des années 1970, alors qu'il venait de prendre son service à Ystad, il avait participé à une descente dans un club illégal installé dans une ferme isolée près de Hedeskoga. Il était clair pour toutes les personnes concernées que Peter Linder était au cœur des opérations. Les gains importants atterrissaient chez lui. Mais, lors du procès, il avait été acquitté. Une batterie entière d'avocats avait réussi à anéantir le dossier monté par le procureur, et Linder avait quitté le tribunal la démarche légère, dans la peau d'un homme libre. Personne n'avait pu davantage mettre la main sur l'argent, car nul n'avait été en mesure de le localiser.

Quelques jours après son acquittement, il s'était présenté au commissariat, à la surprise générale, et avait demandé à parler à Wallander. Dans son bureau, ensuite, il s'était plaint des mauvais traitements dont il estimait avoir été victime de la part de la justice et de la police suédoises. Wallander était entré dans une colère noire : « Tout le monde sait que c'était toi qui tirais les ficelles ! » « Bien sûr, avait répondu Peter Linder. Mais le procureur n'a rien pu prouver. Et ça ne change rien au fait que j'ai le droit de me plaindre si j'estime avoir été maltraité. »

Cette insolence avait laissé Wallander pantois. Peter Linder avait disparu de sa vie. Puis, un jour, il avait reçu une lettre anonyme lui signalant l'existence d'un autre cercle de jeu clandestin, à Ystad cette fois. L'information s'était révélée exacte et, contrairement à la fois précédente, ils avaient pu inculper les protagonistes. Wallander savait que l'auteur de la lettre n'était autre que Peter Linder. Lors de sa visite, celui-ci avait précisé, comme par distraction, qu'il prenait toujours son petit déjeuner au Savoy. Wallander était allé le voir là-bas. Avec un sourire, Peter Linder avait nié être l'auteur de la lettre. Mais ils savaient l'un et l'autre à quoi s'en tenir.

– J'apprends par les journaux que les photographes vivent dangereusement à Ystad, dit Peter Linder sur un ton aimable.

– Pas plus qu'ailleurs.

– Et les cercles de jeu ?

– Pour l'instant, je crois que nous n'en avons plus.

Peter Linder sourit. Ses yeux étaient d'un bleu intense.

– Alors je devrais peut-être envisager de me rétablir dans le coin, qu'en penses-tu ?

– Tu sais ce que j'en pense. Et si tu reviens, cette fois, on te coincera.

Peter Linder secoua la tête d'un air amusé. Wallander sentait monter l'exaspération. Mais il n'en montra rien.

– Figure-toi que je suis justement venu pour te parler de ce photographe.

– Moi, pour mes photos, je m'adresse uniquement à un ancien photographe de cour, qui travaille ici, à Malmö. Il officiait à Sofiero du temps du vieux roi. Un excellent professionnel.

– Ça ira si tu te contentes de répondre à mes questions.

Peter Linder feignit la surprise.

– C'est un interrogatoire ?

– Non. Mais je suis assez bête pour croire que tu peux m'aider. Et que tu es prêt à le faire.

Peter Linder ouvrit les mains d'un geste encourageant.

– Simon Lamberg, reprit Wallander. Le photographe. Des rumeurs circulent à son sujet comme quoi il aurait été un gros joueur, ici et à Copenhague. Un gros joueur très endetté…

– Pour qu'une rumeur soit intéressante, il faut qu'elle contienne au moins cinquante pour cent de vérité, dit Peter Linder d'un ton docte. Est-ce le cas ?

– C'était justement la question à laquelle j'espérais que tu répondrais. As-tu déjà entendu parler de lui ?

Peter Linder réfléchit.

– Non. Et si la moitié de cette rumeur-là était vraie, ce serait le cas. J'aurais entendu parler de lui. Et même plus que ça.

– Est-il possible que ça t'ait échappé ?

– Non.

– Autrement dit, tu es omniscient ?

– Pour tout ce qui concerne le jeu clandestin dans le sud de la Suède, oui. En dehors de ça, j'ai des connaissances en philosophie classique et en architecture hispano-mauresque. Au-delà, je ne connais presque rien.

Wallander ne fit pas de commentaire. Il savait que Peter Linder avait fait autrefois une carrière éclair dans le monde universitaire. Puis un jour, sans prévenir, il avait quitté les académies pour s'établir peu de temps après en patron de cercles de jeu.

Il finit son café.

– Si tu entends parler de quelque chose, je serai content de recevoir une de tes lettres anonymes.

– Je vais enquêter un peu à Copenhague, répondit Peter Linder. Mais je doute de trouver de quoi te satisfaire.

Wallander opina en silence. Il se leva rapidement. Aller jusqu'à serrer la main de Peter Linder, c'était tout de même au-dessus de ses forces.

À dix heures, Wallander était de retour au commissariat. Quelques policiers buvaient un café dehors en profitant de la chaleur printanière. Wallander passa la tête par la porte du bureau de Svedberg. Il était sorti. Pareil chez Hansson. Seul Martinsson travaillait toujours, imperturbable, devant son ordinateur.

– Comment était Malmö ?

– Les rumeurs sont malheureusement infondées.

– Malheureusement ?

– Ça nous aurait donné un mobile. Des dettes de jeu, un homme de main… Tout ce dont nous avions besoin.

– Svedberg a réussi à apprendre, via le registre du commerce, que l'entreprise Markresor n'existe plus. Elle a fusionné avec un autre tour-opérateur il y a cinq

282

ans. Et la nouvelle boîte a fait faillite l'an dernier. Difficile, dans ce cas, de se procurer la moindre liste de clients. Mais il espère pouvoir localiser le chauffeur. S'il est encore en vie.

– Où est-il ? Svedberg, je veux dire ?

– Je ne sais pas. Il farfouille dans les finances de Lamberg.

– Et Hansson ?

– Il discute avec les voisins. Nyberg engueule un technicien qui a perdu une empreinte.

– Comment peut-on perdre une empreinte ?

– Je ne sais pas. On peut bien perdre un livre de psaumes dans un jardin, alors…

Wallander avait oublié l'histoire du psautier.

– Est-ce qu'on a eu d'autres tuyaux intéressants de la part du public ?

– Rien. À part la famille Simovic, on peut tout oublier direct. Mais il ne faut pas perdre espoir. Les gens mettent souvent un certain temps à réagir.

– Le banquier ? Backman ?

– Fiable. Mais il n'a rien vu d'autre que ce que nous savons déjà.

– Et la femme de ménage ? Hilda Waldén ?

– Rien non plus.

Wallander s'appuya contre le montant de la porte.

– Qui l'a tué, bordel ? Pourquoi ?

– Qui s'amuse à changer la fréquence d'une radio ? Et traverse la ville comme un dératé en pleine nuit avec un livre de psaumes dans sa poche ?

Les questions restèrent sans réponse. Wallander retourna dans son bureau. Il se sentait agité et inquiet. La rencontre avec Peter Linder avait tué l'espoir de découvrir une solution du côté du jeu clandestin. Que restait-il ? Wallander s'assit à son bureau et tenta d'établir une nouvelle synthèse à son propre usage. Cela lui prit plus d'une heure. Il relut ce qu'il avait écrit. Il inclinait de plus en plus à penser que Lamberg avait ouvert à son meurtrier. Il aurait donc eu toute confiance en cette personne – dont même sa veuve ignorait l'existence. Il fut interrompu par un coup frappé à la porte. C'était Svedberg.

– Devine d'où je viens ?

Wallander garda le silence. Il n'était pas d'humeur à jouer aux devinettes.

– Matilda Lamberg séjourne dans une institution proche de Rydsgård. Comme c'est tout près, je me suis dit que je pouvais y faire un saut.

– Alors ? Tu as rencontré Matilda ?

Svedberg retrouva son sérieux.

– C'était terrible. Elle ne peut absolument rien faire seule.

– Ne m'en dis pas plus. Je crois que je comprends.

– Il s'est passé une chose étrange. J'ai parlé à la directrice – une femme aimable, une de ces héroïnes discrètes dont le monde est plein. Je lui ai demandé à quelle fréquence Simon Lamberg rendait visite à sa fille.

– Qu'a-t-elle répondu ?

– Il n'est jamais venu. Pas une seule fois. Durant toutes ces années.

Wallander ne dit rien. Il se sentait très mal à l'aise.

– Elisabeth Lamberg vient une fois par semaine. Le samedi en général. Mais ce n'est pas ça, la chose étrange.

Wallander s'impatienta.

– C'est quoi, alors ?

– La directrice a dit qu'une autre femme lui rend visite aussi. De façon irrégulière. Personne ne connaît son nom. Personne ne sait qui elle est. De temps en temps, elle débarque simplement, pour voir Matilda.

Wallander fronça les sourcils.

Comme d'habitude, il n'avait aucune idée d'où lui était venue l'intuition. Mais il était sûr de son fait. Ils tenaient enfin une piste.

– Bien, dit-il. Très bien. Va chercher les autres, on se réunit.

À onze heures trente, le groupe était rassemblé – chacun arrivant de son côté, visiblement plein de l'énergie nouvelle qu'apportait le beau temps. Juste avant la réunion, Wallander avait obtenu le rapport préliminaire du médecin légiste. On avait évalué approximativement l'heure du décès de Simon Lamberg : il était mort sur le coup, peu avant minuit. Dans la plaie, on avait retrouvé des éclats métalliques, identifiés comme étant un alliage de cuivre. Ce qui permettait de se faire une idée de l'arme du crime, peut-être une statuette en laiton ou quelque chose de ce genre. Wallander avait aussitôt appelé Hilda Waldén pour lui demander s'il y avait eu un objet de cette sorte dans l'atelier. Elle avait répondu par la négative. On pouvait en conclure que le tueur avait eu l'arme sur lui en arrivant. Cela signifiait à son tour que le meurtre était prémédité et non le fait d'une impulsion soudaine ou le résultat d'une dispute.

Ce point était important pour le groupe. Celui qu'ils recherchaient avait donc agi avec préméditation. Mais pourquoi était-il revenu sur les lieux ? Le plus vraisemblable était qu'il avait oublié quelque chose. Il pouvait y avoir aussi une autre raison, qu'ils n'avaient pas encore découverte.

– Laquelle ? demanda Hansson. S'il n'avait rien oublié, qu'est-ce qu'il venait faire ? Déposer quelque chose ?

– C'est une autre forme d'oubli, fit remarquer Martinsson.

Lentement, méthodiquement, ils passèrent en revue tous les éléments qu'ils avaient réussi à rassembler jusque-là. L'essentiel demeurait très obscur. Ils attendaient encore de nombreuses réponses, et n'avaient pas fini de coordonner les informations qu'ils possédaient déjà. Mais Wallander voulait dès à présent que tout soit mis sur la table. Il savait par expérience que tous les membres du groupe devaient avoir accès aux mêmes informations au même moment. L'un de ses pires défauts, en tant que policier, était qu'il avait tendance à garder des choses pour lui. Avec les années, il avait fait quelques progrès sur ce front.

– Des traces de doigts et de chaussures, ce n'est pas ce qui manque, dit Nyberg quand Wallander lui eut comme d'habitude cédé la parole en premier. En plus, on a prélevé l'empreinte d'un pouce sur le livre de psaumes. Je ne sais pas encore si elle coïncide avec une de celles relevées dans l'atelier.

– Peut-on dire quelque chose à propos de ce livre ?

– Il donne l'impression d'avoir été beaucoup feuilleté. Mais il ne contient aucun nom ni aucun tampon qui indiquerait sa provenance.

Wallander hocha la tête et passa à Hansson.

– Nous n'en avons pas tout à fait fini avec les voisins, dit celui-ci. Mais, parmi ceux à qui nous avons parlé, aucun n'a vu ou entendu quoi que ce soit d'inhabituel. Pas de tumulte dans l'atelier. Rien dans la rue. Personne ne se rappelle avoir vu quelqu'un se déplacer de façon suspecte autour de la boutique ce soir-là ni à aucun autre moment. Tout le monde s'accorde sur le fait que Simon Lamberg était un homme très aimable. Mais réservé.

– A-t-on récolté d'autres informations de la part du public ?

– Le téléphone sonne sans arrêt. Mais rien qui soit digne d'intérêt pour l'instant.

Wallander l'interrogea sur les lettres de Lamberg, où celui-ci se plaignait du travail de la police.

– Elles sont centralisées quelque part à Stockholm. On est en train de les rechercher. Ça ne concernait pas directement notre district.

– L'album, dit Wallander. J'ai du mal à évaluer son importance. Ça peut tenir au fait que j'y figure. Au début, j'ai trouvé ça très désagréable. Maintenant, je ne sais pas.

– D'autres passent des soirées entières dans leur cuisine à rédiger des textes incendiaires contre les puissants de ce monde, dit Martinsson. Simon Lamberg était photographe. Sa chambre noire était pour lui ce qu'est cette table de cuisine pour les autres.

– Tu as peut-être raison. On y reviendra quand on en saura plus. Avec un peu de chance.

– Lamberg était une personnalité contradictoire, dit Svedberg. Aimable, discret… mais aussi autre chose. Que nous ne pouvons formuler pour l'instant.

– Ça va venir, dit Wallander. Ça vient toujours.

Il aborda ensuite sa visite à Malmö et sa conversation avec Peter Linder.

– Je crois qu'on peut oublier la piste d'un Lamberg joueur clandestin.

– Je ne comprends pas que tu puisses avoir la moindre confiance dans la parole de cet homme, protesta Martinsson.

– Il a la sagesse de ne pas mentir quand ce n'est pas nécessaire.

Puis ce fut le tour de Svedberg. Celui-ci parla de l'agence de voyages de Stockholm qui avait mis la clé sous la porte. Il s'employait maintenant à retrouver le chauffeur qui avait conduit un groupe de touristes en Autriche au mois de mars 1981.

– Markresor avait recours à un transporteur situé à Alvesta, dit-il. Cette entreprise-là existe toujours.

– Est-ce que c'est vraiment important ? demanda Hansson.

– On ne sait pas, dit Wallander. Mais Elisabeth Lamberg était sûre d'elle. Son mari n'était plus le même à son retour.

– Il est peut-être tombé amoureux. C'est le genre de truc qui arrive dans les voyages organisés.

– Par exemple.

Wallander se demanda si c'était ce qui était arrivé à Mona aux Canaries, l'année précédente.

Il se tourna vers Svedberg.

– Retrouve ce chauffeur et parle-lui. Ça donnera peut-être quelque chose.

Svedberg raconta ensuite son passage au foyer pour personnes handicapées. Une oppression palpable se répandit dans la pièce à l'annonce que Simon Lamberg n'avait pas une seule fois rendu visite à sa fille. Le fait qu'une inconnue passe en revanche la voir de temps à autre suscita un intérêt moindre. Wallander demeurait pourtant convaincu que c'était une piste potentielle. Il n'avait aucune idée de la manière dont cette femme pouvait être impliquée dans l'affaire. Mais il ne la lâcherait pas avant de connaître son identité.

Pour finir ils s'attardèrent sur la nouvelle image qu'ils pouvaient à présent se faire de Simon Lamberg. À chaque étape de l'enquête, celle d'un homme à la vie rangée se confirmait un peu plus. Aucune tache, financière ou autre ; un parfait citoyen sans reproche. Wallander leur rappela que quelqu'un devait contacter l'association d'astronomes amateurs de Lund. Hansson accepta de s'en charger.

Martinsson, lui, avait poursuivi ses recherches informatiques. Il ne put que confirmer que Simon Lamberg n'avait jamais eu affaire à la police.

Il était treize heures passées quand Wallander mit un terme la réunion.

– Voilà donc où nous en sommes, dit-il. Nous n'avons toujours pas de mobile, ni la moindre indication quant à l'identité du meurtrier. En revanche, nous savons maintenant que le meurtre était prémédité. Nous pouvons donc éliminer l'hypothèse d'un cambriolage qui aurait mal tourné.

Chacun retourna à ses occupations. Wallander avait décidé d'aller faire un tour du côté de l'institution où séjournait Matilda Lamberg, même s'il n'avait aucune envie de s'y rendre. Ce qu'il risquait de trouver là-bas l'angoissait déjà. La maladie, la souffrance et le handicap lourd, voilà des réalités de la vie qu'il n'avait jamais réussi à affronter. Mais il voulait en savoir plus sur cette mystérieuse inconnue. Il quitta Ystad et prit par Svarte, en direction de Rydsgård. La mer était là, sur sa gauche, comme une tentation. Il baissa sa vitre et ralentit.

Soudain il pensa à Linda, sa fille de dix-huit ans qui se trouvait en ce moment à Stockholm et qui hésitait entre différents métiers, artisan tapissier ou kinésithérapeute, ou peut-être même comédienne. Avec une copine, elle sous-louait un appartement dans le quartier de Kungsholmen. Il n'avait pas compris exactement de quoi elle vivait – sinon qu'elle travaillait à l'occasion comme serveuse dans différents restaurants. Quand elle n'était pas à Stockholm, elle logeait chez Mona à Malmö. Et quand elle était à Malmö, elle venait le voir à Ystad. Pas de façon régulière, mais quand même. Assez souvent.

Il était inquiet pour elle. En même temps, elle avait tant d'atouts dont il était convaincu, lui, de manquer pour sa part. Au fond de lui, il ne doutait pas qu'elle ferait son chemin. Mais l'inquiétude était là quand même. Il ne pouvait rien y faire.

Il s'arrêta à l'auberge de Rydsgård pour un déjeuner tardif. Une discussion animée se déroulait à une table voisine entre trois agriculteurs sur les mérites et les limites d'un nouveau modèle d'épandeur. Il essaya de se concentrer sur ses côtes de porc et de bien mastiquer chaque bouchée. C'était là un des enseignements transmis par Rydberg. Quand on mangeait, il fallait penser à ce qu'on avait dans son assiette et à rien d'autre. Après, on avait le cerveau aéré comme une maison restée longtemps fermée et dont on aurait ouvert les fenêtres.

L'institution se trouvait non loin de Rynge. Wallander suivit les instructions griffonnées par Svedberg et n'eut aucun mal à découvrir l'endroit – un mélange de bâtiments neufs et anciens. Un rire fusa au moment où il pénétrait dans le hall d'accueil, mais, quand il regarda autour de lui, il ne vit qu'une femme à l'expression sérieuse qui arrosait des fleurs. Il demanda à parler à la directrice.

– C'est moi, dit la femme. Je m'appelle Margareta Johansson. Toi, je sais déjà qui tu es. On t'a beaucoup vu dans les journaux.

Elle continua d'arroser ses fleurs. Wallander évita de relever le commentaire le concernant.

– Ça doit être affreux, parfois, d'être dans la police...

– Oui. Mais, en même temps, je crois que je n'aimerais pas vivre dans ce pays sans policiers.

– Tu as sûrement raison, dit-elle en posant son arrosoir. Je suppose que tu viens pour Matilda ?

– Pas exactement. Je m'intéresse à la femme qui lui rend parfois visite. Celle qui n'est pas sa mère.

Margareta Johansson le dévisagea. Une expression inquiète passa sur son visage.

– Pourquoi ? Elle est liée au meurtre du père ?

– Je ne le crois pas. Mais je voudrais savoir qui elle est.

Margareta Johansson indiqua une porte donnant sur un bureau.

– On peut s'asseoir là.

Elle lui proposa un café, qu'il déclina.

– Matilda ne reçoit pas beaucoup de visites, dit-elle. À mon arrivée, il y a quatorze ans, elle était déjà là depuis six ans. Sa mère était la seule à venir. Et un parent éloigné, exceptionnellement. Il faut dire que Matilda s'aperçoit à peine de votre présence. Elle est aveugle, elle entend mal, et elle ne réagit pas beaucoup à ce qui l'entoure. Mais nous tenons tout de même à ce que ceux qui restent là des années, ou toute leur vie, continuent à recevoir de la visite. Peut-être en dernier recours pour nourrir le sentiment qu'ils font malgré tout partie de la communauté humaine.

– Quand cette femme a-t-elle commencé à lui rendre visite ?

Margareta Johansson réfléchit.

– Il y a sept ou huit ans.

– Vient-elle souvent ?

– Non. Et toujours de façon très irrégulière. Parfois il a pu s'écouler six mois avant qu'elle ne revienne.

– Et elle ne dit jamais son nom ?

– Jamais. Juste qu'elle veut voir Matilda.

291

– Je suppose que tu en as parlé à Elisabeth Lamberg…

– Oui.

– Comment a-t-elle réagi ?

– Avec surprise. Elle a voulu savoir qui était cette femme. Elle nous a demandé de la prévenir si jamais elle revenait. Le problème, c'est qu'elle ne reste jamais longtemps. Le temps qu'Elisabeth Lamberg arrive, elle est déjà repartie.

– Comment vient-elle ?

– En voiture.

– Une voiture qu'elle conduit elle-même ?

– À vrai dire, je n'y ai jamais pensé. Peut-être y a-t-il quelqu'un d'autre ? Si c'est le cas, nous n'en savons rien.

– Je suppose que personne n'a noté la marque de cette voiture ? Ou son numéro d'immatriculation ?

Margareta Johansson secoua la tête.

– Peux-tu me décrire la femme ?

– Elle a entre quarante et cinquante ans. Mince, pas très grande. Habillée simplement, mais avec goût. Cheveux blonds, courts. Pas de maquillage.

Wallander prit note.

– As-tu remarqué autre chose ?

– Non.

Il se leva pour prendre congé.

– Tu ne veux pas rencontrer Matilda ?

Il se tortilla intérieurement.

– Je n'en ai malheureusement pas le temps cette fois-ci. Mais je reviendrai. Et, au cas où cette femme se présenterait, je veux que tu appelles immédiatement la police d'Ystad. Quand est-elle venue pour la dernière fois ?

– Il y a environ deux mois.

Elle le raccompagna dans la cour. Une aide-soignante passa. Elle poussait un fauteuil roulant où un jeune garçon était recroquevillé sous une couverture.

— Tout le monde va mieux avec l'arrivée du printemps, remarqua Margareta Johansson. Même nos patients, qui sont pourtant souvent enfermés dans leur propre monde.

Wallander la remercia et se dirigea vers sa voiture. Il allait mettre le contact quand il vit la directrice ressortir du bâtiment et l'appeler. Un coup de téléphone pour lui, dit-elle. Wallander retourna à l'intérieur.

— J'ai retrouvé le chauffeur, annonça la voix de Svedberg. C'est allé plus vite que je ne l'espérais. Il s'appelle Anton Eklund.

— C'est bien.

— Non, c'est mieux que ça. Devine ce qu'il m'a dit ! Qu'il avait l'habitude de conserver la liste de ses passagers. Et, pour ce voyage en particulier, il avait même des photos.

— Prises par Simon Lamberg ?

— Comment le sais-tu ?

— J'ai deviné. Comme tu me l'as suggéré.

— En plus, il n'habite pas loin. À Trelleborg. Il est retraité, il nous attend, on peut passer quand on veut.

— Et comment !

Mais avant cela Wallander avait une autre visite à faire, qui ne pouvait attendre.

De Rynge, il se rendit tout droit chez Elisabeth Lamberg.

Il avait une question à laquelle il voulait qu'elle réponde sur-le-champ.

Il la trouva dans son jardin, penchée sur un massif de fleurs. En prêtant l'oreille, il crut entendre qu'elle fredonnait. Le deuil de son mari ne semblait pas l'affecter si profondément que ça. Quand il poussa le portillon, elle l'aperçut et se redressa. Elle tenait une pelle à la main et plissait les yeux dans la lumière du soleil.

– Je suis désolé de revenir si vite, dit-il. Mais j'ai une question qui ne peut attendre.

Elle rangea la pelle dans un panier posé à ses pieds.

– On va à l'intérieur ?

– Ce n'est pas nécessaire.

Elle indiqua une table de jardin ; ils s'assirent.

– J'ai parlé à la directrice de l'institution où est Matilda. En fait, j'y suis allé.

– Tu as rencontré Matilda ?

– Malheureusement je n'en ai pas eu le temps.

Le même faux-fuyant idiot. Mais il ne pouvait pas lui dire, à elle pas plus qu'à Margareta Johansson, qu'il lui était quasi impossible de faire face à des personnes lourdement handicapées.

– J'ai vu la directrice. Nous avons parlé de l'inconnue qui rend parfois visite à Matilda.

Elisabeth Lamberg avait mis des lunettes de soleil. Il ne pouvait voir son regard.

– Quand nous avons parlé de Matilda l'autre jour, tu n'as pas mentionné l'existence de cette femme. Ça m'étonne. Ça éveille ma curiosité.

– Ça ne me paraissait pas important.

Wallander hésita. Jusqu'où pouvait-il se permettre d'être brutal ? Son mari venait malgré tout d'être assassiné.

– Je me demande si par hasard tu ne la connaîtrais pas. Et si tu ne veux pas parler d'elle pour des raisons que j'ignore.

Elle ôta ses lunettes de soleil et le regarda en face.

– Je ne sais pas qui elle est. J'ai essayé de le découvrir. Mais je n'ai pas réussi.

– Qu'as-tu fait ?

– La seule chose que je pouvais faire. J'ai demandé au personnel de m'appeler dès qu'elle se manifesterait de nouveau. Tout de suite, dès son arrivée. Ils l'ont fait. Mais je n'ai jamais réussi à être là à temps.

– Tu aurais pu demander au personnel de ne pas la laisser entrer. Ou de l'informer qu'elle ne pouvait rendre visite à Matilda sans d'abord décliner son identité.

Elisabeth Lamberg le regarda, perplexe.

– Mais elle a donné son nom ! La première fois qu'elle est venue. La directrice ne te l'a pas dit ?

– Non.

– Elle s'est présentée sous le nom de Siv Stigberg. Elle a dit qu'elle habitait Lund. Mais il n'y a personne de ce nom là-bas. J'ai vérifié. J'ai cherché dans l'annuaire. J'ai élargi la recherche à tout le pays. Il y a une Siv Stigberg à Kramfors. Et une autre à Motala. J'ai pris contact avec elles. Elles ne savaient pas de quoi je parlais.

– Elle a donc indiqué un faux nom ? C'est pour cela, sans doute, que Margareta Johansson n'a rien dit.

– Oui. Je ne vois pas comment l'expliquer autrement.

Wallander la croyait. Il réfléchit.

– C'est très étrange. Je ne comprends toujours pas pourquoi tu ne m'en as pas parlé tout de suite.

– J'aurais dû le faire. Je m'en rends compte maintenant.

– Tu as dû t'interroger…

– Bien sûr. C'est d'ailleurs la raison pour laquelle j'ai demandé à la directrice de continuer à la laisser venir. Je me disais qu'un jour je finirais bien par arriver à temps.

– Que fait-elle quand elle est là-bas ?

– Elle reste un court moment. Elle regarde Matilda. Elle ne lui dit rien. Pourtant Matilda réagit quand on lui parle.

– Tu n'as jamais interrogé ton mari au sujet de cette femme ?

Sa voix était pleine d'amertume quand elle répondit.

– Et pourquoi l'aurais-je fait ? Il ne s'intéressait pas à Matilda. Matilda n'existait pas pour lui.

Wallander se leva.

– J'ai obtenu la réponse à ma question, dit-il.

Il retourna tout droit au commissariat. Il avait soudain le sentiment que le temps était compté. Il trouva Svedberg dans son bureau.

– Viens, lui dit Wallander sur le pas de la porte, on va à Trelleborg. Tu as l'adresse ?

– Quoi, celle d'Anton Eklund ? Il habite dans le centre-ville.

– Tu devrais peut-être l'appeler pour vérifier qu'il est chez lui.

Svedberg chercha le numéro. Eklund décrocha aussitôt.

– On est les bienvenus, dit Svedberg en raccrochant.

Ils prirent sa voiture, qui était en meilleur état que celle de Wallander. Il conduisait vite. Pour la deuxième fois de la journée, Wallander se retrouva à rouler sur Strandvägen, en direction de l'ouest. Il lui parla de sa visite au foyer et ensuite chez Elisabeth Lamberg.

– Je ne peux m'empêcher de penser que cette femme est importante. Et qu'elle est liée à Simon Lamberg. J'en ai la certitude.

Ils continuèrent en silence. Wallander admirait distraitement le paysage ; il s'assoupit même un instant. Sa joue ne le faisait plus souffrir, même si elle était encore vilaine à regarder. Il commençait à s'habituer à sa dent provisoire.

Svedberg ne dut demander son chemin qu'une seule fois avant de freiner devant la bonne adresse – un immeuble de briques rouges situé en plein centre. Anton Eklund vivait au premier. Il les avait vus arriver et les attendait, porte ouverte. C'était un homme grand, costaud, avec une crinière de cheveux gris. En serrant la main de Wallander, il lui fit presque mal. Il les invita à entrer dans le petit appartement. Le café était servi. Wallander eut immédiatement le sentiment qu'Eklund vivait seul. L'appartement, quoique bien rangé, dégageait une impression de solitude. Il en obtint la confirmation dès qu'ils furent assis.

– Je suis seul depuis trois ans, dit Eklund. Ma femme est décédée, et c'est alors que j'ai emménagé ici. Un matin au réveil, je l'ai trouvée morte dans notre lit. On a eu une seule année ensemble après la retraite.

Ils ne dirent rien. Il n'y avait rien à dire. Eklund leur présenta une assiette de gâteaux. Wallander choisit une part de quatre-quarts.

– En mars 1981, tu conduis un car de touristes en Autriche. Le voyage est organisé par l'agence Markresor. Tu pars de Norra Bantorget, à Stockholm…

– Notre destination était Salzbourg, puis Vienne. Trente-deux passagers, un guide et moi. Le véhicule était un Scania flambant neuf.

– Je croyais que les voyages organisés à destination du continent avaient pris fin dans les années 1960, dit Svedberg.

– C'est vrai. Mais la mode en est revenue par la suite. Markresor, ça peut sembler un nom idiot pour un voyagiste[1]. Mais ils avaient visé juste. Il existait encore des gens qui n'avaient aucune envie d'être catapultés dans les airs vers une lointaine destination de vacances. Des gens qui avaient vraiment, pour le coup, envie de voyager. Dans ce cas-là, il faut rester au sol.

– J'ai cru comprendre que tu avais conservé la liste de tes passagers, dit Wallander.

– C'est devenu une manie. Je les feuillette parfois. Il y a beaucoup de gens qu'on oublie aussitôt. Mais certains noms font surgir des souvenirs. De bons souvenirs, pour la plupart, même s'il y en a quelques-uns qu'on préférerait oublier.

Il se leva pour aller chercher une chemise plastifiée qu'il tendit à Wallander. Elle contenait une liste de trente-deux noms. Il découvrit presque aussitôt celui de Lamberg. Puis il examina lentement les autres. Aucun d'entre eux n'était encore apparu dans le cadre de l'enquête. Sur les trente-deux passagers, plus de la moitié étaient originaires du centre de la Suède. Parmi les autres, il y avait un couple de Härnösand, une femme de Luleå et sept personnes domiciliées en Scanie. Plus précisément à Halmstad, Eslöv et Lund. Wallander tendit la liste à Svedberg.

– Tu as dit que tu avais en ta possession des photos de ce voyage ? Des photos prises par Simon Lamberg ?

---

1. Markresor signifie littéralement « voyages au sol ».

– Oui. En tant que professionnel, il a été promu photographe officiel du voyage. C'est lui qui a pris presque toutes les photos. Ceux qui voulaient des copies s'inscrivaient sur une liste. Chacun a reçu sa commande. Ce n'était pas une promesse en l'air, comme vous pouvez le voir.

Eklund souleva un journal posé sur la table, révélant une enveloppe de photos.

– Moi, il me les a données gratuitement. C'est lui qui les a choisies, pas moi.

Wallander les regarda une à une. Il y en avait dix-neuf. Il pensait que Lamberg ne figurerait sur aucune, mais il se trompait. Sur l'avant-dernière, on le voyait au milieu du groupe. Au verso, il était précisé que cette photo avait été prise sur une aire de repos entre Salzbourg et Vienne. Eklund figurait également dessus. Lamberg avait dû se servir d'un retardateur. Il les regarda une nouvelle fois, dans l'ordre. À l'affût des détails. Soudain il s'aperçut qu'un visage de femme revenait fréquemment. Elle regardait droit vers la caméra. Et elle souriait. En l'examinant de plus près, Wallander eut le sentiment que ce visage lui était familier, sans pour autant comprendre ce qui motivait cette impression.

Il demanda à Svedberg de les regarder à son tour et se retourna vers Anton Eklund.

– Quel souvenir gardes-tu de Lamberg ?

– Au début, je n'ai pas vraiment fait attention à lui. Par la suite, bien sûr, c'est devenu nettement plus dramatique.

Svedberg leva vivement la tête.

– De quelle manière ? demanda Wallander.

– Ce n'est peut-être pas bien de parler de ces choses-là, dit Eklund avec hésitation. Maintenant qu'il est mort, je veux dire. Mais il a entamé une liaison avec une des dames qui participaient au voyage. Et c'était un peu délicat.

– Pourquoi ?

– Parce qu'elle était mariée. Et que son mari était du voyage.

Wallander laissa cette réponse se déposer lentement en lui.

– Et puis il y avait encore un détail qui n'a pas contribué à arranger les choses.

– Lequel ?

– Son mari était pasteur.

Eklund leur montra le mari, qu'on voyait sur l'une des photos. Le livre de psaumes papillota dans l'esprit de Wallander. Il sentit qu'il transpirait ; il jeta un regard à Svedberg et crut comprendre que celui-ci pensait à la même chose.

Wallander prit les photos. Il en choisit une où la femme souriait à l'objectif.

– C'est elle ?

Eklund hocha la tête.

– Oui. Peut-on imaginer une chose pareille ? La femme d'un pasteur de Lund...

Wallander croisa le regard de Svedberg.

– Comment l'histoire s'est-elle terminée ?

– Je n'en sais rien. Je ne suis même pas sûr que le pasteur se soit aperçu de ce qui se passait dans son dos. Il me faisait l'impression d'être très détourné du monde. Mais la situation, pendant tout ce voyage, était vraiment désagréable.

Wallander regardait la femme. Soudain il sut qui elle était.

– Comment s'appelaient-ils ?

– Wislander. Anders et Louise Wislander.

Svedberg chercha sur la liste des passagers et nota l'adresse du couple.

– Nous aurions besoin d'emporter ces photos. Nous te les rendrons dès que possible, bien entendu.

Eklund hocha la tête.

– J'espère ne pas en avoir trop dit.

– Au contraire. Tu nous as été d'une aide très précieuse.

Ils remercièrent pour le café et ressortirent dans la rue.

– L'apparence de cette femme correspond au signalement de celle qui rend visite à Matilda Lamberg, dit Wallander. Je veux une confirmation immédiate de son identité. Je ne sais pas pourquoi elle va voir Matilda, mais ça, on s'en occupera plus tard.

Ils remontèrent en voiture et quittèrent Trelleborg. Avant cela, Wallander avait tout de même pris le temps d'appeler Ystad d'une cabine et réussi, après quelques difficultés, à joindre Martinsson. Il lui expliqua en peu de mots ce qu'ils venaient d'apprendre et lui demanda de se renseigner sur le compte d'Anders Wislander. Était-il toujours pasteur de cette paroisse qui se trouvait dans les environs de Lund ?

– Tu crois que ça peut être elle ? demanda Svedberg dans la voiture.

Wallander répondit après un long silence.

– Non. Mais ça peut être lui.

Svedberg lui jeta un regard.

– Un pasteur ?

Wallander hocha la tête.

– Pourquoi pas ? Les pasteurs sont des êtres humains comme les autres. Bien sûr que ça peut être lui. D'ailleurs, n'y a-t-il pas des objets en laiton dans les églises ?

Ils firent une brève halte à Rynge. La directrice identifia formellement l'inconnue sur la photo que lui montra Wallander. De là, ils se rendirent tout droit à Ystad, direction le commissariat et le bureau de Martinsson. Hansson était avec lui.

– Anders Wislander s'occupe toujours de la même paroisse, leur annonça Martinsson. Mais il est en arrêt en ce moment.

– Pourquoi ?

– Une tragédie d'ordre personnel.

Wallander le dévisagea fébrilement.

– Alors ? Parle !

– Sa femme est morte il y a un mois.

Silence dans le bureau.

Wallander retenait son souffle. Il ne pouvait avoir aucune certitude. Pourtant il était sûr de lui. La solution, ou du moins une partie de la solution, était chez le pasteur Anders Wislander, de Lund. Il commençait à entrevoir un scénario possible.

Il entraîna ses collègues dans la salle de réunion. Nyberg avait entre-temps surgi, lui aussi. Wallander attaqua bille en tête. Jusqu'à nouvel ordre, on laissait tomber tout le reste et on se concentrait exclusivement sur Anders Wislander et sa défunte épouse. Au cours de la soirée, ils déployèrent de grands efforts pour en apprendre le plus possible sur eux. Wallander leur avait recommandé la plus grande discrétion. Quand Hansson avait proposé de contacter Wislander le soir même, il avait refusé net. Il fallait attendre le lendemain. Ils devaient au préalable se couvrir au maximum et, pour cela, obtenir un maximum d'informations.

Ce ne fut pas facile. Avec l'aide d'un journaliste de sa connaissance, Svedberg réussit à se procurer la notice nécrologique parue dans le quotidien *Sydsvenska Dagbladet*. Louise Wislander était décédée à l'âge de quarante-sept ans. « Après de longues souffrances patiemment supportées », disait la notice.

Ils discutèrent pour comprendre ce que cela pouvait signifier. Sans doute pas un suicide. Plutôt un cancer. Ils notèrent aussi que, parmi les endeuillés, figuraient « ses enfants », au nombre de deux. Ils hésitaient à prendre contact dès à présent avec les collègues de Lund. Wallander, d'abord favorable à cette option, décida finalement qu'il était encore trop tôt.

Peu après vingt heures, il demanda à Nyberg de faire une chose qui ne relevait pas de ses attributions. Il s'était adressé à lui parce qu'il ne pensait pas pouvoir se passer de ses autres collègues. Nyberg devait se renseigner pour savoir si l'adresse de Wislander correspondait à une villa ou à un appartement. Nyberg disparut. Les autres se rassirent pour un nouveau point. Quelqu'un avait commandé des pizzas, qui arrivèrent à ce moment-là. Tout en mangeant, Wallander essaya d'échafauder un scénario avec Anders Wislander dans le rôle du meurtrier.

Les objections étaient nombreuses. L'hypothétique histoire d'amour entre Simon Lamberg et Louise Wislander remontait à de nombreuses années. De plus, Louise était morte. Pourquoi Anders Wislander aurait-il réagi aussi tardivement ? Toutes ces réserves étaient justifiées, Wallander le voyait bien. Lui-même hésitait, sans pour autant renoncer à son intime conviction. La solution était à portée de main ; ils ne devaient surtout pas relâcher leurs efforts.

– La seule chose à faire, c'est parler à Wislander. On le fera demain matin. Puis on verra.

Nyberg revint. Il leur apprit que le pasteur Wislander habitait une villa de fonction mise à sa disposition par l'Église de Suède. Dans la mesure où il était en arrêt de travail, dit Wallander, on pouvait supposer qu'il serait chez lui. Avant qu'ils ne se séparent pour dormir quelques heures, il leur dit que Martinsson et lui iraient ensemble. Il n'était pas nécessaire d'être plus de deux.

Vers minuit, il prit le volant pour rentrer chez lui. La nuit était pleine d'odeurs printanières. Il passa par Sankta Gertruds Torg. Tout était très calme. Une sensation de morosité et de fatigue le traversa. Le monde lui sembla l'espace d'un instant fait uniquement de mort et de maladie. Et d'un grand vide après le départ de Mona. Puis il pensa que le printemps était revenu. Il se reprit. Il ne voulait pas être rattrapé par la déprime. Le lendemain matin, il rencontrerait Wislander. Il saurait alors s'ils s'étaient, oui ou non, rapprochés de la solution.

Il avait envie d'appeler Linda, et Mona aussi. Vers une heure du matin, il fit frire des œufs qu'il mangea debout devant l'évier. Avant de se coucher, il observa son reflet dans le miroir de la salle de bains. Sa joue avait encore une drôle de couleur. Il vit aussi qu'il avait besoin d'aller chez le coiffeur.

Il dormit d'un sommeil inquiet. À cinq heures, il était debout. En attendant l'arrivée de Martinsson, il tria la montagne de linge sale et passa l'aspirateur dans l'appartement. Il but plusieurs cafés en se plantant chaque fois devant la fenêtre de la cuisine et en repensant à toutes les circonstances qui avaient entouré la mort de Simon Lamberg.

À huit heures, il descendit attendre sur le trottoir. Une nouvelle journée ensoleillée s'annonçait. Martinsson arriva, ponctuel à son habitude. Ils prirent la direction de Lund.

– J'ai mal dormi pour une fois, dit Martinsson. Comme si j'étais envahi par un pressentiment.

– Un pressentiment de quoi ?

304

– Je ne sais pas.

– C'est sûrement le printemps.

Martinsson lui jeta un regard. Wallander marmonna trois paroles inaudibles.

Ils arrivèrent à Lund à neuf heures. Martinsson avait conduit distraitement et de façon assez brutale, mais il avait apparemment mémorisé l'itinéraire car il les mena tout droit à la rue où habitait Wislander, dans un quartier résidentiel. Ils dépassèrent la villa, qui portait le numéro 19, et laissèrent la voiture hors de vue un peu plus loin.

– On y va, dit Wallander. C'est moi qui parle.

La villa était grande. Wallander devina qu'elle datait du début du siècle. Le jardin était mal entretenu. Il vit que Martinsson partageait son impression. Il sonna à la porte en se demandant ce qui les attendait. Sonna de nouveau. Rien. Sonna encore. Rien du tout. Il se décida rapidement.

– Attends-moi là, dit-il. Pas devant la maison, dans la rue. L'église n'est pas loin. Je prends ta voiture.

Il avait noté le nom de l'église et Svedberg lui avait montré en passant où elle était. Il mit à peine cinq minutes pour s'y rendre. Elle paraissait déserte. Il pensa qu'il s'était trompé. Anders Wislander n'était pas là. Mais, en abaissant la poignée, il découvrit que l'église n'était pas fermée à clé. Il entra et referma la porte derrière lui. La sacristie était plongée dans l'ombre. Il régnait un grand silence. Les bruits du dehors ne franchissaient pas l'épaisseur des murs. Il se dirigea vers la nef, où il faisait plus clair. Le soleil illuminait les vitraux.

Soudain il vit une silhouette assise au premier rang, juste devant l'autel. Il avança lentement le long de l'allée centrale. C'était un homme. Il se tenait le buste incliné, comme abîmé en prière, et ne leva la tête que lorsque Wallander fut à sa hauteur. Il le reconnut aussitôt. Anders Wislander. Le visage était le même que sur la photo – la seule parmi les photos d'Eklund où avait figuré le pasteur. Il était mal rasé. Il avait les yeux brillants. Wallander, inquiet, regretta de ne pas avoir emmené Martinsson.

– Anders Wislander ?

L'homme le dévisageait d'un air grave.

– Qui es-tu ?

– Je m'appelle Kurt Wallander et je suis de la police d'Ystad. Je voudrais te parler.

De façon imprévue, la voix de Wislander grimpa dans les aigus.

– Je suis en deuil ! Tu me déranges ! Laisse-moi tranquille.

Le malaise de Wallander augmenta. Cet homme paraissait au bord de l'effondrement.

– Je sais que ta femme est morte, dit-il. C'est de cela que je veux te parler.

Wislander se leva si brutalement que Wallander eut un mouvement de recul. Il avait maintenant la certitude que l'autre était hors de lui.

– Tu me déranges et tu refuses de t'en aller même quand je te le demande ! Alors je suis bien obligé d'écouter ce que tu as à me dire. Allons dans la sacristie.

Wislander le précéda et prit à gauche après l'autel. Wallander constata qu'il avait un dos étonnamment large pour un pasteur. Ce pouvait bien être l'homme qui l'avait assommé au coin de la rue.

La sacristie contenait une table et quelques chaises. Wislander s'assit et fit signe à Wallander de l'imiter. Il s'exécuta en se demandant par où commencer. Wislander le dévisageait de ses yeux brillants. Wallander regarda autour de lui. Deux chandeliers étaient posés sur une table voisine. Son regard s'attarda sur eux sans qu'il comprenne ce qui avait retenu son attention. Puis il vit qu'ils étaient asymétriques. Il manquait une branche à l'un. Et ils étaient en laiton. En se tournant vers Wislander, il vit que celui-ci avait suivi son regard. Pourtant, la suite le prit totalement au dépourvu. Avec un rugissement étouffé, le pasteur se jeta sur lui. Il lui serrait le cou. Sa force, ou sa folie, était considérable. Wallander lutta pied à pied. Wislander criait des paroles incohérentes, où il était question de Simon Lamberg, du photographe qui devait mourir, et des cavaliers de l'Apocalypse. Wallander résistait désespérément. Dans un sursaut d'énergie, il parvint à se dégager, mais Wislander était de nouveau sur lui, telle une bête féroce. Ils roulèrent sous la table, qui se renversa. Wallander réussit à attraper au vol l'un des deux chandeliers et frappa son adversaire au visage. Le pasteur s'affaissa. Un instant il crut qu'il l'avait tué. Comme Lamberg. De la même manière. Puis il vit qu'il respirait.

Wallander se hissa sur une chaise et essaya de reprendre son souffle. L'autre l'avait griffé au visage. Sa dent s'était cassée pour la troisième fois.

Wislander, au sol, revenait lentement à lui. Wallander entendit la porte de l'église s'ouvrir.

Il se leva et sortit de la sacristie à la rencontre de Martinsson.

Tout était allé très vite. C'était fini maintenant. Il avait reconnu l'homme qui l'avait frappé à Ystad. Il n'avait jamais vu son visage avant ce jour. Mais c'était lui. Il n'y avait aucun doute dans son esprit.

Quelques jours plus tard, il rassemblait pour la énième fois ses collègues dans la salle de réunion du commissariat. C'était l'après-midi. Une fenêtre était ouverte. Le printemps paraissait s'être installé pour de bon. Wallander avait commencé à interroger Anders Wislander. Celui-ci était dans un état psychique si délabré que le médecin lui avait déconseillé de poursuivre les auditions. Il n'en avait pas réellement besoin de toute façon ; l'image, pour lui, était claire à présent. Il avait réuni ses collègues pour leur transmettre ses conclusions.

– Tout est sombre et tragique dans cette histoire, commença-t-il. Simon Lamberg et Louise Wislander ont continué à se voir en cachette après ce fameux voyage en Autriche. Anders n'a rien deviné jusqu'à tout récemment. Louise avait une tumeur au foie. Elle se savait condamnée. Peu avant de mourir, elle lui a avoué son infidélité. À sa mort, Anders s'est retrouvé à la fois fou de chagrin et plein de désespoir et de colère à cause de sa trahison. De quoi perdre l'esprit. Il a commencé à surveiller Lamberg, qui était dans son esprit responsable de la mort de sa femme. Il s'est fait prescrire un arrêt de travail et a pratiquement passé tout son temps ici, à Ystad. Il surveillait l'atelier. Il avait pris une chambre dans un petit hôtel. Il a suivi la femme de ménage, Hilda Waldén. Un jour, il s'est introduit dans son appartement, il a pris ses clés, il en a fait faire un double et il les a remises à leur place avant le retour de Hilda. Ensuite il s'est introduit dans l'atelier et a tué Lamberg avec un chandelier provenant de sa sacristie. Dans sa confusion, il a cru ensuite que Lamberg était encore en vie et il est revenu pour le tuer une deuxième fois. Le livre de psaumes, il l'a perdu quand il se cachait pour échapper aux patrouilles lancées à sa recherche. Le fait qu'il ait allumé la radio et changé de station émettrice est un détail étrange. Il s'était mis dans la tête qu'il pourrait entendre la voix de Dieu dans le poste. Et que Dieu l'absoudrait. Mais tout ce qu'il a trouvé, c'était de la musique rock. Les photos, en revanche, étaient bien l'œuvre de Lamberg. Elles n'avaient rien à voir avec le meurtre. Il devait nourrir un grand mépris et une grande haine pour les hommes politiques et les hommes de pouvoir en général. Et il n'était pas content du travail de la police. C'était un râleur d'un genre un peu spécial. Un petit homme qui maîtrisait le monde en déformant les traits de ceux qui ne lui plaisaient pas. Quoi qu'il en soit, l'affaire est résolue. Je ne peux m'empêcher d'éprouver de la compassion pour Wislander. Son monde s'est écroulé. Il n'a pas eu la force de résister à cet écroulement.

Le silence se fit.

– Pourquoi Louise rendait-elle visite à la fille de Lamberg ? demanda Hansson.

– Je me suis interrogé là-dessus. Peut-être leur passion se nourrissait-elle également d'aspects religieux ? Peut-être priaient-ils ensemble pour le salut de Matilda ? Peut-être Louise se rendait-elle là-bas pour vérifier si leurs prières avaient eu de l'effet ? Peut-être croyait-elle que Matilda payait par sa souffrance les péchés de ses parents ? Nous ne le saurons jamais. Pas plus que nous ne savons ce qui liait réellement ces deux êtres marginaux. Il y a toujours des chambres secrètes. Nous ne pouvons pas y pénétrer. C'est peut-être aussi bien.

– On peut faire un pas de plus, intervint Rydberg. Si on pense à Wislander : peut-être sa rage tenait-elle au fait que Lamberg avait séduit sa femme avec des arguments religieux, et non érotiques ? On peut se demander si c'est une jalousie ordinaire qui a joué dans ce cas précis.

Il y eut un nouveau silence. Puis ils parlèrent encore un peu des images de Lamberg.

– Il devait bien être fou, lui aussi, à sa manière, dit Hansson. Pour passer son temps libre à déformer la tête des gens.

– Peut-être y a-t-il une explication toute différente, proposa Rydberg. Peut-être certains se sentent-ils si impuissants aujourd'hui qu'ils refusent de participer à ce que nous appelons le débat démocratique. Eux, de leur côté, sont déjà passés à autre chose. À un monde de rites et de rituels, pour faire court. Si c'est le cas, la démocratie est en mauvaise posture.

– Je n'y avais pas pensé, dit Wallander. Mais tu as sûrement raison. Si c'est ça, c'est que la Suède va vraiment mal.

La réunion était terminée. Wallander se sentait fatigué et abattu. Malgré le beau temps. Mona lui manquait.

Il regarda sa montre. Seize heures quinze.
Il avait rendez-vous chez le dentiste.
Une fois de plus.

La pyramide

Prologue

L'appareil pénétra à basse altitude dans l'espace aérien suédois, à l'ouest de Mossby Strand. Le brouillard, dense au large, s'allégeait à l'abord des côtes. Le contour d'un rivage apparut, puis il vit les premières maisons se ruer vers lui. Il connaissait parfaitement le trajet, pour l'avoir fait tant de fois. Il naviguait. Une fois la frontière franchie, après avoir identifié Mossby Strand et les lumières de la route vers Trelleborg, il vira sur l'aile, un virage serré, nord-est, puis plein est. L'appareil, un Piper PA-28 Cherokee, obéit docilement. La trajectoire était calculée avec le plus grand soin. Un couloir traversant, telle une ligne de démarcation invisible, une zone de Scanie où l'habitat était clairsemé. Cinq heures du matin, le 11 décembre 1989. Le brouillard s'était reformé ; l'obscurité était compacte. Chaque fois qu'il volait de nuit, il pensait à ses débuts, aux années où il avait été copilote pour le compte d'une entreprise grecque ; il transportait des cargaisons clandestines de tabac en provenance de Rhodésie du Sud, frappée d'embargo. C'était en 1966-1967. Plus de vingt ans auparavant. Mais le souvenir ne l'avait jamais quitté. Il avait appris à cette occasion qu'un pilote compétent pouvait voler de nuit avec un minimum d'assistance technique et dans un total silence radio.

L'appareil volait à présent si bas qu'il aurait été risqué de réduire encore l'altitude. Il se demanda si le brouillard n'allait pas le forcer à retourner à sa base sans avoir pu accomplir sa mission. Ça arrivait parfois. La sécurité était toujours prioritaire, et il n'avait quasiment aucune visibilité. Mais soudain, au moment où il allait prendre sa décision, le brouillard se dissipa. Il consulta l'horloge. D'ici deux minutes, il verrait les lumières délimitant la zone où il devait larguer le chargement. Il se retourna vers l'homme assis sur l'unique siège qu'on avait laissé dans la cabine.

– Deux minutes !

L'homme dirigea le faisceau d'une lampe torche vers son propre visage et fit signe qu'il avait compris.

Le pilote scrutait l'obscurité. Plus qu'une minute… Au même instant, il découvrit les projecteurs. Ils délimitaient un carré lumineux de deux cents mètres de côté. Il cria à son passager de se préparer. Puis il amorça son virage et approcha par l'ouest le quadrilatère illuminé. Il sentit le courant d'air froid et la secousse imprimée au corps de l'appareil quand l'homme ouvrit la porte dans son dos. Il enfonça le commutateur du signal rouge dans la cabine. Il avait réduit la vitesse au minimum. Puis il passa au vert, et l'homme derrière lui poussa dans le vide la citerne enrobée de caoutchouc. Le courant d'air froid cessa quand la porte fut refermée. Le pilote avait déjà mis le cap au sud-est. Il sourit pour lui-même. La citerne avait atterri quelque part dans la zone éclairée. Quelqu'un serait là pour la réceptionner ; les projecteurs seraient démontés et chargés à bord d'une voiture ; un instant plus tard, l'obscurité redeviendrait compacte. Une opération parfaite, pensa-t-il. La dix-neuvième à son actif.

Il vérifia l'heure. Dans neuf minutes, ils auraient quitté la Suède. Encore dix minutes, et il pourrait prendre de l'altitude. Il avait une thermos à portée de main. Il boirait son café quand il serait au-dessus de la mer. À huit heures, il aurait atterri sur la piste privée des environs de Kiel où il récupérerait sa voiture et prendrait la route de son domicile, situé à Hambourg.

Une secousse. Puis une autre. Coup d'œil au tableau de bord. Tout paraissait en ordre. Le vent n'était pas spécialement fort ; aucune turbulence. Il y eut une nouvelle secousse, plus forte que la précédente. L'appareil se coucha sur l'aile gauche. Le pilote actionna le manche mais ne parvint pas à le redresser. Les instruments de bord indiquaient toujours des valeurs normales. Impossible cependant de redresser l'appareil. Il avait beau augmenter la vitesse, il perdait déjà de l'altitude. Il s'obligea à réfléchir posément. D'où pouvait venir le problème ? Il vérifiait toujours l'appareil avant le décollage. En arrivant au hangar vers une heure du matin, il avait passé plus d'une demi-heure à l'inspecter en cochant au fur et à mesure les listes remises par le mécanicien. Il avait respecté toutes les consignes à la lettre.

Le corps de l'appareil basculait de plus en plus. Impossible de le redresser. C'était sérieux. Il augmenta encore la vitesse, actionna les ailerons. L'homme assis dans le noir derrière lui demanda en criant ce qui se passait. Le pilote ne répondit pas. S'il ne parvenait pas à rééquilibrer l'avion, ils allaient s'écraser. Ils n'auraient pas le temps d'atteindre la mer. La panique le gagna. Il s'activait fébrilement. Rien à faire. Il eut un bref sentiment d'impuissance mêlée de rage. Puis il continua d'agir sur les gouvernes jusqu'à ce que tout s'arrête.

L'avion s'écrasa à cinq heures et dix-neuf minutes, le 11 décembre 1989. Il prit feu dans la seconde. Mais les deux hommes ne sentirent pas le moment où ils commencèrent à brûler. Ils étaient morts déchiquetés à l'instant où l'avion avait heurté le sol.

Le brouillard était de retour. Quatre degrés audessus de zéro. Il n'y avait presque pas de vent.

1

Wallander se réveilla le 11 décembre à six heures du matin, juste avant la sonnerie du réveil ; il l'arrêta et resta couché, les yeux ouverts dans le noir. Étira bras et jambes, doigts et orteils. C'était devenu une habitude : vérifier si la nuit lui avait laissé des douleurs. Puis il inspira et avala sa salive, pour s'assurer qu'aucune infection ne s'était glissée dans ses voies respiratoires. Parfois, il se demandait s'il n'était pas devenu hypo-condriaque. En attendant, tout paraissait normal ce matin. Et il se sentait pour une fois reposé. La veille au soir il s'était couché à vingt-deux heures, et il avait réussi à s'endormir. Dans ce cas-là, il dormait d'une traite jusqu'au matin. Sinon, l'insomnie pouvait durer des heures.

Il alla dans la cuisine jeter un coup d'œil au thermo-mètre de la fenêtre. Six degrés. Mais le thermomètre était un peu détraqué. Il calcula donc que ce jour-là il affronterait le monde par quatre degrés au-dessus de zéro. Il regarda le ciel. Des panaches de brouillard filaient au-dessus des toits. Il n'avait pas encore neigé sur la Scanie cet automne. Mais ça n'allait pas tarder. Tôt ou tard, les tempêtes arrivaient toujours.

Il se fit du café et beurra quelques tartines. Le frigo était presque vide. Avant de se coucher, il avait grif-fonné une liste de courses ; elle traînait sur la table. En attendant que le café soit prêt, il alla aux toilettes. Il nota qu'il fallait aussi acheter du papier hygiénique. Et une nouvelle brosse pour les WC. Il déjeuna en feuilletant l'*Ystads Allehanda* qu'il était allé chercher dans l'entrée. Il s'arrêta aux dernières pages, celles des petites annonces. Quelque part en lui il nourrissait le vague désir d'une maison à la campagne. Où il pourrait sortir et humer l'air dès le réveil, pisser dans l'herbe, avoir un chien et peut-être – même si ce rêve-là était plus lointain que les autres – un pigeonnier avec des pigeons dedans. Il y avait bien quelques maisons dans le journal. Mais aucune ne correspondait à ce qu'il cherchait. Il y avait des labradors à vendre à Rydsgård. Attention de ne pas commencer par le mauvais bout, se dit-il. Il faut faire l'inverse. D'abord la maison, ensuite le chien. Sinon, avec mes horaires, ça ne fera que m'attirer des ennuis ; en tout cas tant que je serai seul à pouvoir le sortir.

Ça faisait deux mois que Mona l'avait définitivement quitté. Au fond de lui, il refusait d'admettre le fait accompli. Tout ne sachant pas quoi faire pour qu'elle lui revienne.

À sept heures, il était prêt. Il avait enfilé le pull qu'il mettait quand la température extérieure était comprise entre zéro et huit degrés. Il possédait différents pulls pour différentes météos et veillait à ne pas les confondre. Il détestait grelotter dans le froid humide de l'hiver scanien, et s'énervait dès qu'il commençait à transpirer. En plus, il s'était mis dans la tête que ça influençait sa faculté de raisonnement. Il résolut de se rendre à pied au commissariat. Il avait besoin de bouger. Une fois sur le trottoir, il sentit qu'un vent léger soufflait de la mer. Depuis son appartement de Mariagatan jusqu'au commissariat, il y avait dix minutes de marche.

Il pensa à la journée qui l'attendait. Si rien d'imprévu n'avait surgi au cours de la nuit (et il formulait chaque matin le vœu qu'il ne soit rien arrivé), il devait interroger un présumé dealer interpellé la veille. Et puis bien sûr s'atteler à toutes les enquêtes en cours dont les dossiers encombraient sa table de travail. Par exemple, l'exportation de voitures volées à destination de la Pologne – pour n'en citer qu'une, parmi les plus décourageantes.

Il franchit les portes vitrées du commissariat, salua Ebba à la réception et vit qu'elle s'était fait faire une permanente.

– Toujours aussi belle, dit-il.

– On fait de son mieux. Toi, tu devrais faire attention à ton poids. Les hommes divorcés ont tendance à grossir. Méfie-toi.

Ebba avait raison. Depuis le divorce, il mangeait de plus en plus mal, de plus en plus vite, à des horaires de plus en plus incongrus. Chaque jour il se proposait de mettre fin à toutes ses mauvaises habitudes. Sans grand succès. Il alla dans son bureau, ôta sa veste.

Il venait de s'asseoir quand le téléphone sonna. Martinsson. Pas de surprise. Martinsson et lui étaient les plus matinaux de la brigade criminelle d'Ystad.

– Je crois qu'il faut qu'on aille à Mossby.

– Qu'est-ce qui se passe ?

– Un avion s'est écrasé.

Wallander sentit une morsure à la poitrine. Sa première pensée fut qu'il s'agissait d'un avion de ligne qui venait de décoller ou qui s'apprêtait à atterrir à Sturup. Dans ce cas, c'était une catastrophe, avec des victimes en grand nombre.

– Un avion léger, poursuivit son collègue.

Wallander poussa un soupir de soulagement, tout en maudissant Martinsson et sa manie de ne pas annoncer d'emblée l'information essentielle.

– L'alerte a été donnée il y a un petit moment. Les pompiers sont sur place. L'appareil a pris feu.

Wallander hocha la tête.

– J'arrive. Il y a du monde dans les bureaux, à part nous ?

– Personne. Mais on a une patrouille sur place, bien sûr.

– Alors on y va. Toi et moi.

Ils se retrouvèrent à la réception. Ils allaient sortir quand ils virent Rydberg passer la porte. Il était pâle. Wallander lui résuma la situation.

– Allez-y, dit Rydberg. Moi, je dois aller aux toilettes.

Ils prirent la voiture de Martinsson.

– Il n'a pas l'air bien, dit Martinsson.

– Il n'*est* pas bien. Ce n'est pas une simple histoire de rhumatismes. Il a un autre truc ; je crois que ça a un rapport avec les voies urinaires.

Ils prirent la route de la côte, en direction de l'ouest. Wallander regardait par le pare-brise la mer où des lambeaux de brouillard glissaient encore sur l'eau.

– Donne-moi les détails, dit-il.

– Il n'y en a pas beaucoup. L'avion s'est écrasé vers cinq heures trente. C'est un agriculteur qui a téléphoné. Ça s'est passé dans un champ, un peu au nord de Mossby.

– Combien étaient-ils à bord ?

– On ne sait pas.

– Si l'avion s'est écrasé à Mossby, le pilote devait être en contact avec les contrôleurs aériens de Sturup. Et à Sturup, s'il leur manque un avion, ils ont dû s'en apercevoir et le signaler…

– C'est ce que j'ai pensé aussi. J'ai donc appelé la tour de contrôle juste avant de t'appeler, toi.

– Qu'ont-ils dit ?

– Qu'il ne leur manquait aucun appareil et qu'aucun appareil ne s'est mis en relation avec eux.

– Quoi ? Qu'est-ce que ça signifie ?

– Je n'en sais rien. C'est impossible, en principe, de survoler la Suède sans plan de vol et sans prendre contact avec les aiguilleurs du ciel.

– Sturup n'a pas reçu d'appel de détresse ? Le pilote a pourtant bien dû les appeler s'il avait un problème. Un avion met plus de quelques secondes à s'écraser, tout de même.

– Je ne sais pas, dit Martinsson. Je ne sais rien de plus que ce que je viens de te dire.

Wallander secoua la tête. Il se demandait ce qui l'attendait. Son expérience se limitait à un seul accident d'avion ; un petit appareil qui s'était écrasé au nord d'Ystad. Le pilote, seul à bord, était mort sur le coup. Mais l'appareil n'avait pas pris feu.

Il sentit augmenter son malaise. Sa prière matinale avait été vaine.

À Mossby Strand, Martinsson prit à droite et pointa une direction. Wallander avait déjà repéré le panache de fumée qui s'élevait vers le ciel.

Quelques minutes plus tard, ils étaient sur les lieux. L'avion s'était écrasé au milieu d'un champ de boue, à cent mètres environ d'un corps de ferme. C'était sans doute l'un des occupants de cette ferme qui avait donné l'alerte. Les pompiers en étaient encore à projeter de la mousse sur la carcasse. Martinsson sortit du coffre une paire de bottes en caoutchouc. Wallander regarda avec découragement ses propres chaussures de marche presque neuves. Puis ils s'engagèrent dans le champ en se concentrant pour ne pas déraper.

L'homme qui dirigeait les opérations s'appelait Peter Edler. Wallander avait souvent eu affaire à lui. Il l'aimait bien. Ils n'avaient aucun mal à s'entendre professionnellement. En dehors des deux camions de pompiers et d'une ambulance il y avait aussi sur place une voiture de police. Wallander reconnut le gardien de la paix Peters et le salua avant de se retourner vers Edler.

– Alors ? Qu'avons-nous ?

– Deux morts. Je préfère t'avertir, ce n'est pas très joli. Je ne sais pas si tu vois ce que ça donne, quand les gens sont brûlés à l'essence.

– Oui. Je sais. Pas la peine de me mettre en garde.

Martinsson les avait rejoints. Wallander se tourna vers lui.

– Renseigne-toi pour savoir qui a donné l'alerte. Sans doute quelqu'un dans la ferme là-bas. Essaie d'établir un horaire. Après, il faudra que quelqu'un aille à Sturup pour une conversation sérieuse avec les contrôleurs aériens.

Martinsson s'éloigna. Wallander s'approcha de l'appareil : il était couché sur le flanc gauche, à moitié enfoui dans la boue, entièrement calciné et recouvert de mousse extinctrice. L'aile gauche avait été arrachée à sa base ; les débris éparpillés jonchaient le champ. L'aile droite était toujours en place, quoique cassée à son extrémité. Il constata que c'était un monomoteur. L'hélice était tordue et profondément enfoncée, elle aussi, dans la boue. Lentement, il fit le tour de la carcasse. Puis il retourna auprès d'Edler.

– On peut enlever cette mousse ? Les avions ont en général des inscriptions sur le fuselage.

– Je crois qu'il vaut mieux la laisser encore un moment. On ne sait jamais. Il peut rester du kérosène dans le réservoir.

Il ne pouvait qu'obéir. Il s'approcha de la carcasse et jeta un coup d'œil à l'intérieur. Edler avait dit vrai. Les deux corps étaient calcinés. Impossible de distinguer leurs traits. Il fit un tour supplémentaire. Puis il s'éloigna en pataugeant dans la boue jusqu'à l'endroit où gisait le plus gros morceau de l'aile arrachée. Il s'accroupit. Impossible de distinguer une éventuelle combinaison de chiffres ou de lettres. Le jour n'était pas encore levé. Il appela Peters et lui demanda une lampe torche. Puis il examina l'aile avec attention. Gratta avec ses ongles. Elle semblait avoir été repeinte. Quelqu'un avait-il cherché à masquer l'identité de l'appareil ?

Il se releva. Une fois de plus, il cédait à la précipitation. L'aile, ce n'était pas son boulot, mais celui de Nyberg et de son équipe de la police scientifique. Il vit distraitement la silhouette de Martinsson devant la ferme, de l'autre côté du champ. Quelques curieux avaient déjà arrêté leur voiture au bord d'un chemin de traverse. Peters et son collègue s'employaient à les convaincre de poursuivre leur route. Là-dessus, un véhicule de police apparut. Hansson, Rydberg et Nyberg en sortirent. Wallander alla les saluer, leur résuma la situation et demanda à Hansson de dresser un périmètre.

– Tu as deux cadavres dans l'appareil, répéta Wallander à l'intention de Nyberg.

Celui-ci devait prendre en charge l'examen technique. Ensuite une commission d'enquête interviendrait pour déterminer les causes de l'accident. Ce n'était pas de leur ressort, et il n'aurait donc pas à s'en préoccuper.

– J'ai regardé l'aile arrachée, ajouta-t-il. Il me semble qu'elle a été repeinte. Comme si on avait cherché à rendre impossible l'identification de cet avion.

Nyberg se contenta de hocher la tête. Nyberg était un homme qui ne parlait pas, de toute façon, sauf quand c'était nécessaire.

Rydberg les rejoignit.

– Je ne devrais pas être obligé de piétiner dans la boue à mon âge. Avec ces saloperies de rhumatismes, en plus.

Wallander lui jeta un rapide regard.

– Tu n'étais pas obligé de venir. On peut se débrouiller sans toi. Après, de toute façon, la commission prendra le relais.

– Je ne suis pas encore mort, répliqua Rydberg avec irritation. Mais va savoir si…

Il ne termina pas sa phrase. Il s'approcha péniblement de l'avion, se pencha pour regarder à l'intérieur et dit :

– Ce sera les dents.

– Qu'est-ce que tu racontes ?

Il revint vers eux.

– Je ne vois pas comment on pourra les identifier autrement que par les dents.

Wallander lui fit un bref résumé. Ce qui était appréciable, avec lui, c'est qu'il ne fallait jamais se lancer dans de longues explications. Rydberg lui avait enseigné une grande partie de ce qu'il savait ; avant cela, du temps où il travaillait encore à Malmö, les bases du métier lui avaient été inculquées par Hemberg. Celui-ci était mort tragiquement dans un accident de la route. D'habitude, Wallander n'allait jamais aux enterrements mais, pour Hemberg, il avait fait une exception. Il avait fait le trajet jusqu'à Malmö. Par la suite, son modèle avait été Rydberg. Ils travaillaient ensemble depuis de longues années maintenant. Aux yeux de

324

Wallander, c'était l'un des enquêteurs les plus doués de Suède. Rien ne lui échappait, aucune hypothèse n'était trop farfelue pour qu'il renonce à l'envisager à fond. Sa faculté de « lire » une scène de crime continuait d'étonner Wallander, toujours prêt à absorber les nouvelles connaissances que pouvait lui apporter son mentor.

Rydberg était célibataire. Il ne fréquentait pas grand monde et ça ne semblait pas lui manquer. Après toutes ces années, Wallander ne savait toujours pas s'il avait, dans la vie, un véritable centre d'intérêt en dehors de son travail.

Par les soirées tièdes du début de l'été, il leur arrivait de prendre place tous les deux sur le balcon de Rydberg et de rester là, ensemble, à boire du whisky dans un agréable silence interrompu de temps à autre par un commentaire sur une enquête en cours.

– Martinsson essaie d'établir un horaire, dit Wallander. À mon avis, on devrait chercher à savoir pourquoi la tour de contrôle de Sturup n'a pas donné l'alerte.

– Tu veux dire, le corrigea Rydberg, pourquoi le pilote n'a pas pris contact avec eux.

– Il n'en a peut-être pas eu le temps ?

– Ça m'étonnerait. Lancer un SOS ne prend que quelques secondes. À supposer évidemment que cet avion n'ait pas volé en dehors des clous.

– Comment ça ?

Rydberg haussa les épaules.

– Tu connais la rumeur. Les gens qui entendent des bruits de moteur au-dessus de chez eux la nuit. Des avions légers qui circulent à basse altitude, tous feux éteints, dans nos régions frontalières... Pendant la guerre froide, il y en avait plein, et le trafic n'a peut-être pas tout à fait cessé. On reçoit parfois des rapports concernant de possibles activités d'espionnage. Après, on peut aussi se demander si la drogue n'emprunte pas un autre chemin que le détroit d'Öresund pour pénétrer dans le sud du pays. Mais on n'est encore jamais arrivés à mettre la main sur un de ces avions. Une chose est sûre, quoi qu'il en soit : si on vole suffisamment bas, à faible altitude s'entend, on échappe aux radars, à la fois de la défense et des contrôleurs aériens.

– Très bien. Je prends la voiture et je vais à Sturup.

– Non, dit Rydberg. C'est moi qui y vais. Avec le privilège de l'âge, si tu veux bien, je te laisse barboter dans la boue.

Rydberg disparut. Le jour se levait. L'un des techniciens prenait des photos de l'avion sous différents angles. Peter Edler avait délégué la responsabilité de la fin de l'extinction de l'incendie et était rentré à Ystad à bord d'un des camions.

Wallander aperçut Hansson sur le chemin de terre, à l'autre bout du champ ; il parlait à quelques journalistes. Il était content de ne pas être à sa place. Puis il vit Martinsson, qui revenait de la ferme en pataugeant dans la gadoue. Il alla à sa rencontre.

– Tu avais raison, dit Martinsson. J'ai trouvé à la ferme un vieux bonhomme, Robert Haverberg, soixante-dix ans. Il vit seul avec neuf chiens. Je ne te raconte pas l'odeur.

– Qu'a-t-il dit ?

– Il a entendu le bruit d'un moteur d'avion. Puis le silence. Plus tard, le bruit est revenu. Mais alors, ça ressemblait plus à un sifflement. Puis il y a eu l'explosion.

Par moments, Martinsson avait décidément beaucoup de mal à fournir des informations claires.

– On reprend, dit Wallander. Robert Haverberg a entendu un bruit d'avion ?

– Oui.

– Quand ça ?

– Il venait de se réveiller. Vers les cinq heures.

Wallander fronça les sourcils.

– Mais l'avion s'est écrasé une demi-heure plus tard !

– C'est bien ce que je lui ai dit. Mais il était sûr de lui. D'abord il a entendu le bruit d'un avion qui survolait la ferme à faible altitude. Puis le silence. Il a fait deux, trois trucs, il s'est préparé un café. Et c'est alors qu'il a entendu de nouveau le bruit, puis l'explosion.

Wallander réfléchit. À l'évidence, ce que venait de dire Martinsson était très important.

– Combien de temps entre la première fois où il a entendu le bruit et le moment de l'explosion ?

– En discutant tous les deux, on est arrivés à la conclusion qu'il s'était écoulé une vingtaine de minutes.

Wallander considéra son collègue.

– Comment l'expliques-tu ?

– Je ne l'explique pas.

– Le bonhomme t'a-t-il paru fiable ?

– Oui. En plus, on peut dire qu'il a une bonne ouïe.

– Tu as une carte dans ta voiture ?

Martinsson acquiesça. Ils se dirigèrent vers le chemin de terre où Hansson parlait toujours avec les journalistes. L'un d'entre eux reconnut Wallander et s'approcha, mais celui-ci leva une main dissuasive.

– Je n'ai rien à dire ! cria-t-il.

Ils s'assirent dans la voiture de Martinsson et déployèrent une carte. Wallander la contempla en silence en pensant à ce que lui avait dit Rydberg. À propos de missions clandestines hors des couloirs aériens autorisés et à l'insu des tours de contrôle.

– On pourrait imaginer la chose suivante, dit-il. Un avion arrive de la côte, à basse altitude, passe au-dessus de la ferme et disparaît. Avant de revenir un peu plus tard. Et de s'écraser.

– Tu veux dire qu'il aurait pu larguer quelque chose à un endroit ? Et faire demi-tour ensuite ?

– Quelque chose comme ça.

Wallander replia la carte.

– On en sait trop peu. Rydberg est en route vers Sturup. Ensuite il va falloir identifier vaille que vaille les gens qui étaient à bord. Et l'appareil. Pour le moment, on ne peut pas en faire plus.

– J'ai toujours eu peur de prendre l'avion, dit Martinsson. Ce genre de catastrophe, évidemment, n'arrange rien. Mais le pire, c'est que Teres parle maintenant de devenir pilote.

Teres était la fille de Martinsson. Il avait aussi un fils. Et c'était un papa poule. Il adorait sa famille et s'inquiétait en permanence à l'idée qu'il puisse leur arriver quelque chose. Il appelait chez lui plusieurs fois par jour. En général, il rentrait aussi déjeuner à la maison. Parfois, Wallander lui enviait le couple apparemment harmonieux qu'il formait avec sa femme.

– Va dire à Nyberg qu'on part.

Il resta assis dans la voiture en attendant le retour de Martinsson. Le paysage tout autour était gris et inhospitalier. Il frissonna. La vie passe, pensa-t-il. Je vais avoir quarante-trois ans. Vais-je finir comme Haverberg ? Vieux, tout seul, perclus de rhuma-tismes ? Avec neuf chiens ?

Il se reprit.

Martinsson revint. Ils rentrèrent au commissariat.

À onze heures, Wallander se leva pour aller dans la salle d'interrogatoire où l'attendait le dealer présumé, un certain Yngve Leonard Holm. Il faillit entrer en collision avec Rydberg, qui ne prenait jamais la peine de frapper avant d'entrer.

Rydberg se laissa tomber dans le fauteuil des visiteurs et alla droit au but, à son habitude.

– J'ai parlé à un contrôleur aérien, un certain Lycke. Il prétend te connaître.

– J'ai eu affaire à lui une fois ou deux, je ne sais plus dans quel contexte.

– Quoi qu'il en soit, il était catégorique. Aucun monomoteur n'a obtenu l'autorisation de survoler Mossby ce matin à cinq heures. Ils n'ont pas eu le moindre contact avec un pilote en détresse. Écrans radar vides. Aucune alerte indiquant la présence d'un avion non signalé. D'après Lycke, l'appareil qui s'est écrasé n'existe pas. Ils ont déjà envoyé leur rapport à la Défense et Dieu sait quelles autres institutions encore. Y compris sans doute les douanes.

– Donc tu avais raison. Quelqu'un était en mission secrète…

– Ça, on n'en sait rien ! Quelqu'un a volé incognito. Mais une mission – là, tu vas un peu vite en besogne.

– Qui vole dans le noir sans une raison très spéciale de le faire ?

– Il y a tant de dingues, dit Rydberg. Tu devrais le savoir.

Wallander le dévisagea.

– Tu ne crois pas toi-même à ce que tu viens de dire.

– Non. Mais avant d'identifier le pilote, nous ne pouvons rien faire. Il faut en référer à Interpol. Je suis prêt à parier qu'il venait de l'étranger.

Rydberg quitta le bureau.

Wallander réfléchit à ce qu'il venait d'apprendre.

Puis il rassembla ses papiers et se rendit dans la salle où le suspect patientait en compagnie de son avocat.

Il était exactement onze heures quinze quand Wallander mit en route le magnétophone et donna le coup d'envoi de l'interrogatoire.

2

Wallander éteignit le magnétophone une heure et dix minutes plus tard. À ce stade, il commençait à en avoir par-dessus la tête de cet Yngve Leonard Holm. À cause de son attitude et aussi du fait qu'il allait devoir le relâcher. Wallander était convaincu que ce type était coupable d'infractions sérieuses et répétées. Mais aucun procureur au monde ne jugerait que les résultats de l'enquête préliminaire tiendraient face à un tribunal. Surtout pas Per Åkeson, à qui Wallander s'apprêtait à présent à remettre son rapport.

Yngve Leonard Holm avait trente-sept ans. Né à Ronneby, mais domicilié à Ystad depuis le milieu des années 1980, il prétendait être vendeur de livres de poche – spécialisé dans les polars de la série « Manhattan » – qu'il vendait sur les marchés et dans les foires estivales. Ces dernières années, il avait déclaré au fisc des revenus insignifiants. Dans le même temps, il avait fait construire une grande villa dans un quartier résidentiel d'ailleurs proche du commissariat. Si l'on s'en référait à la seule taxe foncière, cette villa valait plusieurs millions. Holm prétendait avoir financé ce projet immobilier grâce à ses gains sur les champs de courses nationaux, à Jägersro et à Solvalla, et aussi à l'étranger, en Allemagne et en France. Évidemment il ne pouvait produire aucun des reçus attestant la réalité de ces gains. Ceux-ci avaient malheureusement disparu suite à un incendie qui s'était opportunément déclaré dans la caravane où il conservait sa comptabilité personnelle. Le seul justificatif qu'il avait pu fournir correspondait à un modeste gain de quatre mille neuf cent quatre-vingt-treize couronnes qui datait de quelques semaines auparavant. Cela pouvait à la rigueur signifier que Holm en connaissait un rayon sur les chevaux. À part cela, rien. Hansson aurait dû mener cet interrogatoire à ma place, pensa Wallander, résigné. Au moins, ils auraient pris plaisir à discuter ensemble. Hansson était un grand habitué des champs de courses.

Tout cela ne changeait rien à son intime conviction : Holm était bel et bien le dernier maillon d'une chaîne qui importait et écoulait d'importantes quantités de drogues dures dans le sud de la Scanie. Les indices étaient nombreux et convaincants. Mais l'interpellation de Holm avait été très mal organisée. Il aurait fallu frapper à deux endroits en même temps. La villa, d'une part, et son entrepôt d'autre part – celui où il stockait les fameux livres de poche et qui était situé dans une zone industrielle de Malmö. C'était censé être une action coordonnée entre la police d'Ystad et celle de Malmö, mais ça avait capoté d'entrée de jeu. L'entrepôt ne contenait qu'une caisse de vieux livres de poche lus et relus. Quand ceux d'Ystad avaient sonné à la porte de la villa, Holm était devant la télé, une jeune femme à ses pieds. Elle avait continué de lui masser les orteils pendant que les policiers fouillaient la maison. Ils avaient fait chou blanc. Un des chiens de la brigade des stups, emprunté pour l'occasion aux collègues des douanes, avait longuement reniflé un mouchoir découvert dans une corbeille à papier. L'analyse chimique avait conclu que ce mouchoir avait peut-être été en contact avec une préparation toxique. C'était tout.

Holm avait visiblement été prévenu de leur visite. Wallander ne doutait pas un instant de son intelligence et de son habileté à camoufler ses traces.

– Tu vas pouvoir partir, dit-il à Holm dans la salle d'interrogatoire. Mais les soupçons demeurent. Pour ma part, je suis sûr de mon coup. Tôt ou tard, on t'aura.

L'avocat, qui ressemblait à un furet, se redressa de toute sa hauteur.

– Mon client est en droit de s'élever contre ce traitement. C'est de la diffamation et…

– Bien entendu, répliqua Wallander. Il peut porter plainte s'il le désire.

Holm, qui était mal rasé et paraissait s'ennuyer à mourir, leva la main pour empêcher son avocat de poursuivre.

– La police fait son travail. Malheureusement, ajouta-t-il à l'intention de Wallander, il y a erreur sur la personne. Je suis un simple citoyen qui s'y connaît en chevaux et en livres de poche. C'est tout. Ah oui, et d'ailleurs je fais des dons réguliers à la Fondation pour la protection de l'enfance.

Wallander quitta la pièce. Holm serait autorisé à rentrer chez lui et à se faire masser les pieds autant qu'il le souhaitait. La drogue continuerait à se déverser librement sur le marché scanien. On ne remportera jamais ce combat, pensa-t-il dans le couloir. La seule possibilité que ça change, c'est que les jeunes des générations à venir prennent leurs distances avec tous ces poisons.

Il était midi trente. Il avait faim. Il regrettait de ne pas avoir pris sa voiture en allant au commissariat ce matin-là. Une pluie mêlée de neige tombait sur la ville. L'idée de faire à pied tout le trajet jusqu'au centre pour déjeuner ne lui disait rien. Il ouvrit un tiroir de son bureau et chercha le numéro de téléphone d'une pizzeria qui faisait des livraisons à domicile. Il parcourut la carte sans réussir à se décider. Pour finir il ferma les yeux, posa un doigt au hasard, saisit le combiné et commanda la pizza que le destin avait choisie pour lui. Ensuite il se posta à la fenêtre et regarda le château d'eau de l'autre côté de la rue.

Le téléphone sonna. Il se rassit pour répondre. C'était son père, qui l'appelait de chez lui, à Löderup.

– Je croyais que tu devais passer hier soir.

Wallander poussa un soupir silencieux.

– On n'avait rien décidé, il me semble.

– Mais si, je m'en souviens très bien. C'est toi qui commences à perdre la boule. Je croyais que vous aviez des blocs-notes et des carnets dans la police. Tu sais quoi ? Tu devrais noter dans ton carnet que tu dois aller à Löderup pour interroger ton père en vue de l'interpeller. Ça t'aidera peut-être.

Wallander n'eut pas la force de se mettre en colère.

– Je passerai ce soir. Mais nous *n'avions pas* décidé de nous voir hier.

– Bon, dit le père, avec une douceur surprenante. C'est possible que je me trompe.

– Je passerai vers dix-neuf heures. Là, tout de suite, j'ai du travail.

Il raccrocha. *Mon père est le roi du chantage affectif. Et le pire, c'est qu'il réussit toujours son coup.*

Le livreur de pizzas arriva. Wallander paya et emporta son carton à la cafétéria, où il trouva Per Åkeson attablé devant une assiette de bouillie d'avoine. Wallander s'assit en face de lui.

– Je croyais que tu passerais me voir pour me parler de Holm, dit Åkeson.

– C'était bien mon intention. Je viens de finir l'interrogatoire. J'ai dû le laisser filer.

– Ça ne m'étonne pas. L'opération était mal préparée.

– Ça, il faudra en parler à Björk. On ne m'a pas demandé mon avis là-dessus.

À sa grande surprise, Åkeson attrapa la salière et entreprit de saler son gruau.

– Je m'en vais dans trois semaines, dit-il.

– Je sais.

– Je vais être remplacé par une jeune dame. Elle s'appelle Anette Brolin et elle arrive de Stockholm.

– Tu vas me manquer. Et d'ailleurs je m'inquiète de la manière dont ça va se passer en ton absence. Avec un procureur femme, je veux dire.

– Pourquoi ? Je ne vois pas le problème.

Wallander haussa les épaules.

– Des préjugés, j'imagine.

– Six mois, c'est vite passé. Et moi, franchement, je me réjouis. J'ai besoin de réfléchir à l'avenir.

– Je croyais que tu partais en formation ?

– Mais oui. Ça ne m'empêche pas de réfléchir en même temps. Est-ce que je vais rester procureur toute ma vie ? Pas sûr.

– Tu pourrais peut-être te mettre à la voile… Devenir un marin vagabond…

Åkeson secoua la tête avec énergie.

– Non. Par contre, je partirais bien à l'étranger. Peut-être dans un cadre où je pourrais me sentir vraiment utile. Peut-être participer à la mise en place d'un système judiciaire qui fonctionne, quelque part où il n'y en a pas encore ? En Tchécoslovaquie peut-être ?

– J'espère que tu m'écriras, dit Wallander. Moi aussi je m'interroge. Savoir si je vais rester policier jusqu'à la retraite…

La pizza n'avait aucun goût. Åkeson, lui, dévorait son avoine salée avec appétit.

– Où en est-on de cette histoire d'avion ?

Wallander lui fit un résumé.

– Très étrange, dit Åkeson quand il eut fini. Une affaire de drogue ?

– Bien possible, répondit Wallander en regrettant aussitôt de n'avoir pas demandé à Holm s'il possédait un avion.

Quelqu'un qui avait les moyens de se faire construire une villa comme la sienne pouvait fort bien se payer aussi un avion privé. Les revenus de la drogue représentaient des sommes vertigineuses.

Ils lavèrent leurs assiettes ensemble devant l'évier. Wallander avait laissé la moitié de sa pizza. Son appétit se ressentait encore des suites du divorce.

– Holm est un bandit, dit Wallander. Tôt ou tard, on le coincera.

– Je n'en suis pas sûr. Même si je l'espère comme toi.

À treize heures, de retour dans son bureau, Wallander hésita à appeler Mona. Linda habitait chez elle en ce moment et c'était à sa fille qu'il voulait parler. Il s'était écoulé près d'une semaine depuis leur dernière conversation. Linda avait dix-neuf ans et plein d'incertitudes quant à ses projets professionnels. Aux dernières nouvelles, elle en était revenue à son idée initiale – devenir artisan tapissier. Mais il devinait qu'elle allait sans doute changer encore plusieurs fois d'avis.

Au final, il appela Martinsson et lui demanda de venir pour qu'ils fassent le point ensemble sur les événements de la matinée. Il avait l'intention de lui proposer de rédiger le rapport.

– On a reçu des coups de fil de l'aéroport et du ministère de la Défense. L'affaire est extrêmement bizarre. Pour faire court, c'est un avion qui n'existe pas. Tu avais donc probablement raison quand tu disais que les ailes avaient été repeintes.

– On va bien voir ce que découvre Nyberg.

– Les corps, ou ce qu'il en reste, sont partis à Lund. Ils étaient tellement calcinés qu'ils sont tombés en morceaux quand on a voulu les mettre sur les civières. Ils vont devoir tout miser sur les dents, pour l'identification…

– On n'a donc plus qu'à attendre, si je comprends bien. Je pensais proposer à Björk de te choisir pour être notre représentant à la commission d'enquête sur le crash. Tu as une objection ?

– Bah. J'apprendrai toujours quelque chose…

Martinsson parti, Wallander resta assis à méditer sur les différences qui existaient entre lui-même et son collègue. Son ambition à lui avait toujours été de devenir un bon enquêteur. Il y était parvenu. Martinsson, lui, avait d'autres projets. Il se voyait sans doute chef de police dans un avenir pas trop lointain. Fournir du bon boulot sur le terrain, ce n'était pour lui qu'une étape…

Wallander mit un terme à ses réflexions sur Martinsson, bâilla et attira vers lui, d'un geste découragé, le premier dossier de la pile. Cela le turlupinait de ne pas avoir interrogé Holm sur son éventuelle possession d'un avion privé. Ne serait-ce que pour voir sa réaction. Holm, à cette heure, était sans doute déjà dans son jacuzzi. Ou alors il se payait un gueuleton à l'hôtel Continental avec son avocat.

Le dossier demeura fermé sur la table. Wallander résolut qu'il pouvait aussi bien aller voir Björk tout de suite, au sujet de Martinsson et de la commission. Comme ça, ce serait fait.

Il longea le couloir jusqu'au bureau du chef. La porte était ouverte, Björk s'apprêtait à sortir.

– Tu as une minute ?

– Fais vite. J'ai un discours prévu dans une église.

Wallander savait que Björk était sans arrêt invité à tenir des conférences dans les endroits les plus inattendus. Il adorait se produire en public. Lui, Wallander, avait horreur de ça. Les conférences de presse étaient pour lui une torture. Björk était déjà au courant des événements de la matinée. Wallander alla donc droit au but. Son chef ne vit aucune objection pour désigner Martinsson comme leur représentant dans le cadre de l'enquête.

– Je suppose que cet avion n'a pas été abattu en vol ?

– Jusqu'à présent, rien ne contredit l'hypothèse de l'accident. Mais ça n'en demeure pas moins très mystérieux.

– On fait le nécessaire, dit Björk, en marquant par son ton la fin de l'entretien. Le nécessaire, sans plus. On a déjà assez de pain sur la planche.

Il disparut dans un effluve de lotion après-rasage. Wallander retourna pesamment dans son bureau. En route, il jeta un coup d'œil dans ceux de Rydberg et de Hansson. Personne. Il alla chercher un café et consacra ensuite quelques heures à se plonger dans une histoire de maltraitance survenue la semaine précédente à Skurup. De nouvelles informations avaient été collectées : elles devraient permettre d'inculper l'homme qui avait frappé sa belle-sœur. Wallander rédigea son rapport et le posa en évidence sur sa table pour le remettre à Åkeson le lendemain.

Seize heures quarante-cinq. Le commissariat paraissait étrangement désert ce jour-là. Wallander pensa qu'il avait le temps d'aller chercher sa voiture et de faire les courses avant de se présenter chez son père pour dix-neuf heures. S'il n'était pas ponctuel, le vieux se lancerait encore dans une tirade sur les mauvais traitements dont il était victime de la part de son fils.

Il enfila sa veste et prit le chemin de Mariagatan. La pluie mêlée de neige tombait toujours. Il releva sa capuche. Avant de mettre le contact, il vérifia que la liste de courses était toujours bien dans sa poche. La voiture eut du mal à démarrer. Il allait bientôt être obligé d'en changer. Mais avec quel argent ? Il s'apprêtait à enclencher la première quand une autre pensée le frappa. C'est absurde ; mais la curiosité prit le dessus ; les courses attendraient. Il s'engagea sur Österleden, la route principale vers l'est, en direction de Löderup.

L'idée qui lui était venue était très simple. Dans une maison située peu après Strandskogen vivait un contrôleur aérien à la retraite dont il avait fait la connaissance quelques années auparavant, à l'époque où Linda était copine avec sa fille cadette. Peut-être cet homme pourrait-il répondre à la question qu'il se posait depuis qu'il s'était tenu devant les débris de l'avion tandis que Martinsson lui rendait compte de sa conversation avec Haverberg.

Il freina dans la cour de Herbert Blomell et l'aperçut au même moment, perché sur une échelle adossée à la maison et occupé à réparer une gouttière. En reconnaissant son visiteur, Blomell sourit, descendit avec précaution et vint à sa rencontre.

– À mon âge, une fracture du col du fémur peut être fatale. Comment va Linda ?

– Bien. Elle est chez Mona à Malmö.

Ils entrèrent et s'attablèrent dans la cuisine.

– Un avion s'est écrasé ce matin près de Mossby, commença Wallander.

Blomell hocha la tête en indiquant la radio posée sur le rebord de la fenêtre.

– C'était un Piper Cherokee, poursuivit Wallander. Un monomoteur. Je sais que tu as un brevet de pilote…

– Il m'est arrivé de piloter un Cherokee. Ce sont de bons appareils.

– Simple supposition : je prends une carte de la région, je pose le doigt sur un point, je te donne un cap et dix minutes. Quelle distance parcourrais-tu ?

– C'est facile. Tu as une carte ?

Wallander fit non de la tête. Blomell se leva, disparut et revint peu après avec un rouleau qu'ils étalèrent sur la table de la cuisine. Wallander chercha le champ qui correspondait selon lui, grosso modo, à l'endroit du crash.

– Imaginons que l'avion arrivait tout droit de la côte. On entend le bruit du moteur à telle heure. Puis de nouveau vingt minutes plus tard. On ne peut pas savoir si le pilote a toujours gardé le même cap, mais supposons que ce soit le cas. Quelle distance a-t-il pu couvrir avant de faire demi-tour ?

– Le Cherokee vole à deux cents kilomètres-heure environ, dit Blomell. Je parle dans l'hypothèse d'une charge normale.

– Ça, on n'en sait rien.

– Dans ce cas, faisons l'hypothèse d'une charge maximale et d'un vent normal.

Blomell calcula mentalement. Puis il indiqua un point au nord de Mossby Strand, à proximité de Sjöbo.

– À peu près ici, dit-il. Mais il reste encore des inconnues dans cette équation.

– J'en sais quand même beaucoup plus que quand je suis arrivé tout à l'heure. Merci.

Wallander pianota pensivement contre la table.

– Pourquoi un avion s'écrase-t-il ? demanda-t-il soudain.

Blomell eut l'air perplexe.

– Il n'y a pas deux accidents semblables. Je lis des magazines américains qui rendent compte d'enquêtes menées suite à des crashs. Il y a des raisons récurrentes mais, en fin de compte, c'est toujours une raison particulière qui explique tel ou tel accident. Et on conclut presque toujours à une erreur de calcul de la part du pilote.

– Pourquoi un Cherokee s'écraserait-il ?

Blomell secoua la tête.

– Une avarie de moteur, un mauvais entretien, que sais-je ? Il va falloir attendre les résultats de la commission d'enquête.

– Le code d'immatriculation a été masqué avec de la peinture, à la fois sur le fuselage et sous les ailes. Qu'est-ce que cela signifie ?

– Que quelqu'un ne voulait pas laisser de traces. Il existe naturellement un marché noir pour les avions comme pour tout le reste.

– Je croyais que l'espace aérien suédois était étanche. En réalité, on peut donc se faufiler au travers ?

– Rien dans ce monde n'est vraiment étanche, répondit Blomell. Ceux qui ont de l'argent et des motifs suffisamment sérieux pour le faire pourront toujours franchir une frontière puis la refranchir dans l'autre sens sans laisser de traces.

Il lui proposa un café, mais Wallander refusa.

– Je dois aller voir mon père à Löderup. Si j'arrive en retard, il va me faire une scène.

– Il faut le comprendre. La solitude est une malédiction quand on vieillit. Moi, je n'en peux plus de regretter ma tour de contrôle. La nuit, je rêve encore que je guide les avions dans le ciel. Et quand je me réveille, il neige et tout ce que j'ai comme activité en perspective dans la journée, c'est de réparer une gouttière.

341

Ils se séparèrent dans la cour. Wallander s'arrêta dans une supérette de Herrestad. Il avait déjà repris le volant quand il poussa un juron. Il avait beau l'avoir noté sur sa liste de courses, il avait quand même réussi à oublier d'acheter du papier toilette.

Il arriva à la maison de son père à dix-neuf heures moins trois minutes. Il ne neigeait plus, mais les nuages pesaient sur la plaine. Il vit que la lumière brillait dans la remise que le vieux avait transformée en atelier. Il inspira l'air frais en traversant la cour. La porte était entrebâillée ; son père avait dû entendre arriver la voiture. Il était devant son chevalet, coiffé d'un vieux chapeau, ses yeux de myope à quelques centimètres de la toile. L'odeur de térébenthine donnait toujours à Wallander la même sensation d'être chez lui. Voilà ce qui subsiste de mon enfance, pensait-il souvent : l'odeur de la térébenthine.

– Tu es à l'heure, dit son père sans le regarder.

– Je suis toujours à l'heure.

Il débarrassa une chaise des journaux qui l'encombraient et s'assit.

Le père était occupé à peindre un paysage avec coq de bruyère. À son entrée, il venait de poser le carton sur la toile où il avait fini son fond de ciel crépusculaire. En le regardant faire, il éprouva un brusque élan de tendresse à son égard. *C'est le dernier de sa génération. Après lui, le premier dans la file, c'est moi.*

Le vieux rangea ses pinceaux et son carton et se leva.

Ils allèrent dans la maison. Le père fit du café et posa sur la table, en même temps que les tasses, deux verres à aquavit. Wallander hésita. Puis décida d'accepter. Il pouvait bien boire un verre.

– Poker, dit-il. Tu me dois quatorze couronnes depuis la dernière fois.

Son père le dévisagea en plissant les yeux.

– Je crois que tu triches, dit-il lentement. Mais je n'ai toujours pas compris comment tu faisais.

Wallander n'en croyait pas ses oreilles.

– Tu veux dire que je tricherais au poker avec mon propre père ?

Pour une fois, le vieux parut battre en retraite.

– Non, peut-être pas, quand même. Mais je trouve que tu as beaucoup gagné, ces derniers temps.

La conversation s'éteignit. Ils burent leur café. Le père avec de grands bruits de succion. Qui énervaient Wallander, comme ils l'avaient toujours fait.

– Je vais partir en voyage, annonça son père soudain. Loin d'ici.

Wallander attendit une suite qui ne vint pas.

– Et où veux-tu partir ? finit-il par demander.

– En Égypte.

– Quoi ? Qu'est-ce que tu vas aller faire là-bas ? Je croyais que tu voulais aller en Italie.

– En Égypte et en Italie. Les deux. Tu n'écoutes jamais ce que je dis.

– Que vas-tu faire en Égypte ?

– Je vais voir le sphinx et les pyramides. Le temps commence à me manquer. Personne ne sait combien d'années encore je vais vivre. Mais, avant de mourir, je veux visiter Rome et voir les pyramides.

Wallander secoua la tête.

– Avec qui pars-tu ?

– Avec Egypt Air. Je m'envole dans quelques jours. J'ai un vol direct pour Le Caire et je descends dans un très bel hôtel qui s'appelle Mena House.

– Tu pars seul ? En charter ? Tu plaisantes.

Son père ne répondit pas. Il se contenta de prendre ses billets d'avion posés sur le rebord de la fenêtre et de les tendre à son fils. Wallander y jeta un coup d'œil. Son père ne plaisantait pas. Il y avait bel et bien une place réservée à son nom sur un vol régulier au départ de Copenhague et à destination du Caire le 14 décembre.

Wallander posa les billets sur la table.

Pour une fois, il ne trouva rigoureusement rien à dire.

3

Il était vingt-deux heures quinze quand il décida de rentrer chez lui. Les nuages se dissipaient. En se dirigeant vers sa voiture, dans la cour, il sentit qu'il faisait plus froid que lorsqu'il était arrivé en début de soirée. Ce qui signifiait que sa Peugeot aurait encore plus de mal à démarrer. Sa véritable préoccupation n'était cependant pas la voiture, mais le fait qu'il n'avait pas réussi à convaincre son père de renoncer à la folie de ce voyage en Égypte. Ou du moins de le repousser à une date où sa sœur ou lui pourrait lui tenir compagnie.

– Tu vas avoir quatre-vingts ans, avait-il plaidé. À cet âge-là on ne voyage pas dans le monde à tort et à travers.

Mais ses arguments manquaient de force. Il n'y avait rien à redire à la santé du vieux. Même s'il lui arrivait de s'habiller bizarrement, il avait une capacité phénoménale – et surprenante – de s'adapter aux situations nouvelles et aux gens qui croisaient son chemin. Quand il s'avéra, de plus, que le prix du voyage incluait le transfert de l'aéroport à l'hôtel et que celui-ci se trouvait juste à côté des pyramides, Wallander n'avait plus eu, objectivement, grand-chose à redire, et ses protestations inquiètes s'étaient essoufflées faute de carburant. Ce qui pouvait bien attirer son père, dans cet étrange projet, il n'en avait aucune idée. Mais, en toute honnêteté, il fallait bien reconnaître que son père lui avait souvent parlé, quand il était petit, des monuments extraordinaires qui se dressaient depuis tant de siècles près du Caire, sur le plateau de Gizeh.

Ensuite ils avaient joué au poker. À la fin de la soirée, son père était de nouveau créditeur. Il était donc d'excellente humeur quand Wallander le quitta.

Celui-ci allait ouvrir la portière de la Peugeot quand il s'immobilisa, la main sur la poignée, et inspira l'air nocturne.

J'ai un père peu banal, pensa-t-il. Ça, au moins, je ne peux pas prétendre le contraire.

Il avait promis de l'emmener à Malmö au matin du 14. De là, le vieux prendrait l'aéroglisseur, puis une navette jusqu'à l'aéroport de Copenhague. Il avait bien noté le numéro de téléphone de l'hôtel Mena House. Son père n'avait évidemment pas jugé utile de gaspiller de l'argent en prenant une assurance ; Wallander comptait demander à Ebba de s'en occuper le lendemain.

La voiture démarra à contrecœur. Avant de prendre la direction d'Ystad, il vit que la lumière brillait dans la cuisine. Son père avait l'habitude de rester debout jusque tard dans la nuit. Dieu sait ce qu'il fabriquait. À moins qu'il ne retourne dans l'atelier donner encore quelques coups de pinceau. Wallander pensa à ce que lui avait dit Blomell plus tôt dans la soirée, sur la malédiction de la solitude. Son père, au moins, n'avait rien modifié à ses marottes sous prétexte qu'il se faisait vieux. Il continuait de peindre ses tableaux comme si rien ne devait jamais changer, que ce soit en lui ou hors de lui.

Il était vingt-trois heures quand il ouvrit la porte de son appartement de Mariagatan et découvrit que quelqu'un avait glissé une feuille pliée en quatre dans la

346

fente destinée au courrier. En la dépliant, il comprit aussitôt. Emma Lundin ! L'infirmière qui travaillait à l'hôpital d'Ystad. La veille, il avait promis de l'appeler, et puis il avait oublié. Elle lui écrivait qu'elle était passée devant chez lui en rentrant chez elle à Dragongatan, et qu'elle en avait profité pour lui glisser ce mot. Était-il arrivé quelque chose pour qu'il ne l'appelle pas comme convenu ?

Il eut un accès de mauvaise conscience. Il avait rencontré Emma Lundin un mois plus tôt, dans le bureau de poste de Hamngatan. Pour une raison ou pour une autre, ils avaient engagé la conversation ; quelques jours plus tard, ils s'étaient recroisés dans un supermarché ; quelques jours plus tard encore, ils entamaient une liaison. Sans beaucoup de passion, ni d'un côté ni de l'autre. Emma avait un an de moins que Wallander, elle était divorcée avec trois enfants. Il avait vite compris que leur relation avait plus d'importance pour elle que pour lui, et il avait commencé à prendre ses distances, sans oser le lui avouer. Là, debout dans l'entrée de l'appartement, sa lettre à la main, il savait pertinemment pourquoi il avait oublié de la rappeler. Il n'avait pas envie de la voir. C'était aussi simple que cela. Il posa la lettre sur la table de la cuisine en pensant qu'il devait mettre un terme à cette histoire. Elle n'avait aucun sens, aucune chance de réussite. Ils avaient trop peu d'intérêts communs, trop peu de choses à se dire, trop peu de temps l'un pour l'autre. Et il savait qu'il cherchait en réalité une tout autre histoire, et une tout autre femme. Quelqu'un qui pourrait prendre la place de Mona. À supposer que cette femme-là existe. Mais, par-dessus tout, il rêvait encore que Mona lui revienne.

Il se déshabilla, enfila son vieux peignoir en tissu éponge usé. Se rappela qu'il avait oublié d'acheter du papier et alla chercher un vieil annuaire qu'il déposa dans les toilettes. Puis il rangea dans le frigo ce qu'il avait rapporté de Herrestad. Le téléphone sonna – vingt-trois heures quinze –, pourvu que ce ne soit pas une alerte qui l'obligerait à se rhabiller. C'était Linda. Il éprouva, comme toujours, une bouffée de joie en reconnaissant sa voix.

– Où étais-tu ? J'ai appelé toute la soirée.

– Tu aurais pu deviner et avoir l'idée de téléphoner chez ton grand-père.

– Je n'y ai même pas pensé. Tu ne lui rends jamais visite.

– Ah bon ?

– C'est ce qu'il prétend.

– Il prétend tout un tas de choses. D'ailleurs il s'envole pour l'Égypte dans quelques jours.

– Super ! Qu'est-ce qu'il va y faire ?

– Regarder les pyramides.

– Quelle chance. J'adorerais partir avec lui.

Wallander ne répondit pas. Puis Linda lui détailla par le menu toutes ses nombreuses occupations au cours des derniers jours, et il se réjouit de son apparente détermination à miser sur une carrière d'artisan tapissier. Il supposa que Mona n'était pas à la maison ; elle s'agaçait toujours quand Linda restait longtemps au téléphone. En même temps, le fait d'imaginer Mona absente éveilla illico sa jalousie. Malgré le divorce, il n'acceptait toujours pas qu'elle puisse fréquenter d'autres hommes.

À la fin de la conversation, Linda promit d'être à Malmö le 14 pour souhaiter bon voyage à son grand-père avant son départ pour l'Égypte.

Il était minuit passé. Wallander avait faim. Il retourna à la cuisine. Il n'avait pas la force de se préparer à manger et se contenta de flocons d'avoine. À minuit et demi, il se glissa enfin dans son lit et s'endormit aussitôt.

Au matin du 12 décembre, la température était descendue à quatre degrés en dessous de zéro. Wallander prenait son petit déjeuner dans sa cuisine quand le téléphone sonna. C'était Blomell.

– J'espère que je ne te réveille pas…

– En général, à sept heures, je suis debout, répondit Wallander, sa tasse de café à la main.

– J'ai pensé à un truc après ton départ. Je ne suis pas policier, bien sûr, mais je me suis quand même dit que j'allais te passer un coup de fil.

– Oui ?

– C'est juste un détail. Voilà : je me disais que, si quelqu'un près de Mossby a entendu un avion, cet avion devait voler à très faible altitude. Dans ce cas, d'autres ont pu l'entendre aussi. De cette façon, tu pourrais peut-être découvrir quelle direction il a prise. Et peut-être même trouver quelqu'un qui l'aurait entendu faire demi-tour. Si quelqu'un, par exemple, l'a entendu à deux reprises à deux ou trois minutes seulement d'intervalle, cela permettrait de calculer le rayon de virage.

Blomell avait raison. Il aurait dû y penser par lui-même. Au lieu de l'admettre, il répondit laconiquement :

– On s'en occupe.

– Eh bien, c'était tout ce que j'avais à te dire. Tu as vu ton père ? Comment va-t-il ?

– Il part pour l'Égypte.

– Ça me paraît une bonne idée.

Wallander ne répondit pas.

– Le temps se refroidit, dit-il pour changer de sujet. L'hiver est en route.

– Oui. Les tempêtes de neige seront bientôt là…

Il retourna à la cuisine en pensant à ce qu'avait dit Blomell. Martinsson ou quelqu'un d'autre pourrait prendre contact avec les collègues de Tomelilla et de Sjöbo. Et même, par mesure de sécurité, avec ceux de Simrishamn. En cherchant des gens matinaux qui, avec un peu de chance, auraient entendu du bruit par deux fois dans un intervalle très court, ils réussiraient peut-être à localiser la destination du vol. Il devait bien rester dans la campagne quelques producteurs de lait qui se levaient aux petites heures ? Demeurait la principale question : que fabriquaient au juste ces deux hommes ? Pourquoi leur appareil n'avait-il pas de code d'immatriculation ?

Il feuilleta rapidement le journal. Les labradors étaient toujours à vendre. Et, parmi les maisons proposées, aucune ne lui faisait plus envie que la veille.

À huit heures, il fit son entrée au commissariat. Il portait le pull réservé aux jours où la météo annonçait jusqu'à moins cinq degrés. Il demanda à Ebba si elle pouvait s'occuper de prendre une assurance de voyage au nom de son père.

– Où va-t-il ? demanda Ebba.

– En Égypte.

– Ça a toujours été mon rêve de voir les pyramides…

En se dirigeant vers son bureau, après être passé chercher un café, il ruminait encore la réaction d'Ebba, qui faisait suite à celles de Blomell et de Linda. *Qu'est-ce qui leur prend ? On dirait qu'ils sont tous jaloux, et personne n'a même l'air surpris. Il n'y a que moi qui m'inquiète. De quoi, d'ailleurs ? Qu'il s'égare dans le désert ?*

Martinsson avait déposé sur sa table le rapport préliminaire concernant l'accident. Wallander le parcourut.

Martinsson restait beaucoup trop bavard dans ses rapports. La moitié aurait suffi. Rydberg lui avait dit un jour que ce qui ne pouvait être exprimé sous la forme d'un télégramme était soit mal pensé, soit complètement faux. Pour sa part, il avait toujours essayé de rendre ses rapports aussi concis que possible. Il appela Martinsson et lui rendit compte de sa conversation de la veille avec Björk. Son collègue parut satisfait. Puis il suggéra une réunion immédiate ; la proposition de Blomell méritait d'être suivie.

À huit heures trente, Martinsson avait réussi à localiser Hansson et Svedberg. Rydberg, lui, n'était toujours pas là. Ils se retrouvèrent dans l'une des salles de réunion.

– Quelqu'un aurait-il aperçu Nyberg ? demanda Wallander.

Celui-ci entra au même moment. Hirsute et les yeux cernés, comme toujours, l'air épuisé et hagard. Il s'assit à sa place habituelle, un peu à l'écart des autres.

– Rydberg n'a pas l'air en forme, dit Svedberg en grattant sa calvitie avec la pointe d'un crayon à papier.

Hansson opina.

– Il n'est pas bien du tout. Il a une sciatique.

– Il a des rhumatismes, protesta Wallander. Ça n'a rien à voir. Allez, on commence.

Il se tourna vers Nyberg.

– Vas-y, on t'écoute.

– Bon. On a examiné les ailes. On a ôté la mousse des pompiers et on a fait un puzzle avec les débris. Les chiffres et les lettres n'ont pas seulement été recouverts de peinture. On les avait grattés avant, pour plus de précaution. Les gens qui se trouvaient à bord de cet avion étaient vraiment décidés à ne pas se faire repérer.

– J'imagine que le moteur a un numéro, dit Wallander. Et qu'on ne fabrique pas autant d'avions que de voitures…

– On est en train de prendre contact avec Piper aux États-Unis, intervint Martinsson.

– Autre chose ?

Nyberg secoua la tête. Wallander reprit la parole.

– Il y a encore quelques questions urgentes en suspens. Quelle distance peut parcourir un appareil de ce type avant d'être à court de carburant ? Est-il équipé d'un autre réservoir ? Y a-t-il une limite à la quantité de carburant qu'il peut transporter ?

Martinsson prenait note.

– Je m'en occupe, dit-il.

La porte s'ouvrit et Rydberg entra.

– J'étais à l'hôpital, dit-il simplement. Ça prend toujours un temps fou là-bas.

Wallander vit qu'il souffrait, mais ne fit aucun commentaire et choisit d'enchaîner plutôt sur le point suivant : trouver des gens qui auraient éventuellement entendu le bruit d'un moteur d'avion deux fois de suite. Il eut un peu honte de ne pas attribuer à Blomell l'honneur de cette bonne idée.

– Comme pendant la guerre, commenta Rydberg. Quand chaque habitant de Scanie passait ses nuits à guetter le moindre bruit dans le ciel.

– Il est possible que ça ne donne rien. Mais on peut quand même essayer, et mettre à contribution les collègues des autres districts. Pour ma part, j'ai du mal à croire que ce puisse être autre chose qu'un transport de drogue. Ils ont dû larguer un chargement quelque part.

– On devrait en parler avec Malmö, dit Rydberg. Si l'offre connaît soudain une hausse spectaculaire, ça peut être un indice. Je les appelle.

Personne ne formula d'objection. Wallander conclut la réunion peu après neuf heures, et consacra le reste de la matinée à finaliser son rapport sur l'affaire de maltraitance de Skurup et à aller présenter le dossier à Per Åkeson. Puis il se rendit en ville, s'arrêta à un kiosque où il mangea un hot-dog, et alla ensuite acheter du papier toilette. Il en profita pour passer acheter une bouteille de whisky et deux bouteilles de vin. Il allait sortir du magasin quand il tomba nez à nez avec Sten Widén. Ce dernier paraissait fatigué et mal en point.

Sten Widén était l'un des plus anciens amis de Wallander. Ils avaient été unis autrefois par leur commun amour de l'opéra. Sten habitait toujours chez son père, à Stjärnsund. Ensemble, ils géraient un haras. Au cours des dernières années, Wallander et lui s'étaient fréquentés très sporadiquement. Il était clair que Sten buvait de façon incontrôlée ; Wallander avait un peu pris ses distances.

– Kurt ! Ça fait longtemps… Comment va ?

Wallander eut un mouvement de recul en sentant son haleine – celle de quelqu'un qui boit sans discontinuer depuis plusieurs jours.

– Tu sais ce que c'est, éluda-t-il. Ça va, ça vient.

Ils échangèrent quelques phrases banales. Ils n'avaient qu'une hâte, conclure la conversation. Et se revoir dans d'autres conditions. Choisies, préméditées. Wallander promit de lui téléphoner bientôt.

– J'ai une nouvelle jument, dit Sten. Elle avait un nom si moche que j'ai réussi à le faire changer.

– Alors ? Comment s'appelle-t-elle maintenant ?

– Traviata.

Il sourit. Wallander hocha la tête. Ils se séparèrent.

Il rentra à Mariagatan avec ses sacs. À quatorze heures quinze, il était de retour au commissariat. Le bâtiment paraissait toujours aussi désert. Il s'assit dans son bureau et attaqua méthodiquement sa pile de dossiers. Après les violences de Skurup, il s'attela à un cambriolage survenu dans une maison de Pilgrimsgatan, dans le centre d'Ystad. Quelqu'un avait brisé une vitre, en plein jour, et raflé tous les objets de valeur. Wallander secoua la tête à la lecture du rapport de Svedberg. C'était incompréhensible : aucun voisin n'avait vu quoi que ce soit.

La peur commençait-elle à se répandre aussi en Suède ? La peur d'aider la police par les observations les plus élémentaires, par crainte de représailles ? Si tel était le cas, la situation était bien pire qu'il n'avait bien voulu l'admettre jusque-là.

Il se débattit avec le dossier, prit des notes sur des interrogatoires qui devaient avoir lieu, sur des recherches à effectuer au plus vite dans le fichier. Mais il n'avait aucune illusion quant à l'issue – à moins d'avoir beaucoup de chance ou de collecter suffisamment de témoignages fiables.

Martinsson fit son apparition à dix-sept heures. Wallander s'aperçut soudain qu'il se laissait pousser la moustache. Mais il ne dit rien.

– Crois-le ou non, dit Martinsson, mais Sjöbo a mordu à l'hameçon. Un type qui battait la campagne à la recherche d'un taurillon enfui – il y a passé la nuit, Dieu sait comment il croyait pouvoir trouver l'animal dans le noir – a contacté la police dans la matinée en disant qu'il avait aperçu des lumières bizarres et entendu un bruit de moteur dans le ciel peu après cinq heures du matin.

– Des lumières bizarres ? C'est-à-dire ?

– J'ai demandé aux collègues d'avoir un entretien sérieux avec lui. Au fait, son nom est Fridell.

Wallander opina.

– Des lumières... Ça pourrait confirmer la thèse du largage.

Martinsson déplia une carte sur le bureau et lui montra l'endroit où se trouvait ce Fridell au moment des faits. C'était dans le périmètre indiqué par Blomell.

– Bon boulot, dit Wallander. On verra bien si ça donne un résultat.

Martinsson replia la carte.

– Si c'est vrai, c'est déprimant. De penser que nous sommes vulnérables au point que n'importe qui peut violer notre espace aérien et larguer de la dope sans se faire repérer.

– On va sans doute devoir s'y habituer. Mais je suis d'accord avec toi.

Martinsson repartit, et Wallander quitta le commissariat peu après. Rentré chez lui, il se prépara exceptionnellement un vrai dîner. À dix-neuf heures trente, il s'assit dans le séjour avec une tasse de café pour regarder les infos. Le téléphone sonna alors qu'ils en étaient encore aux titres. C'était Emma. Elle s'apprêtait à partir de l'hôpital. Wallander se surprit à ne pas savoir ce qu'il voulait. Une soirée de solitude supplémentaire. Ou une soirée avec Emma. Sans conviction, il lui demanda si elle avait envie de passer. Elle répondit oui. Il savait ce que cela signifiait. Elle resterait jusqu'à minuit, ou un peu plus, puis elle se rhabillerait et rentrerait chez elle. Après avoir raccroché, il but deux whiskies, histoire de se donner du courage. Il avait déjà pris une douche, en attendant que les pommes de terre cuisent. À la dernière minute, il pensa à mettre des draps propres dans le lit et à fourrer les autres dans la penderie déjà pleine de linge sale.

Elle arriva vers vingt heures. En entendant son pas dans l'escalier, il regretta de lui avoir proposé de venir. Pourquoi ne parvenait-il pas à rompre, simplement ?

Elle sonna ; elle lui sourit ; il la fit entrer. Emma était petite, brune, avec de beaux yeux. Il mit un disque qu'elle aimait. Ils burent du vin. À vingt-trois heures, ils passèrent au lit. Wallander songea à Mona. Après ils s'endormirent. Ils ne s'étaient rien dit. Juste avant de sombrer dans le sommeil, il sentit qu'il commençait à avoir mal au crâne. Quand elle se leva et entreprit de se rhabiller, il fit semblant de dormir. La porte d'entrée se referma. Il se leva, but un verre d'eau ; retourna se coucher, pensa encore un peu à Mona, et se rendormit.

Le téléphone sonna au fond de son rêve. Ses sens furent aussitôt en alerte. Il ouvrit les yeux ; la sonnerie continuait. Il jeta un regard à sa table de chevet. Deux heures quinze.

Et merde.

Il souleva le combiné et se hissa en position assise.

Il reconnut la voix du policier de garde, qui s'appelait Näslund.

– Ça brûle dans Möllegatan, au coin de Lilla Strandgatan.

Wallander essaya de visualiser le quartier.

– Qu'est-ce qui brûle ?

– La mercerie des sœurs Eberhardsson.

– Dans ce cas, c'est du ressort des pompiers et des patrouilles, non ?

Näslund hésita.

– Ils sont déjà sur place. Il semblerait que la maison ait explosé. Et les sœurs habitent au premier étage.

– On a réussi à les faire sortir ?

– Apparemment pas.

Wallander n'eut pas besoin de réfléchir.

– J'arrive. Qui as-tu prévenu, à part moi ?

– Rydberg.

– Tu aurais mieux fait de le laisser dormir. Appelle plutôt Svedberg et Hansson.

Il raccrocha. Regarda de nouveau le réveil. Deux heures dix-sept. Il attrapa son pantalon. La mercerie aurait explosé… ça paraissait invraisemblable. Mais si les deux sœurs n'avaient pu être sauvées, c'était tragique.

Dans la rue, il s'aperçut qu'il avait oublié ses clés de voiture. Il jura, rebroussa chemin et grimpa les marches quatre à quatre. Il était hors d'haleine. *Il faut que je me remette au badminton avec Svedberg. Je n'arrive même plus à monter quatre étages.*

À deux heures trente, il freinait enfin dans Hamngatan. Le périmètre avait été dressé autour de tout le pâté de maisons. Il flaira l'odeur de l'incendie bien avant d'avoir ouvert sa portière. Les flammes et la fumée s'élevaient haut dans le ciel. Tous les camions des pompiers étaient de sortie. Pour la deuxième fois en deux jours, il alla à la rencontre de Peter Edler.

– Ça se présente mal ! cria Edler par-dessus le tumulte.

La maison entière brûlait. Les pompiers dirigeaient leurs lances vers les maisons voisines pour éviter la propagation de l'incendie.

– Les deux sœurs ? cria Wallander.

Edler secoua la tête.

– Personne n'est sorti. Si elles étaient chez elles, elles y sont toujours. On a un témoin qui dit avoir vu la maison exploser. Ça s'est mis à brûler partout en même temps.

Edler disparut pour continuer à coordonner les opérations. Hansson surgit aux côtés de Wallander.

– Qui peut s'en prendre à une mercerie ?

Wallander n'avait pas de réponse.

Il pensait aux deux sœurs qui tenaient cette mercerie. Elles avaient toujours été là, depuis qu'il vivait à

Ystad. Mona et lui leur avaient un jour acheté une fermeture éclair pour un costume.

Les sœurs n'étaient plus là. Et, à moins que Peter Edler ne se trompe du tout au tout, il s'agissait d'un incendie criminel destiné à les tuer.

4

En cette nuit de la Sainte-Lucie 1989, Wallander resta jusqu'à l'aube sur le lieu de l'incendie après avoir renvoyé tour à tour Svedberg et Hansson. Il valait mieux qu'ils rentrent dormir un peu. Quand Rydberg avait fait son apparition, il lui avait dit de rentrer lui aussi ; le froid de la nuit et la chaleur du feu ne valaient rien à ses rhumatismes. Rydberg avait accueilli en silence l'information que les deux sœurs avaient vraisemblablement péri dans l'incendie de la mercerie ; puis il était parti. Peter Edler avait proposé à Wallander de prendre un café à bord d'un des camions. Assis avec Edler dans la cabine, Wallander s'était demandé pourquoi il ne rentrait pas dormir, au lieu de rester là sous prétexte d'attendre la fin des opérations. Il n'avait pas de réponse satisfaisante. Il repensa avec malaise à sa soirée. Entre Emma Lundin et lui, c'était du sexe sans aucune passion. À peine plus qu'un prolongement des répliques sans intérêt qu'ils échangeaient avant de se mettre au lit.

Je ne peux pas continuer comme ça. Quelque chose doit changer dans ma vie. Et vite.

Les deux mois écoulés depuis le départ de Mona lui paraissaient être deux années.

À l'aube, l'incendie fut enfin maîtrisé. La maison avait brûlé jusqu'aux fondations. Nyberg était entre-temps arrivé sur les lieux et attendait le feu vert de Peter Edler pour pénétrer dans les ruines avec les techniciens des pompiers.

Björk s'était soudain matérialisé sur le trottoir, impeccablement vêtu comme à l'accoutumée. L'odeur de son après-rasage était perceptible même au milieu de la puanteur de l'incendie.

– C'est terrible, dit-il à Wallander. On me dit que les propriétaires auraient succombé.

– Nous n'en savons rien. Mais rien ne contredit hélas cette possibilité.

Björk regarda sa montre.

– Je ne peux pas rester, malheureusement. J'ai un petit déjeuner avec les membres du Rotary.

Il s'éloigna.

– Il va se tuer à force de conférences, dit Wallander en le suivant des yeux.

Nyberg lui jeta un regard.

– Je me demande ce qu'il raconte sur la police et sur nous, dit-il. Tu es déjà allé l'écouter, toi ?

– Jamais. Mais je devine qu'il ne parle pas de ses exploits bureaucratiques.

Ils continuèrent d'attendre en silence. Wallander avait froid. Il était fatigué. Les rubalises étaient toujours en place, mais un journaliste du quotidien *Arbetet* avait réussi à les franchir. Wallander le reconnaissait. C'était l'un de ceux qui avaient l'habitude de retranscrire ses paroles réelles – au lieu de réécrire l'histoire à leur façon –, alors il lui communiqua le peu qu'il savait. Impossible de confirmer pour l'instant si l'incendie avait fait des victimes. Le journaliste se contenta de cette réponse et disparut.

Il s'écoula encore presque une heure avant que Peter Edler ne les autorise à se mettre au travail. En partant de chez lui dans la nuit, Wallander avait eu la sagesse d'enfiler des bottes en caoutchouc. Nyberg et lui firent leurs premiers pas prudents dans le bric-à-brac calciné où des poutres et des restes de murs effondrés croupissaient dans une eau noire et boueuse. Nyberg et les techniciens des pompiers s'enfoncèrent avec précaution dans les ruines. Ils s'arrêtèrent après cinq minutes à peine. Nyberg fit signe à Wallander d'approcher.

Deux corps, à quelques mètres l'un de l'autre. Calcinés. Méconnaissables. Wallander pensa qu'il voyait la même chose pour la deuxième fois en quarante-huit heures. Il secoua la tête.

– Les sœurs Eberhardsson, dit-il, mal à l'aise. Comment se prénommaient-elles ? Tu le sais ?

– Anna et Emilia, dit Nyberg. Mais on n'a pas encore la certitude que ce sont elles.

– Et qui veux-tu que ce soit ? Personne n'habitait la maison, à part elles.

– On saura ce qu'il en est dans quelques jours.

Wallander se détourna et regagna le trottoir, où il trouva Peter Edler en train de tirer sur une cigarette.

– J'ignorais que tu fumais.

– Ça ne m'arrive pas souvent. Juste quand je suis très fatigué.

– On va devoir enquêter à fond sur cet incendie.

– Sans vouloir anticiper sur les conclusions de la police, j'affirme que c'était un incendie criminel. Quant à savoir qui pouvait avoir envie d'éliminer deux vieilles demoiselles. Et pourquoi…

Wallander hocha la tête. Il ne mettait pas en doute la compétence professionnelle d'Edler.

– Oui, dit-il. Deux vieilles dames… Qui vendaient des boutons et des fermetures éclair.

Il n'avait plus la moindre raison de s'attarder sur les lieux. Après avoir pris congé de Peter Edler, il prit sa voiture et rentra chez lui, où il petit-déjeuna et tint conciliabule avec le thermomètre de la fenêtre pour savoir quel pull il devait enfiler ce jour-là. Verdict : le même que la veille. À neuf heures vingt, il freina sur le parking du commissariat et aperçut Martinsson. D'habitude, celui-ci était encore plus matinal que lui.

– Ma nièce, qui a quinze ans, est rentrée ivre cette nuit, marmonna Martinsson d'un air sombre. Ça n'était jamais arrivé avant.

– Il faut bien qu'il y ait une première, dit Wallander.

Il n'avait décidément aucune nostalgie de l'époque où il était gardien de la paix. Comme toutes les fêtes nationales, la nuit de la Sainte-Lucie était toujours l'occasion de débordements plus ou moins graves. Deux ou trois ans plus tôt, alors qu'il était de service précisément cette nuit-là, Mona l'avait appelé dans tous ses états parce que Linda était rentrée avec une tête épouvantable et n'arrêtait plus de vomir. À sa propre surprise, il avait pris l'incident avec plus de philosophie. Fort de ce souvenir, il essaya de formuler quelques paroles réconfortantes pendant qu'ils se dirigeaient vers l'entrée du commissariat. Mais Martinsson n'était pas réceptif, et Wallander se tut.

En les voyant, Ebba quitta son poste pour venir à leur rencontre.

– C'est vrai ce que j'entends ? Anna et Emilia seraient mortes dans l'incendie de cette nuit ?

– Il semble bien que oui, hélas.

Ebba secoua la tête.

– J'achète mon fil à coudre chez elles depuis 1951. Elles étaient toujours si aimables, les deux sœurs. Si on avait besoin d'un article spécial, elles le commandaient et ne demandaient pas plus cher pour autant. Qui, au nom du ciel, aurait pu avoir une raison de leur en vouloir ?

C'est la deuxième personne qui me pose cette question, pensa Wallander. D'abord Peter Edler. Maintenant Ebba.

– Avons-nous un pyromane en liberté à Ystad ? demanda Martinsson. Dans ce cas, il a bien choisi sa nuit[1]...

– On verra bien. Du nouveau sur l'avion ?

– Pas à ma connaissance. Mais les collègues de Sjöbo devaient interroger le type qui cherchait son taureau.

– Appelle aussi les autres districts. Il se peut que d'autres personnes aient entendu du bruit. Il n'y a quand même pas tant d'avions que ça en circulation dans le ciel la nuit.

Martinsson parti, Ebba lui tendit un papier.

– L'assurance pour ton père. Quelle chance il a d'échapper à ce temps pourri et d'aller voir les pyramides !

Wallander prit le papier et se rendit dans son bureau. Après avoir ôté sa veste, il appela son père à Löderup. Pas de réponse, même après quinze sonneries. Le vieux devait être dans l'atelier.

Je me demande s'il se souvient encore qu'il doit partir demain et que je suis censé passer le prendre à six heures trente...

En même temps, il se réjouissait de la perspective de passer un moment avec Linda. S'il était une chose

---

1. La Sainte-Lucie, fête très importante en Suède, célèbre le retour annuel de la lumière.

qui le mettait toujours de bonne humeur, c'était bien le fait de la voir.

Il attira à lui la paperasse laissée en plan la veille et qui concernait le cambriolage de Pilgrimsgatan. Ses pensées l'entraînèrent aussitôt ailleurs. Ce qu'avait dit Martinsson un peu plus tôt le travaillait. Pourvu qu'ils ne se retrouvent pas de nouveau avec un pyromane sur les bras. Voilà au moins un fléau qui leur avait été épargné ces dernières années.

Il s'obligea à se mettre au travail. À dix heures trente, il reçut un coup de fil de Nyberg.

– Je crois que tu ferais bien de venir.

Nyberg ne l'aurait pas appelé si ce n'était pas important et urgent. Inutile donc de perdre du temps à l'interroger au téléphone.

– J'arrive.

Il prit sa veste et quitta le commissariat. En voiture, le trajet jusqu'au centre-ville ne prenait que quelques minutes. Le périmètre avait été réduit, mais une partie de la circulation autour de Hamngatan continuait d'être déviée. Les ruines, put-il constater, fumaient toujours.

Nyberg l'attendait. Il alla droit au but.

– Ce n'est pas juste un incendie criminel. C'est un double meurtre.

– Comment ça ?

Nyberg lui fit signe de le suivre. Les deux corps avaient été dégagés. Ils s'accroupirent devant l'un. Nyberg sortit un crayon de sa poche et indiqua la base du crâne.

– Une balle a pénétré à cet endroit. Autrement dit, cette personne a été abattue. Je pars de l'hypothèse qu'il s'agit de l'une des sœurs.

Ils s'approchèrent du deuxième corps.

– Même chose, dit-il en indiquant le point d'entrée. Une balle dans la nuque.

Wallander secoua la tête, incrédule.

– Quelqu'un aurait exécuté les deux sœurs ? C'est inouï.

– Il faut se rendre à l'évidence. C'est bien à ça que ça ressemble.

Wallander avait du mal à assimiler les propos de Nyberg. C'était trop invraisemblable, trop brutal. En même temps, Nyberg n'affirmait jamais rien à moins d'être sûr de son fait.

Ils retournèrent sur le trottoir. Nyberg lui montra un petit sac plastique.

– On a découvert une balle intacte dans le crâne de l'une. Dans le cas de l'autre, la balle est sortie par le front et a fondu dans la chaleur de l'incendie. Les légistes vont avoir du boulot.

Wallander regardait Nyberg en essayant de réfléchir.

– Nous aurions donc affaire à un double meurtre qu'on aurait tenté de masquer en mettant le feu à la maison…

Nyberg fit non de la tête.

– Ça ne colle pas. Quelqu'un qui est capable d'exécuter froidement son prochain n'ignore pas que l'incendie laissera le squelette intact. Nous ne parlons pas ici d'une crémation.

C'était un point important, Wallander le comprit aussitôt.

– Alors ?

– Le meurtrier a peut-être voulu dissimuler autre chose.

– Que peut-on dissimuler dans une mercerie ?

– Ça, c'est ton boulot, pas le mien.

– Je réunis un groupe. On démarre à treize heures.

Il regarda sa montre. Onze heures du matin.

– Tu pourras en être ?

– Je n'en ai pas fini ici. Mais je viendrai.

Wallander retourna à sa voiture, submergé par un sentiment d'irréalité. Quelle raison pouvait-on avoir d'abattre deux vieilles dames qui vendaient des aiguilles, du fil et des boutons ? Ça dépassait tout ce qu'il avait vu jusque-là.

De retour au commissariat, il se rendit tout droit dans le bureau de Rydberg. Personne. Wallander le trouva à la cafétéria, en train de boire du thé et de grignoter une biscotte. Il s'assit et lui communiqua la découverte de Nyberg.

– Ce n'est pas bon, dit Rydberg. Pas bon du tout.

Wallander se leva.

– On se voit à treize heures. D'ici là, Martinsson doit se concentrer sur l'avion. Hansson et Svedberg devraient être présents. Essaie de faire venir aussi Åkeson. Avons-nous jamais été confrontés à quelque chose de cet ordre ?

Rydberg réfléchit.

– Pas que je me souvienne. Il y a bien le dingue d'il y a vingt ans, qui avait planté une hache dans le crâne d'un serveur à cause d'une dette de trente couronnes. À part ça, je ne vois pas.

Wallander n'arrivait pas à partir.

– Une balle dans la nuque… Ce n'est pas très suédois.

Rydberg haussa les sourcils.

– Qu'est-ce que tu appelles « suédois » ? Il n'y a plus de frontières. Ni pour les avions, ni pour les criminels. Autrefois, Ystad était à la périphérie du monde. Ce qui arrivait à Stockholm n'arrivait pas ici. Et même Malmö : ce qui arrivait à Malmö n'arrivait pas dans une petite ville telle que Ystad. Ce temps-là est révolu.

– Et après ?

– Il faudra des policiers d'un genre nouveau. Surtout sur le terrain. Mais des gens comme toi et moi, qui sommes encore capables de réfléchir, on en aura toujours besoin.

Ils longèrent le couloir ensemble. Rydberg marchait lentement. Ils se séparèrent devant son bureau.

– Treize heures, dit-il. Le double meurtre des deux petites vieilles… Tu veux qu'on l'appelle comme ça ? L'affaire des petites vieilles ?

– Ça ne me plaît pas du tout, dit Wallander. Je ne comprends pas comment quelqu'un a pu vouloir s'en prendre ainsi à deux gentilles vieilles dames…

– Il faut peut-être commencer par là. Savoir si elles étaient vraiment si gentilles que ça.

Wallander n'en crut pas ses oreilles.

– Qu'est-ce que tu insinues ?

– Rien, fit Rydberg en souriant. Sinon peut-être que tu vas parfois trop vite en besogne.

De retour dans son bureau, Wallander se posta à la fenêtre et contempla distraitement quelques pigeons qui voletaient autour du château d'eau. Rydberg avait raison, bien sûr. Comme d'habitude. Si aucun témoin ne se présentait, il allait falloir commencer par là : qui étaient réellement Anna et Emilia ?

À treize heures, ils étaient rassemblés. Malgré ses efforts, Hansson n'avait pas réussi à localiser Björk. Per Åkeson était là, en revanche.

Wallander rendit compte de la découverte de l'assassinat des deux femmes. Un malaise palpable se répandit autour de la table. Tout le monde avait manifestement un jour ou l'autre rendu visite aux sœurs Eberhardsson. Wallander laissa la parole à Nyberg.

– On est en train de fouiller les ruines. Sans résultat significatif jusqu'à présent.

– Origine de l'incendie ?

– C'est trop tôt pour le dire. D'après les voisins, il y a eu un grand bruit. Quelqu'un a évoqué une explosion à laquelle on aurait mis une sourdine. Une minute plus tard, la maison brûlait par tous les bouts.

Wallander regarda autour de lui.

– Dans la mesure où il n'existe pas de mobile manifeste, nous devons commencer à réunir des informations sur les deux sœurs. Il me semble qu'elles n'avaient pas de famille proche. Est-ce que je me trompe ? Toutes deux étaient célibataires. Avaient-elles été mariées auparavant ?

Il marqua une pause avant de reprendre.

– Quel âge avaient-elles, au fait ? Pour moi, elles étaient déjà vieilles quand je suis arrivé à Ystad.

Svedberg répondit qu'il était persuadé qu'Anna et Emilia n'avaient jamais été mariées et qu'elles n'avaient pas d'enfants. Mais il allait se renseigner.

– Comptes en banque, dit Rydberg, qui n'avait rien dit jusque-là. Ou, à défaut, billets cachés dans les matelas... Que disait la rumeur ? L'argent peut-il être la cause des meurtres ?

– Cela n'explique pas la méthode. Mais il faut évidemment vérifier ce point.

Ils se répartirent le travail. C'étaient toujours les mêmes tâches méthodiques et coûteuses en temps dont il fallait s'acquitter à chaque début d'enquête. À quatorze heures quinze, il ne restait plus qu'un seul point sur l'ordre du jour de Wallander.

– Il faut que nous parlions à la presse. Cette affaire va intéresser les médias et quelqu'un doit s'y coller en plus de Björk. Je préférerais ne pas être celui-là.

À la surprise générale, Rydberg se proposa. En général, l'exercice lui plaisait aussi peu qu'à Wallander.

Ils se séparèrent. Nyberg retourna sur le lieu de l'incendie. Wallander et Rydberg s'attardèrent dans la salle après le départ des autres.

– Je crois que nous devons placer nos espoirs auprès du public, dit Rydberg. Plus que d'habitude. En ce qui concerne le mobile, j'ai du mal à imaginer autre chose que l'argent.

– Ce ne serait pas la première fois. Des gens qui n'ont pas un centime et qui se font agresser parce qu'on raconte qu'ils sont riches – ça s'est déjà vu.

– J'ai quelques contacts. Je vais les questionner de façon informelle.

Ils quittèrent la salle.

– Pourquoi t'es-tu proposé pour la conférence de presse ?

– Je pensais te l'épargner, pour une fois, dit Rydberg, qui se dirigeait déjà vers son bureau.

Wallander réussit enfin à joindre Björk. Il était chez lui, en proie à la migraine.

– On envisage une conférence de presse à dix-sept heures. Ce serait bien si tu pouvais en être.

– Je serai là, dit Björk. Migraine ou pas.

La machinerie de l'enquête préliminaire se mit en branle, lentement, méthodiquement. Wallander se rendit encore une fois sur le site de l'incendie pour parler à Nyberg, qui était plongé jusqu'aux genoux dans la boue et les débris divers. Puis il retourna au commissariat. À l'heure de la conférence de presse, il se rendit invisible. À dix-huit heures, il rentra chez lui. Il rappela Löderup. Cette fois, son père décrocha.

– Mes bagages sont prêts, annonça-t-il.

– J'espère bien. Je serai là à six heures trente. N'oublie pas ton passeport et les billets.

Il consacra le reste de la soirée à faire le point de ce qu'ils savaient concernant les événements de la nuit. Il appela aussi Nyberg chez lui pour lui demander comment avançait le travail. « Lentement » fut la réponse de Nyberg. Les recherches reprendraient le lendemain dès qu'il y aurait assez de lumière. Wallander appela aussi le policier de garde au commissariat pour savoir s'il y avait du neuf du côté du public. Mais rien, dans ce que les gens avaient cru observer cette nuit-là, ne lui parut très concluant.

Il alla se coucher vers minuit. Pour être certain de se réveiller à l'heure, il avait demandé un réveil téléphonique.

Malgré sa grande fatigue, il eut du mal à s'endormir.

Le sort des deux sœurs le taraudait.

Le temps de sombrer dans le sommeil, il avait réussi à se persuader que l'enquête serait longue et difficile. À moins qu'ils n'aient la chance de tomber sur la solution par hasard.

Le lendemain, il se leva à cinq heures. Il était six heures et demie tapantes lorsqu'il freina devant la maison de Löderup.

Son père l'attendait, assis sur sa valise, au milieu de la cour.

5

Ils partirent pour Malmö dans l'obscurité. La circulation était encore très clairsemée à cette heure. Son père portait un costume et il s'était coiffé d'un étrange casque colonial que Wallander n'avait jamais vu. Il le soupçonnait de l'avoir déniché lors d'une vente improvisée dans une grange des environs. Mais il ne dit rien. Ne lui demanda même pas s'il avait pensé aux billets et au passeport.

– Ça y est, tu pars, se contenta-t-il de constater.

– Oui. Enfin.

Il n'avait à l'évidence pas envie de parler. Wallander put donc se concentrer sur la conduite et s'abandonner à ses propres pensées. Il était inquiet à cause de ce qui s'était produit à Ystad. Comment quelqu'un avait-il pu exécuter ainsi froidement deux vieilles demoiselles ? Car c'était bien une exécution. On ne pouvait pas qualifier ça autrement. Il essayait de comprendre, ou même seulement d'admettre la chose, mais son cerveau rationnel refusait de suivre. Il ne trouvait aucun lien, aucune explication, rien. Il y avait juste cet acte, et son résultat. Froid, brutal. Incompréhensible.

Quand il s'engagea sur le parking du terminal des aéroglisseurs, il vit que Linda était déjà là et les attendait. Elle commença par saluer son grand-père – il nota malgré lui que cela le contrariait – et ajouta que son casque lui allait bien.

– Je regrette de ne pas avoir moi aussi un aussi beau chapeau à te montrer, dit Wallander quand vint son tour d'être embrassé par Linda.

Il était cependant soulagé de voir qu'elle portait ce matin-là une tenue à peu près discrète. Ce n'était pas toujours le cas, et ça l'embarrassait alors d'être vu en sa compagnie. Là, en voyant sa fille et son père côte à côte, la pensée le frappa soudain qu'elle tenait peut-être du vieux cette propension à s'habiller de façon excentrique. Ou alors son grand-père était-il pour elle un modèle et une source d'inspiration…

Ils escortèrent Wallander senior jusqu'à l'intérieur du terminal. Wallander paya son billet de traversée, il monta à bord. Linda et lui restèrent là, dehors, dans le noir, jusqu'à ce que le bateau ait quitté le quai.

– J'espère devenir comme lui quand je serai vieille…

Wallander ne répondit pas. Pour lui, la perspective de ressembler à son père était ce qu'il redoutait le plus.

Ils allèrent prendre le petit déjeuner au buffet de la gare. Wallander n'avait pas d'appétit le matin. Mais, pour s'épargner les remontrances de Linda, il remplit son assiette et y ajouta deux tranches de pain grillé.

Linda parlait sans interruption. Il l'écoutait tout en l'observant. On ne pouvait pas dire qu'elle était belle dans un sens traditionnel, mais il y avait dans toute sa façon d'être comme une aura de détermination et d'indépendance. Elle n'était pas de ces jeunes femmes qui cherchaient à plaire aux hommes sous prétexte qu'ils croisaient leur chemin. Mais de qui donc tenait-elle ce côté bavard ? Difficile à dire. Mona et lui étaient plutôt taciturnes. Il aimait bien l'écouter cependant ; ça le mettait de bonne humeur. Elle discourait sur ses projets d'avenir, quelles possibilités s'offraient aux arti-sans, quels étaient les obstacles, etc. Elle s'énerva à un moment parce que, disait-elle, le système de l'appren-tissage avait presque entièrement disparu. Puis elle le prit au dépourvu en lui annonçant son projet de monter son propre atelier à Ystad.

– C'est dommage que vous n'ayez pas d'argent, maman et toi. Sinon, je serais partie me former en France.

Wallander comprit qu'elle ne l'accusait pas ; pour-tant il prit la mouche.

– Je peux emprunter, dit-il. Je crois que c'est encore du domaine du possible pour un simple flic comme moi.

– Les emprunts, il faut les rembourser. Et d'ailleurs, tu es commissaire.

Puis ils parlèrent de Mona. Wallander écouta, non sans satisfaction, les plaintes de sa fille. Sa mère, à l'en croire, voulait toujours la contrôler quoi qu'elle fasse.

– Et, en plus, je n'aime pas Johan.

Wallander crut avoir mal entendu.

– Qui est Johan ?

– Son nouveau jules.

– Je croyais que c'était un certain Sören ?

– Celui-là, c'est fini. Maintenant il s'appelle Johan et il est le propriétaire de deux engins de terrassement.

– Et tu ne l'aimes pas ?

Elle haussa les épaules.

– Il prend trop de place, il fait trop de bruit. Et je crois qu'il n'a jamais lu un livre de sa vie. Le samedi, il débarque avec le *Journal de Mickey*. Un homme adulte. Tu imagines ?

Wallander éprouva un soulagement immédiat – il n'achetait jamais, pour sa part, de magazines ni de BD.

Il arrivait à Svedberg de lire *Superman*, il le savait, car un jour il l'avait pris et feuilleté dans l'espoir de retrouver la sensation de son enfance. Ça n'avait pas marché.

– C'est dommage, dit-il. Je veux dire, le fait que tu ne t'entendes pas avec Johan.

– Ce n'est pas tellement ça, la question. C'est surtout que je ne vois pas ce que maman lui trouve.

– Viens habiter chez moi, dit impulsivement Wallander. Ta chambre est toujours là, tu le sais.

– J'y ai pensé. Mais je ne crois pas que ce soit une bonne idée.

– Pourquoi ?

– Ystad est une trop petite ville. Ça me rendrait dingue. Plus tard peut-être, quand je serai plus vieille. Il y a des endroits où on ne peut pas vivre quand on est jeune. C'est comme ça.

Wallander la comprenait. Même pour les hommes divorcés de quarante ans, Ystad faisait parfois l'effet d'un étouffoir.

– Et toi ? demanda-t-elle.

– Quoi, moi ?

– Qu'est-ce que tu crois ? Je parle des femmes.

Wallander grimaça.

Il s'aperçut qu'il n'avait même pas envie de mentionner l'existence d'Emma Lundin.

– Tu devrais passer une annonce, dit Linda. « Homme dans la fleur de l'âge cherche etc. » Tu aurais plein de réponses.

– Sûrement. Et il suffirait qu'on se rencontre cinq minutes pour découvrir qu'on n'a rien à se dire.

De nouveau, elle le prit complètement au dépourvu.

– Ce n'est pas la question. Il te faut quelqu'un pour coucher avec. Ce n'est pas bon, de rester frustré.

Wallander sursauta. Elle ne lui avait encore jamais parlé comme ça.

– J'ai ce qu'il me faut, éluda-t-il.

– Alors ? Tu ne veux pas m'en parler ?

– Il n'y a pas grand-chose à dire. C'est une infirmière. Bien sous tous rapports. Le problème, c'est qu'elle tient à moi plus que je ne tiens à elle.

Linda n'insista pas. Il aurait eu un tas de questions à lui poser sur sa sexualité à elle. Mais rien que l'idée d'aborder ce sujet le remplissait de sentiments si contradictoires qu'il préférait encore ne rien savoir.

Ils restèrent à discuter au buffet de la gare jusqu'à dix heures passées. Il proposa de la ramener chez elle, mais elle avait des courses à faire. Elle l'accompagna jusqu'à sa voiture. Il lui tendit trois cents couronnes.

– Ce n'est pas la peine, dit-elle.

– Je sais. Prends-les quand même.

Il la regarda s'éloigner. En songeant qu'il venait de voir toute sa famille. Une fille qui cherchait son chemin. Et un père qui se trouvait peut-être déjà à bord d'un avion à destination de l'Égypte. Et il avait des relations compliquées avec les deux. Le vieux n'était pas le seul à savoir se montrer difficile ; Linda aussi.

À onze heures trente, il était de retour à Ystad. En route, il avait constaté qu'il lui était plus facile, après ce moment passé avec Linda, d'envisager la suite des événements. Elle lui avait rendu son énergie. Ratisser large, pensa-t-il, et même le plus large possible : voilà ce qu'il leur fallait faire dans cette enquête. Il s'arrêta à l'entrée de la ville et mangea un hamburger en se promettant que c'était le dernier. Au moins jusqu'à la fin de l'année. À son arrivée au commissariat, Ebba lui fit signe. Elle paraissait un peu tendue.

– Björk veut te parler, dit-elle.

Il alla suspendre sa veste dans son bureau. Puis il frappa à la porte de Björk, qui lui cria aussitôt d'entrer. En voyant Wallander, il se leva derrière son bureau.

– Je tiens à te dire que je ne suis pas content du tout.

– C'est à quel sujet ?

– Je trouve insensé que tu te permettes d'aller à Malmö pour des raisons personnelles alors que nous sommes en pleine enquête pour meurtre. Une enquête que tu es censé diriger, je te le rappelle.

Wallander n'en crut pas ses oreilles. Björk était en train de lui passer un savon. Ça ne lui était encore jamais arrivé, même si les occasions n'avaient pas manqué au fil du temps, et pour des raisons bien plus sérieuses. Il pensait en particulier à toutes les fois où il avait agi seul et sans en informer ses collègues.

– C'est extrêmement regrettable, continuait Björk. Il n'y aura pas de blâme, mais j'estime que c'est la preuve d'un vrai manque de discernement de ta part.

Wallander le dévisagea. Puis il tourna les talons et partit sans un mot. À mi-chemin de son bureau, il fit volte-face et revint sur ses pas. Il rouvrit la porte à la volée et dit entre ses dents :

– Ton baratin, tu peux te le garder. C'est tout ce que j'ai à dire. Colle-moi un blâme si tu veux. Mais ton baratin, je m'en passe.

Il était en nage ; mais il ne regrettait rien. La mise au point était nécessaire. Et il ne s'inquiétait pas des conséquences. Sa position au commissariat était solide.

Il passa se chercher un café à la cafétéria, alla dans son bureau et se laissa tomber dans son fauteuil. Il savait que Björk revenait de Stockholm, où il avait encore suivi un stage bidon pour apprendre à être chef. C'était sans doute là qu'on lui avait appris qu'il fallait engueuler ses collaborateurs de temps à autre pour améliorer l'ambiance sur le lieu de travail. Dans ce cas, il avait mal choisi sa première victime.

Puis il se demanda qui avait bien pu murmurer à l'oreille de Björk qu'il avait consacré sa matinée à conduire son père à Malmö et à petit-déjeuner ensuite avec sa fille.

Les possibilités étaient nombreuses. Il ne se souvenait plus à qui il avait dit que son père partait pour l'Égypte.

Le seul dont il était sûr, c'était Rydberg. Celui-ci considérait Björk comme un mal administratif nécessaire, à peine davantage. Et il était loyal. Même si cette loyauté n'allait pas jusqu'à se laisser corrompre ; Rydberg n'était pas du genre à couvrir un collègue qui aurait commis une faute, au contraire : plutôt le premier à réagir.

Wallander fut interrompu dans ses réflexions par l'arrivée de Martinsson.

– Tu as une minute ?

– Assieds-toi.

Ils évoquèrent en quelques mots le meurtre des sœurs Eberhardsson. Il était clair que Martinsson venait le voir pour autre chose.

– À propos de l'avion… Les collègues de Sjöbo ont travaillé vite. Ils ont localisé un périmètre au sud-ouest du village qui, d'après des témoins, aurait été éclairé cette fameuse nuit. D'après ce que j'ai compris, c'est un endroit dépourvu d'habitations. Ce serait donc compatible avec la thèse du largage.

– Les lumières auraient servi à guider l'appareil ?

– C'est ça. En plus, on a un vrai dédale de petites routes à cet endroit. Facile de s'y rendre, facile d'en repartir.

– Ça conforte notre théorie.

– J'ai autre chose, continua Martinsson. Les collègues de Sjöbo ont été très pointilleux. Ils ont vérifié qui habitait le coin. Des agriculteurs, bien sûr, pour la plupart. Mais ils ont trouvé une exception.

L'intérêt de Wallander s'aiguisa.

– Il s'agit d'une ferme qui répond au nom de Långelunda. Pendant quelques années, elle a servi de QG à divers individus qui ont parfois causé du souci à la police de Sjöbo. Beaucoup d'allées et venues, en gros, sans qu'il soit très facile de savoir qui est le propriétaire des lieux, et il est arrivé qu'on y découvre de la drogue. Pas en quantité. Mais quand même.

Martinsson se gratta le front et poursuivit.

– Le collègue à qui j'ai parlé, Göran Brunberg, a cité quelques noms. Je n'y ai pas prêté attention sur le moment, mais, après avoir raccroché, j'ai commencé à réfléchir. Il m'a semblé reconnaître vaguement l'un d'entre eux. En lien avec une affaire récente.

Wallander se redressa dans son fauteuil.

– Non ! Yngve Leonard Holm ?

Martinsson hocha la tête.

– Oui. Précisément. J'ai mis une minute à faire le rapprochement.

Et merde, pensa Wallander. Je *savais* qu'il y avait un truc. J'ai même pensé à l'avion. Mais je n'ai pas pu faire autrement que le relâcher.

– On le fait venir, dit-il en frappant du poing sur la table.

– C'est exactement ce que j'ai dit aux collègues de Sjöbo. Mais quand ils sont arrivés à la ferme pour le cueillir, Holm avait disparu.

– Quoi ?

– Disparu. Volatilisé. Il habitait là-bas – bien qu'il soit officiellement domicilié à Ystad et qu'il ait fait construire sa grande villa pas loin d'ici. Les collègues ont parlé à d'autres occupants de la ferme. Des types désagréables, si j'ai bien compris. Holm était passé l'autre jour, ont-ils dit. Puis plus rien. Personne ne l'a revu depuis. Je suis allé voir du côté de sa villa. Elle est bouclée à double tour.

Wallander réfléchit.

– Il n'avait donc pas l'habitude de s'éclipser sans prévenir ?

– Les occupants des lieux n'avaient pas l'air de trouver ça tout à fait normal.

– Il y aurait donc un lien…

– Holm était peut-être dans l'appareil qui s'est écrasé.

– Non, dit Wallander. Cela supposerait que le pilote l'ait récupéré quelque part. Et la police de Sjöbo n'a rien trouvé de tel, pas vrai ? Une piste d'atterrissage improvisée ? En plus, ça ne colle pas avec l'horaire.

– Un avion de loisir manœuvré par un bon pilote n'a sans doute besoin que d'un petit bout de terrain pour décoller et atterrir ?

Wallander hésita. Martinsson avait peut-être raison. Mais il en doutait. D'un autre côté, il n'avait aucune difficulté à imaginer que Holm puisse être impliqué dans des trafics beaucoup plus importants que ceux dont on l'avait soupçonné jusque-là.

– Il va falloir suivre cette piste, dit-il. Malheureusement, tu vas être assez seul sur ce coup-là. Nous devons concentrer nos forces sur les deux sœurs.

– Il y a du nouveau ?

– Non. Nous n'avons rien d'autre qu'un double meurtre incompréhensible et un incendie volontaire. Mais s'il y a quelque chose à trouver dans les décombres, Nyberg le trouvera.

Martinsson parti, Wallander constata que ses pensées faisaient des allers et retours entre l'appareil qui s'était écrasé et l'incendie. Il était quatorze heures. Si l'avion d'Egypt Air avait décollé ponctuellement de Kastrup, son père était sans doute déjà arrivé au Caire. Puis il songea à l'étrange comportement de Björk. Sa colère resurgit, en même temps que la satisfaction de lui avoir tenu tête.

Il avait du mal à se concentrer sur ses papiers. Pour finir, il prit sa voiture et retourna sur le lieu de l'incendie. Nyberg et les autres techniciens fouillaient toujours les décombres calcinés. L'odeur de brûlé était encore suffocante. Nyberg aperçut Wallander et le rejoignit sur le trottoir.

– Ça a cramé avec une intensité exceptionnelle, d'après les gars d'Edler. Tout semble avoir fondu. Ça renforce la thèse de l'incendie criminel qui démarre à plusieurs endroits en même temps. Peut-être avec de l'essence.

– Il faut qu'on mette la main sur la personne qui a fait ça.

– Ce serait bien, oui. On a l'impression qu'un fou furieux s'est déchaîné.

– Ou le contraire. Quelqu'un qui savait exactement ce qu'il cherchait.

– Dans une mercerie ?

Nyberg secoua la tête et retourna travailler. Wallander descendit à pied jusqu'au port. Il avait besoin de prendre l'air. La température était descendue à quelques degrés sous zéro. Il n'y avait presque pas de vent. En arrivant devant le théâtre, il vit qu'on annonçait une représentation exceptionnelle du *Songe* de Strindberg, par la compagnie de Riksteatern. Si seulement ça avait été un opéra, il y serait allé. Mais le théâtre le laissait toujours hésitant.

Il s'avança sur la jetée du port de plaisance. Un ferry à destination de la Pologne manœuvrait devant le grand terminal voisin. Combien de voitures volées quittaient-elles la Suède à bord de ce bateau ?

À quinze heures trente, il revint au commissariat en se demandant si son père était bien installé dans son hôtel. Et si lui-même allait essuyer une nouvelle réprimande de Björk pour absence injustifiée. À seize heures, il réunit ses collègues. Ils firent le point sur les événements du jour. Le matériau restait bien maigre.

– Remarquablement maigre même, dit Rydberg, si on pense qu'il s'agit d'une maison qui a brûlé en plein cœur d'Ystad. Personne n'a rien vu. C'est très étrange.

Svedberg et Hansson rapportèrent leurs découvertes concernant les sœurs Eberhardsson. Ni l'une ni l'autre n'avait jamais été mariée. Il existait un certain nombre de cousins et d'arrière-cousins. Mais aucun domicilié à Ystad. La mercerie déclarait des revenus tout à fait modestes. On n'avait pas davantage découvert un compte en banque exceptionnellement bien garni. Hansson avait établi l'existence d'un coffre bancaire dans l'agence locale de Handelsbanken. Mais on n'avait pas de clé correspondant à ce coffre. Per Åkeson devait donc délivrer un ordre les autorisant à l'ouvrir. On pouvait raisonnablement l'attendre pour le lendemain.

Le silence se fit.

– Il y a un mobile, dit Wallander. Tôt ou tard on le trouvera. Il faut être patient.

– Qui connaissait les deux sœurs ? demanda Rydberg. Elles devaient avoir des amis, des loisirs… Faisaient-elles partie d'une association ? Avaient-elles une maison secondaire ? Où passaient-elles leurs vacances ? Il me semble que nous nous contentons pour l'instant d'effleurer la surface.

Wallander nota la légère irritation dans le ton de Rydberg : il devait souffrir sans le dire. Je me demande ce qu'il a, pensa-t-il. Ses rhumatismes ne sont sans doute pas le fin mot de l'histoire.

Tout le monde tomba d'accord avec Rydberg. Le travail devait continuer de façon plus approfondie.

Wallander resta dans son bureau jusqu'à vingt heures. Il synthétisa par écrit toutes les données disponibles concernant les sœurs Eberhardsson. En se relisant, il fut plus que jamais frappé par le peu de consistance du dossier. Ils n'avaient tout simplement pas la moindre piste.

Avant de quitter le commissariat, il appela Martinsson à son domicile. Celui-ci l'informa que Holm n'avait toujours pas reparu.

Il mit le contact. Le moteur se fit prier avant d'accepter de démarrer. Énervé, Wallander décida d'emprunter de l'argent à la banque et de changer de voiture dès qu'il en aurait le temps.

De retour à Mariagatan, il s'inscrivit sur le tableau des horaires de la buanderie et ouvrit ensuite une boîte de conserve. Il venait de s'installer devant la télé, l'assiette en équilibre sur ses genoux, quand le téléphone sonna. C'était Emma. Elle voulait savoir si elle pouvait passer.

– Pas ce soir, dit-il. Tu as sûrement appris par les journaux l'incendie survenu chez les sœurs Eberhardsson. Nous travaillons vingt-quatre heures sur vingt-quatre.

Elle se montra compréhensive. Après avoir raccroché, il se demanda pourquoi il ne lui disait pas la vérité. Qu'il n'avait pas envie de la revoir. Mais ç'aurait été d'une lâcheté impardonnable de lui annoncer ça au téléphone. Il devait le lui dire en face. Il se promit de le faire dès que possible.

Il était vingt et une heures. Son dîner avait refroidi.

Le téléphone sonna de nouveau. Exaspéré, il posa son assiette et décrocha.

C'était Nyberg, qui travaillait toujours au milieu des ruines de l'incendie. Il l'appelait d'une voiture de police.

– Je crois qu'on a trouvé quelque chose. Un coffre-fort. Modèle grand luxe, capable de résister aux plus fortes chaleurs.

– Pourquoi ne l'avez-vous pas découvert plus tôt ?

– Bonne question, répondit Nyberg sans se vexer. Il était enfoui dans les fondations. En déblayant, on a découvert une trappe isolante ; il a fallu la forcer et, dessous, on a aperçu une cavité. Le coffre était là.

– Vous l'avez ouvert ?

– Avec quoi ? Il n'y a pas franchement de clé. Je peux te dire que c'est le genre de coffre qui va être très difficile à percer.

Wallander regarda sa montre. Vingt et une heures dix.

– J'arrive. Je me demande si tu ne viens pas de trouver le fil conducteur qui nous manquait.

Cette fois, le moteur refusa carrément de démarrer. Il déclara forfait et prit à pied la direction de Hamngatan.

À vingt et une heures quarante, il était aux côtés de Nyberg devant le coffre-fort qu'éclairait un projecteur solitaire.

La température avait encore chuté et un vent à bourrasques arrivait de l'est.

6

Le 15 décembre, peu après minuit, Nyberg et ses hommes réussirent enfin à dégager le coffre-fort à l'aide d'une grue. Le coffre fut chargé sur la plateforme d'un camion et aussitôt conduit au commissariat. Avant de partir à sa suite en compagnie de Wallander, Nyberg se livra à un examen détaillé de la cavité aménagée dans les fondations de la maison.

– Elle est postérieure à la construction du bâtiment, dit-il. La seule explication que je vois, c'est qu'elle a été creusée exprès pour abriter ce coffre.

Wallander acquiesça en silence. Il pensait aux sœurs Eberhardsson. Même s'ils ne savaient pas encore ce qui se cachait dans le coffre, ils avaient peut-être trouvé le mobile…

Quelqu'un d'autre pouvait être au courant. De l'existence de ce coffre. Et de la nature de son contenu.

– Vous allez pouvoir l'ouvrir ? demanda-t-il à Nyberg.

– Bien sûr. Mais il faut des outils spéciaux. Un dynamiteur normal n'aurait pas la moindre chance. D'ailleurs il ne s'y risquerait pas.

– Il faut s'en occuper au plus vite.

Nyberg, qui avait commencé à retirer sa combinaison de travail, se retourna vers Wallander.

– Tu veux dire cette nuit ? demanda-t-il, incrédule.

– Si possible. C'est un double meurtre.

– Non. Ça ne va pas aller. Les gens qui ont ce genre d'outils, je ne pourrai les faire venir que demain.

– Ils sont ici ? À Ystad ?

Nyberg réfléchit.

– Il y a une boîte qui sous-traite pour la Défense, je crois que son nom est Fabricius. C'est dans Industrigatan. Je pense qu'ils ont ce qu'il faut.

Wallander vit l'épuisement de Nyberg. C'était de la folie que de le pousser à bout dans l'état où il était. Lui-même avait d'ailleurs mieux à faire que continuer à s'agiter jusqu'à l'aube.

– On se retrouve à sept heures ?

Nyberg hocha la tête.

Wallander chercha sa voiture du regard avant de se rappeler qu'elle n'avait pas démarré. Nyberg proposa de le ramener, mais il déclina l'offre. Il préférait marcher. Le vent était froid. Il avisa un thermomètre au-dessus d'une devanture dans Stora Östergatan. Moins six degrés. L'hiver arrivait sur la pointe des pieds. Il serait bientôt là.

À sept heures moins une minute, en ce 15 décembre, Nyberg entra dans le bureau de Wallander. Celui-ci était occupé à compulser l'annuaire d'Ystad. Il avait déjà jeté un coup d'œil au coffre-fort, qu'on avait entreposé dans une pièce momentanément inoccupée derrière la réception. L'un des policiers qui terminaient leur service de nuit lui avait raconté qu'il avait fallu un semi-remorque pour le transporter jusque-là. Wallander avait remarqué les traces de pneus devant les portes vitrées, dont un montant s'était même légèrement tordu au cours de la manœuvre. Björk n'allait pas être content, pensa-t-il. Tant pis pour lui. Il avait essayé de déplacer un peu le coffre, pour voir.

Impossible. Il s'était demandé une fois de plus ce qu'il pouvait bien contenir... À moins qu'il ne soit vide ?

Entre-temps il avait trouvé le numéro de l'entreprise d'Industrigatan mentionnée par Nyberg. Pendant que celui-ci leur téléphonait, il alla chercher des cafés. Dans le couloir, il croisa Rydberg qui venait d'arriver et lui fit part de leur découverte.

– C'est bien ce que je disais, répondit Rydberg. Nous en savons encore très peu sur les sœurs Eberhardsson.

– On est en train de se procurer un chalumeau capable de s'attaquer à leur coffre.

– Préviens-moi quand vous serez prêts à l'ouvrir. J'aimerais bien voir ça.

Wallander retourna dans son bureau avec les tasses de café en se disant que Rydberg paraissait en meilleure forme que la veille. Nyberg terminait justement sa conversation téléphonique.

– Je viens de parler à Ruben Fabricius, dit-il après avoir raccroché. Il croit que ça va être possible. Ils arrivent d'ici une demi-heure.

– Tiens-moi au courant.

Nyberg parti, Wallander pensa à son père, qui se trouvait au même moment quelque part au Caire. Il espérait que la réalité se montrait à la hauteur de ses attentes. Il prit le bout de papier où il avait noté le téléphone de l'hôtel Mena House. Hésita à appeler. Se demanda soudain quel pouvait être le décalage horaire entre l'Égypte et la Suède – ou s'il n'y en avait aucun. Il laissa tomber. À la place, il appela Ebba pour savoir qui était arrivé.

– Martinsson m'a dit qu'il partait pour Sjöbo. Svedberg n'est pas là. Hansson prend une douche. Il a une fuite chez lui.

– On va ouvrir un coffre-fort dans un petit moment. Juste pour te prévenir. Ça risque de faire du bruit.

– Je sais. Je suis allée y jeter un coup d'œil. Je croyais que les coffres-forts étaient plus gros que ça.

– Ça dépend. Et à mon avis, même de cette taille, ça peut contenir pas mal de choses.

– Je préfère ne rien savoir.

Wallander raccrocha en se demandant ce qu'elle avait voulu dire. S'attendait-elle à ce qu'ils découvrent à l'intérieur un corps d'enfant ? Ou une tête coupée ?

Hansson arriva, les cheveux mouillés et de bonne humeur.

– Je viens de parler à Björk, dit-il gaiement. Alors il paraît que les portes du commissariat auraient été abîmées cette nuit ?

Hansson n'avait encore pas entendu parler du coffre-fort. Wallander lui résuma la situation.

– Ça nous donne peut-être un mobile.

– Dans le meilleur des cas. Dans le pire, le coffre est vide. Et là, on en saura encore moins qu'avant.

– Il a pu être vidé par le meurtrier, objecta Hansson. Peut-être a-t-il abattu une sœur et obligé l'autre à ouvrir le coffre ?

Wallander y avait pensé. Mais, à son avis, les choses ne s'étaient pas passées comme ça – une pure intuition, qu'il aurait été bien en peine de justifier. À huit heures, deux soudeurs commencèrent à s'attaquer au coffre sous les ordres de Ruben Fabricius. Comme l'avait redouté Nyberg, ce n'était pas un boulot facile.

– Acier spécial, dit Fabricius. Un dynamiteur normal mettrait à peu près une vie à ouvrir ce coffre.

– On peut y aller à l'explosif ? demanda Wallander.

– Oui. Si on est prêt à faire exploser tout le bâtiment avec. Dans ce cas, je recommanderais plutôt de transporter le coffre en plein champ. Mais il risque de se retrouver en mille morceaux, et son contenu carbonisé ou pulvérisé, au choix.

Fabricius était un grand type corpulent qui ponctuait chacune de ses phrases par un rire bref.

– Un coffre comme celui-là coûte dans les cent mille couronnes, ajouta-t-il.

Rire bref.

– Tant que ça ? demanda Wallander, surpris.

– Oui. Voire plus.

Une chose est sûre, pensa-t-il en se rappelant le rapport de la veille sur la situation financière des sœurs Eberhardsson. Elles étaient nettement plus riches qu'elles ne l'avaient laissé entendre au fisc. Elles disposaient de revenus non déclarés. Que pouvait-on vendre de si précieux dans une mercerie ? Du fil d'or ? Des boutons sertis de diamants ?

À neuf heures un quart, les soudeurs arrêtèrent leurs engins. Fabricius fit signe à Wallander d'approcher.

– C'est fait.

Rire bref.

Rydberg, Hansson et Svedberg étaient entre-temps arrivés. Nyberg, lui, suivait le déroulement des opérations depuis le début. À l'aide d'un pied-de-biche, il fit sauter le panneau arrière travaillé au préalable par les hommes de Fabricius. Toutes les personnes présentes se penchèrent d'un même mouvement. Wallander distingua un certain nombre de paquets rectangulaires emballés de plastique blanc maintenu par du scotch. Nyberg en prit un, le posa sur une chaise et coupa l'adhésif, découvrant une grosse liasse de billets. Des coupures de cent dollars américains. Il les compta. Il y en avait pour dix mille dollars. Dix paquets en tout. À vue de nez, le reste était à l'avenant. Les paquets étaient de format rigoureusement identique.

– Ça fait beaucoup d'argent, résuma Wallander.

Il dégagea prudemment un billet de la liasse et le regarda à la lumière. Il paraissait authentique.

Nyberg sortit les autres paquets, un à un, et les ouvrit. Fabricius, debout à l'arrière-plan, riait chaque fois qu'une nouvelle liasse faisait son apparition.

– On emporte le reste dans la salle de réunion, dit Wallander.

Il remercia Fabricius et les deux hommes qui leur avaient permis d'ouvrir le coffre.

– On attend votre facture, dit-il. Sans vous, on n'aurait pas réussi.

– Je crois que je vous en fais cadeau. C'était une expérience professionnelle intéressante. Et un bon stage de formation.

– Il n'y a pas de raison d'aller raconter ce qu'on a trouvé dedans, dit Wallander en essayant de prendre un ton ferme.

Fabricius rit. Puis il se mit au garde-à-vous. Wallander comprit que ça se voulait humoristique, sans plus.

Quand tous les paquets eurent été ouverts et les billets comptés, Wallander fit un point rapide. Pour l'essentiel, il s'agissait de dollars américains, mais il y avait aussi des livres anglaises et des francs suisses.

– En tout, il y en a pour environ cinq millions de couronnes suédoises, dit-il. Ce n'est pas une somme insignifiante.

– On n'aurait pas pu en faire entrer davantage dans ce coffre, fit remarquer Rydberg. Il y en a peut-être plus ailleurs. De toute manière, si cet argent constitue le mobile, le ou les auteurs n'ont pas eu ce qu'ils voulaient.

– Résumons, dit Wallander. Nous avons maintenant un mobile plausible. Ce coffre-fort était dissimulé. D'après Nyberg, il était là depuis un certain nombre d'années. À un moment donné, les sœurs ont donc jugé nécessaire de le faire installer parce qu'elles avaient besoin d'entreposer de fortes sommes en cachette. Il s'agit essentiellement de coupures de cent dollars neuves. On devrait pouvoir en retracer l'origine. Ces dollars sont-ils entrés en Suède légalement ? D'autre part, nous devons obtenir au plus vite la réponse aux autres questions qui nous préoccupent. Quelles étaient les fréquentations des deux sœurs ? Leur train de vie ? Leurs habitudes ?

– Et aussi la relation qui existait entre elles, intervint Rydberg. Surtout si elle était mauvaise. C'est important.

Björk arriva vers la fin de la réunion. Il sursauta en voyant les billets étalés sur la table.

Wallander lui expliqua la situation, sur un ton un peu forcé.

– Il va falloir enregistrer tout ça très soigneusement, dit Björk quand il eut fini. Rien ne doit se perdre.

Wallander ne broncha pas. Intérieurement, il levait les yeux au ciel.

– D'autre part je me demande ce qui a bien pu arriver aux portes du commissariat.

– Un accident du travail. Quand le semi-remorque a dû faire entrer ce coffre-fort.

Il le dit avec suffisamment d'autorité pour que Björk n'ait pas l'idée de protester.

Ils se séparèrent. Wallander se dépêcha de sortir avec les autres pour ne pas se retrouver seul avec son chef. Il devait contacter une association locale de défense des animaux où l'une des deux sœurs, celle qui se prénommait Emilia, avait été active, d'après le témoignage d'une voisine. Svedberg lui avait donné son nom : Tyra Olofsson. Il rit en voyant l'adresse : Käringgatan 11. Il se demanda s'il existait une seule autre ville en Suède qui eût autant de rues au nom étrange[1]. Avant de quitter le commissariat, il composa le numéro d'Arne Hurtig, son concessionnaire automobile habituel, et lui expliqua, pour sa Peugeot. Hurtig lui fit quelques propositions. Toutes trop chères, de l'avis de Wallander. Mais en se voyant promettre une bonne reprise pour l'ancienne, il se décida. Restait à appeler la banque. Il finit par avoir son conseiller en ligne et lui demanda un crédit de vingt mille couronnes. Pas de problème. Il pouvait passer dès le lendemain signer les papiers et récupérer l'argent.

La pensée d'avoir une nouvelle voiture le mit de bonne humeur. Il n'avait aucune idée de la raison pour laquelle il conduisait toujours des Peugeot. Sans doute était-il plus attaché à ses habitudes qu'il ne voulait bien l'admettre. En sortant, il s'arrêta pour examiner le montant de la porte du commissariat. Un peu cabossé, en effet. Il regarda autour de lui ; personne en vue. Il prit son élan et shoota, au même endroit exactement. Il s'éloigna, satisfait. Le vent l'obligeait à se courber. Il marchait vite. Il aurait dû appeler Tyra Olofsson pour s'assurer qu'elle était chez elle. Elle était retraitée, mais bon.

À peine eut-il sonné à la porte qu'elle s'ouvrit. Tyra Olofsson était une toute petite femme ; l'épaisseur de ses verres trahissait une forte myopie. Wallander lui expliqua qui il était et lui montra sa carte, qu'elle examina soigneusement en l'approchant à quelques millimètres de ses lunettes.

– La police, constata-t-elle, son examen fini. Alors c'est au sujet de la pauvre Emilia.

– Oui. J'espère que je ne vous dérange pas.

---

1. Käringgatan, littéralement : rue des Vieilles-Biques.

Elle le fit entrer. La maison sentait le chien. Il la suivit dans la cuisine, où il eut le temps de compter jusqu'à quatorze gamelles alignées sur le sol. Pire que Haverberg, pensa-t-il.

– Ils dorment dehors, dit Tyra Olofsson, qui avait suivi son regard.

Wallander se demandait s'il était vraiment permis d'avoir autant de chiens dans le centre-ville. Elle lui proposa un café, qu'il refusa. Il était affamé et bien décidé à aller déjeuner dès la fin de son entretien avec elle. Il s'installa à la table et chercha en vain de quoi écrire. Pour une fois, il avait pensé à fourrer un carnet dans sa poche, mais il lui manquait un stylo-bille. Il aperçut un bout de crayon sur le rebord de la fenêtre et s'en empara.

– Vous avez raison, commença-t-il. Il s'agit bien d'Emilia Eberhardsson, qui nous a quittés si tragiquement. Nous avons appris qu'elle était active dans une association œuvrant pour la protection des animaux. Et que vous la connaissiez bien.

– Tu peux me tutoyer, répondit-elle. Et je ne dirais pas que je connaissais bien Emilia. Ce n'était le cas de personne, je pense.

– Sa sœur Anna ne s'est jamais intéressée à ce travail en faveur des animaux ?

– Non.

– N'est-ce pas un peu étrange ? Je veux dire, deux sœurs célibataires qui vivent ensemble… On imaginerait qu'elles aient des centres d'intérêt communs.

Elle lui jeta un regard critique.

– C'est un préjugé. Emilia et Anna étaient très dissemblables. J'ai été institutrice toute ma vie, et c'est un métier où l'on apprend à faire la différence entre les gens. Un caractère, ça se repère tout de suite. Dès la petite enfance.

– Comment décrirais-tu Emilia ?

Sa réponse le prit au dépourvu.

– Arrogante. Persuadée de tout savoir mieux que tout le monde et d'avoir toujours raison. Elle pouvait être très désagréable. Mais comme c'était elle qui finançait l'activité, on ne pouvait pas se débarrasser d'elle. Pourtant, je t'assure que ce n'est pas l'envie qui nous en manquait.

Tyra Olofsson lui raconta l'histoire de l'association, fondée par elle et quelques autres dans les années 1960 et qui regroupait un petit noyau de gens très motivés. Ils avaient toujours centré leurs activités sur la ville et ses environs immédiats. Au départ, ils s'étaient attelés au problème croissant des chats abandonnés pendant l'été. Un jour, au début des années 1970, Emilia Eberhardsson les avait contactés après avoir lu un article sur eux dans le quotidien *Ystads Allehanda*. Elle avait commencé à leur verser de l'argent chaque mois. Elle participait aux réunions et à certaines activités de l'association.

– Mais, au fond, je ne crois pas qu'elle aimait beaucoup les animaux. Je crois qu'elle le faisait surtout pour se donner l'air d'être une femme bien.

– Ce n'est pas très aimable, de dire ça…

Tyra Olofsson plissa les yeux.

– Je croyais que les policiers étaient intéressés à connaître la vérité. Je me trompe ?

Wallander changea de sujet.

– Combien donnait-elle à l'association ?

– Mille couronnes par mois. Pour nous, c'était beaucoup d'argent.

– Vous faisait-elle l'effet d'être une femme riche ?

– Pas si on la jugeait sur sa mise. Mais de l'argent, pour sûr, elle en avait.

393

– Tu as dû te demander d'où elle le tenait. Une mercerie, ce n'est pas ce qu'on associe le plus volontiers à l'idée de fortune.

– Mille couronnes par mois non plus. Je ne suis pas d'une nature spécialement curieuse. Peut-être parce que j'ai une très mauvaise vue… Quoi qu'il en soit, je n'ai aucune idée de l'origine de l'argent d'Emilia, ni du succès ou de l'insuccès de son magasin.

Wallander hésita un instant. Puis il choisit de lui dire la vérité.

– Les journaux ont dit qu'elles avaient péri dans les flammes. Ce qu'ils n'ont pas écrit, c'est qu'elles avaient été tuées avant. Elles étaient déjà mortes quand l'incendie a démarré. On les a tuées avec une arme à feu.

Elle se redressa.

– Qui aurait pu vouloir faire ça ? C'est aussi crédible que si quelqu'un voulait me tuer, moi.

– C'est précisément pour ça que je suis chez toi. Pour tenter de comprendre. Emilia ne t'a jamais dit qu'elle avait des ennemis ? Tu n'as jamais eu le sentiment qu'elle avait peur ?

Tyra Olofsson n'eut pas besoin de réfléchir.

– Emilia était toujours très sûre d'elle. Elle ne parlait jamais de sa vie personnelle, ni de sa sœur, d'ailleurs, pas un mot. Et quand elles partaient en voyage, elles n'envoyaient même pas une carte postale. Jamais, pas une seule fois. Alors que de belles cartes d'animaux, ce n'est quand même pas ce qui manque, où qu'on soit dans le monde.

Wallander haussa les sourcils.

– Elles voyageaient souvent ?

– Elles partaient deux fois par an. En novembre et en mars. Ça durait un mois. Parfois elles partaient aussi l'été.

– Sais-tu où elles allaient ?

– J'ai entendu dire que c'était en Espagne.

– Qui s'occupait du magasin en leur absence ?

– Elles partaient toujours à tour de rôle. Peut-être avaient-elles parfois besoin de se reposer l'une de l'autre, si tu vois ce que je veux dire.

– En Espagne, mais encore ? D'où tiens-tu cette information ?

– Je ne m'en souviens pas. Je n'ai pas pour habitude d'écouter les commérages des gens. Peut-être était-ce à Marbella, mais je n'en suis pas certaine.

Wallander n'était pas persuadé que Tyra Olofsson fût aussi peu intéressée par les commérages qu'elle voulait bien le dire.

En attendant, il ne lui restait qu'une question :

– Qui, d'après toi, connaissait le mieux Emilia ?

– Je suppose que c'était sa sœur.

Wallander la remercia et retourna à pied au commissariat. Le vent avait forci. Il repensait à ce qu'il venait d'apprendre. Il ne percevait pas de la méchanceté chez cette femme ; c'était juste quelqu'un qui s'exprimait de façon très carrée, avec une franchise un peu brutale. En tout cas, sa description d'Emilia Eberhardsson n'était pas tendre.

À son entrée dans le hall d'accueil, Ebba lui apprit que Rydberg le cherchait. Wallander se rendit tout droit dans son bureau.

– Le tableau s'éclaircit, dit Rydberg. Je propose qu'on appelle les autres et qu'on organise une petite réunion. Je sais qu'ils sont dans la maison.

– Que se passe-t-il ?

Rydberg agita une liasse de documents.

– VPC, dit-il. Et c'est une lecture très intéressante.

Wallander mit un instant à se rappeler que les initiales VPC désignaient l'institution centralisant entre autres tout ce qui concernait les portefeuilles boursiers en Suède.

– De mon côté, dit-il, j'ai réussi à établir que l'une des deux sœurs au moins était une personne franchement désagréable.

– Ça ne m'étonne pas, rigola Rydberg. C'est ce qui arrive en général quand les gens deviennent riches. Ils deviennent désagréables par la même occasion.

– Ah ?

Mais Rydberg n'accepta d'en dire plus que lorsque tous les collègues furent rassemblés dans la salle de réunion.

– D'après les informations que j'ai obtenues auprès de la VPC, les sœurs Eberhardsson détenaient un portefeuille d'actions d'une valeur de près de dix millions de couronnes. Comment elles ont fait pour échapper à l'impôt sur la fortune, c'est un mystère. Apparemment, elles n'ont pas davantage payé l'impôt sur les dividendes. Mais j'ai activé les services fiscaux. Il semblerait qu'Anna Eberhardsson ait été fiscalement domiciliée en Espagne – même s'il subsiste une petite incertitude sur ce point. Quoi qu'il en soit, elles avaient un gros portefeuille d'actions, à la fois suédoises et étrangères. La VPC a évidemment des moyens très réduits pour contrôler les avoirs à l'étranger. Ce n'est d'ailleurs pas son objet. Mais les sœurs manifestaient une nette prédilection pour l'industrie britannique de l'armement et de l'aviation. Elles ont beaucoup misé là-dessus. Et elles semblent avoir fait preuve d'une audace qui n'avait d'égale que leur habileté.

Rydberg reposa ses documents.

– Nous ne pouvons donc exclure la possibilité que les cinq millions du coffre-fort et les dix millions du portefeuille boursier ne soient que la partie émergée de l'iceberg. Nous avons mis quelques heures à découvrir l'existence de ces quinze millions. D'ici la fin de la semaine, on arrivera peut-être à cent.

Wallander prit la suite et rendit compte de sa rencontre avec Tyra Olofsson.

– La description qu'on m'a faite de l'autre sœur, la prénommée Anna, est assez cruelle aussi, dit Svedberg quand Wallander eut fini. J'ai parlé à l'homme qui leur a vendu la maison il y a de cela cinq ans environ, quand le marché immobilier commençait à péricliter. Jusque-là, elles avaient été simples locataires. C'est apparemment Anna qui aurait négocié l'achat. Emilia ne s'est jamais montrée. L'agent immobilier m'a certifié que c'était la cliente la plus difficile à laquelle il ait jamais eu affaire. En plus, elle avait réussi à se procurer des informations prouvant que son agence était en pleine crise. D'après lui, Anna avait été absolument glaciale et l'avait soumis à une pression confinant au chantage.

Svedberg secoua la tête.

– Ce n'est pas franchement comme ça qu'on imagine deux vieilles dames qui vendent des boutons…

Il y eut un silence.

– C'est tout de même une grande percée, dit Wallander après s'être éclairci la voix. Nous n'avons aucune idée du ou des auteurs. Mais nous avons un mobile. Le plus banal de tous : l'argent. Nous savons que les sœurs Eberhardsson se sont rendues coupables d'évasion fiscale. Nous savons qu'elles étaient riches. Cela ne m'étonnerait pas qu'on découvre l'existence d'une maison en Espagne. Et ce n'est peut-être qu'un début.

Wallander se servit un verre d'eau gazeuse avant de poursuivre.

– Tout ce que nous savons jusqu'à présent peut se réduire à deux questions. D'où tenaient-elles cet argent ? Qui était informé de leur fortune ?

Il allait porter le verre à ses lèvres quand il vit Rydberg tressaillir comme sous l'effet d'un courant électrique.

Puis il s'écroula sur la table.

Wallander crut qu'il était mort.

7

Durant quelques secondes, il avait réellement cru que Rydberg venait de mourir sous ses yeux. Toutes les autres personnes présentes avaient cru la même chose. Svedberg, qui était assis à côté de lui, fut le premier à réagir, et le premier à constater qu'il respirait encore. Il avait attrapé le téléphone et appelé une ambulance. Pendant ce temps Wallander et Hansson avaient soulevé Rydberg, l'avaient allongé au sol et avaient déboutonné sa chemise. Wallander avait écouté son cœur, qui battait à coups précipités. L'ambulance était arrivée, Wallander avait suivi le convoi jusqu'aux urgences, où Rydberg avait immédiatement été pris en charge. Moins d'une demi-heure plus tard, Wallander avait reçu l'information que ce n'était pas un AVC, et que la cause de la crise demeurait pour l'instant inconnue. Rydberg était conscient, mais quand Wallander demanda à lui parler, le médecin fin non de la tête. L'état du patient était jugé stable, il devait rester à l'hôpital sous observation, il n'y avait aucune raison de s'inquiéter, mais pas davantage de raisons de s'attarder sur place. Une voiture de police l'attendait dehors ; elle le ramena au commissariat. Les autres collègues étaient restés dans la salle de réunion, où Björk les avait rejoints. Wallander put leur annoncer que la situation était sous contrôle.

– On travaille trop, dit-il avec un regard vers Björk. On a de plus en plus de tâches, sans que les effectifs augmentent pour autant. Si ça continue, ce qui vient d'arriver à Rydberg risque d'arriver à n'importe lequel d'entre nous.

– La situation est embarrassante, admit Björk. Mais nous disposons malheureusement de ressources insuffisantes.

Pendant la demi-heure qui suivit, l'enquête en cours fut oubliée. Tous étaient secoués, et tous voulaient parler de leur situation au travail. Après le départ de Björk, les paroles se firent plus dures. À propos de l'organisation du boulot, de plus en plus absurde, des priorités saugrenues et du manque d'information constant.

À quatorze heures, Wallander estima qu'il était temps de reprendre. Il le faisait surtout pour lui-même. Pour échapper au questionnement qui avait surgi en lui pendant qu'il attendait dans le couloir des urgences. Combien de temps encore son cœur allait-il résister à la pression ? Tous ces mauvais repas pris à la va-vite, ces insomnies récurrentes, ces heures supplémentaires en pagaille. Sans oublier le chagrin du divorce.

– Ça ne plairait pas à Rydberg, je pense, de nous voir gaspiller notre temps en palabres. Il y aura d'autres occasions pour ça. Là, tout de suite, notre objectif est de retrouver au plus vite l'auteur ou les auteurs d'un double meurtre.

Ils se séparèrent. Wallander appela l'hôpital. On lui apprit que Rydberg dormait. Impossible pour l'instant d'en savoir plus.

Il raccrocha. Martinsson arriva au même moment dans son bureau.

– Qu'est-ce qui se passe ? J'étais à Sjöbo. En rentrant, j'ai vu Ebba. Elle paraissait bouleversée.

Wallander lui raconta. Martinsson se laissa lourdement tomber dans le fauteuil des visiteurs.

– On se tue au travail. Et pour qui ? Pour quoi ?

Silence.

– Tu peux me le dire, Kurt ? Qui nous remercie ?

Wallander sentit l'impatience l'envahir. Il n'avait plus la force de penser à ce qui était arrivé à Rydberg.

– Sjöbo. Qu'as-tu obtenu ?

– Je me suis baladé dans des champs de boue. On a réussi à localiser assez bien les fameuses lumières. Mais aucune trace de projecteurs, ni d'un avion qui aurait décollé ou atterri. En revanche, on a trouvé d'autres éléments qui expliquent sans doute pourquoi il n'a pas été possible d'identifier l'appareil.

– Quoi ?

– Cet appareil n'existe pas, tout simplement.

– Mais encore ?

Martinsson feuilleta ses papiers.

– D'après les archives de Piper, cet avion s'est écrasé à Vientiane en 1986. Son propriétaire était à l'époque un consortium laotien, qui s'en servait pour véhiculer ses chefs d'un centre agricole à l'autre. D'après l'explication officielle, l'avion s'est écrasé faute de carburant. Personne n'est mort, personne n'a été blessé. Mais l'avion, l'épave plutôt, est sorti de tous les registres, y compris ceux de la compagnie d'assurances, qui était apparemment une filiale de la Lloyd. Nous savons tout cela grâce au numéro de série du moteur.

– En réalité il se serait donc passé autre chose ?

– Chez Piper, ils se montrent naturellement très intéressés par l'incident. Si un avion de chez eux, officiellement parti à la casse, se remet soudain à voler, ce n'est pas bon pour leur image. On peut imaginer un tas de choses, fraude à l'assurance, etc.

– Et l'équipage ?

– Nous attendons encore les résultats de l'identification. J'ai quelques contacts à Interpol. Ils ont promis de faire vite.

– Cet avion est bien arrivé de quelque part…

Martinsson acquiesça.

– Ça nous pose un autre problème. Si on équipe un avion d'un réservoir supplémentaire, il peut voler très longtemps. Nyberg croit avoir identifié les restes de ce qui pourrait bien être un tel réservoir. Nous n'avons pas de certitude encore, mais, si le fait est avéré, cet avion pouvait en principe venir de n'importe où. D'Angleterre, d'Europe centrale…

– Mais il a dû tout de même être observé à un moment ou à un autre, insista Wallander. On ne traverse pas les frontières comme ça.

– C'est aussi mon avis. C'est pourquoi l'Allemagne reste sans doute une bonne hypothèse. Si on vient d'Allemagne, en gros, on ne survole que la mer avant d'atteindre la frontière suédoise.

– Que disent les contrôleurs allemands ?

– Je m'en occupe. Ça prend du temps.

Wallander réfléchit.

– On a besoin de toi dans le groupe d'enquête sur le double meurtre. Peut-être pourrais-tu déléguer une partie de tes tâches, au moins pendant que nous attendons de connaître l'identité des pilotes et l'origine de l'appareil ?

– J'allais te le proposer…

Wallander regarda sa montre.

– Demande à Hansson ou à Svedberg de te faire un point sur les derniers développements.

Martinsson se leva.

– Tu as des nouvelles de ton père ?

– Mon père n'est pas du genre à appeler à moins d'une nécessité absolue.

– Mon père à moi est mort à cinquante-cinq ans.

Wallander ne s'attendait pas du tout à cette réplique. Martinsson poursuivit :

– Il avait sa propre boîte, une entreprise de tôlerie. Il travaillait non-stop pour joindre les deux bouts. Au moment où ça commençait à bien marcher, il est mort. S'il avait vécu, il n'aurait que soixante-sept ans aujourd'hui.

Martinsson s'en alla. Wallander s'efforça de ne plus penser à ce qui était arrivé à Rydberg. Il passa une nouvelle fois en revue tout ce qu'ils savaient au sujet des sœurs Eberhardsson, en prenant des notes au fur et à mesure.

Double vie des sœurs Eberhardsson ?

Il resta assis, crayon levé. Avec Rydberg, ils perdaient leur meilleur élément. Si un groupe d'enquête pouvait être comparé à un orchestre, ils venaient d'être privés de leur premier violon. Dans ce cas, l'orchestre n'était pas fameux…

Il décida au même instant d'aller parler lui-même à la voisine qui leur avait fourni les informations sur Anna Eberhardsson. Svedberg était souvent trop impatient quand il interrogeait les gens sur ce qu'ils avaient pu voir ou entendre. En réalité, il s'agissait tout autant de découvrir ce que les gens *pensaient*. Il finit par dénicher son nom. Une certaine Linnea Gunnér. Décidément, il n'y avait que des femmes dans cette enquête. Il composa son numéro. Elle était chez elle et parut presque contente quand il lui proposa de passer. Il nota le code de l'immeuble.

Peu après quinze heures il quittait le commissariat, en balançant au passage, après un regard discret à gauche et à droite, un nouveau coup de pied au montant de porte endommagé. Pas de doute, il était de plus en plus cabossé. En approchant du lieu de l'incendie, il vit qu'une pelleteuse travaillait à déblayer les décombres. Et la maison brûlée continuait visiblement d'attirer les badauds.

Linnea Gunnér habitait Möllegatan. Wallander pianota le code et monta à pied jusqu'au deuxième. L'immeuble datait du début du vingtième siècle ; le plafond de la cage d'escalier avait de jolies moulures. Linnea Gunnér avait fixé sur sa porte une grande affiche signalant qu'elle ne désirait pas recevoir de publicité. Wallander sonna.

La femme qui lui ouvrit était en tout point l'opposé de Tyra Olofsson : grande, le regard aigu, la voix autoritaire. Elle l'invita à entrer dans un appartement rempli d'objets rapportés des quatre coins du monde. Son salon s'ornait même d'une authentique figure de proue. Wallander ne put en détacher son regard. Linnea Gunnér s'en aperçut.

– Elle appartenait à la *Felicia*, dit-elle. Un trois-mâts qui a fait naufrage en mer d'Irlande. Je l'ai eue pour presque rien à Middlesborough ; mais c'était il y a longtemps.

– Tu as donc servi en mer ?

– Toute ma vie. D'abord comme coq, puis comme stewardesse.

Elle n'avait pas l'accent de Scanie. Aux oreilles de Wallander, son dialecte évoquait plutôt le Småland ou l'Östergötland.

– D'où es-tu ? demanda-t-il.

– De Skänninge, dans l'Östergötland. Aussi loin de la mer qu'il est possible de l'être en Suède.

– Et maintenant tu vis à Ystad…

– J'ai hérité l'appartement d'une tante. D'ici, je vois la mer.

Elle avait déjà préparé le café et entreprit de le servir sans lui demander son avis. Wallander pensa que c'était sans doute la dernière chose dont son estomac avait besoin, mais il accepta quand même. Linnea Gunnér lui avait inspiré confiance dès le premier instant. Il avait lu dans le rapport de Svedberg qu'elle avait soixante-six ans, mais elle en paraissait beaucoup moins.

– Mon collègue Svedberg est déjà venu te voir...

Elle sourit.

– Je n'ai jamais vu un homme se gratter autant le front.

Wallander opina.

– Nous avons tous nos bizarreries, dit-il. L'une des miennes, c'est de croire qu'il y a toujours plus de questions à poser qu'on ne l'imagine de prime abord.

– Lui, en gros, m'a juste demandé quelle image j'avais d'Anna.

– Et Emilia ?

– Elles étaient différentes. Anna parlait vite. Emilia était silencieuse. Mais elles étaient aussi antipathiques et aussi introverties l'une que l'autre.

– Comment les connaissais-tu ?

– Je ne les connaissais pas. On se croisait dans la rue. On se saluait. Sans plus. Comme j'aime broder, j'allais assez souvent dans leur boutique. Elles avaient toujours ce qu'il fallait. Les rares fois où elles devaient commander quelque chose, elles le faisaient vite et bien. Mais elles n'étaient pas sympathiques.

– On a parfois besoin de temps. Pour que la mémoire récupère des détails qu'on croyait perdus.

– Et ce serait quoi, par exemple ?

– Je ne sais pas. C'est toi qui peux me le dire. Un incident inattendu. Ou quelque chose, un mot, une attitude, n'importe quoi qui aurait tranché sur leurs habitudes.

Elle réfléchit. Wallander contemplait le beau compas de marine en laiton posé sur la table.

– Ma mémoire n'a jamais été très bonne, dit-elle pour finir. Mais maintenant que tu m'en parles, je me souviens d'un incident… Ce n'était presque rien, vraiment. L'an dernier, au printemps. Je ne sais pas si ça peut avoir la moindre importance…

– Tout peut être important.

– C'était un après-midi. J'avais besoin de fil bleu, je m'en souviens. Je suis descendue au magasin. Emilia et Anna étaient toutes les deux derrière le comptoir ce jour-là. Au moment où j'allais payer, un homme est entré. Je me souviens qu'il a eu un mouvement de recul. Comme s'il ne s'attendait pas du tout à voir une cliente dans le magasin. Anna, elle, était très contrariée. Elle a lancé à Emilia un regard assassin. L'homme est ressorti. Il tenait un porte-documents. Moi, j'ai payé mon fil. Et je suis partie.

– Pourrais-tu décrire cet homme ?

– Il n'avait pas ce qu'on pourrait appeler une physionomie suédoise. Plutôt brun, plutôt petit. Une moustache noire.

– Comment était-il habillé ?

– Costume. De bonne coupe, je dirais.

– Et la serviette ?

– Normale, noire.

– Rien d'autre ?

Elle réfléchit encore.

– Je ne crois pas.

– Tu ne l'as vu que cette seule fois ?

– Oui.

Ce qu'il venait d'apprendre était important. Comment, pourquoi, il n'en savait encore rien. Mais cela renforçait le tableau d'une double vie des deux sœurs. Ils commençaient lentement à gratter la surface.

Il la remercia pour le café.

– Que s'est-il passé, au juste ? demanda-t-elle dans l'entrée. J'ai été réveillée en croyant que ça brûlait dans ma chambre, tant la lumière des flammes était intense.

– Anna et Emilia ont été assassinées, répondit Wallander. Quand l'incendie a démarré, elles étaient déjà mortes.

– Quoi ? Qui aurait pu vouloir faire une chose pareille ?

– Si je le savais, je ne serais pas chez toi en ce moment.

Il prit congé de Linnea Gunnér. Une fois dans la rue, il s'arrêta devant la maison des deux sœurs et regarda distraitement la pelle mécanique déverser son contenu sur la plateforme d'un camion. Il essayait de visualiser la scène. Faire ce que lui avait enseigné Rydberg : en pénétrant dans un lieu où la mort s'était déchaînée, essayer d'écrire le drame à rebours. À l'envers. Mais ici, pensa-t-il, le lieu n'existe même plus. Il n'y a rien du tout.

Il prit la direction de Hamngatan. En repassant devant chez Linnea Gunnér, il s'aperçut que l'immeuble voisin du sien abritait une agence de voyages. Il s'arrêta en découvrant dans la vitrine une affiche qui représentait les pyramides égyptiennes. Son père était censé rentrer six jours plus tard. Il avait sans doute été injuste avec lui. Pourquoi ne pas se réjouir qu'il ait enfin eu la possibilité de réaliser un vieux rêve ? Il regarda les autres affiches. Majorque, la Crète, l'Espagne…

Soudain, une pensée le frappa. Il poussa la porte ; les deux vendeuses étaient occupées. Il s'assit et attendit. L'une des deux, une jeune femme qui avait à peine plus de vingt ans, se tourna enfin vers lui. Il dut attendre quelques minutes encore pendant qu'elle répondait au téléphone. Une plaque portant son nom était posée sur le bureau. Elle s'appelait Anette Bengtsson. Enfin elle raccrocha et lui sourit.

– Tu veux partir ? Pour les fêtes de Noël, on n'a plus que des offres de dernière minute.

– Je viens pour une raison un peu différente, dit Wallander en présentant sa carte de police.

Elle ne parut pas décontenancée.

– Oui ?

– Tu es au courant, j'imagine, du fait que deux vieilles dames sont mortes dans l'incendie survenu en face.

– C'est affreux.

– Tu les connaissais ?

Il obtint la réponse qu'il espérait.

– Oui, elles réservaient toujours leurs vols chez nous. C'est terrible, ce qui s'est passé. Emilia aurait dû partir en janvier. Et Anna en avril.

Wallander hocha lentement la tête.

– Où allaient-elles ?

– Comme d'habitude. En Espagne.

– Plus exactement ?

– À Marbella. Elles avaient une maison là-bas.

– Comment le sais-tu ?

Sa réponse le surprit totalement.

– Je l'ai vue, dit-elle. L'an dernier, je suis allée à Marbella dans le cadre de la formation continue – la concurrence entre agences est dure aujourd'hui, alors ils nous paient des stages de performance et des choses comme ça. Bref. Un jour, on avait une pause, je suis allée jeter un coup d'œil à leur villa. Je connaissais l'adresse.

– Elle était grande ?

– Ah oui. Beaucoup de terrain autour. Des murs, des vigiles...

– Je te serais reconnaissant de me donner les coordonnées par écrit, dit Wallander sans réussir à masquer son excitation.

Elle chercha dans ses dossiers et nota l'adresse.

– Tu disais qu'Emilia avait décidé de partir en janvier ?

– Attends, je vais te répondre précisément...

Elle consulta ses fichiers.

– Le 7 janvier. Départ de Kastrup à 9 h 05, avec une escale à Madrid.

Wallander prit un stylo sur le bureau et nota ces informations.

– Par charter ?

– Jamais. Sa sœur non plus. Et elles voyageaient toujours en première classe.

Tout juste, pensa Wallander. Car ces deux dames étaient en réalité très à l'aise.

Elle lui communiqua le nom de la compagnie aérienne. Iberia. Wallander prit note.

– Je ne sais pas ce qui va se passer, dit-elle. Le billet est payé.

– Il y a sûrement une solution. Au fait : comment payaient-elles ?

– Toujours en liquide. En billets de mille.

Wallander rangea son carnet dans sa poche et se leva.

– Tu m'as beaucoup aidé. La prochaine fois que je pars en voyage, je viendrai te voir. Mais pour moi, ce sera sans doute un charter.

Il était déjà seize heures. Wallander passa devant la banque où il devait se rendre le lendemain pour récupérer ses formulaires de prêt et l'argent destiné à payer la nouvelle voiture. Il traversa la place en luttant contre le vent. À seize heures vingt, il était de retour au commissariat. Nouveau coup de pied discret au montant de la porte. Ebba lui dit que Hansson et Svedberg étaient sortis, mais – beaucoup plus important ! – elle avait appelé l'hôpital et pu parler à Rydberg en personne, qui lui avait dit que ça allait. Mais qu'il devrait quand même passer la nuit là-bas.

– J'y vais, dit Wallander. Je vais le voir.

– C'est la dernière chose qu'il m'a dite. Qu'il ne voulait ni visite ni coup de fil, sous aucun prétexte. Et surtout pas de fleurs.

Il y eut un silence.

– Bon, dit Wallander. Ça ne m'étonne pas, en fait. Quand on connaît Rydberg…

– Vous travaillez trop, vous mangez mal et vous ne prenez pas assez d'exercice. C'est ça, votre problème.

Wallander se pencha vers elle.

– Toi non plus, Ebba. Toi non plus, tu n'as plus ta ligne d'il y a quelques années.

Ebba éclata de rire. Wallander se rendit à la cafétéria et trouva une demi-boule de pain abandonnée par quelqu'un. Il beurra quelques tartines qu'il emporta dans son bureau. Puis il écrivit un résumé de ce que lui avaient appris Linnea Gunnér et Anette Bengtsson. À dix-sept heures quinze, il posa son crayon et se relut. Comment poursuivre à partir de là ? L'homme dans le magasin, surpris et faisant demi-tour en apercevant une cliente… Ils devaient avoir un code.

Une question, toujours la même : pourquoi les deux femmes avaient-elles été tuées ?

Quelque chose qui fonctionnait, et qui a soudain cessé de fonctionner...

À dix-huit heures, il essaya de joindre ses collègues. Le seul présent était Martinsson. Ils décidèrent de réunir le groupe le lendemain à huit heures. Wallander posa les pieds sur son bureau et rumina encore une fois les éléments dont il disposait. Ça ne donnait pas grand-chose. Il pouvait aussi bien continuer chez lui. De plus, il devait retirer tous les objets personnels de sa voiture, puisqu'il allait s'en séparer le lendemain.

Il venait d'enfiler sa veste quand Martinsson entra.

– Je crois qu'il vaut mieux que tu t'assoies.

Parfois, Martinsson l'exaspérait.

– Je suis très bien debout. Que se passe-t-il ?

Martinsson paraissait soucieux. Il tenait un fax à la main.

– Ça vient d'arriver. Du ministère des Affaires étrangères.

Il tendit le papier à Wallander, qui le lut sans rien comprendre. Puis il s'assit et le relut, lentement cette fois.

Les mots écrits étaient intelligibles. Très simples, même. Mais que cela puisse correspondre à une réalité ? C'était impossible à croire.

– Mon père est en garde à vue. Il a été arrêté par la police du Caire. Il va passer en jugement s'il ne paie pas sur-le-champ une amende équivalant à dix mille couronnes. Il y a trois chefs d'inculpation contre lui. Intrusion, assaut et ascension interdite. C'est quoi, ce bordel ? Ça veut dire quoi ?

– J'ai appelé le ministère. Ça me paraissait étrange, à moi aussi. Apparemment il a tenté d'escalader la pyramide de Khéops. C'est strictement interdit.

Wallander fixait son collègue, les yeux écarquillés.

– Tu vas sans doute devoir aller le chercher là-bas, ajouta Martinsson. Il y a des limites au pouvoir du consulat suédois.

Wallander secoua la tête.

Ce n'était pas croyable.

Il était dix-huit heures quinze, le 15 décembre 1989.

8

À treize heures dix le lendemain, Wallander se laissa tomber sur le siège d'un appareil DC9 de la SAS. Il avait la place 19C, côté couloir, et la vague notion que cet avion l'emmènerait au Caire après une première escale à Francfort et une seconde à Rome. L'arrivée était prévue à vingt heures quinze. Il ne savait toujours pas s'il existait un décalage horaire entre la Suède et l'Égypte. Il savait, de façon générale, très peu de choses sur ce qui venait de l'arracher ainsi brutalement à sa vie d'Ystad et à son enquête sur un crash, un incendie et un double meurtre, pour le propulser à bord d'un avion prêt à décoller de l'aéroport de Kastrup à destination du continent africain.

La veille au soir, quand le véritable sens du fax du ministère des Affaires étrangères lui était enfin apparu, il avait pour une fois – ça ne lui ressemblait pas du tout – perdu le contrôle de ses actes. Il avait quitté le commissariat sans un mot, ignorant les propositions d'aide de la part de Martinsson qui l'avait suivi jusqu'à sa voiture.

De retour à Mariagatan, il avait bu deux grands whiskies. Puis il avait relu plusieurs fois le fax, dans l'espoir d'y découvrir un message caché. Peut-être était-ce un rébus, une fantaisie, une blague que lui adressait quelqu'un ? Son propre père pouvait-il en

413

être l'auteur ? Ce ne serait pas inimaginable. Mais, peu à peu, l'évidence s'était imposée à lui. Il n'avait pas d'autre choix que d'accepter les faits : son dingue de père s'était mis en tête d'escalader la pyramide de Khéops. Et ça lui avait valu d'être maintenu en garde à vue. Enfermé dans une cellule, autrement dit. Dans un commissariat. Au Caire.

Peu après vingt heures, il avait appelé chez Mona à Malmö. Par chance, Linda avait décroché à la place de sa mère. Il lui avait dit ce qu'il en était et lui avait demandé conseil. Elle avait répondu avec beaucoup de fermeté. Il devait partir pour l'Égypte et s'arranger pour faire libérer son grand-père. Il avait multiplié les objections ; elle les avait réfutées une à une ; pour finir, il s'était rangé à son point de vue. Elle avait proposé de se renseigner pour lui sur les prochains vols.

Il s'était calmé peu à peu. Le lendemain, il était d'ores et déjà prévu qu'il aille à la banque retirer vingt mille couronnes en espèces pour l'achat d'une Peugeot. Personne ne lui demanderait ce qu'il allait faire effectivement de cet argent. Grâce à lui, il aurait les moyens de payer le billet d'avion. Quant au reste de la somme, il le convertirait en livres anglaises ou en dollars pour payer l'amende. À vingt-deux heures, Linda lui téléphona pour l'informer qu'il y avait un vol à treize heures dix. Il décida de faire appel à Anette Bengtsson. Quand il lui avait dit, plus tôt dans la journée, qu'il reviendrait la voir, jamais il n'aurait imaginé que ça se concrétiserait aussi vite.

Il était minuit quand il entreprit de faire ses bagages. Il s'aperçut qu'il ne savait absolument rien du Caire. Le vieux était parti là-bas avec un antique casque colonial vissé sur le crâne. Mais son père était sans l'ombre d'un doute fou à lier ; on ne pouvait pas le prendre au sérieux, pas une seconde. Pour finir, il fourra quelques chemises et quelques slips dans un sac. Et basta. De toute façon, il ne comptait pas rester là-bas au-delà du strict minimum.

Puis il but encore deux whiskies, programma le réveil pour six heures et ferma les yeux dans l'espoir de dormir. Un sommeil léger et inquiet le mena avec une lenteur infinie jusqu'au lever du jour.

Il se présenta à la banque à l'heure de l'ouverture ; il était le premier client. Il fallut vingt minutes pour signer les papiers, récupérer les billets et en troquer la moitié contre des dollars américains, en espérant qu'on ne lui poserait pas de questions. De la banque, il se rendit tout droit à l'agence de voyages. Anette Bengtsson fut étonnée de le voir, mais elle se montra aussitôt très serviable. Il lui expliqua qu'il ne pouvait réserver une date de retour dans l'immédiat. Le prix de l'aller simple faillit le faire tomber de sa chaise. Mais il ne dit rien, se contenta d'aligner sur la table les coupures de mille couronnes ; puis il empocha son billet et quitta l'agence.

De là, il prit un taxi jusqu'à Malmö.

Il lui était déjà arrivé de voyager en taxi de Malmö jusqu'à Ystad, quand il avait trop bu pour reprendre le volant. Mais jamais dans l'autre sens et jamais en étant sobre. La voiture neuve, pensa-t-il sombrement, il pouvait lui dire adieu. Peut-être devait-il envisager de circuler désormais à mobylette. Ou à vélo.

Linda vint à sa rencontre au terminal des aéroglisseurs vers le Danemark. Ils n'eurent que quelques minutes ensemble avant le départ. Mais elle finit de le convaincre qu'il avait raison de partir. Elle lui demanda s'il avait bien pensé à prendre son passeport.

– Il te faut un visa, dit-elle. Mais tu pourras l'acheter à l'aéroport du Caire.

Comment le savait-elle ? Il renonça à l'interroger.

À présent, assis à la place 19C et tandis qu'il sentait l'avion s'élancer sur la piste, puis décoller, se soulever vers les nuages et les voies aériennes invisibles en direction du sud, il avait l'étrange sensation qu'il était encore dans son bureau du commissariat et qu'il voyait Martinsson apparaître à la porte, le fax à la main et l'air malheureux.

De l'aéroport de Francfort il ne garda que le souvenir d'un dédale de couloirs et d'escalators. Puis de nouveau il se retrouva assis côté couloir. Après l'atterrissage à Rome pour la seconde escale, il tomba la veste. L'avion se posa sur le tarmac de l'aéroport du Caire avec une demi-heure de retard. Pour atténuer sa peur de l'altitude et sa nervosité à l'idée de ce qui l'attendait une fois à destination, il avait beaucoup trop bu au cours du voyage. Il n'était pas vraiment ivre au moment de sortir dans la moiteur de la nuit égyptienne ; mais pas sobre non plus. Il avait rangé la plus grande partie de son argent dans un sac en tissu qu'il portait pendu au cou, sous sa chemise. Un représentant de la police des frontières, qui paraissait épuisé, l'aiguilla vers une banque où il pourrait acheter un visa de tourisme. Il paya, on lui remit en plus du visa une épaisse liasse de billets de banque crasseux ; soudain, sans savoir comment, il avait franchi le contrôle des passeports et la douane. Plusieurs chauffeurs de taxi se ruèrent aussitôt vers lui, prêts à le conduire n'importe où dans le monde. Wallander eut la présence d'esprit de chercher du regard une navette jusqu'au Mena House, dont il avait cru comprendre que c'était un hôtel assez important. Son plan allait en effet jusque-là : prendre une chambre dans le même hôtel où était descendu son père. Bien vu ! Il y avait bien un minibus « Mena House ». Il monta à bord et traversa la ville, coincé au milieu de dames américaines bruyantes. Soudain il sentit une brise tiède contre son visage et s'aperçut qu'ils traversaient un fleuve. Le Nil, peut-être ? Peu de temps après, le minibus freina. Ils étaient arrivés.

Le trajet l'avait dégrisé. Le temps de descendre du bus, il ne savait plus très bien ce qu'il devait faire, ni quelle serait la suite des événements. Un policier suédois en Égypte peut se sentir très petit, pensa-t-il en faisant son entrée dans le magnifique hall. Il se dirigea vers la réception, où un jeune homme souriant lui demanda dans un anglais impeccable s'il pouvait l'aider en quoi que ce soit. Wallander lui expliqua la situation : il n'avait pas réservé de chambre. Le jeune homme prit un air soucieux.

– Je crois que vous avez déjà un client du nom de Wallander…

L'homme chercha dans son registre informatisé et acquiesça.

– C'est mon père, dit Wallander.

Intérieurement, il gémit de la pauvreté de son anglais et de son accent désastreux.

– Je ne peux malheureusement vous donner une chambre voisine de la sienne, dit le jeune homme. Il ne nous reste que des chambres simples qui ne disposent pas de la vue sur les pyramides.

– Ça me convient, dit Wallander, qui ne voulait pas penser aux pyramides plus que nécessaire.

Il se vit remettre une clé ainsi qu'un petit plan de la ville et chercha ensuite son chemin dans le labyrinthe qu'était l'hôtel. Il avait clairement été agrandi de nombreuses fois au fil des ans. Il finit par trouver sa chambre. Il s'assit sur le lit. L'air climatisé lui faisait du bien. Il retira sa chemise trempée de sueur. Dans la salle de bains, il aperçut son reflet dans la glace.

– Je suis ici, dit-il à haute voix. Il est tard. J'ai besoin de manger un morceau. Et de dormir, dormir surtout. Mais ça, je ne le peux pas, parce que mon dingue de père est enfermé dans un commissariat quelque part dans cette ville.

Il enfila une chemise propre, se brossa les dents et retourna à la réception. Le jeune homme n'était plus là. Ou alors il ne le reconnaissait pas. Il s'approcha d'un employé plus âgé qui, debout et immobile, paraissait surveiller tout ce qui se passait dans le hall. Il sourit quand Wallander se planta devant lui.

– Je suis venu parce que mon père a un problème. Son nom est Wallander. C'est un monsieur âgé. Il est arrivé il y a quelques jours.

– Quel type de problème ? Est-il tombé malade ?

– Apparemment, il aurait tenté d'escalader une pyramide. Si je le connais bien, il a choisi la plus haute.

Le réceptionniste hocha lentement la tête.

– J'en ai entendu parler. C'est un cas très malheureux. La police et le ministère du Tourisme n'ont pas du tout apprécié son initiative.

Il disparut par une porte et revint avec un autre homme, d'âge mûr lui aussi. Ils tinrent conciliabule à toute vitesse. Puis ils se tournèrent vers Wallander.

– Êtes-vous le fils du vieux monsieur ? demanda le deuxième homme.

Wallander acquiesça.

– Et je suis aussi policier.

Il leur montra sa carte, où le mot « police » s'affichait en grandes lettres. Les deux hommes parurent ne pas comprendre.

– Vous n'êtes donc pas son fils… Vous êtes un policier suédois.

418

– Je suis l'un et l'autre, répondit Wallander. Son fils *et* un policier suédois. Les deux.

Les réceptionnistes méditèrent cette réponse en silence. D'autres collègues à eux s'étaient entre-temps approchés. Le dialogue ultrarapide dans une langue incompréhensible recommença. Wallander nota qu'il était de nouveau en nage.

On lui demanda d'attendre. L'un des réceptionnistes lui indiqua un canapé un peu plus loin. Wallander alla docilement s'asseoir. Une femme voilée passa. *Shéhérazade. Elle, elle aurait pu m'aider. Ou alors Aladin. C'est ça qu'il me faudrait. Quelqu'un de ce calibre.* Il attendit. Une heure s'écoula. Il se leva et s'approcha de la réception. On lui fit aussitôt signe de retourner sur le canapé. Il avait très soif. Minuit était passé depuis longtemps.

Il y avait encore beaucoup de monde dans le hall. Les dames américaines avec lesquelles il avait voyagé dans le minibus disparurent en compagnie d'un guide, qui se proposait manifestement de leur faire découvrir la nuit égyptienne. Wallander ferma les yeux. Il tressaillit en sentant une main se poser sur son épaule. Il ouvrit les yeux et reconnut le premier réceptionniste. Celui-ci était flanqué de plusieurs policiers aux uniformes impressionnants. Il se leva. Une pendule indiquait deux heures trente. L'un des policiers, qui pouvait avoir son âge et qui portait le plus grand nombre d'insignes à son revers, se mit au garde-à-vous et prit la parole en anglais.

– On m'explique que vous avez été envoyé chez nous par la police suédoise.

– Non. Je suis de la police, mais je suis avant tout le fils de M. Wallander.

L'homme se retourna vers le réceptionniste et déversa un flot de paroles incompréhensibles.

Wallander pensa que le mieux à faire était de se rasseoir. Un quart d'heure plus tard, le visage du policier s'éclaira.

– Je m'appelle Hassaneyh Radwan. Je crois avoir maintenant compris la situation. Quel plaisir de faire la connaissance d'un collègue de Suède. Suivez-moi.

Ils quittèrent l'hôtel. Wallander se faisait l'effet d'un criminel, entouré comme il l'était de policiers en armes. La nuit était moite, presque suffocante. Il monta à côté du dénommé Radwan à l'arrière d'une voiture de police qui démarra, sirène hurlante, sur les chapeaux de roue. Wallander entraperçut soudain les pyramides, illuminées par de puissants projecteurs. Il n'en crut tout d'abord pas ses yeux. Mais c'étaient vraiment elles. Les pyramides d'Égypte, qu'il avait vues tant de fois en photo. Puis il se rappela, effaré, que son père avait tenté d'escalader l'une d'entre elles.

Ils prirent vers l'est. Il reconnut le chemin par où il était venu en arrivant de l'aéroport.

– Comment va mon père ? demanda-t-il à l'officier qui s'était présenté sous le nom de Radwan.

– Il a un fort caractère. Malheureusement, son anglais n'est pas facile à comprendre.

Mon père ne parle pas un mot d'anglais, pensa Wallander, résigné.

Ils filaient à travers la ville à une vitesse affolante. Wallander crut voir quelques chameaux qui avançaient, lourdement chargés, lents et dignes. Le sac en tissu, sous sa chemise, frottait contre sa peau. La sueur coulait sur son visage. Ils traversèrent un fleuve.

– C'est le Nil ? demanda Wallander.

Radwan acquiesça. Il sortit un paquet de cigarettes, mais Wallander fit non de la tête.

– Ah ? Vous ne fumez pas ? Ce n'est pas comme votre père.

Mon père n'a jamais fumé de sa vie, pensa Wallander avec désespoir. Il commençait à se demander s'il n'y avait pas eu erreur sur la personne. Pouvait-il y avoir plus d'un vieux monsieur du nom de Wallander qui aurait tenté l'escalade de cette malheureuse pyramide ?

La voiture freina brutalement. Il avait juste eu le temps de voir que la rue portait le nom de Sadd Al-Barrani. Ils étaient devant l'entrée d'un vaste hôtel de police. Des policiers armés montaient la garde dans des guérites dressées de part et d'autre de l'immense portail. Wallander suivit Radwan. Ils entrèrent dans une pièce fortement éclairée au néon. La lumière blessa ses yeux fatigués. L'officier lui indiqua une chaise. Combien de temps il allait devoir attendre cette fois ? Juste avant que l'autre ne sorte, il lui demanda s'il était possible d'acheter un soda. Radwan cria à un jeune policier d'approcher.

Wallander, qui n'avait aucune idée de la valeur des billets qu'on lui avait remis au bureau de change de l'aéroport, lui tendit une petite liasse.

– Coca-Cola, dit-il.

Le jeune policier parut perplexe. Mais il ne dit rien, se contenta de prendre l'argent et de s'en aller.

Il revint un peu plus tard avec une caisse entière de bouteilles de Coca. Wallander les compta. Il y en avait quatorze. Il en ouvrit deux avec son canif et donna les autres au policier en lui disant de les partager avec ses collègues.

Il était quatre heures et demie du matin. Wallander contemplait une mouche, posée immobile sur l'une des bouteilles vides. Une radio grésillait quelque part. Soudain il pensa qu'il y avait, de fait, une ressemblance entre ce commissariat et celui d'Ystad. La tranquillité nocturne. L'attente que quelque chose arrive.

Ou non. Le policier plongé dans son journal aurait pu être Hansson penché sur ses pronostics hippiques.

Radwan revint et fit signe à Wallander de le suivre. Ils longèrent une interminable suite de couloirs aux coudes innombrables, grimpèrent et descendirent des volées de marches, et s'arrêtèrent enfin devant une porte où un policier montait la garde. Sur un signe de tête de Radwan, il déverrouilla la porte.

– Je reviens dans une demi-heure, dit Radwan.

Il tourna les talons.

Wallander fit quelques pas. Dans la cellule, éclairée par les sempiternels tubes de néon, il vit une table et deux chaises. Assis sur l'une des chaises, son père. Le vieux portait une chemise et un pantalon, mais il était pieds nus. Et hirsute. Wallander eut soudain pitié de lui.

– Salut, papa. Comment ça va ?

Son père le regarda sans manifester la moindre surprise.

– J'ai l'intention de faire appel, annonça-t-il.

– Contre quoi ?

– Contre le fait qu'on prétende empêcher les gens de monter sur les pyramides.

– Écoute, dit Wallander. Pour ce qui est de faire appel, je crois qu'on va attendre. Le plus urgent, là tout de suite, c'est que tu sortes d'ici.

– Je refuse de payer quelque amende que ce soit, répliqua son père en haussant le ton. Je tiens à purger ma peine ici même. Deux ans, m'ont-ils dit. Ça passe vite.

Wallander envisagea de se mettre en colère. Mais cela risquait d'énerver son père encore plus.

– Je crois que les prisons égyptiennes ne sont pas très sympathiques, dit-il prudemment. Aucune prison n'est sympathique, d'ailleurs. En plus, ça m'étonnerait beaucoup qu'ils te laissent peindre.

Son père le considéra en silence. Il n'avait à l'évidence pas envisagé cette possibilité.

Il hocha la tête et se leva.

– Alors on s'en va, dit-il. Tu as l'argent pour payer l'amende ?

– Assieds-toi, papa. Je ne crois pas que ça va se passer aussi facilement.

– Pourquoi ? Je n'ai rien fait de mal.

– D'après ce que j'ai cru comprendre, tu as cherché à escalader la pyramide de Khéops.

– Mais oui. C'est bien pour ça que j'ai fait le déplacement jusqu'ici. Les touristes peuvent bien rester en bas au milieu des chameaux. Moi, je voulais atteindre le sommet.

– Ce n'est pas permis. Et c'est mortellement dangereux. Et de quoi ça aurait l'air, à ton avis, si tout le monde se mettait à vouloir grimper sur les pyramides ?

– Je ne parle pas de tout le monde. Je parle de moi.

Wallander comprit que ça ne servait à rien de le raisonner. En même temps, il était impressionné malgré lui par l'obstination du vieux.

– Écoute, redit-il. Je suis là. Je vais essayer de te faire sortir demain. Ou même aujourd'hui, si c'est possible. Je paie l'amende et voilà. On s'en va, on retourne à l'hôtel, on récupère ta valise et on rentre.

– J'ai payé ma chambre jusqu'au 21.

Wallander hocha la tête avec patience.

– D'accord. Je rentre. Tu restes. Mais je te préviens. Si tu te remets en tête de grimper sur quoi que ce soit, ce sera ton affaire, pas la mienne.

– Je ne suis pas monté très haut, finalement. C'était difficile. Et plus pentu que je ne le croyais.

– Mais pourquoi ? Pourquoi voulais-tu monter là-haut ?

Son père hésita.

– C'est un rêve que j'ai toujours eu. Il faut être fidèle à ses rêves, je trouve.

La conversation s'éteignit. Quelques minutes plus tard, Radwan reparut. À peine entré, il offrit une cigarette au père de Wallander. Il l'alluma pour lui. Wallander n'en revenait pas.

– Tu fumes, en plus ?

– Seulement quand je suis en prison. Jamais le reste du temps.

Wallander se tourna vers Radwan.

– Je suppose qu'il n'est pas possible que j'emmène mon père dès à présent ?

– Il passera en jugement à dix heures. Le juge acceptera sans doute qu'il se contente de payer l'amende.

– Sans doute ?

– Rien n'est sûr, répondit Radwan. Mais il faut garder espoir.

Wallander prit congé de son père. Radwan l'escorta jusqu'à un véhicule de police qui attendait devant le bâtiment pour le raccompagner à l'hôtel. Il était six heures du matin.

– Une voiture passera vous prendre à l'hôtel à neuf heures, dit Radwan. Il faut toujours venir en aide à un collègue étranger.

Wallander le remercia et monta à l'arrière. Comme à l'aller, il fut plaqué contre le siège par la brutalité du démarrage. Sirène à fond, une fois de plus.

De retour à l'hôtel, il demanda à être réveillé à sept heures ; il retrouva le chemin de sa chambre, se déshabilla et s'allongea nu sur le lit en pensant à son père. Il faut absolument que je le sorte de là. S'il doit rester ici deux ans en prison, il en mourra…

Il sombra dans un demi-sommeil inquiet, d'où il fut tiré par la vive lumière du soleil. Il prit une douche et s'habilla. Il en était déjà à sa dernière chemise propre.

Il sortit. Il faisait plus frais à cette heure, c'était agréable. Soudain il s'immobilisa.

Les pyramides !

Il en fut cloué sur place. La sensation de leur grandeur était écrasante. Il gravit la côte qui menait à l'entrée du plateau de Gizeh. On lui proposa dix fois de faire le trajet à dos d'âne ou de chameau. Mais il monta à pied. Au fond de lui, il comprenait son père. *Il faut être fidèle à ses rêves, je trouve.* Et lui ? Jusqu'à quel point leur était-il fidèle ? Il s'arrêta et contempla de nouveau les pyramides. Tourna son regard vers la plus haute d'entre elles. Imagina son père à l'assaut de la paroi abrupte…

Il demeura longtemps ainsi avant de retourner à l'hôtel, où il prit son petit déjeuner. À neuf heures, il était devant l'entrée. La voiture de police surgit quelques instants plus tard. La circulation était dense et la sirène aussi stridente que la veille. Pour la quatrième fois, Wallander traversa le Nil. Il comprit qu'il se trouvait dans une ville gigantesque, grouillante, énorme.

Le tribunal était situé dans une certaine rue Al-Azhar. Il reconnut Radwan, qui fumait une cigarette sur les marches.

– J'espère que vous avez pu dormir un peu, dit Radwan courtoisement, en venant à sa rencontre. Il n'est pas bon pour un homme de rester sans sommeil.

Ils pénétrèrent dans le bâtiment.

– Votre père est déjà arrivé.

– A-t-il un avocat ?

– Il bénéficie d'une assistance juridique. C'est un tribunal d'instance.

– Qui peut tout de même le condamner à deux ans de prison, si j'ai bien compris…

Radwan répondit sur un ton dégagé.

– Il y a une grande différence entre deux ans et la peine de mort.

Ils entrèrent dans la salle d'audience, où des factotums époussetaient les meubles.

– Votre père est la première affaire de la journée, dit Radwan.

Ils s'assirent, attendirent. Soudain, son père fut amené, et Wallander ouvrit des yeux effarés – on lui avait passé les menottes ! Il sentit les larmes lui monter aux yeux. Radwan lui jeta un rapide regard et lui tapota l'épaule.

Un juge solitaire entra et s'assit. Le procureur, qui avait surgi de nulle part, se lança dans une longue harangue que Wallander supposa être l'acte d'accusation. Radwan se pencha vers lui.

– Ça paraît bien engagé, chuchota-t-il. Il affirme que votre père est vieux, sénile, et qu'il ne peut être tenu pour responsable de ses actes.

Wallander ferma les yeux. *Pourvu que personne ne lui traduise. Ça va le rendre fou.*

Le procureur s'assit. L'assistant juridique se leva. Contrairement au procureur, il fut très bref.

– Il plaide l'amende, murmura Radwan. J'ai informé le tribunal de votre présence. J'ai précisé que vous étiez son fils et que vous étiez également de la police.

L'assistant juridique se rassit. Wallander vit que son père souhaitait ajouter quelque chose. Mais l'assistant secoua la tête.

Le juge abattit son maillet et prononça quelques mots. Il y eut un nouveau coup de marteau. Puis il se leva et sortit.

– Amende, dit Radwan en tapotant l'épaule de Wallander. Vous pouvez payer sur place. Une fois que ce sera fait, votre père sera un homme libre.

Wallander tira sur le cordon du sac et le sortit par l'échancrure de sa chemise. Radwan le conduisit jusqu'à une table où un homme recalcula la somme en convertissant les livres égyptiennes en dollars américains. Presque tout l'argent de Wallander y passa. En échange, on lui donna un reçu illisible. Radwan demanda qu'on enlève les menottes à son père.

– J'espère que le reste de votre séjour vous sera agréable, dit l'officier en leur serrant la main à tour de rôle. Si je puis me permettre un conseil – mieux vaudrait s'abstenir de recommencer.

Radwan veilla à ce qu'une voiture de police les raccompagne à leur hôtel. Avant de les quitter, il donna à Wallander une carte où figurait son adresse personnelle. Celui-ci comprenait bien que, sans lui, les choses ne se seraient pas résolues aussi facilement. Il devait trouver une façon de le remercier – peut-être en lui faisant parvenir une toile avec un coq de bruyère ?

Son père, d'humeur radieuse, ne tarissait pas de commentaires sur tout ce qu'ils voyaient par le pare-brise de la voiture de police. Wallander, lui, était juste épuisé.

– Viens, je vais te montrer les pyramides, dit le vieux gaiement quand ils furent arrivés.

– Pas tout de suite, s'il te plaît. Il faut que je dorme un peu. Toi aussi, d'ailleurs, ça te ferait du bien. Ensuite nous irons regarder les pyramides. Mais avant ça, je dois réserver mon billet d'avion pour le retour.

Son père le dévisagea attentivement.

– Je dois dire que tu m'étonnes. Que tu aies pris la peine de venir jusqu'ici pour me faire sortir… je n'aurais pas cru ça de toi.

Il y eut un silence.

– Va te reposer, dit Wallander. Je te retrouve à quatorze heures dans le hall.

Il ne réussit jamais à s'endormir. Après s'être retourné en tous sens sur son lit pendant une heure, il redescendit à la réception et demanda où il pouvait réserver un vol. On lui indiqua une agence située dans une autre partie de l'hôtel. Là, il fut aidé par une femme à la beauté hallucinante, qui s'exprimait pardessus le marché dans un anglais parfait. Elle réussit à lui obtenir une place sur un vol qui quittait Le Caire à neuf heures le lendemain 18 décembre. Il serait à Kastrup dès quatorze heures, car il n'y avait cette fois qu'une seule escale. Quand il ressortit de l'agence, sa réservation confirmée, il n'était encore que treize heures. Il s'installa dans un bar voisin de la réception, où on lui servit un café très fort, beaucoup trop sucré, accompagné d'un verre d'eau. À quatorze heures tapantes, son père fit son apparition dans le hall. Il avait son casque colonial sur la tête.

Ils passèrent les heures qui suivirent ensemble, sur le plateau de Gizeh, sous un soleil de plomb. Wallander crut plusieurs fois qu'il allait s'évanouir. Son père, lui, n'était apparemment pas affecté par la chaleur. Wallander trouva enfin un peu d'ombre auprès du sphinx. Le vieux n'arrêtait pas de parler, et Wallander comprit peu à peu qu'il en connaissait vraiment un rayon sur l'Égypte ancienne et sur ces gens qui avaient édifié dans un lointain passé à la fois les pyramides et cet étrange sphinx.

Il était près de dix-huit heures quand ils retournèrent à l'hôtel. Comme Wallander se levait tôt le lendemain pour prendre l'avion, ils convinrent de rester dîner au Mena House, qui offrait le choix entre plusieurs restaurants. Son père proposa de réserver une table dans le restaurant indien. Après coup, Wallander pensa qu'il avait rarement aussi bien mangé de sa vie – voire jamais. Son père était resté aimable d'un bout à l'autre du repas, et Wallander se sentit rassuré : il avait vraiment laissé tomber, semblait-il, toute idée de se lancer de nouveau à l'assaut d'un monument.

Ils se séparèrent pour la nuit vers vingt-trois heures. Wallander devait prendre un taxi pour l'aéroport à six heures le lendemain.

– Je me lèverai pour te dire au revoir, dit son père.

– J'aime autant pas. Je n'aime pas les adieux, et toi non plus.

– Comme tu voudras.

Il y eut un silence.

– Tu as sans doute raison, ajouta son père ensuite. Deux ans en prison, sans avoir le droit de peindre, ça aurait sans doute été dur.

– Oui.

– Merci d'être venu.

– Reviens le 21 comme prévu et tout ira bien.

– La prochaine fois, on ira en Italie tous les deux.

Sur ces mots, son père se détourna et disparut en direction de sa chambre.

Wallander dormit d'un sommeil lourd. À six heures, il monta dans le taxi à destination de l'aéroport et traversa le Nil pour la sixième et – il l'espérait – dernière fois.

L'avion décolla, fit escale à Francfort et atterrit à Kastrup en temps voulu. Il prit un taxi jusqu'au terminal des aéroglisseurs. À quinze heures quarante-cinq, il était à Malmö, où il courut jusqu'à la gare centrale et attrapa de justesse le train pour Ystad. De la gare d'Ystad, il se rendit tout droit à Mariagatan, où il se changea. À dix-huit heures trente, il franchit les portes du commissariat. Le montant cabossé avait été réparé. Déjà !

Björk est vraiment le maître des priorités, pensa-t-il avec amertume. Les bureaux de Martinsson et de Svedberg étaient déserts, mais il trouva Hansson dans le sien. Il lui raconta son voyage en peu de mots. Mais, avant toute chose, il prit des nouvelles de Rydberg.

– Il doit revenir demain, si j'ai bien compris, dit Hansson. En tout cas, c'est ce qu'a dit Martinsson.

Wallander éprouva un immense soulagement. Ce n'était donc pas si grave, tout compte fait.

– Et à part ça ? Comment va l'enquête ?

– Il s'est passé un truc. Mais c'est plutôt lié à l'avion.

– Alors ?

– Yngve Leonard Holm a été retrouvé. Mort. Dans la forêt, près de Sjöbo. Il a été tué.

Wallander s'assit.

– Ce n'est pas tout, poursuivit Hansson. Il s'est pris une balle dans la nuque. Comme les sœurs Eberhardsson.

Wallander retenait son souffle.

Il ne s'attendait pas du tout à ça. Qu'un lien surgisse ainsi entre l'accident d'avion et les deux mercières.

Muet, il fixait intensément son collègue tout en réfléchissant avec fébrilité. *Qu'est-ce que ça veut dire ? Que signifie ce que vient de me dire Hansson ?*

Le voyage au Caire lui parut soudain très lointain. Comme un vieux souvenir.

9

Le 19 décembre, à dix heures du matin, Wallander appela la banque et demanda s'il pouvait allonger son emprunt de vingt mille couronnes supplémentaires. Il prétexta qu'il y avait eu un malentendu avec le vendeur sur le prix de la voiture. Le conseiller dit que cela ne poserait pas de problème, et qu'il pouvait passer signer les papiers et récupérer la somme le jour même, s'il le désirait. Après avoir raccroché, Wallander appela le concessionnaire. Ils convinrent que celui-ci conduirait la nouvelle Peugeot jusqu'à Mariagatan à treize heures. Par la même occasion, il essaierait de faire redémarrer l'ancienne ; à défaut, il la remorquerait jusqu'à l'atelier.

Il passa ces deux coups de fil aussitôt après la réunion matinale du groupe d'enquête, qui avait démarré à sept heures quarante-cinq et duré deux heures. Mais il était au commissariat depuis bien plus longtemps. La veille au soir, en apprenant la découverte du corps d'Yngve Leonard Holm et l'existence d'un possible lien entre lui et les sœurs Eberhardsson – ou tout au moins avec leur meurtrier –, il avait retrouvé d'un coup toute son énergie et passé presque une heure en compagnie de Hansson pour se mettre au courant de la situation. À un certain moment, la fatigue l'avait submergé ; il était rentré chez lui, s'était allongé tout habillé sur le lit pour se reposer quelques instants, mais le sommeil l'avait surpris et il ne s'était réveillé qu'au matin, à cinq heures trente. Il se sentait en pleine forme. Il avait repensé à son voyage au Caire. Et constaté que le souvenir en était déjà presque effacé.

À son arrivée au commissariat il avait trouvé Rydberg, et ils s'étaient attablés ensemble dans la cafétéria, où ceux qui achevaient leur service de nuit bâillaient au-dessus d'un café. Rydberg buvait du thé comme d'habitude, avec des biscottes.

– On m'a raconté que tu revenais d'Égypte, dit Rydberg. Comment as-tu trouvé les pyramides ?

– Hautes. Remarquables.

– Et ton père ?

– Il aurait pu finir en prison. J'ai réussi à le faire sortir moyennant dix mille couronnes.

Rydberg éclata de rire.

– Mon vieux à moi était maquignon. Je te l'avais déjà dit ?

– Tu ne m'as jamais dit un mot sur tes parents.

– Il faisait le tour des marchés et allait voir les chevaux en leur regardant les dents. Il les achetait, il les revendait. Apparemment, il était champion pour faire monter les prix. Ce qu'on raconte sur le portefeuille des maquignons est vrai – tu sais, ces gros portefeuilles en cuir noir toujours bourrés à craquer et qui s'ouvrent en accordéon. Mon père en avait un, rempli de billets de mille. Mais, à mon avis, les pyramides, il ne savait même pas où c'était. Et encore moins que la capitale de l'Égypte est Le Caire. Il était totalement inculte. Il ne connaissait qu'un seul sujet : les chevaux. Et, accessoirement, les femmes. Ma mère n'en pouvait plus de toutes ses liaisons.

– On a les parents qu'on peut, dit Wallander. Comment vas-tu ?

– Je ne sais pas. On ne s'écroule pas comme ça à cause de rhumatismes. Il y a un truc qui cloche, mais je ne sais pas ce que c'est. Et, dans l'immédiat, je suis nettement plus intéressé par ce Holm qu'on a retrouvé dans la forêt.

– Hansson m'en a parlé hier.

Rydberg posa sa tasse.

– Ce serait fascinant, bien sûr, s'il s'avérait que les sœurs Eberhardsson étaient impliquées dans une histoire de trafic de drogue. Les merceries suédoises prendraient un sacré coup de jeune. Au rancart les broderies, par ici l'héroïne.

– Oui, dit Wallander en se levant. Il faut se mettre au boulot. À tout à l'heure.

En se dirigeant vers son bureau, il pensa que Rydberg n'aurait jamais parlé ainsi de sa santé s'il n'était pas convaincu qu'il y avait un problème. Cela l'inquiétait.

Jusqu'à sept heures quarante-cinq, il parcourut quelques rapports qu'on avait posés sur sa table pendant les trois jours de son absence. Il avait eu Linda au téléphone la veille, quand il était passé chez lui déposer sa valise. Elle avait promis de faire la traversée jusqu'au Danemark pour accueillir son grand-père à l'aéroport de Kastrup. Elle allait aussi veiller à ce qu'il rentre sain et sauf à Löderup. Wallander n'était pas du tout certain de disposer d'une voiture neuve et donc de pouvoir récupérer son père à Malmö au jour dit.

Il trouva deux messages d'Ebba. Sten Widén avait appelé. Et sa sœur. Il les mit de côté. Il avait également reçu un coup de fil de son collègue Göran Boman, à Kristianstad, un policier qu'il voyait de temps à autre ;

ils s'étaient connus lors d'un séminaire comme la direction centrale ne cessait d'en inventer. Il rangea ce papier avec les autres. Le reste disparut dans la corbeille.

Il commença la réunion par un rapide compte rendu de ses aventures cairotes. S'ensuivit une discussion pour savoir quand la peine de mort avait réellement été abolie en Suède. Les avis étaient très partagés. D'après Svedberg, on avait continué à tuer les condamnés jusque dans les années 1930. Martinsson protesta vigoureusement en affirmant qu'aucune exécution n'avait eu lieu dans le royaume depuis la décapitation d'Anna Månsdotter à la prison de Kristianstad, dans les années 1890. Pour finir, Hansson appela un journaliste judiciaire à Stockholm qui partageait sa passion du tiercé.

– 1910, annonça-t-il après avoir raccroché. C'est l'année où la guillotine a été utilisée pour la première et la dernière fois en Suède. Contre un certain Ander.

– Ce n'est pas lui qui était parti en ballon au pôle Nord ?

– Celui-là s'appelait Andrée. Et maintenant on en revient à nos moutons.

Rydberg avait gardé le silence pendant toute cette discussion. Wallander eut l'impression qu'il était absent.

Ils parlèrent de Holm, et du fait que celui-ci constituait un cas limite administratif. Le corps avait été découvert en effet sur le territoire de la police de Sjöbo, mais à une centaine de mètres seulement du chemin de traverse qui marquait le commencement du district d'Ystad.

– Les collègues de Sjöbo sont d'accord pour nous le refiler, dit Martinsson. On transporte symboliquement le corps de l'autre côté du chemin et il est à nous.

Surtout qu'on a déjà eu affaire à Holm dans le cadre de notre enquête.

Holm avait disparu le jour du crash. Un homme qui se promenait dans la forêt avait découvert son cadavre pendant que Wallander était au Caire. Le corps gisait au bout d'un sentier. Il y avait des traces de pneus de voiture. Holm avait encore son portefeuille sur lui. Personne n'avait contacté la police pour signaler quoi que ce soit d'intéressant.

Martinsson venait de finir son compte rendu quand la porte de la salle de réunion s'ouvrit. Un policier passa la tête et annonça qu'ils avaient un message d'Interpol. Martinsson alla le chercher tandis que Svedberg racontait aux autres l'énergie enragée dont Björk avait fait preuve pour faire réparer la porte du commissariat.

Martinsson revint.

– L'un des pilotes est identifié, dit-il. Pedro Espinosa, trente-trois ans, né à Madrid. Il a fait de la prison en Espagne pour abus de confiance et en France pour trafic et contrebande.

– Trafic et contrebande, dit Wallander. Nous y voilà.

– Autre détail intéressant, dit Martinsson. Sa dernière adresse connue est à Marbella. La station balnéaire où les sœurs Eberhardsson possédaient leur villa.

Le silence se fit. Wallander était bien conscient que cela pouvait relever de la coïncidence. Une maison à Marbella et un pilote domicilié par hasard dans la même ville. Mais, en son for intérieur, il sentait qu'ils venaient de découvrir un lien marquant. Sa signification n'était pas encore bien claire. Mais il devenait tout de même possible d'orienter les recherches dans une direction précise.

– Ils n'ont pas identifié l'autre occupant de l'avion, reprit Martinsson. Mais ils y travaillent.

Le regard de Wallander fit le tour de la table.

– Il nous faut une aide accrue de la part de la police espagnole. S'ils sont aussi efficaces que Radwan au Caire, ils devraient pouvoir examiner rapidement la maison des sœurs Eberhardsson. Ils doivent rechercher un éventuel coffre-fort. Et de la drogue. Quelles étaient les fréquentations des deux sœurs à Marbella ? On a besoin de le savoir. Et vite.

– L'un d'entre nous ne devrait-il pas y aller ? proposa Hansson.

– Pas encore. Il va falloir que tu attendes cet été pour bronzer…

Ils se répartirent le travail au vu des éléments dont ils disposaient. Ils allaient désormais se concentrer sur la personne d'Yngve Leonard Holm. Wallander nota que le tempo, au sein du groupe, commençait à s'accélérer.

Ils se séparèrent à dix heures moins le quart. Hansson rappela à Wallander que le traditionnel buffet de Noël de la police se tiendrait le 21 décembre à l'hôtel Continental. Wallander essaya d'inventer sur-le-champ une excuse valable pour ne pas y aller. Il ne trouva rien.

Après ses deux coups de fil, il décrocha son téléphone pour ne pas être dérangé et ferma la porte. Lentement il fit le compte à rebours des éléments dont ils avaient pris connaissance jusque-là : l'avion écrasé, les deux sœurs Eberhardsson et Yngve Leonard Holm. Sur son bloc, il dessina un triangle où chacun de ces éléments constituait un angle. Cinq morts, pensa-t-il. Un pilote qui nous vient d'Espagne. À bord d'un avion léger qui est littéralement un vaisseau fantôme puisqu'il est officiellement parti à la casse après un accident au Laos. À la faveur de la nuit, ce vaisseau fantôme pénètre l'espace aérien suédois, fait demi-tour au sud de Sjöbo et s'écrase près de Mossby Strand. Des lumières ont été vues au sol, signalant un possible largage de marchandise.

Voilà pour le premier angle.

Deuxième angle : deux sœurs qui tiennent une mercerie à Ystad sont abattues d'une balle dans la nuque. Un incendie est déclenché. On découvre que les deux femmes étaient riches. Elles possédaient un coffre-fort dernier cri, muré dans les fondations de leur maison d'Ystad, ainsi qu'une luxueuse villa en Espagne. Le deuxième angle est donc formé par deux sœurs qui menaient une double vie.

Wallander tira un trait entre Pedro Espinosa et les sœurs Eberhardsson. Il y avait un lien. Marbella.

Le troisième angle était constitué par Yngve Leonard Holm, exécuté selon la même technique que les deux sœurs et retrouvé sur un sentier forestier. À son sujet, ils savaient que c'était un trafiquant de drogue notoire, très habile dans l'art du camouflage.

Quelqu'un t'a toutefois rattrapé près de Sjöbo…

Il se leva et considéra son triangle. Que racontait-il ? Il dessina un point au milieu. La question constante de Hemberg et de Rydberg : où est le centre ? Il continua de contempler son dessin. Soudain il s'aperçut qu'on pouvait tout aussi bien y voir une pyramide. La base d'une pyramide était carrée mais, vu de loin, ça ressemblait à un triangle.

Il se rassit dans son fauteuil. Tout ce que j'ai sous les yeux, se dit-il, me raconte au fond une seule histoire. Un événement inattendu s'est produit, qui a ébranlé un schéma établi de longue date. Le point de départ se situe sûrement du côté de l'avion écrasé. C'est cet événement qui a déclenché la réaction en chaîne responsable des trois meurtres – trois exécutions, faudrait-il dire plutôt.

Il recommença depuis le début. L'image de la pyramide ne le lâchait pas. Pouvait-il s'agir d'une lutte pour le pouvoir ? Dont l'enjeu – le centre du triangle – demeurait encore inconnu ?

Méthodiquement, il parcourut de nouveau tous les détails factuels dont il disposait. De temps à autre, il notait une question. L'heure tournait sans qu'il s'en aperçoive ; à un moment il leva les yeux et vit qu'il était midi. Il posa son crayon, prit sa veste et descendit à pied jusqu'à la banque. Quelques degrés au-dessus de zéro, une pluie fine. Il signa l'avenant au contrat et empocha les vingt mille couronnes supplémentaires. Là, tout de suite, il ne voulait pas penser aux sommes insensées englouties en Égypte. Le montant de l'amende, il avait fait une croix dessus. Ce qui le chagrinait et égratignait son côté radin, c'était le prix du billet d'avion. Il ne nourrissait aucun espoir que sa sœur accepte de partager les frais.

À treize heures précises, le concessionnaire lui apporta comme convenu sa nouvelle Peugeot. L'ancienne refusa de démarrer. Au lieu d'attendre la dépanneuse, Wallander partit faire un tour dans sa nouvelle voiture, couleur bleu nuit. Elle était aussi usée à l'intérieur qu'à l'extérieur et sentait la cigarette. Mais le moteur tournait bien. C'était l'essentiel. Il prit la direction de Hedeskoga et s'apprêtait à faire demi-tour quand il eut soudain envie de continuer droit devant. Il était sur la route de Sjöbo. Martinsson leur avait expliqué en détail où le promeneur avait découvert le corps de Holm. Il voulait voir l'endroit de ses propres yeux. Et peut-être aussi la maison où Holm avait vécu.

Le lieu de la découverte du corps était encore délimité par des rubalises. À part ça, le coin était désert.

Wallander sortit de la voiture. Autour de lui, un grand silence. Il enjamba le ruban en plastique et contempla les lieux. Pas de doute, c'était l'endroit idéal pour tuer quelqu'un. Il essaya d'imaginer ce qui avait pu se produire. Holm était arrivé en compagnie d'un tiers. Aux dires de Martinsson, on n'avait retrouvé les traces que d'une seule voiture.

Un deal, se dit-il. Quelque chose doit être remis, quelque chose doit être payé. Puis il se passe un truc. Holm se prend une balle dans la nuque. Il meurt avant de toucher le sol. L'autre disparaît.

Un individu. Ou plusieurs. Le ou les mêmes qui ont quelques jours auparavant tué les sœurs Eberhardsson...

Soudain il eut la sensation d'être proche d'un élément décisif. Un lien supplémentaire, là, sous son nez, qu'il pourrait découvrir s'il se concentrait suffisamment. Il paraissait entendu qu'il s'agissait d'une affaire de drogue. Même s'il continuait à trouver invraisemblable que des mercières puissent être impliquées dans ce genre d'activité. Mais Rydberg avait eu raison. Son tout premier commentaire – que savons-nous au juste de ces deux sœurs ? – s'était révélé pertinent.

Wallander quitta le chemin forestier et reprit la route. Il avait présente à l'esprit la carte que leur avait grossièrement esquissée Martinsson. Au grand rond-point au sud de Sjöbo, il devait prendre à droite. Puis deuxième à gauche, un chemin de gravier, la dernière maison sur la droite, une grange rouge au bord du chemin. Une boîte aux lettres bleue en mauvais état. Deux carcasses de voitures et un tracteur rouillé devant la grange. Un chien aboyeur de race indéterminée enfermé dans un grand chenil. Il n'eut aucun mal à trouver l'endroit. Il entendit l'animal longtemps avant de s'arrêter et d'ouvrir la portière. Il alla dans la cour.

La peinture s'écaillait sur le mur de la maison. Les gouttières pendaient aux angles. Le chien aboyait désespérément en grattant contre le grillage du chenil. Wallander se demanda ce qui arriverait si la clôture cédait, libérant le chien. Il s'avança jusqu'à la porte d'entrée et appuya sur le bouton. Puis il vit que le fil était arraché. Il frappa et attendit. Il finit par cogner à coups redoublés, si fort que la porte s'ouvrit d'elle-même. Il appela. Personne. Je ne dois pas entrer, pensa-t-il. Si je le fais, je viole tout un tas de règles en vigueur non seulement pour la police, mais pour tout citoyen. Il poussa la porte et entra. Papiers peints en lambeaux, air confiné, désordre et saleté partout. Canapés défoncés, matelas au sol. Un téléviseur à écran géant et un magnétoscope d'un modèle récent. Une platine de CD avec de grandes enceintes. Il appela de nouveau. Écouta. Silence. Dans la cuisine il découvrit un chaos indescriptible. Vaisselle sale empilée dans l'évier, sacs en plastique, cartons à pizza entassés à même le sol, des fourmis partout.

Il vit une souris filer à toute vitesse et se réfugier dans un trou. L'odeur était franchement désagréable. Poursuivant son chemin, il s'arrêta devant une porte où quelqu'un avait tracé deux mots à la bombe. *Église d'Yngve*. Il poussa la porte. À l'intérieur, un vrai lit – mais uniquement garni d'une housse et d'une couverture. Une commode, deux chaises. Une radio sur l'appui de la fenêtre. Et une pendule arrêtée à sept heures moins dix. Voilà donc l'endroit où avait vécu Yngve Leonard Holm. Pendant qu'il se faisait construire une grande villa dans le centre d'Ystad. Il reconnut un blouson de survêtement qui traînait. C'était celui que Holm avait eu sur le dos quand il l'avait interrogé. Il s'assit sur le lit avec précaution, craignant qu'il ne cède sous son poids, et regarda autour de lui. Quelqu'un avait vécu là… Quelqu'un dont le gagne-pain consistait à entraîner d'autres que lui dans diverses formes d'enfer et de dépendance. Il secoua la tête, mal à l'aise. Puis il se pencha et jeta un œil sous le lit. D'énormes moutons, une pantoufle et quelques revues porno. Il se leva et ouvrit les tiroirs de la commode. Encore des magazines où des dames dévêtues écartaient les genoux – certaines d'entre elles d'une jeunesse effrayante. Des sous-vêtements, des antalgiques, du sparadrap.

Tiroir suivant. Une vieille lampe à souder. Du genre qu'on utilisait autrefois pour ranimer les moteurs des bateaux de pêche. Dans le dernier tiroir, des papiers en vrac. De vieux bulletins scolaires. Wallander constata que Holm avait eu de bonnes notes dans une seule matière ; celle qui avait été sa propre matière préférée à l'école : la géographie. Pour le reste, c'était très médiocre. Quelques photos. Holm dans un bar, une chope de bière dans chaque main. Ivre. Les yeux rouges. Une autre photo : Holm nu sur une plage. Large sourire, regard rivé à l'objectif. Puis une vieille photo en noir et blanc d'un homme et d'une femme marchant sur un chemin. Il retourna le cliché : *Båstad 1937*. Sans doute ses parents.

Il continua de chercher parmi les papiers. S'arrêta sur un ancien billet d'avion. L'approcha de la fenêtre pour mieux l'examiner. Copenhague – Marbella. Aller le 12 août 1989, retour le 17 du même mois. Cinq jours en Espagne. Ce n'était pas un vol charter. Difficile pour lui de déterminer si le code correspondait à la classe tourisme ou à la classe affaires. Il fourra le billet dans sa poche et referma le tiroir. La penderie ne contenait à première vue rien d'intéressant, à part l'indescriptible désordre qui y régnait. Il se rassit sur le lit. Où diable étaient les autres occupants de la maison ? Il retourna dans la salle de séjour, où il avait repéré la présence d'un téléphone sur une table. Il appela le commissariat.

– Où es-tu ? fit la voix d'Ebba. Les gens te cherchent.

– Qui ?

– Tu sais ce que c'est. Dès que tu n'es pas là, tout le monde veut te voir.

– J'arrive.

Il lui demanda de regarder dans l'annuaire et de lui donner le numéro de l'agence de voyages où travaillait Anette Bengtsson. Il mémorisa le numéro qu'elle lui récita, raccrocha et appela l'agence. Ce fut l'autre fille qui répondit. Il demanda à parler à Anette. Quelques minutes s'écoulèrent avant qu'elle ne prenne l'appel. Il se présenta.

– Ah oui ! Comment s'est passé ton voyage au Caire ?

– Bien. Les pyramides étaient très hautes. Très remarquables. Et il faisait très chaud.

– Tu aurais dû rester plus longtemps.

– Une autre fois.

Il lui demanda si elle pouvait lui dire si Anna ou Emilia Eberhardsson avaient séjourné en Espagne entre le 12 et le 17 août.

– Ça va me prendre un moment, dit-elle.

– J'attends.

Elle posa le combiné. Wallander aperçut de nouveau une souris. Impossible de savoir si c'était la même que tout à l'heure. L'hiver arrivait, les souris revenaient dans les maisons, c'était toujours comme ça… Anette Bengtsson reprit le combiné.

– Anna Eberhardsson est partie là-bas le 10 août et elle est revenue début septembre.

– Merci. J'aimerais bien avoir un récapitulatif de tous les voyages des deux sœurs au cours de l'année écoulée.

– Pourquoi ?

– Pour l'enquête de police. Je passerai prendre le document demain matin.

Elle promit de faire de son mieux. Il raccrocha. S'il avait eu dix ans de moins, il serait sans doute tombé amoureux d'elle. Dans l'état des choses, ce serait absurde. Elle réagirait avec dégoût à ses avances. Il quitta la maison en songeant tour à tour à Holm et à Emma Lundin. Puis ses pensées revinrent à Anette Bengtsson. Il ne pouvait pas être totalement certain qu'elle le prendrait mal. Mais elle avait sans doute déjà un petit ami. D'un autre côté, il ne se souvenait pas de lui avoir vu de bague à la main gauche.

Le chien aboyait comme un possédé. Wallander s'avança jusqu'au grillage et poussa un rugissement. Le chien se tut. Dès que Wallander eut tourné les talons, il se remit à aboyer. Je devrais être très content, pensa-t-il, que Linda n'habite pas une maison comme celle-là. Combien de citoyens ordinaires connaissent même l'existence de ces endroits ? Où les gens vivent dans une espèce de brouillard permanent. Détresse et misère. Il mit le contact et démarra. Mais auparavant il avait ouvert la boîte aux lettres. Elle contenait une enveloppe, adressée à Holm. Il l'ouvrit. Une relance d'une entreprise de location de voitures. Il la rangea dans sa poche avec le billet d'avion.

Il était seize heures quand il revint au commissariat. Sur son bureau il découvrit un mot de Martinsson. Il le trouva en pleine communication téléphonique. En apercevant Wallander, Martinsson écourta son entretien. Avec sa femme, sans doute. Il était toujours fourré au téléphone avec elle.

– La police espagnole est en train de fouiller la maison de Marbella, lui apprit Martinsson après avoir raccroché. J'ai eu au bout du fil un certain Fernando Lopez. Il parlait un anglais excellent et doit occuper une place élevée dans la hiérarchie.

Wallander lui raconta son excursion à Sjöbo et sa conversation avec Anette Bengtsson. Il lui montra le billet d'avion.

– Ce salaud voyageait en classe affaires, dit Martinsson.

– Sûrement. Mais ça nous donne un lien supplémentaire. Personne ne pourra dire qu'il s'agit d'une coïncidence.

Ce fut aussi ce qu'il déclara au cours de la réunion de dix-sept heures, qui ne dura pas longtemps. Per Åkeson y assistait, mais n'intervint à aucun moment. Il n'est pas là, se dit Wallander. Il est physiquement présent, mais, dans sa tête, il est déjà parti.

La réunion achevée, chacun retourna à ses tâches. Wallander appela Linda et lui annonça qu'il avait maintenant une voiture en état de marche, et qu'il pourrait donc aller chercher son père à Malmö. Il rentra chez lui vers dix-neuf heures. Emma Lundin l'appela un peu plus tard. Cette fois, il accepta de la voir. Elle resta comme d'habitude jusqu'à minuit passé. Wallander pensa à Anette Bengtsson.

Le lendemain, il se rendit à l'agence de voyages et récupéra la liste demandée. Il y avait foule dans la boutique, tout le monde voulait un billet de dernière minute pour Noël. Il serait bien resté bavarder un moment avec Anette, mais elle était débordée et il n'insista pas. Il s'arrêta devant l'ancienne mercerie. Les ruines étaient à présent déblayées. Il prit la direction du centre-ville. Soudain il s'aperçut que moins d'une semaine le séparait encore de Noël. Son premier Noël d'homme divorcé.

Ce jour-là, il n'y eut aucune avancée significative. Wallander ruminait sa pyramide. Le seul ajout qu'il s'autorisa fut un double trait entre Anna Eberhardsson et Yngve Leonard Holm.

Le lendemain 21 décembre, Wallander fit le trajet jusqu'à Malmö pour accueillir son père de retour d'Égypte. Il éprouva un profond soulagement en le voyant sortir du terminal des aéroglisseurs. Il le raccompagna chez lui, à Löderup. Son père parla sans interruption de tout ce qu'il avait vu. Ce voyage, dit-il, avait été une réussite. L'épisode de sa garde à vue et le fait que son fils soit lui aussi passé par Le Caire – il semblait l'avoir oublié.

Le soir, Wallander se rendit au dîner de Noël de la police. Il évita de s'asseoir à la même table que Björk ; mais celui-ci se fendit d'un discours étonnamment bien tourné. Il s'était donné du mal, il avait mené des recherches sur l'histoire de la police d'Ystad. Le résultat était à la fois intéressant et drôle. Wallander se surprit à rire plusieurs fois. Björk était sans aucun doute un bon conférencier.

Il rentra chez lui. Il était ivre. Avant de s'endormir, il pensa à Anette Bengtsson. Le moment d'après, il décida de ne plus penser à elle.

Le 22 décembre, ils firent un nouveau point sur la progression de l'enquête. Ils en étaient au même stade. La police espagnole n'avait rien trouvé dans la maison des deux sœurs. Pas de coffre-fort secret, pas de cache de stupéfiants, rien du tout. On attendait toujours que soit identifié le deuxième occupant de l'avion.

L'après-midi, Wallander alla s'acheter un cadeau de Noël. Une radiocassette pour la voiture. Il réussit à la monter sans aide.

Le 23 décembre, ils se livrèrent à un point approfondi. Nyberg leur apprit que l'arme qui avait tué Holm était la même qui avait servi pour les sœurs Eberhardsson. Mais de l'arme proprement dite, aucune trace. Wallander tira de nouveaux traits sur son dessin. Les liens se multipliaient, mais le centre brillait toujours par son absence.

L'enquête n'allait pas être suspendue sous prétexte que Noël arrivait. Mais Wallander savait par expérience que le travail se ferait à vitesse réduite pendant quelques jours. Ne serait-ce qu'en raison de la difficulté à joindre les gens et à se procurer des informations durant la période des fêtes.

L'après-midi du 24, il pleuvait. Wallander alla chercher Linda à la gare. Ensemble, ils prirent la route de Löderup. Elle avait acheté une écharpe neuve pour son grand-père. Wallander, lui, avait pris une bouteille de cognac. Linda et lui préparèrent le repas de Noël pendant que le vieux, assis à la table, leur parlait des pyramides. Ce fut une soirée étonnamment réussie – grâce surtout aux très bonnes relations qu'entretenait Linda avec son grand-père. Wallander se sentait par moments un peu exclu de leur complicité. Mais au fond ça ne le dérangeait pas. De temps à autre, il pensait distraitement aux deux sœurs, à Holm et à l'avion qui s'était écrasé en plein champ.

De retour à Ystad, Linda et lui continuèrent à discuter jusque tard dans la nuit. Le lendemain matin, il fit la grasse matinée. Il dormait toujours bien quand Linda était là. Le jour de Noël se révéla cette année-là froid et limpide. Ils firent une longue promenade dans la forêt de Sandskogen. Elle lui parla de ses projets. En guise de cadeau de Noël, Wallander lui avait offert une promesse. Celle de prendre en charge une partie des frais, dans la mesure de ses moyens, au cas où elle déciderait de faire son apprentissage en France. En fin d'après-midi, il la raccompagna à la gare. Il avait insisté pour la ramener jusqu'à Malmö, mais elle préférait, dit-elle, prendre le train. Il se sentit seul ce soir-là. Il regarda un vieux film à la télé et écouta ensuite un enregistrement de *Rigoletto*. Il pensa qu'il aurait dû appeler Rydberg et lui souhaiter un joyeux Noël. C'était trop tard maintenant.

Le matin du 26, quand il se leva peu après sept heures et regarda par la fenêtre, une morne pluie mêlée de neige tombait sur la ville. Il se rappela soudain l'air moite de la nuit cairote. Et aussi qu'il ne devait pas oublier de remercier Radwan pour son aide. Il le nota sur le bloc-notes posé sur la table de la cuisine. Puis il se prépara pour une fois un vrai petit déjeuner.

Il était presque neuf heures quand il arriva au commissariat. Il échangea quelques mots avec certains collègues qui avaient été de garde pendant la nuit. On avait eu un Noël inhabituellement calme à Ystad. La soirée du 24 avait débouché comme toujours sur son lot de querelles familiales, mais rien de vraiment sérieux. Wallander longea le couloir désert jusqu'à son bureau.

Il allait s'atteler sérieusement au travail. Les deux affaires étaient séparées jusqu'à nouvel ordre, mais il était convaincu que les auteurs étaient les mêmes. Outre l'arme commune, il existait un mobile commun. Il alla se chercher un café et se pencha sur ses notes. La pyramide avec sa base. Il dessina un grand point d'interrogation au milieu du triangle. La pointe. Le sommet. Que son père avait eu en tête au moment d'entamer son ascension, et qu'il devait à présent viser lui aussi.

Après deux heures de réflexion, il était plus convaincu que jamais de l'existence d'un seul et unique chaînon manquant. À partir de là, on verrait le schéma – peut-être une organisation ? – qui avait explosé en même temps qu'un certain avion, suite à quoi un ou plusieurs acteurs inconnus étaient vivement sortis de l'ombre pour passer à l'action. Trois personnes en étaient mortes.

Silence, pensa-t-il. Peut-être s'agit-il simplement de cela ? Des informations qui ne devaient pas être divulguées. Les morts ne parlent pas.

C'était possible. Mais ce pouvait être autre chose.

Il s'approcha de la fenêtre. La pluie neigeuse du matin s'était transformée en vraie neige. Elle tombait dru à présent.

Ça va prendre du temps.

C'est la première chose que je vais leur dire quand on se réunira tout à l'heure.

Il faut qu'on s'arme de patience. Ça va être long.

10

La nuit du 26 au 27 décembre, Wallander fit un cauchemar. Il était de retour au Caire, dans la salle d'audience du tribunal. Radwan n'était plus à ses côtés. Il découvrait soudain qu'il comprenait tout ce que disaient le procureur et le juge. Son père était là, menotté. À sa grande épouvante, il entendait le juge condamner son père à mort. Il se levait pour protester, mais personne ne l'entendait...

Il se réveilla en sueur. Il resta un long moment sans bouger, les yeux ouverts dans le noir.

Le rêve l'avait laissé si inquiet qu'il se leva et alla à la cuisine. Il vit qu'il neigeait toujours. Le lampadaire oscillait dans le vent, sur son fil. Il était quatre heures et demie du matin. Il but un verre d'eau. Plusieurs fois de suite, il tripota une bouteille de whisky à moitié vide qui était sur le plan de travail. Pour finir il la reposa. Il pensa à ce que lui avait dit Linda, que les rêves étaient des messagers. Ils prenaient les traits de diverses personnes, mais ce qu'ils racontaient concernait le rêveur et lui seul. Wallander avait toujours douté de l'intérêt d'interpréter ses rêves. Qu'est-ce que cela pouvait signifier que son père soit condamné à mort dans son rêve ? S'agissait-il d'une sentence qui le concernait, lui, et non son père ? Puis il songea que ce rêve venait peut-être du souci qu'il se faisait sur l'état de santé de

Rydberg. Il but un deuxième verre d'eau et retourna se coucher.

Le sommeil se refusait à lui. Ses pensées erraient sans but. Mona, son père, Linda, Rydberg. Soudain il était de retour à son éternel point de départ. Le travail. Le meurtre des sœurs Eberhardsson et d'Yngve Leonard Holm. Les deux occupants de l'avion, l'un espagnol, l'autre non encore identifié. Il pensa à son dessin. Au triangle flottant autour d'un point d'interrogation. Couché dans le noir, il imagina un triangle construit avec des pierres angulaires.

Il continua à se retourner dans son lit jusqu'à six heures. N'y tenant plus, il se leva, fit couler un bain et prépara du café. Le journal était déjà arrivé. Il le feuilleta jusqu'aux annonces immobilières. Rien d'intéressant. Il emporta sa tasse dans la salle de bains. Puis il somnola une demi-heure dans l'eau chaude. La météo extérieure, rien que d'y penser, le remplissait de répulsion. Cette éternelle neige mouillée… Au moins, maintenant, il avait une voiture qui accepterait de démarrer, avec un peu de chance.

À sept heures un quart, il mit le contact. Le moteur réagit aussitôt. Arrivé au commissariat, il se gara au plus près du bâtiment. Puis il se dirigea vers l'entrée en courant ; il faillit déraper et s'étaler sur les marches. Dans le hall il trouva Martinsson debout, feuilletant le journal de la police. Son collègue le salua d'un signe de tête et enchaîna sans un bonjour, l'air sombre :

– Ils disent là-dedans que nous devons nous améliorer sur tous les points. En particulier, approfondir nos relations avec le public.

– Mais c'est parfait, répliqua Wallander.

Il avait un souvenir récurrent. Cela s'était passé à Malmö, vingt ans plus tôt. La scène s'était déroulée dans un café. Une jeune fille l'avait accusé de l'avoir matraquée au cours d'une manifestation contre la guerre du Vietnam. Il n'avait jamais oublié cet instant. Le fait qu'il avait par la suite failli mourir d'un coup de couteau en pleine poitrine et que cette fille portait malgré elle une part de responsabilité dans cet événement lui importait moins. C'était le visage de cette fille, son mépris radical, qu'il n'avait jamais réussi à effacer.

Martinsson jeta le journal sur une table.

– Tu n'envisages jamais d'arrêter, toi ? Démissionner ? Faire autre chose ?

– Tous les jours, dit Wallander. Mais je ne sais pas quoi choisir.

– On pourrait postuler dans une boîte privée de sécurité.

Wallander fut surpris. Il avait toujours cru que Martinsson nourrissait le rêve de devenir chef de police.

Il lui parla de sa visite dans la maison où avait vécu Holm. En apprenant que seul le chien était présent, Martinsson prit un air soucieux.

– Il y a au moins deux autres personnes qui habitent là, dit-il. Une fille de vingt-cinq ans, que je n'ai pas vue. Et son copain, que j'ai vu, lui. Il s'appelait Rolf. Rolf Nyman, je crois. Je ne me souviens pas de son nom à elle.

– Il y avait juste le chien, insista Wallander. Il s'est mis à ramper quand j'ai aboyé plus fort que lui.

Ils convinrent d'attendre neuf heures avant de rassembler l'équipe au complet. Martinsson n'était pas certain que Svedberg viendrait. Il avait appelé la veille au soir en disant qu'il avait un gros rhume avec de la fièvre.

Wallander alla dans son bureau : vingt-trois pas à compter du début du couloir. Parfois il regrettait cette monotonie. Il aurait aimé que le couloir soit soudain devenu plus long. Ou plus court. Mais tout était comme d'habitude. Il suspendit sa veste, passa la main sur le dossier de son fauteuil et en ôta quelques cheveux qui y étaient restés accrochés. Il tâta sa nuque et son crâne. À chaque année qui passait, il s'inquiétait un peu plus à l'idée de sa future calvitie. Au même moment, il entendit un pas rapide approcher dans le couloir. Martinsson entra en agitant un papier.

– Le deuxième occupant de l'avion a été identifié ! On vient de recevoir un fax d'Interpol.

Wallander oublia aussitôt son cuir chevelu.

– Ayrton McKenna, lut Martinsson. Né en 1945 dans ce qui était à l'époque la Rhodésie du Sud. Pilote d'hélicoptère depuis 1964 au service de la Défense de ce même pays. Décoré plusieurs fois dans les années 1960…

Martinsson cessa de lire et ajouta en aparté :

– On peut se demander en quel honneur. Pour avoir bombardé un tas de Noirs, sans doute.

Wallander avait une notion très vague de l'histoire récente dans les ex-colonies britanniques en Afrique.

– C'est quoi déjà, le nom de la Rhodésie du Sud aujourd'hui ? La Zambie ?

– Non. Ça, c'était la Rhodésie du Nord. L'ancienne Rhodésie du Sud s'appelle le Zimbabwe.

– Mes connaissances ne sont pas ce qu'elles devraient être. Tu continues à lire ?

– En 1980, Ayrton McKenna est parti vivre en Angleterre. Entre 1983 et 1985, il a fait de la prison à Birmingham pour trafic de drogue. À partir de 1985 on n'a rien sur lui, jusqu'au moment où il ressurgit à Hong Kong, en 1987. Il est soupçonné de faire passer clandestinement des gens de la République populaire. Il s'évade d'une prison de Hong Kong après avoir tué deux gardiens. Il est recherché depuis lors. Mais ils confirment quoi qu'il en soit son identité. C'est bien cet Ayrton McKenna qui s'est écrasé avec Espinosa près de Mossby.

Wallander résuma :

– Qu'avons-nous ? Deux pilotes au casier chargé… Tous deux impliqués dans des histoires de trafic. Embarqués à bord d'un vaisseau fantôme qui pénètre illégalement dans l'espace aérien suédois et s'écrase après avoir, au choix, récupéré ou largué quelque chose. Comme rien n'indique que l'avion se soit posé, et compte tenu de la marge horaire serrée, on pense plutôt à un largage. Que largue-t-on d'un avion ? À part des bombes ?

– De la drogue.

Wallander se pencha par-dessus son bureau.

– La commission d'enquête a-t-elle commencé son travail ?

– Ça va très lentement. Mais rien n'indique que l'avion ait été visé, si c'est ce à quoi tu penses.

– Non. La seule chose qui m'intéresse, c'est de savoir s'il avait un ou plusieurs réservoirs supplémentaires, autrement dit, de quel endroit il était susceptible de venir. Et deuxièmement, s'il s'agissait, oui ou non, d'un accident.

– S'il ne s'est pas fait tirer dessus, on pense quand même plutôt à un accident.

– Ou à un sabotage…

– L'appareil était ancien, on le sait. Il y avait déjà eu le premier accident à Vientiane. Il a été réparé suite à cela. C'était peut-être un coucou en très mauvais état.

– Quand la commission va-t-elle s'y mettre sérieusement ?

– Le 28. C'est demain. L'appareil a été remorqué jusqu'à un hangar de Sturup.

– Tu devrais sans doute aller voir. Les réservoirs, c'est important.

– Ça m'étonnerait que cet avion ait pu venir d'Espagne sans escale, dit Martinsson, hésitant.

– Ce n'est pas non plus ce que je crois. Mais je veux savoir s'il a pu décoller d'Allemagne. Ou d'un pays balte.

Martinsson s'en alla. Wallander prit quelques notes. À côté du nom Espinosa il écrivit celui de McKenna, sans bien savoir comment ça s'orthographiait.

Le groupe d'enquête se retrouva plus tôt que prévu, dès huit heures trente. Un groupe décimé ce jour-là. Svedberg était effectivement malade ; Nyberg, qui était allé à Oksjö rendre visite à sa mère âgée de quatre-vingt-seize ans, aurait dû être de retour, mais sa voiture était tombée en panne quelque part au sud de Växjö. Rydberg, lui, était présent mais atone, comme miné de l'intérieur. Wallander crut percevoir un relent d'alcool. Rydberg avait sans doute passé le congé de Noël seul à boire. Pas une cuite spectaculaire – c'était rarement le cas chez lui. Mais une beuverie calme et méthodique. Hansson se plaignit d'avoir trop mangé. Björk et Per Åkeson restaient invisibles. Wallander observa les trois hommes qui lui tenaient compagnie autour de la table. À la télé, les policiers étaient toujours jeunes, frais, dispos et en pleine effervescence. Martinsson aurait éventuellement pu faire bonne figure dans un tel contexte. Pour le reste, la vision de leur groupe n'avait rien d'édifiant.

– Il y a eu une bagarre cette nuit, dit Hansson. Deux frères qui s'en sont pris à leur père. Ils étaient ivres morts évidemment. Le père et l'un des frères sont à l'hôpital. Ils se sont jetés l'un sur l'autre avec des outils.

– Comment ça, « avec des outils » ?

– On a recensé un marteau, un pied-de-biche… un tournevis aussi, peut-être. Le père a des blessures qui semblent avoir été faites avec ça.

– On s'en occupera quand on aura le temps. Dans l'immédiat, on a trois meurtres sur le dos. Ou deux, si on estime que celui des sœurs compte pour un.

Il se tut. Parfois, sa propre logique le déroutait par son étrangeté.

– Je ne comprends pas très bien pourquoi les collègues de Sjöbo ne s'occupent pas eux-mêmes du dénommé Holm, dit Hansson avec irritation.

– Parce que Holm, c'est notre affaire, répondit Wallander sur le même ton. Si on travaille chacun dans son coin, on n'y arrivera jamais.

Hansson refusa de lâcher le sujet. Il était vraiment de mauvaise humeur ce matin-là.

– Quelle certitude avons-nous que Holm était lié aux Eberhardsson ?

– Aucune. Mais c'est la même arme qui les a tués tous les trois. Pour moi, c'est un lien suffisant pour relier les deux enquêtes et les mener à partir de chez nous.

– Åkeson a-t-il donné son avis là-dessus ?

– Oui.

Ce n'était pas vrai. Per Åkeson n'avait rien dit. Mais Wallander savait qu'il lui donnerait raison.

Il conclut l'échange avec Hansson en se tournant délibérément vers Rydberg.

– Du nouveau sur le marché des stupéfiants ? Que disent les collègues de Malmö ? Un changement dans les prix ? Ou dans le volume de l'offre ?

– Je les ai appelés, dit Rydberg. Apparemment, il n'y a pas un seul policier de service là-bas à Noël.

– Alors on continue sur Holm, trancha Wallander. Je soupçonne malheureusement que cette enquête risque de tirer en longueur. On va devoir creuser. Qui était Yngve Leonard Holm ? Qui fréquentait-il ? Quelle position occupait-il dans la hiérarchie des dealers ? Avait-il même une position digne de ce nom ? Et les deux sœurs ? Nous en savons trop peu.

– Tout juste, dit Rydberg. Quand on creuse, d'habitude, on avance.

Wallander décida de mémoriser la formule.

Quand on creuse, d'habitude, on avance.

Ils se séparèrent avec les sages paroles de Rydberg encore dans les oreilles. Wallander se rendit en voiture à l'agence de voyages pour parler à Anette Bengtsson. Mais, à sa grande déception, elle était de congé entre les fêtes. Sa collègue avait cependant un pli qu'elle lui remit de sa part.

– Vous avez retrouvé les coupables ?

– Non. Mais on y travaille.

Sur le chemin du commissariat, il se rappela qu'il avait réservé un horaire à la buanderie de l'immeuble ce matin-là. Il passa par Mariagatan, monta à l'appartement et descendit au sous-sol tout le linge sale accumulé dans sa penderie. Une fois sur place, il découvrit un papier scotché sur le lave-linge et signalant que celui-ci ne fonctionnait pas. Wallander entra dans une colère noire : il remonta son fourbi dans la rue et le jeta dans le coffre de sa voiture. Il y avait un lave-linge au commissariat. En s'engageant dans Regementsgatan, il faillit entrer en collision avec une moto lancée à grande vitesse. Il se rabattit, s'arrêta au bord du trottoir, coupa le moteur et ferma les yeux. Je dois me calmer, se dit-il. Si un lave-linge en panne me fait perdre les pédales, c'est que quelque chose ne va pas du tout dans ma vie.

Il savait ce que c'était. La solitude. Les heures nocturnes sans force en compagnie d'Emma Lundin.

Au lieu de retourner au commissariat, il décida soudain de rendre visite à son père à Löderup. Il était toujours risqué de se présenter là-bas sans prévenir. Mais, à cet instant, il avait besoin de respirer l'odeur de la peinture à l'huile. Le cauchemar de la nuit le hantait. Il quitta la ville, s'engagea dans le paysage grisâtre de la campagne. Par où fallait-il commencer s'il voulait réellement changer son existence ? Peut-être Martinsson avait-il raison ? Peut-être devait-il se poser la question de savoir s'il voulait rester policier toute sa vie ? Per Åkeson, lui, avait pris le taureau par les cornes. Après avoir longtemps et rêveusement parlé d'une autre vie, bien loin de tous les dossiers, de toutes ces heures lourdes et monotones passées dans les salles d'audience et les salles d'interrogatoire. Même mon père, quand on y réfléchit, possède quelque chose qui me manque, à moi, pensa-t-il en freinant dans la cour de la maison de Löderup. Des rêves auxquels il a décidé d'être fidèle. Même si ça doit coûter une fortune à son fils.

Il sortit de la voiture et se dirigea vers l'atelier. Un chat qui venait de se faufiler par la porte entrouverte se retourna, surpris, et le considéra avec méfiance. Il se pencha pour le caresser. Le chat s'esquiva. Wallander frappa à la porte et entra dans l'atelier. Son père était devant son chevalet.

– Toi ici… Quelle surprise.

– Je passais dans le coin. Je te dérange ?

Son père feignit de ne pas avoir entendu et se mit à parler de son voyage en Égypte. Comme d'un souvenir vivace, mais déjà lointain. Wallander l'écoutait. Il s'était assis sur un vieux traîneau.

– Maintenant, conclut son père, il ne reste plus que l'Italie. Après je peux me coucher et mourir.

– Je crois que ce voyage va devoir attendre. Au moins quelques mois.

Son père ne posa aucune question. Il continuait de peindre. Wallander resta silencieux lui aussi. De temps à autre ils échangeaient quelques mots. Puis le silence retombait. Wallander sentit qu'il se reposait. Sa tête devenait plus légère. Après une demi-heure, il se leva.

– Je passerai te voir le soir du Nouvel An, dit-il.

– Apporte une bouteille de cognac.

Wallander retourna au commissariat, qui paraissait quasi abandonné. Il savait que chacun reprenait des forces en prévision de la nuit du 31, où ils auraient beaucoup de travail comme d'habitude.

Il alla dans son bureau et se plongea dans la liste des voyages accomplis par les sœurs Eberhardsson au cours de leur dernière année de vie. Sans savoir avec précision ce qu'il cherchait, il essayait de repérer quelque chose – un schéma, une régularité… Je ne sais rien sur Holm, pensa-t-il. Ni sur ces deux pilotes. Je n'ai rien pour interpréter ces voyages en Espagne. Je n'ai rien du tout, sinon cet unique voyage effectué au même moment et au même endroit par Holm et par Anna Eberhardsson.

Il rangea les papiers dans l'enveloppe et joignit celle-ci au dossier de l'enquête. Puis il nota sur un bout de papier de ne pas oublier d'acheter une bouteille de cognac.

Il était midi passé. Il avait faim. Pour rompre son habitude d'avaler à toute vitesse deux saucisses devant le guichet d'un kiosque, il descendit à pied jusqu'à l'hôpital et mangea un sandwich à la cafétéria en feuilletant un vieil hebdo qui traînait sur une table. Une vedette pop avait failli mourir d'un cancer. Un comédien s'était évanoui au cours d'une représenta-

tion. Plein de photos prises à l'occasion de fêtes données par les riches... Il repoussa le magazine et
retourna au commissariat. Il se sentait comme un élé-
phant en train de tourner en rond dans le manège qu'é-
tait Ystad. Il faut qu'il se passe quelque chose très
bientôt. Par qui et pourquoi ces trois personnes ont-
elles été exécutées ? En réalité, il pensait tout autant à
sa propre situation.

En arrivant, il trouva Rydberg qui l'attendait à la
réception, assis dans un fauteuil. Wallander prit place
sur le canapé qui lui faisait face. Comme à son habitude, Rydberg alla droit au but :

– L'héroïne coule à flots à Malmö. Idem à Lund,
Eslöv, Landskrona et Helsingborg. J'ai parlé à un collègue de Malmö. Il m'a dit que tous les indices concor-
daient pour signaler une forte augmentation de l'offre.
Ça pourrait donc coller avec notre hypothèse. Dans ce
cas, une seule question compte.

Wallander le devança.

– Qui était présent au sol pour accueillir le chargement ?

– On peut jouer avec les hypothèses. Personne ne
pensait que cet avion allait s'écraser, même si c'était
un appareil merdique qui aurait dû partir à la casse
depuis longtemps. Il a donc dû se passer quelque chose
au sol. Soit c'est la mauvaise personne qui a récupéré
le chargement. Ou alors un scénario dans le style d'un
prédateur qui guettait sa proie.

Wallander acquiesça. Jusque-là, il était d'accord.

– Dans un cas comme dans l'autre, quelque chose
aurait mal tourné, poursuivit Rydberg. Entraînant
d'abord la mort des sœurs Eberhardsson, puis celle de
Holm. La même arme. La même main. Ou les mêmes
mains.

– Pourtant ça résiste, dit Wallander. D'accord, nous savons maintenant qu'Anna et Emilia n'étaient pas de gentilles vieilles dames. Mais de là à les imaginer trempant dans un trafic de grande ampleur, il y a un pas qu'il n'est pas facile de franchir.

– Oui. D'un autre côté, rien ne m'étonne plus vraiment. Une fois que la cupidité tient les gens dans ses griffes, il n'y a plus vraiment de frein ni de limite. Peut-être la mercerie marchait-elle moins bien ? On en saura nettement plus quand on aura analysé leurs comptes. Entre autres, on devrait pouvoir découvrir à quel moment ça a basculé. À quel moment elles n'ont plus eu à se préoccuper des finances de la mercerie. Peut-être rêvaient-elles de mener la belle vie dans un paradis ensoleillé ? Le genre de paradis qu'on ne peut pas s'offrir quand on se contente de vendre des boutons pression et de la doublure… À un moment donné, il s'est passé un truc. Elles ont été prises dans un engrenage.

– On peut aussi retourner l'argument, dit Wallander. Difficile d'imaginer meilleure couverture que deux vieilles dames dans une mercerie. L'innocence personnifiée.

Rydberg opina.

– Qui a récupéré le chargement ? On en revient toujours là. Et deuxièmement : qui était le cerveau ? Ou plutôt : qui *est* le cerveau ?

– Nous cherchons toujours le sommet de la pyramide.

Rydberg haussa les sourcils. Puis il bâilla et se leva péniblement.

– On le découvrira tôt ou tard, dit-il.

– Nyberg est rentré ?

– D'après Martinsson, il est toujours coincé du côté de Tingsryd.

Wallander retourna dans son bureau. Tout le monde semblait attendre un événement – mais lequel ? Nyberg téléphona à seize heures et les informa que sa voiture était enfin réparée. À dix-sept heures, il convoqua une réunion. Personne n'avait de nouvelle importante à communiquer au groupe.

Cette nuit-là, Wallander dormit longtemps et sans rêve. Le lendemain, il faisait beau, cinq degrés au-dessus de zéro. Il laissa sa voiture dans la rue et partit à pied pour le commissariat. À mi-chemin, il changea d'avis. Il avait repensé à ce que lui avait dit Martinsson sur les deux occupants de la maison où Holm avait logé. Il n'était que sept heures quinze. Il avait le temps de passer voir s'ils étaient chez eux et de revenir à l'heure pour la réunion du groupe d'enquête.

À huit heures moins le quart, il freinait dans la cour de la ferme. Le chien aboyait dans son chenil. Wallander regarda autour de lui. La maison paraissait aussi abandonnée que la veille. Il frappa. Pas de réponse. Il tâta la poignée. La porte était verrouillée. Quelqu'un était donc venu depuis sa dernière visite. Il commença à contourner le bâtiment. Au même instant, il entendit la porte s'ouvrir dans son dos et tressaillit malgré lui. Un homme vêtu d'un maillot de corps et d'un jean descendu à mi-fesse l'observait. Wallander revint sur ses pas et se présenta.

– Tu es Rolf Nyman ?

– Oui.

– J'ai besoin de te parler.

L'homme hésita.

– Le ménage n'est pas fait. Et ma copine dort.

– Chez moi non plus, le ménage n'est pas fait. On n'est pas obligés de s'asseoir.

Nyman le précéda dans la cuisine, qui était dans le même triste état que la veille. Ils s'assirent. L'homme ne fit pas mine de lui offrir à boire. Mais il se montrait aimable. Sans doute était-il gêné par le désordre ambiant.

– Ma copine a des gros problèmes d'addiction, dit-il. Elle essaie de s'en sortir. Je l'aide comme je peux. Mais c'est dur.

– Et toi ?

– Je ne touche pas à la drogue.

– N'est-il pas étrange d'avoir choisi d'habiter avec Holm si tu cherches à la faire décrocher ?

La réponse de Nyman fusa, convaincante :

– Je n'avais aucune idée de ce qu'il fabriquait. Il nous louait la chambre pour presque rien. Il était sympa. À moi, il a dit qu'il étudiait l'astronomie. On regardait les étoiles dans la cour le soir. Il connaissait le nom de toutes. Je ne me suis douté de rien.

– Et toi ? Tu fais quoi ?

– Je ne peux pas chercher un boulot stable tant qu'elle va mal. Je travaille de temps en temps en boîte.

– C'est-à-dire ?

– Je passe des disques.

– Disc-jockey ?

– Oui.

L'homme est plutôt sympathique, pensa Wallander. Son seul souci semble être de réveiller par mégarde la fille qui dort quelque part dans la maison.

– Holm, enchaîna-t-il. Comment l'as-tu rencontré ? À quel moment ?

– Dans une discothèque de Landskrona. On a engagé la conversation. Il m'a parlé de cette maison. Deux semaines plus tard, on emménageait. Le pire, c'est que je n'ai pas la force de faire le ménage. Avant, je le faisais. Holm aussi. Mais maintenant, tout mon temps passe à m'occuper d'elle.

– Et tu n'as jamais deviné ce qu'il fabriquait en réalité ?

– Non.

– Il ne recevait jamais de visiteurs ?

– Non, jamais. Il était rarement là dans la journée mais il prévenait toujours de l'heure à laquelle il rentrerait. Sauf la dernière fois.

– As-tu remarqué un changement chez lui ce jour-là ? Paraissait-il inquiet ?

Rolf Nyman réfléchit.

– Non. Il était comme d'habitude.

– C'est-à-dire ?

– De bonne humeur. Même si ce n'était pas quelqu'un qui parlait beaucoup.

Wallander se demanda comment poursuivre.

– Avait-il de l'argent ?

– Il vivait simplement, en tout cas. Je peux te montrer sa chambre, si tu veux.

– Ce n'est pas la peine. Il n'avait donc jamais de visite ?

– Jamais.

– Mais il devait recevoir des coups de fil...

Nyman hocha la tête.

– C'était comme s'il savait à l'avance quand quelqu'un l'appellerait. Il suffisait qu'il s'assoie sur la chaise à côté du téléphone, et il se mettait à sonner. Autrement, le téléphone ne sonnait jamais. C'était ça, en fait, le truc le plus étonnant avec lui.

Wallander n'avait plus de question. Il se leva.

– Qu'allez-vous devenir maintenant ? demanda-t-il.

– Je ne sais pas. Holm louait la maison à un type qui habite Örebro. Je suppose qu'on va devoir déménager.

Il le raccompagna jusqu'à la porte. Wallander se retourna.

– L'as-tu jamais entendu évoquer deux sœurs ? Deux dames âgées du nom d'Eberhardsson ?

– Les dames qui ont été tuées ? Non, jamais.

Wallander songea soudain à une dernière question.

– Holm devait avoir une voiture. Où est-elle ?

Rolf Nyman secoua la tête.

– Je n'en sais rien.

– C'était quoi ?

– Une Golf noire.

Wallander lui serra la main. Le chien resta silencieux pendant qu'il retournait à sa voiture.

Holm devait être très fort pour dissimuler si parfaitement ses activités, pensa-t-il sur le chemin du retour vers Ystad. Comme avec moi quand je l'ai interrogé... Impossible de le coincer.

À neuf heures moins le quart, il se garait devant le commissariat. Ebba était à son poste et lui apprit que Martinsson et les autres l'attendaient. Il se dépêcha. Nyberg était arrivé, lui aussi.

– Qu'est-ce qui se passe ? demanda-t-il avant même de s'asseoir.

– Grande nouvelle, dit Martinsson. Les collègues de Malmö ont fait une perquisition de routine chez un dealer bien connu de la ville. Ils ont trouvé un pistolet dont le calibre correspond à celui qu'on cherche.

Il se tourna vers Nyberg, qui opina.

– Les techniciens ont fait vite. Les sœurs Eberhardsson et Holm ont été tués par une arme de ce calibre.

Wallander retenait son souffle.

– Comment se nomme ce dealer ?

– Nilsmark. Mais on l'appelle Hilton.

– C'est la même arme ?

– On ne le sait pas encore. Mais c'est possible.

Wallander hocha la tête.

– Bien. On tient peut-être la percée décisive. Avec un peu de chance, on aura bouclé l'enquête avant le Nouvel An.

11

Ils travaillèrent intensément pendant trois jours. Dès le matin du 28, Wallander et Nyberg se rendirent à Malmö, Nyberg pour parler avec les collègues de la police technique, Wallander pour entendre, et diriger en partie, un interrogatoire avec le surnommé Hilton. C'était un homme d'une cinquantaine d'années, obèse et étonnamment souple malgré sa corpulence. Pour l'heure il restait assis, impavide, en costume-cravate, l'air de s'ennuyer. Avant l'interrogatoire, Wallander avait été informé de son curriculum par un certain inspecteur Hyttner, qu'il avait déjà eu l'occasion de croiser à plusieurs occasions.

« Hilton » avait fait quelques années de prison au début des années 1980 pour trafic de drogue. Mais Hyttner était persuadé que la police et le procureur n'avaient à l'époque effleuré qu'une toute petite part de ses activités. De la prison de Norrköping où il purgeait sa peine, il avait manifestement gardé la main sur ses affaires, car la police de Malmö n'avait constaté aucun signe d'une lutte de pouvoir entre les fournisseurs de drogue contrôlant le sud de la Suède.

Hilton avait fêté sa sortie de prison en divorçant de sa femme et en se remariant dans la foulée avec une jeune beauté originaire de Bolivie. Là-dessus, il avait emménagé dans une grande ferme située au nord de

466

Trelleborg. On savait qu'il avait étendu son territoire pour y englober Ystad et Simrishamn et qu'il était en voie de s'établir également à Kristianstad. Le 28 décembre, on avait estimé avoir suffisamment d'éléments contre lui pour convaincre le procureur d'ordonner une perquisition à la ferme. C'était là qu'ils avaient découvert le pistolet. Hilton avait aussitôt admis ne pas posséder de permis pour cette arme. Il expliquait sa présence par la nécessité de se défendre, vu le caractère isolé de son domicile. Il affirmait n'avoir rien à voir avec le meurtre des sœurs Eberhardsson ni avec celui d'Yngve Leonard Holm.

Wallander assista donc à un interrogatoire prolongé de Hilton. Vers la fin, il posa lui-même quelques questions concernant son emploi du temps au moment des faits. Dans le cas des sœurs Eberhardsson, il pouvait être très précis quant à l'horaire ; concernant Holm, c'était moins net. Pour le premier cas, Hilton déclara être allé à Copenhague. Il s'y était rendu seul ; il faudrait donc du temps pour confirmer ou infirmer ses déclarations. Dans l'intervalle allant de la disparition de Holm à la découverte de son corps, il avait eu de nombreuses et diverses activités.

Wallander regretta de ne pas avoir emmené Rydberg. Celui-ci avait la faculté de percevoir assez vite si la personne qu'il avait en face de lui mentait ou non. Avec Hilton, c'était difficile. Si Rydberg avait été là, ils auraient pu comparer leurs impressions. Après l'interrogatoire, Wallander prit un café avec Hyttner.

– On n'a jamais réussi jusqu'à présent à le lier à la moindre affaire de violence, dit Hyttner. Il s'est toujours servi d'hommes de main. Différents chaque fois. On sait qu'il a fait venir des gens du continent pour casser – au sens propre – les personnes qu'il souhaitait punir pour une raison ou pour une autre.

– Il faudra retrouver ces gens-là, dit Wallander. S'il s'avère que l'arme est la bonne.

– J'ai du mal à croire que ce soit lui. Ce n'est pas son genre. Comment dire ? Ce type-là n'hésite pas une seconde à vendre de l'héroïne à des écoliers ; mais il est capable de s'évanouir quand on lui fait une prise de sang. Tu vois ?

Wallander retourna à Ystad en début d'après-midi, laissant Nyberg à Malmö. À ce stade, il s'aperçut qu'il espérait, bien plus qu'il ne croyait, avoir une solution en vue.

En même temps, une autre pensée s'était insinuée en lui. Un détail qu'il aurait négligé, une conclusion qu'il aurait dû tirer, une hypothèse qu'il aurait dû formuler… Ce n'était pas très clair, mais ça le rongeait. Tout au long du trajet, il chercha fébrilement sans parvenir à mettre le doigt dessus.

Arrivé à la hauteur de la sortie vers Stjärnsund, il la prit impulsivement. Pourquoi ne pas profiter de l'occasion pour rendre une petite visite à Sten Widén ? Il trouva son ami dans les écuries, en compagnie d'une dame âgée, apparemment la propriétaire de l'un des chevaux qu'il entraînait. La dame s'apprêtait à partir. Voyant arriver Wallander, elle prit congé précipitamment. Ensemble, ils regardèrent sa BMW disparaître sur le chemin de gravier.

– Elle est gentille, dit Sten Widén. Mais elle se fait manipuler et les chevaux qu'elle achète ne valent pas grand-chose. Je lui dis toujours de me demander conseil avant, mais elle estime être assez grande pour le faire toute seule. Là, elle en a un qui s'appelle Jupiter et qui est sûr de ne jamais rien gagner. Mais que veux-tu ? Elle me maintient en activité…

– J'aimerais bien voir Traviata, dit Wallander.

Ils retournèrent aux écuries, où les chevaux piétinaient dans leurs boxes. Sten Widén s'arrêta devant une porte au battant supérieur ouvert. La jument sortit la tête, curieuse. Il lui caressa le nez.

– On ne peut pas dire qu'elle soit du genre folâtre. Les étalons lui font peur.

– Est-ce qu'elle est bien ?

– Elle peut le devenir. Mais ses postérieurs sont fragiles. On verra.

Wallander percevait de nouveau le même vague relent d'alcool que lorsqu'il avait croisé son ami en ville.

Ils ressortirent dans la cour. Sten Widén lui proposa de boire un café, mais il déclina.

– J'ai un triple meurtre sur les bras. J'imagine que tu en as entendu parler par la presse.

– Je ne lis que les pages sportives.

Wallander quitta Stjärnsund en se demandant si Sten et lui retrouveraient jamais l'intimité et la confiance qui avaient existé autrefois entre eux.

En arrivant au commissariat, il tomba sur Björk.

– Alors, il paraît que vous avez résolu l'affaire des meurtres ?

Wallander le dévisagea.

– Non, dit-il. Rien n'est résolu.

– Alors on continue de croiser les doigts.

Björk disparut par les doubles portes.

À croire que notre affrontement n'a jamais eu lieu, pensa Wallander. Soit il a plus peur des conflits que moi. Soit il est moins rancunier.

Il rassembla le groupe d'enquête, et ils firent le point sur les nouvelles informations en provenance de Malmö.

– Tu crois que c'est lui ? demanda Rydberg quand il eut fini.

– Je ne sais pas.

– Autrement dit, la réponse est non.

Wallander se contenta de hausser les épaules d'un air résigné.

Après la réunion, Martinsson lui demanda s'il accepterait de prendre le service du 31 décembre à sa place. Il était inscrit pour être de garde cette nuit-là, mais il n'en avait aucune envie. Wallander réfléchit. Peut-être était-ce l'option raisonnable ? Avoir du boulot par-dessus la tête au lieu de passer sa soirée et sa nuit à penser à Mona ? D'un autre côté, il avait promis à son père qu'il irait à Löderup. Ça comptait davantage.

– Je dois aller chez mon père. Vois ça avec quelqu'un d'autre, si tu peux.

Après le départ de Martinsson, il s'attarda dans la salle de réunion en cherchant une fois de plus ce qui avait bien pu lui échapper, et qui l'avait taraudé pendant tout le chemin du retour de Malmö. En vain.

Il continua de ruminer. Il n'avait de toute façon rien de mieux à faire dans l'immédiat. Les balisticiens travaillaient à plein régime autour de l'arme découverte chez Nilsmark, alias Hilton. Martinsson vint lui annoncer qu'il avait réussi à permuter avec Näslund, qui était brouillé avec sa femme et ne voulait pas être chez lui le soir du Nouvel An. Wallander continua à faire les cent pas dans le couloir en essayant de capturer la pensée fuyarde qui persistait à le narguer. Un détail entraperçu et aussitôt disparu. Peut-être une parole isolée qu'il aurait dû saisir au vol et examiner plus attentivement sur le moment.

À dix-huit heures, Rydberg partit sans un mot. Wallander et Martinsson passèrent en revue une nouvelle fois tout ce qu'ils savaient concernant Yngve Leonard Holm. Il était né à Brösarp et, pour autant qu'ils pouvaient en juger, il n'avait jamais eu un travail digne de ce nom. Ça avait commencé par des vols à la tire dans sa jeunesse, suivis de délits de plus en plus graves. Mais jamais de violences. De ce point de vue, il rappelait Nilsmark. Martinsson finit par rentrer chez lui. Hansson était toujours penché sur ses coupons de tiercé, qu'il faisait disparaître à toute vitesse dans un tiroir dès que quelqu'un entrait dans son bureau. À la cafétéria, Wallander échangea quelques mots avec deux policiers qui s'apprêtaient à prendre part au traditionnel contrôle routier du réveillon. Ils allaient se concentrer sur les petites routes, celles qu'on surnommait « le raccourci des ivrognes », fréquentées par les automobilistes connaissant la région comme leur poche et bien décidés à rentrer chez eux au volant de leur voiture quel que soit leur état. À dix-neuf heures, Wallander appela Malmö et parla avec Hyttner. Rien de neuf, là non plus. Mais l'héroïne était si abondante qu'elle était à présent remontée jusqu'à Varberg. Au-delà, la pègre de Göteborg prenait le relais.

Wallander rentra chez lui et constata que le lave-linge de la buanderie collective n'était toujours pas réparé. Son linge sale était encore dans le coffre de sa voiture. Très énervé, il retourna au commissariat et remplit la machine à ras bord. Puis il s'assit et se mit à dessiner des bonshommes sur son bloc-notes. Il pensait à Radwan et à la puissance des pyramides. Le temps que sa charge de linge finisse de sécher, il était vingt et une heures passées. Il rentra chez lui, ouvrit une boîte de *pyttipanna* qu'il fit réchauffer. Il dîna devant la télé, où passait un vieux film suédois qu'il se rappelait vaguement avoir vu dans sa jeunesse. En compagnie d'une fille, d'ailleurs, qui avait refusé de le laisser poser la main sur sa cuisse.

Avant de se coucher il téléphona à Linda. Ce fut Mona qui décrocha. À sa voix, il entendit qu'il appelait à un mauvais moment. Elle lui dit que Linda était sortie. Il lui demanda juste d'informer sa fille de son coup de fil. La conversation prit fin avant même de commencer.

Il venait de se glisser entre les draps quand le téléphone sonna. Ce n'était pas Mona, mais Emma Lundin. Il fit semblant d'avoir été réveillé par son appel. Elle s'excusa, puis s'enquit de ses projets pour le réveillon. Il dit qu'il allait passer la soirée avec son père. Ils convinrent finalement de se voir le 1ᵉʳ janvier. Le temps de raccrocher, Wallander regrettait déjà d'avoir dit oui.

Le lendemain, 29 décembre, il ne se produisit rien, sinon que Björk eut un accident de voiture. Ce fut un Martinsson satisfait qui leur annonça la nouvelle. Björk s'apprêtait à virer à gauche et il avait aperçu trop tard la voiture qui arrivait en face. La chaussée était glissante et les voitures s'étaient percutées, cabossant leur carrosserie respective.

Nyberg attendait toujours la conclusion des balisticiens. Wallander consacra la journée à tenter de réduire le volume de la pile de dossiers entassés sur son bureau. L'après-midi, Per Åkeson fit une courte apparition pour demander où en était l'enquête. Wallander lui dit qu'ils espéraient être sur la bonne voie, mais qu'il restait encore beaucoup de travail de fond à effectuer.

C'était le dernier jour d'Åkeson avant son départ en congé sabbatique.

– Je crois t'avoir déjà dit que j'allais être remplacé par une femme, une certaine Anette Brolin, de

Stockholm. Réjouis-toi. Elle est beaucoup plus jolie que moi.

– On verra bien. Moi, je crois que tu vas nous manquer.

– Ah oui ? Pas à Hansson en tout cas. Il ne m'a jamais aimé, je ne sais pas pourquoi. Pareil pour Svedberg.

– Je vais me renseigner en ton absence.

Ils se souhaitèrent la bonne année et se promirent de rester en contact.

Ce soir-là, Wallander parla longuement à Linda au téléphone. Elle allait réveillonner avec des amis à Lund. Wallander fut déçu. Il avait cru, ou plutôt espéré, qu'elle viendrait à Löderup. Elle lui répondit gentiment que fêter le Nouvel An avec deux vieux, ce n'était quand même pas la joie.

Après avoir raccroché, Wallander se rappela qu'il avait oublié d'acheter le cognac demandé par son père. Il ferait bien de prendre une bouteille de champagne par la même occasion. Il griffonna deux mots : l'un qu'il posa sur la table de la cuisine et l'autre dans sa chaussure gauche. Cette nuit-là, il veilla tard en écoutant un vieil enregistrement de *Turandot* avec Maria Callas. Pour une raison quelconque, il pensait aux chevaux de Sten Widén. Quand il s'endormit enfin, il était près de trois heures.

Le lendemain matin, 30 décembre, la neige tombait dru sur Ystad. Wallander songea que, si la météo ne s'arrangeait pas entre-temps, la nuit du Nouvel An allait être chaotique. Mais le ciel se dégagea dès dix heures, et la neige commença à fondre. Wallander alla voir Nyberg et lui demanda pourquoi diable les balisticiens mettaient si longtemps à se prononcer. Était-ce la même arme, oui ou non ? Nyberg se fâcha. Les gens de la police technique n'étaient pas payés un salaire de misère pour faire les choses à moitié, répliqua-t-il sur un ton cinglant. Wallander se radoucit, et ils se rabibochèrent en évoquant les salaires de misère de la police. Pas même Björk n'était vraiment bien payé.

Le groupe d'enquête se réunit dans l'après-midi. Ce fut une réunion plutôt poussive, à cause du manque d'éléments nouveaux. Les policiers de Marbella avaient envoyé un rapport très circonstancié sur la perquisition effectuée dans la villa des sœurs Eberhardsson. Ils avaient même joint une photographie. Celle-ci fit le tour de la table. La maison ressemblait réellement à un palais. Mais le rapport ne contenait rien de neuf. Aucune percée décisive, rien que cette attente qui semblait devoir se prolonger indéfiniment.

Au matin du 31 décembre, leurs espoirs s'évanouirent. Les balisticiens leur apprirent que l'arme retrouvée chez Nilsmark n'était pas celle du meurtre de Holm et des sœurs Eberhardsson. Une vague de découragement s'abattit sur le groupe. Seuls Rydberg et Wallander s'étaient attendus à cette réponse. De plus, la police de Malmö avait confirmé l'alibi de Nilsmark : il se trouvait bien à Copenhague au moment des faits. Cela l'innocentait pour le meurtre des deux sœurs et, d'après Hyttner, on pouvait s'attendre au même résultat pour celui de Holm.

– Retour à la case départ, autrement dit, conclut Wallander. Dès qu'on se retrouve, après le Nouvel An, on met le paquet. On reprend tout depuis le départ, et on creuse.

Personne ne fit de commentaire. Ils savaient tous qu'en l'absence d'une piste immédiate le travail n'avancerait guère au cours des prochaines vingt-quatre heures. Le mieux à faire était donc d'en profiter

pour se reposer et reprendre des forces. Ils se souhaitèrent une bonne fin d'année. Cinq minutes plus tard,
il ne restait plus que Rydberg et lui dans la salle.

– On le savait, dit Rydberg. Toi et moi, on le savait.
Ç'aurait été trop simple. Pourquoi diable Nilsmark
aurait-il conservé l'arme ? Ça ne tenait pas debout.

– Il fallait tout de même en avoir le cœur net.

– C'est drôle, quand même, que le travail policier
revienne si souvent à faire des choses dont on sait
d'avance qu'elles ne serviront à rien.

Wallander le regarda.

– Mais tu as raison, bien sûr, ajouta Rydberg. On
est obligés de tout vérifier.

Ils parlèrent de la soirée qui s'annonçait.

– Je n'aimerais pas être à la place des collègues des
grandes villes, dit Rydberg.

– Bof. Tu sais aussi bien que moi que ça peut dégé-
nérer ici aussi.

– Et toi ? Quels sont tes projets ?

– Je vais voir le vieux à Löderup. Je lui offre son
cognac, on mange un morceau, on joue aux cartes, on
bâille. À minuit on trinque et après dodo.

– Moi, je vais me coucher tôt, dit Rydberg. C'est
l'un des rares soirs de l'année où je prends un somnifère. Pour moi, le Nouvel An est comme un fantôme.
Je ne le vois jamais passer.

Wallander pensa que c'était le moment de lui
demander comment il allait. Mais il ne le fit pas.

Ils se serrèrent la main, pour marquer le coup :
c'était une date spéciale. Puis Wallander retourna dans
son bureau, sortit le nouvel agenda, celui qui portait
les chiffres 1990, et fit le ménage dans ses tiroirs. Une
habitude qu'il avait adoptée depuis quelques années.
La veille du jour de l'An, il fallait faire place nette, se
libérer de la vieille paperasse.

Il n'en crut pas ses yeux en voyant le bazar accumulé là-dedans. Sans compter un flacon de colle qui avait fui. Il alla chercher un couteau à la cafétéria et se mit à gratter. Du couloir lui parvenait la voix d'un ivrogne indigné expliquant qu'il n'avait pas de temps à perdre au commissariat vu qu'il était invité à une fête. La fête a déjà commencé, pensa Wallander en rapportant le couteau à l'endroit où il l'avait pris. Puis il jeta le flacon de colle à la poubelle.

À dix-neuf heures il rentra chez lui, prit une douche et se changea. À vingt heures il était à Löderup. En route, il avait continué à traquer, toujours en vain, la bribe de pensée inquiétante qui le taraudait. Son père avait préparé un gratin de poisson. Wallander fut surpris : le gratin était très bon. Il avait trouvé le temps d'acheter le cognac et son père avait hoché la tête d'un air satisfait en voyant que c'était du Hennessy. La bouteille de champagne avait été rangée au frigo. Ils burent de la bière avec le repas. En l'honneur de la soirée, le vieux avait enfilé son vieux costume, avec une cravate nouée d'une façon que Wallander n'avait encore jamais vue nulle part.

Après le repas, ils s'attablèrent pour la partie de poker. Wallander jeta par deux fois une carte de ce qui aurait dû être un brelan, histoire de laisser gagner son père. Vers vingt-trois heures, il sortit pisser dans la cour. La température avait beaucoup baissé. Les étoiles scintillaient dans un ciel limpide. Wallander pensa aux pyramides, et aux puissants projecteurs qui faisaient presque disparaître, par leur éclat, celui des étoiles du ciel. Il retourna à l'intérieur. Après plusieurs cognacs, son père commençait à être ivre. Wallander, lui, s'était contenté de tremper les lèvres dans son verre. Il avait l'intention de rentrer chez lui au volant. Et il avait beau connaître la localisation des barrages policiers de la nuit, ça ne se faisait pas, pour un flic, de rouler avec une alcoolémie supérieure au taux autorisé – surtout pas la nuit du Nouvel An. Ça lui était déjà arrivé, et depuis il s'était dit que ça ne se reproduirait plus.

Linda les appela vers vingt-trois heures trente. Ils lui parlèrent à tour de rôle. Wallander entendait en arrière-fond le son d'une stéréo branchée à plein volume. Il fallait hurler pour se faire entendre.

– Tu serais mieux ici ! cria-t-il.

– Tu n'en sais rien du tout ! cria-t-elle en retour.

Il entendait bien pourtant que son ton était aimable. Ils se souhaitèrent la bonne année avec un peu d'avance. Le père se servit encore un cognac en faisant tomber quelques gouttes à côté. Mais il était de bonne humeur. Et pour Wallander, c'était vraiment l'essentiel.

Minuit les trouva assis devant la télé à regarder le comédien Jarl Kulle lire le traditionnel poème du Nouvel An. En jetant un regard à son père, il vit que le vieux, incroyable mais vrai, avait la larme à l'œil. Pour sa part il n'était pas ému, juste fatigué. Et il n'avait aucune envie de voir Emma Lundin le lendemain. Ça le mettait mal à l'aise, comme s'il jouait faux avec elle. S'il devait prendre une bonne résolution pour l'année à venir, ce serait de lui dire au plus tôt qu'il ne souhaitait pas poursuivre leur relation.

Mais il ne prit aucune bonne résolution ce soir-là, ni en ce sens ni en aucun autre.

À une heure, il rentra chez lui. Auparavant il avait aidé son père à se mettre au lit. Il lui avait ôté ses chaussures et était allé lui chercher une couverture.

– Tu sais qu'on part bientôt en Italie, lui dit son père, une fois installé.

477

Wallander rangea la cuisine. Les ronflements paternels emplissaient déjà la maison.

Au matin du 1er janvier, il se réveilla avec la migraine et mal à la gorge. Il le dit à Emma Lundin quand elle arriva chez lui sur le coup de midi. Étant infirmière et voyant devant elle un Wallander à la fois blême et brûlant, elle ne douta guère de sa parole. Elle regarda l'état de sa gorge.

– Tu en as pour trois jours, dit-elle. Évite de sortir.

Elle fit un thé, qu'ils burent dans le séjour. Wallander essaya plusieurs fois de se forcer à lui dire ce qu'il en était. Mais quand elle partit, vers quinze heures, ils n'étaient convenus de rien, sinon qu'il l'appellerait quand il se sentirait mieux.

Il passa le reste de la journée au lit. Commença plusieurs livres sans réussir à se concentrer sur aucun. Pas même *L'Île mystérieuse*, son livre préféré entre tous, ne put capter son intérêt. Coïncidence, l'un des personnages du roman de Jules Verne portait le même nom, Ayrton, que l'un des pilotes morts, celui qui avait été identifié le dernier.

Il passa de longs moments dans un état de torpeur somnolente. Les pyramides surgissaient à répétition. Son père les escaladait et tombait ; ou alors il était lui-même au fond d'un passage étroit ; des blocs de pierre gigantesques pesaient sur sa tête.

Le soir, il dénicha dans un placard de la cuisine une soupe en sachet qu'il dilua dans un peu d'eau. Il y toucha à peine et vida le reste dans l'évier. Il n'avait aucun appétit.

Le lendemain, il n'était toujours pas remis. Il appela Martinsson et lui annonça qu'il comptait rester au lit. Son collègue lui apprit que la nuit avait été calme à Ystad mais particulièrement chaotique ailleurs dans le pays. Vers dix heures, il sortit faire des courses ; le frigo et le garde-manger étaient vides. Il passa par la pharmacie acheter de l'aspirine. Sa gorge allait mieux, mais il avait maintenant le nez qui coulait. Au moment de payer, il éternua. La pharmacienne lui lança un regard de reproche.

Il retourna se coucher et se rendormit.

Soudain il se réveilla en sursaut. Il avait encore rêvé des pyramides, mais là c'était autre chose… qui était en lien avec la pensée qui lui échappait sans cesse.

Qu'est-ce donc que je ne vois pas ?

Parfaitement immobile, les yeux ouverts sur l'obscurité de sa chambre, il laissa venir. C'était lié aux pyramides… Et à la soirée qu'il venait de passer chez son père à Löderup. Quand il était sorti dans la cour et qu'il avait levé les yeux vers le ciel, il avait pu voir les étoiles car la nuit était compacte. Les pyramides du Caire, elles, étaient illuminées. Les projecteurs éteignaient la lumière des étoiles…

Ça y est, il tenait sa piste…

L'avion qui était arrivé clandestinement par-dessus les côtes suédoises avait largué quelque chose. Des agriculteurs avaient aperçu de la lumière. On avait marqué un endroit pour le largage. Pour cela, on avait dû monter des projecteurs en plein champ.

C'était cela qui l'avait confusément alerté. Les projecteurs. Où avait-on accès à des projecteurs puissants ?

L'idée était franchement tirée par les cheveux. Pourtant il se fiait à son intuition. Il réfléchit encore un moment, immobile dans son lit. Sa décision était prise. Il se leva, enfila son vieux peignoir et appela le commissariat. Il voulait parler à Martinsson. On mit quelques minutes à le localiser et à le lui passer.

– Rends-moi un service, dit Wallander. Appelle Rolf Nyman, le colocataire de Holm à Sjöbo. Fais comme si c'était un appel de routine, pour un complément d'information, etc. D'après ce qu'il m'a dit, il travaille occasionnellement comme DJ dans des boîtes de nuit. Pose-lui la question, mine de rien. Je veux le nom des endroits où il a l'habitude de travailler.

– Pourquoi est-ce important ?

– Je ne sais pas, mentit Wallander. Mais rends-moi ce service.

Martinsson promit de le rappeler. Wallander n'y croyait déjà plus. C'était trop invraisemblable. Mais Rydberg l'avait bien dit : il fallait tout vérifier.

Des heures passèrent. C'était déjà l'après-midi. Martinsson ne le rappelait pas. La fièvre était à présent retombée. Mais il avait encore des éternuements en série. Et le nez qui coulait. Martinsson le rappela à seize heures trente.

– J'ai essayé sans arrêt, mais il n'a décroché que maintenant. Je ne crois pas qu'il ait eu des soupçons. J'ai ici la liste de quatre discothèques. Deux à Malmö, une à Lund et une à Råå, près de Helsingborg.

Wallander nota les noms.

– C'est bien, dit-il. Merci.

– J'espère que tu comprends ma curiosité ?

– Juste une idée qui m'a traversé l'esprit. On en parlera demain.

Wallander raccrocha. Sans réfléchir, il s'habilla, but un café, laissa dissoudre deux comprimés dans un verre d'eau, puis sortit en emportant un rouleau de papier toilette. À dix-sept heures quinze, il prenait le volant. La première discothèque était logée dans un ancien entrepôt du port de Malmö. Wallander eut de la chance. Il venait de freiner devant la boîte, qui était fermée, quand un homme en sortit. Wallander se présenta. L'homme s'appelait Juhanen, il venait de Haparanda, dans le Grand Nord, et il était le propriétaire de la discothèque, qui avait pour nom Exodus. Ce qui piqua la curiosité de Wallander.

– Comment se retrouve-t-on à Malmö quand on est originaire de Haparanda ?

L'homme sourit. Il avait une quarantaine d'années et des dents en mauvais état.

– On rencontre une fille. Quand on part, la plupart du temps, c'est pour deux raisons. Soit pour chercher du travail. Soit parce qu'on a rencontré quelqu'un.

– En réalité, je voulais t'interroger sur Rolf Nyman.

– Il lui est arrivé quelque chose ?

– Non. Ce sont de simples questions de routine. Si j'ai bien compris, il travaille de temps en temps pour toi ?

– Il est bon. Peut-être un peu conservateur dans ses goûts. Mais il connaît le boulot.

– Une discothèque, ça fonctionne beaucoup sur le volume sonore et les effets de lumière. Je me trompe ?

– Non. Moi, j'ai toujours des bouchons d'oreilles. Sinon j'aurais perdu l'ouïe depuis longtemps.

– Il n'est jamais arrivé que Rolf Nyman t'emprunte du matériel ?

– Et pourquoi l'aurait-il fait ?

– C'est juste une question.

Juhanen secoua énergiquement la tête.

– J'ai l'œil à la fois sur le personnel et sur l'équipement, dit-il. Rien ne disparaît ici. Et rien n'est prêté.

– C'est tout ce que je voulais savoir. Et j'aimerais que cette conversation reste entre nous pour l'instant.

Juhanen sourit.

– Autrement dit, je ne dois pas en parler à Rolf Nyman ?

– C'est bien ça.

– Qu'a-t-il fait ?

– Rien. Mais on doit parfois être discret.

Juhanen haussa les épaules.

– Je ne dirai rien.

Wallander repartit vers le centre-ville, où se trouvait la deuxième discothèque. Elle était déjà ouverte. À peine eut-il franchi le seuil que le volume sonore l'atteignit comme un coup de massue. Les propriétaires étaient deux hommes, dont l'un présent sur les lieux. Wallander réussit à le faire sortir sur le trottoir. Même réaction négative. Rolf Nyman n'avait jamais emprunté quoi que ce soit. Et aucun équipement n'avait disparu.

Wallander remonta en voiture et se moucha dans deux feuilles de papier toilette. C'est absurde, pensa-t-il. Je perds mon temps et mon énergie. Et tout ce que je vais obtenir, c'est de rester au lit un jour de plus.

Il reprit la route. Les éternuements revenaient par séries. Il transpirait. La fièvre était sans doute de retour. La troisième discothèque s'appelait L'Étable et se trouvait un peu à l'est de Lund. Wallander se trompa plusieurs fois de route. Quand il arriva enfin, l'enseigne était éteinte et les portes verrouillées. La discothèque était installée dans une ancienne laiterie, constata-t-il en lisant les lettres tracées sur la façade. Il se demanda pourquoi on ne lui avait pas donné plutôt ce nom-là, « La Laiterie ». Ça sonnait quand même mieux. Il jeta un regard circulaire. Le local était flanqué de deux usines de petite taille. Au-delà, une villa avec un jardin. Wallander décida d'aller sonner à la porte. Un homme de son âge lui ouvrit. De la musique d'opéra s'entendait à l'arrière-plan.

Wallander montra sa carte. L'homme le fit entrer.

– Si je ne me trompe pas, tu écoutes du Puccini, lui dit Wallander aimablement.

L'homme le scruta avec méfiance.

– C'est ça, dit-il. *Tosca*.

– En fait, je viens te parler d'un autre genre de musique. Je ne vais pas être long. J'ai besoin de savoir qui est le propriétaire de la discothèque voisine.

– Comment au nom du ciel veux-tu que je le sache ? Je suis chercheur en génétique.

– Tu es malgré tout le voisin le plus proche.

– Pourquoi ne demandes-tu pas plutôt à tes collègues ? proposa l'homme. Il y a souvent des bagarres dans la rue. Ils devraient être au courant.

Très juste, pensa Wallander.

L'homme indiqua le téléphone posé sur une table du hall d'entrée. Wallander connaissait par cœur le numéro de la police de Lund. Après avoir été baladé de poste en poste, il finit par apprendre que le propriétaire de la discothèque était une femme du nom de Boman. Il nota son adresse et son numéro de téléphone.

– C'est facile à trouver, ajouta le collègue. C'est dans le vieux centre, pile en face de la gare.

Wallander raccrocha.

– C'est un très bel opéra, dit-il en se tournant vers le voisin. *Tosca*, je veux dire. Malheureusement je ne l'ai jamais vu sur scène.

– Je ne vais jamais à l'opéra, répondit l'homme. Pour moi, la musique suffit.

Wallander le remercia et partit. Il erra longtemps avant de trouver le chemin de la gare. Les rues piétonnes et les impasses étaient innombrables à Lund. Il laissa sa voiture sur un emplacement interdit, arracha quelques mètres de papier toilette, les fourra dans sa poche, traversa la rue jusqu'à l'adresse fournie par le collègue et appuya sur le bouton marqué « Boman ». L'interphone bourdonna et Wallander entra. Boman, troisième étage. Il chercha un ascenseur inexistant. Il avait beau grimper lentement, il se retrouva hors d'haleine. Une très jeune femme, moins de vingt-cinq ans à vue de nez, l'attendait dans l'encadrement de la porte. Elle avait les cheveux ras et une quantité impressionnante de boucles d'oreilles. Wallander se présenta et lui montra sa carte de police. Elle n'y jeta pas même un coup d'œil avant de l'inviter à entrer. Il regarda autour de lui, surpris. Il n'y avait presque pas de meubles. Les murs étaient nus. Pourtant ça paraissait curieusement agréable à vivre. Aucun obstacle, aucun encombrement. Rien que l'essentiel.

– Pourquoi la police d'Ystad veut-elle me parler ? J'ai déjà assez de problèmes avec celle d'ici…

On entendait à son ton qu'elle ne portait guère la police dans son cœur. Elle s'était assise sur une chaise. Sa jupe était très courte. Wallander chercha un endroit où poser le regard.

– Je serai bref, dit-il. Rolf Nyman.

– Oui ?

– Il travaille pour toi ?

– Il fait des remplacements quand un de mes DJ habituels tombe malade.

– Ma question va peut-être te paraître étrange…

– Pourquoi ne me regardes-tu pas ?

Wallander fut pris de court.

– Je crois que ça tient à ta jupe. Elle est vraiment minuscule, dit-il, très surpris par sa propre franchise.

Elle éclata de rire, attrapa un plaid et le posa sur ses jambes. Wallander considéra le plaid, puis son visage.

– Rolf Nyman, répéta-t-il. Est-il déjà arrivé qu'il t'emprunte du matériel ?

– Jamais.

Il perçut une infime hésitation – moins dans sa voix qu'à l'expression de son visage. Son attention s'aiguisa aussitôt.

– Jamais ?

Elle se mordit la lèvre.

– C'est une question étrange que tu me poses. Il se trouve que plusieurs projecteurs ont disparu de nos locaux il y a environ un an de cela. On a déclaré le cambriolage à la police. Mais ils n'ont jamais rien trouvé.

– Quand était-ce ? Nyman travaillait-il déjà pour toi à ce moment-là ?

Elle réfléchit.

– C'était il y a un an pile. En janvier. Nyman venait de commencer.

– Tu n'as jamais soupçonné l'un de tes employés ?

– Non.

Elle se leva et quitta rapidement la pièce. Wallander regarda ses jambes. Elle revint un instant plus tard avec un agenda.

– Les projecteurs ont disparu entre le 9 et le 12 janvier. Maintenant que je vérifie sur l'emploi du temps, je vois que Rolf travaillait ces jours-là.

– C'était quoi, exactement, comme matériel ?

– Six projecteurs. Pas de ceux qu'on a l'habitude d'utiliser dans les discothèques. Plutôt des projecteurs de théâtre. Très puissants, deux mille watts. Un certain nombre de câbles ont disparu par la même occasion.

Wallander hocha lentement la tête.

– Pourquoi me demandes-tu tout cela ?

– Je ne peux pas répondre dans l'immédiat. Mais je dois te prier d'une chose. En fait, c'est un ordre. Pas un mot à Rolf Nyman sur la conversation que nous venons d'avoir.

– À une condition. Que tu parles à tes collègues de Lund et que tu leur dises de me fiche la paix.

– Je vais voir ce que je peux faire.

Elle le raccompagna dans l'entrée.

– Je ne t'ai pas demandé ton prénom, dit-il.

– Linda.

– Comme ma fille. Un très bon prénom.

Il eut une série d'éternuements. Elle recula d'un pas.

– Je ne vais pas te serrer la main, dit-il. Mais tu m'as donné la réponse que j'espérais.

– Pourquoi ?

– Ta curiosité sera satisfaite en temps voulu.

Elle allait fermer la porte quand Wallander se souvint qu'il avait encore une question.

– Sais-tu quelque chose sur la vie privée de Rolf Nyman ?

– Rien du tout.

– Une petite amie ? Toxicomane ? Ça ne te dit rien ?

Linda Boman le considéra longtemps avant de répondre.

– Je ne sais rien d'une éventuelle petite amie. Ce que je sais, c'est que Rolf, lui, a un grave problème avec l'héroïne et qu'il risque de ne pas tenir longtemps le coup.

Wallander se retrouva sur le trottoir. Vingt-deux heures passées de quelques minutes. La nuit était froide.

On a franchi le mur, pensa-t-il.

Rolf Nyman... Bien sûr que c'était lui.

12

Wallander était presque arrivé à Ystad lorsqu'il décida de ne pas rentrer chez lui. Au deuxième rond-point, au lieu de continuer tout droit, il prit vers le nord. Il était vingt-trois heures moins dix minutes. Son nez coulait toujours. Il se préparait à enfreindre une fois de plus toutes les règles professionnelles les plus élémentaires. En particulier celle qui interdisait de s'engager seul dans une situation potentiellement dangereuse.

S'il était vrai, ainsi qu'il en était maintenant convaincu, que Rolf Nyman était l'homme qui avait abattu Holm et les sœurs Eberhardsson, il ne pouvait qu'être considéré comme un homme dangereux. En plus, il avait réussi à le mener en bateau, lui, Wallander, avec une adresse consommée. Pendant le trajet depuis Malmö, celui-ci n'avait cessé de se poser la question du mobile. Qu'est-ce qui avait mal tourné ? Les réponses possibles pointaient dans deux directions au moins. Lutte de pouvoir interne ou lutte d'influence sur le marché de la drogue.

Ce qui l'inquiétait le plus, c'était ce que lui avait dit Linda Boman concernant Nyman. Qu'il était héroïnomane. En dehors de ceux qui représentaient le fond du panier, Wallander n'avait jamais rencontré de dealer qui ait été lui-même dépendant. La question l'obsédait. Quelque chose ne collait pas ; il manquait encore un maillon à la chaîne.

Wallander bifurqua sur le chemin conduisant à la maison de Nyman, coupa le moteur, éteignit les codes et l'intérieur de l'habitacle. Il prit une lampe torche dans la boîte à gants. Puis il ouvrit la portière et écouta dans l'obscurité. Le silence était impressionnant. Il sortit de la voiture et referma la portière le plus doucement qu'il put. Une centaine de mètres le séparaient de la ferme. Couvrant sa torche d'une main, il éclaira le sentier devant lui. Le vent était froid. C'eût été le moment d'enfiler un pull plus chaud. Mais, au moins, son nez ne coulait plus. Parvenu à la lisière de la forêt, il éteignit sa lampe. Une fenêtre de la maison était éclairée. Il y avait quelqu'un. Restait à régler la question du chien. Il retourna par le même chemin sur une cinquantaine de mètres, entra dans la forêt et ralluma sa torche. Il allait s'approcher par-derrière. Dans son souvenir, la fenêtre éclairée correspondait à une pièce traversante qui possédait une fenêtre également de l'autre côté.

Il avançait lentement, en évitant de son mieux de marcher sur des branches mortes. Le temps de parvenir à l'arrière de la maison, il était en nage. Il se demandait de plus en plus ce qu'il fabriquait. Dans le pire des cas, le chien se mettrait à aboyer, avertissant Rolf Nyman de sa présence. Immobile, il écouta. Rien ne lui parvenait que la rumeur de la forêt et, au loin, d'un avion à l'approche de Sturup. Wallander attendit que son souffle redevienne régulier, puis il continua prudemment en direction de la maison. Il avançait plié en deux, la torche à quelques centimètres du sol. Juste avant de pénétrer dans le quadrilatère de lumière projeté par la fenêtre, il éteignit sa lampe et se plaqua contre la façade. Le chien n'aboyait toujours pas. Il colla une oreille contre le mur froid de la maison. Pas de musique, pas de bruits de voix, pas le moindre son. Avec une prudence extrême, il fit quelques pas et risqua un très bref regard à l'intérieur.

Rolf Nyman était assis à une table au centre de la pièce. Penché vers quelque chose que Wallander n'identifia pas tout d'abord. L'instant d'après il comprit qu'il faisait une réussite ; lentement, il retournait les cartes, l'une après l'autre. Wallander se demanda ce qu'il avait imaginé au juste. Un homme occupé à peser des sachets de poudre sur une balance ? Ou, un garrot de caoutchouc autour du bras, en train de se faire une injection ?

Je me suis trompé, pensa-t-il. C'est une erreur de jugement du début à la fin.

En même temps, il était sûr de lui. L'homme qu'il voyait là, concentré sur sa réussite, avait récemment exécuté trois personnes d'une balle dans la nuque.

Il allait se retirer quand le chien se mit à aboyer devant la maison. Rolf Nyman sursauta. Il leva la tête, droit vers Wallander, qui venait de se baisser à la vitesse de l'éclair. Un instant, il se crut repéré. Nyman se leva et s'approcha rapidement de la porte d'entrée. Wallander était déjà dans la forêt. *S'il lâche le chien, je suis foutu...* Il trébuchait sur le sol irrégulier, éclairant ses pas tant bien que mal. Puis il dérapa et sentit une branche lui ouvrir la joue. Le chien aboyait à l'arrière-plan.

Le temps d'arriver à la voiture, il avait perdu sa lampe. Il ne s'était pas arrêté pour la ramasser. Il mit le contact en se demandant ce qui se serait passé s'il avait encore eu sa vieille voiture. En l'état des choses, il put enclencher la marche arrière et démarrer sans encombre. Un poids lourd se rapprochait sur la route principale. S'il pouvait faire coïncider le bruit de son moteur avec celui du camion, il pourrait peut-être s'éclipser sans que Nyman l'entende. Il manœuvra et s'éloigna très doucement, sans dépasser la troisième. Arrivé sur la route, il aperçut les lanternes arrière du poids lourd. La pente était suffisante pour qu'il puisse couper le moteur et continuer de rouler au point mort. Rien dans le rétroviseur. Personne ne le suivait. En touchant sa joue, il sentit qu'il saignait. Il commença à chercher le papier toilette dans sa poche, mais faillit virer dans le fossé et redressa le volant in extremis.

Quand il arriva à Mariagatan, il était minuit passé. La branche lui avait fait une entaille profonde à la joue. Il hésita un instant à aller à l'hôpital. Puis il se contenta de nettoyer la plaie et d'y mettre un gros sparadrap. Il se fit un café fort et s'attabla à la cuisine devant l'un de ses nombreux blocs-notes, tous entamés et jamais complétés. Il considéra une fois de plus sa pyramide en échangeant le point d'interrogation central contre le nom de Rolf Nyman. Il savait depuis le début que les éléments dont il disposait étaient très minces. Le seul soupçon légitime qu'il pouvait diriger contre lui était d'être l'auteur du vol des projecteurs qui avaient hypothétiquement servi à indiquer au pilote où il devait larguer la marchandise.

Quoi d'autre ? Rien du tout. Quel avait été le lien entre Holm et Nyman ? De quelle manière les virées aériennes nocturnes et les sœurs Eberhardsson figuraient-elles dans ce paysage ? Wallander repoussa son bloc-notes. Il faudrait des recherches approfondies avant de pouvoir avancer. Comment convaincre ses collègues qu'il avait malgré tout découvert la piste sur laquelle il fallait désormais se concentrer ? Jusqu'où pourrait-il continuer à se référer à son intuition ? Rydberg se montrerait compréhensif, Martinsson peut-être aussi. Mais Svedberg non, et Hansson non plus.

Il était deux heures quand il éteignit dans la cuisine et alla se coucher. Sa joue lui faisait mal.

Le lendemain, 3 janvier, la Scanie s'éveilla sous un ciel transparent et froid. Wallander se leva de bonne heure, changea le sparadrap sur sa joue et fit son entrée au commissariat peu avant sept heures. Ce jour-là, constata-t-il, il était même plus matinal que Martinsson. À la réception, on lui signala un grave accident de la route survenu une heure plus tôt à l'entrée d'Ystad. Il y avait plusieurs morts, dont un enfant en bas âge, ce qui semait toujours l'accablement parmi les collègues. Il alla à son bureau, soulagé de ne plus être de ceux qui devaient intervenir dans ces situations-là, se débarrassa de sa veste, retourna se chercher un café et s'assit ensuite pour réfléchir aux événements de la veille.

Son hésitation subsistait. Rolf Nyman pouvait se révéler être une fausse piste. Pourtant, les raisons de concentrer leur énergie sur lui restaient nombreuses. Il résolut de demander que la maison soit mise sous surveillance discrète, ne serait-ce que pour savoir à quels moments Nyman s'absentait. Cette mission revenait de droit à la police de Sjöbo. Il avait déjà pris la décision de les informer, sans plus. C'était à la police d'Ystad de faire le travail.

Ils avaient besoin de pénétrer dans la maison. Sauf que Rolf Nyman ne vivait pas seul. Il y avait aussi à la ferme une femme que personne n'avait vue, qui dormait quand Wallander y était allé en visite.

Et si cette femme n'existait pas ? Nyman n'était sans doute pas à un mensonge près. Il regarda sa montre. Sept heures vingt. Une heure mal choisie sans doute pour appeler une gérante de discothèque. Tant pis. Il se mit à chercher le numéro de Linda Boman à

Lund. Elle décrocha presque aussitôt. Il entendit à sa voix qu'il la réveillait.

– Désolé de te tirer du lit.

– Je ne dormais pas.

Elle est comme moi, pensa-t-il fugitivement. Elle n'aime pas avouer qu'elle dort, même à une heure où ça n'a rien de déshonorant.

– J'ai encore quelques questions, dit-il. Qui ne peuvent malheureusement pas attendre.

– Rappelle-moi dans cinq minutes.

Elle raccrocha. Wallander attendit sept minutes. Puis il refit le numéro. Sa voix était plus claire. Il alla droit au but.

– Il s'agit de Rolf Nyman.

– Tu ne veux toujours pas me dire pourquoi vous vous intéressez à lui ?

– Je ne peux pas. Mais je te promets que tu seras la première à le savoir.

– Très honorée.

– Tu as dit qu'il était héroïnomane.

– Je me souviens de ce que j'ai dit.

– Ma question est très simple. Comment le sais-tu ?

– C'est lui qui me l'a dit. Ça m'a surprise. Il n'essayait pas de le cacher. Ça m'a fait forte impression.

– C'est lui qui te l'a dit ?

– Oui.

– Est-ce que cela signifie que tu n'as jamais par toi-même remarqué chez lui des symptômes de sa dépendance ?

– Il faisait son boulot.

– Il n'était jamais sous influence ?

– Pas de façon visible.

– Jamais nerveux ou inquiet ?

– Pas plus que n'importe qui. Moi aussi, ça peut m'arriver d'être nerveuse et inquiète. Par exemple, quand la police me harcèle. Je parle de celle qui fait des descentes dans ma boîte.

Wallander hésita un instant, se demanda s'il devait interroger les collègues de Lund sur Linda Boman. Elle attendit en silence.

– Reprenons, dit-il enfin. Tu ne l'as jamais vu sous influence. Il t'a simplement dit qu'il était héroïnomane.

– J'ai du mal à croire que quelqu'un mente sur un sujet pareil.

– Moi aussi. Je voulais juste m'assurer que j'avais bien compris.

– C'est pour ça que tu m'appelles à six heures du matin ?

– Il est sept heures et demie.

– C'est pareil.

– Encore une question. Tu as dit que tu n'avais jamais entendu parler de sa petite amie ?

– Non.

– Il n'était jamais accompagné ?

– Jamais.

– Autrement dit, s'il t'avait dit qu'il avait une petite amie, tu n'aurais eu aucun moyen de savoir si c'était vrai ou pas ?

– Tes questions sont de plus en plus bizarres. Pourquoi n'aurait-il pas de petite amie ? Il n'est pas plus moche que la moyenne.

– Alors je n'ai plus de questions, conclut Wallander. Et ce que j'ai dit hier vaut aussi aujourd'hui. Plus que jamais.

– Je ne dirai rien. Je vais dormir.

– Il est possible que je te rappelle. Sais-tu d'ailleurs si Rolf avait un ami proche ?

– Non.

Après avoir raccroché, il se rendit dans le bureau de Martinsson. Celui-ci était occupé à se coiffer à l'aide d'un peigne et d'un miroir de poche.

– Huit heures trente, dit Wallander. Tu peux réunir tout le monde ?

– Il s'est passé un truc ?

– Peut-être.

Ils échangèrent quelques mots sur l'accident. Il s'agissait d'une voiture qui avait dérapé à cause du verglas, percutant de front un camion polonais.

À huit heures trente, Wallander prit la parole devant ses collègues rassemblés. Il leur parla de sa conversation avec Linda Boman, des projecteurs disparus. Il ne dit rien de sa visite nocturne à la ferme isolée de Sjöbo. Comme il s'y attendait, Rydberg estima la découverte importante tandis que Hansson et Svedberg multipliaient les objections. Martinsson ne disait rien.

– Je sais que c'est maigre, dit Wallander après avoir écouté leur échange. Il n'empêche que, pour moi, nous devons nous concentrer sur Nyman. Sans oublier le reste. Il faut continuer à ratisser large.

– Que dit le procureur ? demanda Martinsson. C'est qui, d'ailleurs, en ce moment ?

– Elle s'appelle Anette Brolin et elle est à Stockholm. Elle n'arrivera que la semaine prochaine. Je voudrais en parler à Åkeson, même s'il n'est plus officiellement en charge du dossier.

Ils poursuivirent. Selon Wallander, il était urgent de pénétrer dans la maison à l'insu de Nyman. Cela généra de nouvelles protestations.

– On ne peut pas faire ça, dit Svedberg. C'est de l'intrusion caractérisée.

– On a affaire à un triple meurtre, dit Wallander. Si j'ai raison, Rolf Nyman est un type extrêmement intelligent et dangereux. C'est notre seule façon de découvrir quelque chose. Il faut le faire sortir. Quand quitte-t-il la maison ? Pour quoi faire ? Combien de temps reste-t-il absent ? Mais, avant tout, nous devons découvrir s'il existe ou non une petite amie.

– Je peux me déguiser en ramoneur, proposa Martinsson.

– Il te démasquera illico, dit Wallander comme s'il n'avait pas perçu l'ironie du ton. Je pensais à une approche indirecte. Par le biais du facteur. On doit se renseigner pour savoir qui distribue le courrier de Nyman. Un facteur de campagne qui ne sait pas ce qui se passe chez les uns et chez les autres, ça n'existe pas. Même s'il n'a jamais mis le pied dans une maison, il sait par exemple qui y habite.

Svedberg s'entêta.

– Cette fille-là ne reçoit peut-être jamais de courrier.

– Il ne s'agit pas de ça. Les facteurs de campagne savent. C'est comme ça, c'est tout.

Rydberg acquiesça en silence. Wallander sentait son appui. Il continua à mettre la pression sur les autres collègues. Hansson accepta de prendre contact avec la poste. Martinsson accepta à contrecœur d'organiser la surveillance de la ferme. Wallander, lui, allait en toucher deux mots à Åkeson.

– Essayez d'en savoir le plus possible sur Nyman, conclut-il. Mais faites-le discrètement. S'il est l'ours que je crois, il ne faut surtout pas le réveiller.

Il fit signe à Rydberg qu'il voulait lui parler en tête à tête.

– Tu es convaincu ? demanda Rydberg. Tu penses que c'est lui ?

– Oui. Mais je sais que je peux me tromper et que je suis peut-être en train de faire capoter l'enquête.

– Le vol des projecteurs est un indice fort. Pour moi, c'est le point décisif. Comment l'idée t'en est-elle venue ?

– Les pyramides. Elles sont illuminées. Sauf un jour par mois. À la pleine lune.

– Comment le sais-tu ?

– C'est mon père qui me l'a raconté.

Rydberg hocha pensivement la tête.

– Les livraisons de drogue ne suivent pas le calendrier lunaire. Et puis, ils ont peut-être moins de nuages en Égypte que nous en Scanie.

– Au fond, ce que j'ai trouvé le plus intéressant, c'était le sphinx. Moitié humain, moitié animal. Veillant sur le soleil pour qu'il revienne chaque matin du même côté.

– Je crois qu'il y a une boîte de sécurité américaine qui a choisi le sphinx comme son symbole.

– C'est bien vu. Le sphinx veille. Et nous veillons. Policiers, gardiens de nuit, c'est pareil.

Rydberg éclata de rire.

– Si on racontait ce genre de chose aux futurs policiers, on passerait pour des dingues. On se couvrirait de ridicule.

– Je sais. On devrait peut-être le leur dire quand même.

Rydberg parti, Wallander appela Per Åkeson chez lui. Celui-ci promit d'informer Anette Brolin.

– Quel effet ça fait ? demanda Wallander. D'échapper enfin à toutes ces affaires ?

– Un effet extraordinaire, répondit Åkeson. Mille fois mieux que je ne l'imaginais.

Ils se réunirent encore deux fois ce jour-là. Martinsson avait mis en place la surveillance de la maison. Hansson était parti rencontrer le facteur. Pendant ce temps, ils continuaient de cartographier le passé de Rolf Nyman. Celui-ci n'avait jamais eu affaire à la police, ce qui leur compliquait le travail. Il était né en 1957 à Tranås, dans le comté de Jönköping, et il avait emménagé en Scanie avec ses parents au milieu des années 1960. La famille avait d'abord vécu à Höör, puis à Trelleborg. Son père était monteur de lignes dans une entreprise d'électricité et sa mère femme au foyer. Rolf était enfant unique. Le père était mort en 1986, après quoi la mère était retournée vivre à Tranås, où elle était décédée un an plus tard. Wallander avait le sentiment croissant que Rolf Nyman avait mené une vie effacée jusqu'à l'invisibilité. Il n'y avait absolument rien sur lui. Avec l'aide des collègues de Malmö, ils apprirent qu'il n'avait jamais été cité dans les cercles qui touchaient au trafic de stupéfiants. Il se camoufle, pensa Wallander à plusieurs reprises ce matin-là. Les gens laissent des traces. Rolf Nyman, non.

Hansson revint après sa rencontre avec le facteur, qui se révéla être une factrice et s'appeler Elfrida Wirmark. Elle s'était montrée très sûre de son fait. Deux personnes vivaient dans cette ferme : Holm et Nyman. Holm, lui, se trouvait à la morgue dans l'attente d'être inhumé. Désormais la maison n'avait donc plus qu'un seul occupant.

À dix-neuf heures, ils étaient de nouveau réunis. D'après les rapports transmis à Martinsson, Nyman n'avait pas quitté la maison ce jour-là, sinon pour nourrir le chien. Il n'avait reçu aucune visite. Wallander demanda si les collègues qui planquaient autour de la ferme avaient décelé des signes de tension ou de méfiance chez lui, mais rien n'avait été signalé en ce sens. Ils discutèrent ensuite longuement du témoignage de la factrice. On s'accorda sur le fait que Rolf Nyman s'était inventé une petite amie de toutes pièces.

Wallander se livra au dernier résumé de la journée :

– Rien n'indique qu'il soit toxicomane. Ce serait son premier mensonge. Le deuxième, qui est quasi confirmé maintenant, concerne l'existence de sa copine. En réalité, il est seul dans cette maison. Si on veut y pénétrer, on a deux possibilités. Soit on attend qu'il s'en aille. Tôt ou tard il le fera, ne serait-ce que pour se ravitailler, à moins qu'il n'ait fait des réserves. Mais pourquoi l'aurait-il fait ? Ou alors on trouve un moyen de l'attirer dehors…

Ils résolurent finalement d'attendre. Au moins deux ou trois jours. Ensuite, au besoin, ils changeraient de tactique.

Ils attendirent toute la journée du 4 janvier et toute celle du 5. Nyman quitta la maison par deux fois pour nourrir le chien. Rien n'indiquait que sa vigilance fût en éveil. Pendant ce temps ils continuaient leurs recherches sur lui. C'était comme si Rolf Nyman avait mené une sorte d'existence sous vide. Par l'intermédiaire du fisc, ils apprirent qu'il déclarait un faible revenu annuel en tant que disc-jockey. Il n'avait jamais fait état de frais exceptionnels. Il avait fait une demande de passeport en 1986. Le permis, il l'avait depuis 1976. Il ne semblait pas avoir d'amis.

Au matin du 5 janvier, Wallander s'assit avec Rydberg dans la salle de réunion et ferma la porte. Rydberg était d'avis qu'il fallait attendre quelques jours encore. Mais Wallander lui présenta une idée qui permettrait selon lui d'attirer Nyman loin de la maison. Ils décidèrent de la soumettre aux autres. Mais, d'abord, Wallander appela Linda Boman à Lund. La discothèque était ouverte le lendemain soir. Un disc-jockey danois était programmé. Wallander lui exposa son projet. Linda Boman demanda qui paierait les frais, dans la mesure où le disc-jockey de Copenhague était sous contrat avec la discothèque. Wallander lui dit qu'elle pouvait envoyer la facture à la police d'Ystad. Il s'engagea à la rappeler deux heures plus tard pour confirmer.

À seize heures, le 5 janvier, un vent froid et mordant soufflait sur la Scanie. Un front de neige était prévu qui traverserait la Baltique d'est en ouest et toucherait peut-être la côte sud de la Suède. Wallander réunit le groupe d'enquête pour leur expliquer succinctement l'idée qui lui était venue et dont il avait discuté avec Rydberg.

– Il faut l'amener à quitter son repaire. Manifestement, c'est quelqu'un qui ne sort pas à moins d'une nécessité impérieuse. En même temps, il n'a pas l'air de soupçonner quoi que ce soit.

– Peut-être parce qu'il n'a rien à voir avec les meurtres ? suggéra Hansson.

– C'est possible. Mais dans l'immédiat on part de l'hypothèse opposée. Ça signifie qu'on a besoin d'entrer dans cette maison. Il faut donc le faire sortir sans éveiller ses soupçons.

Il exposa son idée. Linda Boman allait appeler Rolf Nyman et lui dire que le DJ prévu avait un empêchement. Pouvait-il le remplacer au pied levé ? S'il acceptait, la maison serait vide toute la soirée et une partie de la nuit. L'un d'entre eux monterait la garde à la discothèque et resterait en contact avec l'équipe au travail dans la maison. Au retour de Rolf Nyman au petit matin, personne sauf le chien n'aurait eu vent de leur visite.

– Qu'est-ce qui se passe s'il appelle son collègue au Danemark ? demanda Svedberg.

– On y a pensé. Linda Boman doit dire au Danois de ne pas prendre d'appels. Et la police devra lui payer son cachet de la soirée. Ce n'est pas un problème.

Wallander s'attendait à un déluge d'objections. Il n'y en eut aucune. Il comprit que cela tenait à l'impatience qui avait saisi le groupe tout entier. Ils piétinaient. Il fallait que ça progresse.

Il regarda autour de lui. Personne n'avait rien à ajouter.

– Alors on est d'accord ? On lance l'opération demain soir.

Il attrapa le combiné du téléphone posé sur la table et appela Linda Boman.

– C'est bon, dit-il dès quand elle eut décroché. Appelle-le dans une heure.

Il raccrocha, regarda sa montre et se tourna vers Martinsson.

– Qui est de garde là-haut en ce moment ?

– Näslund et Peters.

– Appelle-les et dis-leur d'être particulièrement vigilants après dix-sept heures vingt. C'est l'heure à laquelle Linda Boman doit appeler Nyman.

– Qu'est-ce qui va se passer, à ton avis ?

– Je n'en sais rien. Je parle juste d'une vigilance accrue.

Puis ils passèrent en revue le programme. Linda Boman allait demander à Nyman d'être à Lund dès vingt heures pour écouter un certain nombre de nouveaux disques et s'en faire une idée. Il devait donc quitter Sjöbo autour de dix-neuf heures. La discothèque restait ouverte jusqu'à trois heures du matin. Dès que le policier en faction à la discothèque aurait signalé l'arrivée de Nyman, les autres s'introduiraient dans la maison. Wallander avait demandé à Rydberg de l'accompagner. Celui-ci avait proposé plutôt Martinsson. La proposition fut entérinée.

– Je récapitule. Martinsson et moi dans la maison. Svedberg nous suit et monte la garde. Hansson s'occupe de la discothèque. Les autres en veille au commissariat. Au cas où.

– Qu'est-ce qu'on cherche ? demanda Martinsson.

Wallander allait répondre quand Rydberg leva la main.

– On n'en sait rien. On va trouver ce qu'on ne savait pas qu'on cherchait. Mais, dans le prolongement, il y a un oui ou un non. Est-ce Nyman qui a tué Holm et les deux sœurs ?

– La drogue, dit Martinsson. C'est ça ?

Rydberg écarta les mains.

– Armes, argent liquide, n'importe quoi. Bobines de fil achetées dans la mercerie des sœurs Eberhardsson, billets d'avion. On ne sait pas.

Ils s'attardèrent encore un moment. Martinsson disparut pour prendre contact avec Näslund et Peters. Il revint, hocha la tête et se rassit.

À dix-sept heures vingt, Wallander, qui surveillait sa montre, composa le numéro de Linda Boman. Occupé.

Ils attendirent. Neuf minutes plus tard, le téléphone sonna sur la table. Wallander prit le combiné, écouta, puis raccrocha.

– Nyman a accepté, dit-il. On y va. On verra bien si ça nous conduit quelque part.

Ils se séparèrent. Wallander retint Martinsson.

– Il vaut mieux qu'on soit armés, dit-il.

Martinsson le dévisagea.

– Je croyais que Nyman allait être à Lund ?

– Par mesure de sécurité.

La tempête de neige n'arriva jamais jusqu'en Scanie. Le lendemain 6 janvier, le ciel était couvert de nuages. Il soufflait un vent faible, l'air était humide, chargé de pluie, quatre degrés au-dessus de zéro. Wallander hésita longuement entre ses différents pulls avant de se décider. La journée s'écoula. À dix-huit heures, ils se retrouvèrent dans la salle de réunion. Hansson avait déjà pris la route de Lund. Svedberg était posté dans une partie de la forêt d'où il pouvait voir la façade de la ferme de Sjöbo. Rydberg remplissait des grilles de mots croisés à la cafétéria. Wallander avait sorti son arme de service, sans plaisir, et bouclé l'étui qu'il n'arrivait jamais à positionner de façon confortable. Martinsson avait son arme dans sa poche.

À dix-neuf heures et neuf minutes, Svedberg envoya le message radio. *L'oiseau s'est envolé.* Wallander n'avait pas voulu prendre de risques inutiles. La fréquence radio était toujours écoutée. Rolf Nyman ne devait jamais être appelé autrement que *l'oiseau.* Un nom de code ridicule, mais bon.

Ils continuèrent d'attendre. À vingt heures moins six minutes, Hansson envoya son message. *L'oiseau s'est posé.* Rolf Nyman n'avait pas roulé bien vite…

Martinsson et Wallander se levèrent. Rydberg leva les yeux de ses mots croisés et leur adressa un hochement de tête.

Ils parvinrent à la maison à vingt heures trente. Svedberg les accueillit. Le chien aboyait. La maison était plongée dans le noir.

– J'ai regardé la serrure, dit Svedberg. Un passe ordinaire devrait suffire.

Wallander et Svedberg éclairèrent Martinsson avec leurs lampes torches pendant qu'il manipulait la serrure. Puis Svedberg disparut dans l'obscurité pour reprendre son poste de garde.

Ils entrèrent. Wallander alluma partout. Martinsson lui jeta un regard surpris.

– Et alors ? fit Wallander. Nyman est en train de passer des disques dans une discothèque de Lund. On y va.

Ils fouillèrent la maison méthodiquement. Ils constatèrent bien vite qu'il n'y avait pas la moindre trace d'une présence féminine. En dehors du lit qui avait été celui de Holm, ils ne trouvèrent qu'un seul autre lit. Et c'était un lit une place.

– On aurait dû emmener un chien des stups, dit Martinsson.

– Il serait vraiment étonnant qu'il ait de la marchandise chez lui.

Ils continuèrent pendant trois heures d'affilée. À minuit, Martinsson appela Hansson via la radio.

– Il y a plein de monde, dit Hansson. Et la musique est à fond. Je reste dehors. Il fait sacrément froid.

Wallander commençait à être inquiet. Pas d'argent, aucune arme. Rien du tout. Martinsson avait visité la cave et la resserre. Aucun projecteur. Rien. Sauf le chien qui aboyait comme un fou. Wallander avait eu plusieurs fois envie de lui tirer dessus. Mais il aimait les chiens. Au fond de lui, il les aimait. Même ceux qui aboyaient.

À une heure trente, Martinsson reprit contact avec Hansson. Rien à signaler.

– Qu'a-t-il dit ? demanda Wallander.

– Qu'il y avait beaucoup de monde devant la discothèque et dedans.

À deux heures, ils déclarèrent forfait. Wallander se dit qu'il s'était trompé. Rien n'indiquait que Rolf Nyman fût autre chose que ce qu'il prétendait être, un simple DJ intérimaire. Le mensonge concernant la femme n'était pas un crime en soi. Pas plus que le fait de s'être prétendu toxicomane. D'ailleurs, il l'était peut-être. Ce type était tellement discret qu'il devait savoir cacher n'importe quoi…

– Je crois qu'on peut arrêter, dit Martinsson. On n'arrive à rien.

Wallander hocha la tête.

– Je reste encore un peu. Tu peux rentrer avec Svedberg. Laisse-moi une radio.

Martinsson posa l'appareil allumé sur la table.

– Dis-leur qu'on arrête tout. Hansson doit attendre mes ordres, mais les autres, au commissariat, peuvent rentrer chez eux.

– Qu'est-ce que tu penses trouver tout seul ?

Wallander perçut toute l'ironie de Martinsson.

– Rien. J'ai peut-être juste besoin de comprendre jusqu'au bout que je me suis vraiment planté.

– On recommence à zéro demain matin. C'est comme ça. Rien à faire.

Martinsson parti, Wallander s'assit dans un fauteuil et regarda autour de lui. Le chien aboyait sans discontinuer. Wallander jura à voix basse. Il était convaincu d'avoir raison. Rolf Nyman avait tué les deux sœurs et Holm. Mais c'était quelqu'un qui ne laissait rien au hasard. Aucune trace. Rien du tout. Un moment encore, il resta assis. Puis il fit le tour de la maison pour éteindre les lampes.

Le chien cessa d'aboyer.

Wallander s'immobilisa. Écouta. Le chien gardait le silence. Il perçut aussitôt le danger. Impossible de savoir d'où il venait. La discothèque devait rester ouverte jusqu'à trois heures du matin. Hansson n'avait pas donné l'alerte.

Il ne sut jamais ce qui l'avait fait réagir. Soudain il s'aperçut qu'il était en pleine lumière et dans l'axe de la fenêtre. Il se jeta sur le côté au moment où la vitre volait en éclats. Il s'aplatit au sol. Des pensées confuses se bousculaient en lui. Quelqu'un avait tiré. Ce ne pouvait être Nyman. Dans ce cas, Hansson aurait appelé. Il essaya d'extirper son arme de son étui tout en rampant vers un coin d'ombre. La personne qui avait tiré était peut-être derrière la fenêtre maintenant. Et la pièce était éclairée par un plafonnier. Il visa l'ampoule. Au moment d'appuyer sur la détente sa main tremblait tant qu'il loupa la cible. Il visa de nouveau en tenant son arme à deux mains. La balle pulvérisa l'ampoule et l'obscurité se fit. Immobile, il écouta. Son cœur cognait à se rompre. Il devait absolument récupérer la radio ; elle était restée sur la table, à plusieurs mètres de lui.

Le chien se taisait toujours. Il écouta. Il crut entendre une présence dans l'entrée. Des pas légers. Il braqua son arme vers la porte. Ses mains tremblaient. Mais personne n'entra. Combien de temps attendit-il ainsi ? Il essayait fébrilement de comprendre ce qui se passait. Soudain il découvrit que la table où se trouvait la radio était placée sur un tapis. Prudemment, sans lâcher son arme, il tendit l'autre bras le plus loin possible, attrapa un coin du tapis et se mit à tirer. La table était lourde. Mais elle se déplaçait. Avec d'infinies précautions, il l'attira vers lui. Au moment où il allait s'emparer de la radio, une balle siffla à ses oreilles et pulvérisa le poste. Wallander se recroquevilla dans son coin. Le coup de feu avait été tiré de la cour. Wallander comprit qu'il ne pourrait plus se cacher davantage si le tireur contournait la maison. *Je dois partir d'ici. Autrement je suis mort.* Avec désespoir, il essaya de bricoler un plan. L'éclairage extérieur était impossible à atteindre de là où il se trouvait. L'autre, dehors, aurait dix fois le temps de l'abattre le premier. Jusque-là, il s'était montré un tireur précis.

Wallander comprit quelle était son unique chance. L'idée le rebutait plus que tout. Mais il n'avait pas le choix. Il inspira trois fois profondément. Puis il se dressa, se précipita dans l'entrée, ouvrit la porte d'un coup de pied, se rejeta sur le côté et tira trois coups en direction du chenil. Un hurlement lui apprit qu'il avait touché l'animal. Il s'attendait à mourir d'un instant à l'autre. Mais la plainte du chien lui donna le temps de se fondre dans l'obscurité. Au même instant, il découvrit Rolf Nyman debout au milieu de la cour, désorienté par les coups de feu qui avaient visé le chien. Soudain, il se retourna et aperçut Wallander.

Celui-ci appuya deux fois de suite sur la détente. Il ferma les yeux. Quand il les rouvrit, Rolf Nyman était à terre. Wallander s'avança lentement vers lui.

Il était vivant. Une balle l'avait touché à la hanche. Wallander le désarma. Puis il se dirigea vers le chenil. Le chien était mort.

Au loin il entendit un bruit de sirènes qui se rapprochait.

Tremblant de tout son corps, il s'assit sur les marches du perron et attendit.

Ce fut à ce moment-là seulement qu'il s'aperçut qu'il pleuvait.

Épilogue

À quatre heures quinze du matin, Wallander s'assit dans la cafétéria du commissariat devant un café fumant. Ses mains tremblaient encore. Après la première heure chaotique où personne n'avait été capable de comprendre ce qui se passait, la situation s'était éclaircie peu à peu. Au moment où Martinsson et Svedberg quittaient la maison de Sjöbo et prenaient contact avec Hansson par radio, la police de Lund avait commencé une descente dans la discothèque de Linda Boman. Trop de monde dans la salle, d'après eux. Au milieu du désordre, Hansson avait mal compris les instructions de Martinsson. Il avait cru que tous les policiers avaient quitté la maison de Sjöbo. Juste avant, un collègue de Lund lui avait dit que les employés de la discothèque avaient été emmenés au commissariat pour y être interrogés. Pour lui, cela concernait aussi Rolf Nyman. En réalité, celui-ci s'était éclipsé par une porte de service – que Hansson, à sa grande honte rétrospective, n'avait pas repérée à son arrivée à la discothèque. Après le message de Martinsson, Hansson n'avait plus vu la moindre raison de s'attarder à Lund. C'était pourquoi il était retourné à Ystad, convaincu que la maison de Sjöbo était vide depuis plus d'une heure.

Pendant ce temps, Wallander, recroquevillé dans un coin, faisait exploser des plafonniers, se ruait dehors seul dans la nuit, tuait un chien et désarmait Rolf Nyman au péril de sa vie.

Depuis qu'il était revenu à Ystad, Wallander avait pensé plusieurs fois qu'il devrait entrer dans une rage folle. Mais il n'avait pas réussi à se mettre d'accord avec lui-même sur l'objet de cette rage. C'était une suite malheureuse de malentendus. Cela aurait pu très mal finir et, dans ce cas, la mort du chien n'aurait pas été le pire événement de la nuit. Il s'en était fallu d'un fil.

Il est un temps pour vivre et un autre pour mourir. Cette formule conjuratoire le suivait depuis qu'il s'était pris un coup de couteau en pleine poitrine bien des années auparavant, à Malmö. Cette fois encore, ç'avait été moins une.

Rydberg entra dans la cafétéria.

– Rolf Nyman va s'en sortir. Tu as bien visé, si je puis dire. Il n'aura pas de séquelles. D'après les médecins, on va pouvoir lui parler dès demain.

– J'aurais pu tout aussi bien le rater. Ou lui coller une balle entre les yeux. Je suis un tireur minable.

– Comme la plupart d'entre nous…

Wallander avala quelques gorgées de café brûlant.

– J'ai parlé à Nyberg, poursuivit Rydberg. D'après lui, l'arme pourrait bien être celle qui a tué Holm et les sœurs Eberhardsson. D'ailleurs, ils ont retrouvé la voiture de Holm. Elle était garée dans une rue de Sjöbo. C'est probablement Nyman qui l'a conduite et laissée là.

– C'est bien. Mais on ne sait toujours pas pourquoi il a fait tout ça.

Rydberg n'avait pas de réponse à lui proposer.

Il allait falloir attendre encore plusieurs semaines avant que la situation ne leur apparaisse dans toute sa clarté. Quand Nyman commença enfin à parler, les policiers virent se dessiner les contours d'une organisation adroitement conçue, visant à introduire de l'héroïne en grande quantité en Suède. Comme ils le soupçonnaient, les sœurs Eberhardsson avaient bien servi de couverture à Nyman. Elles organisaient la réception en Espagne, où la marchandise expédiée depuis de lointains producteurs d'Asie et d'Amérique centrale arrivait par bateaux de pêche. Holm avait été l'intermédiaire de Nyman. À un moment – qu'ils n'avaient pas encore pu situer avec précision – Holm et les sœurs Eberhardsson, mus par leur commune avidité, avaient pris la décision de défier Nyman. Comprenant ce qui se tramait, celui-ci avait répliqué. L'accident d'avion était survenu juste avant. La drogue transitait par Marbella, puis par le nord de l'Allemagne. Une piste privée des environs de Kiel servait de base de décollage et d'atterrissage aux vols de nuit vers la Suède. Sa mission accomplie, l'avion retournait à sa base – sauf la dernière fois, où il s'était écrasé avant d'atteindre la mer. La commission d'enquête ne put jamais déterminer la cause exacte de l'accident. Mais le mauvais état de l'appareil rendait plausible l'hypothèse d'une ou plusieurs avaries.

Wallander conduisit lui-même le premier interrogatoire avec Nyman. Par la suite, il dut tout laisser en plan pour enquêter sur deux nouveaux meurtres brutaux. Il avait cependant déjà compris, à ce stade, que Rolf Nyman ne constituait pas le centre du triangle – ou le sommet de la pyramide. Au-dessus de lui, il y avait des financiers, des hommes de l'ombre qui, sous couvert d'être des citoyens irréprochables, veillaient à ce que l'approvisionnement en héroïne du marché suédois reste constant.

Bien des soirs, durant cette période, Wallander eut l'occasion de repenser aux pyramides. Au sommet que son père avait tenté d'atteindre. Au fait que cette escalade insensée aurait pu servir de symbole à son propre travail. Il n'arriverait jamais tout là-haut. Il y aurait toujours des gens si haut placés, si intouchables, qu'il ne pourrait jamais les atteindre.

Mais ce matin-là, celui du 7 janvier 1990, il était juste fatigué.

À dix-sept heures trente, il comprit tout à coup qu'il n'en pouvait plus. Sans un mot à quiconque, sauf à Rydberg, il rentra chez lui à Mariagatan. Il prit une douche. Il se glissa dans le lit. Impossible de trouver le sommeil. Il dut se relever et dénicher un somnifère dans une boîte oubliée au fond de l'armoire de la salle de bains pour enfin s'endormir et ne se réveiller que le lendemain vers quatorze heures.

Il passa le reste de la journée au commissariat. Björk vint le féliciter pour son succès. Wallander ne dit rien. À son avis, ce qu'il avait fait n'était pas défendable. C'était un coup de chance, bien plus que leur habileté, qui avait fait tomber Rolf Nyman.

Ensuite il avait eu sa première conversation avec Nyman à l'hôpital. Il l'avait trouvé très pâle, mais maître de lui. Wallander avait cru qu'il refuserait de parler. Mais Nyman avait répondu à certaines questions.

– Les sœurs Eberhardsson ?

C'était la fin de leur entretien.

Rolf Nyman sourit.

– Deux vieilles dames insatiables. Ravies de voir quelqu'un débarquer dans la routine de leur vie et y répandre un parfum d'aventure.

– Ça ne me paraît pas très plausible.

– Anna Eberhardsson a eu une vie assez débridée dans sa jeunesse. Emilia a dû beaucoup la freiner, mais peut-être aurait-elle voulu vivre la même chose que sa sœur. Que sait-on des autres ? Rien du tout, au fond. Sauf une chose. Ils ont des points faibles. C'est ça qu'il faut trouver. Les points faibles. Le reste, ça va tout seul.

– Comment les as-tu rencontrées ?

La réponse le prit au dépourvu.

– J'ai acheté un jour une fermeture éclair dans leur magasin. Il y a eu une période dans ma vie où je raccommodais mes vêtements moi-même. J'ai vu ces deux vieilles demoiselles, et il m'est venu une idée insensée. Les utiliser. Comme un bouclier.

– Et après ?

– J'ai commencé à y aller régulièrement. Je leur achetais du fil. Je leur parlais de mes voyages à travers le monde. De l'argent facile. De la brièveté de la vie. Du fait qu'il n'était jamais trop tard, etc. J'ai bien vu qu'elles m'écoutaient.

– Et… ?

Rolf Nyman haussa les épaules.

– Un jour, je leur ai fait une proposition. Comment dit-on ? Impossible à refuser… Voilà.

Wallander voulait connaître la suite, mais Nyman n'était soudain plus aussi disposé à répondre. Au lieu d'insister, il changea de sujet.

– Holm ?

– Avide, lui aussi. Et faible. Et beaucoup trop bête pour comprendre qu'il ne pourrait jamais me doubler.

– Comment as-tu appris leur projet ? De te doubler, comme tu dis ?

Rolf Nyman secoua la tête.

– Ça, je ne te le dirai pas.

Après cet entretien, Wallander remonta à pied de l'hôpital au commissariat, où se déroulait au même moment une conférence de presse à laquelle on ne l'avait pas obligé à prendre part, à son grand soulagement. En arrivant dans son bureau, il trouva un paquet sur la table. Quelqu'un avait rédigé un mot disant qu'il était resté à traîner par erreur à la réception. Wallander vit qu'il avait été expédié de Sofia, en Bulgarie. Il comprit aussitôt. Quelques mois auparavant, il avait participé à une conférence de police internationale à Copenhague. Là-bas, il avait sympathisé avec un collègue bulgare qui partageait son intérêt pour l'opéra. Il ouvrit le paquet. *La Traviata*, avec Maria Callas.

Wallander rédigea une synthèse de son premier entretien avec Rolf Nyman. Puis il rentra chez lui, se fit à manger, dormit quelques heures. Au réveil, il se dit qu'il devrait appeler Linda. Mais il remit à plus tard.

Ce soir-là, il écouta son disque venu de Bulgarie. Ce qu'il lui fallait plus que tout, pensa-t-il, c'était quelques jours de repos.

Il était deux heures quand il se coucha enfin.

Le coup de fil fut enregistré par le commissariat d'Ystad le 8 janvier à cinq heures treize. Le policier qui prit l'appel était un homme épuisé qui avait été de service quasiment en continu depuis le 31 décembre au soir. En entendant la voix bégayante à l'autre bout du fil, il crut avoir affaire à un vieillard en pleine confusion. Quelque chose cependant aiguisa son attention, et il commença à poser des questions précises. Après avoir raccroché, il réfléchit un instant avant de reprendre le combiné et de composer un numéro qu'il connaissait par cœur.

Au moment où la sonnerie du téléphone retentit, Wallander était plongé dans un rêve érotique.

Il ouvrit les yeux, regarda le réveil. Un accident de la route, pensa-t-il en cherchant le combiné à tâtons. Verglas éclair, quelqu'un qui roulait trop vite, plusieurs morts… Ou alors une histoire avec des réfugiés arrivés par le ferry du matin en provenance de Pologne.

Il se redressa et appuya le combiné contre sa joue en sentant l'irritation provoquée par le frottement contre sa barbe naissante.

– Wallander, j'écoute.

– J'espère que je ne te réveille pas…

– Non, j'étais debout.

Pourquoi ne pas lui dire la vérité ? C'était insensé, tout de même. *Pourquoi est-ce que je ne le lui dis pas ? Que, si j'avais le choix, je retournerais illico dans le sommeil à la poursuite d'un rêve en forme de femme nue ?*

– Bon, j'ai pensé qu'il valait mieux t'appeler. Je viens de recevoir l'appel d'un vieil agriculteur de Lenarp qui dit s'appeler Nyström. Il raconte que dans la ferme voisine de la sienne une femme est ligotée à même le sol et que quelqu'un est mort.

Wallander réfléchit à toute vitesse en essayant de se rappeler où était Lenarp. Pas très loin de Marsvinsholm… Un coin trop vallonné pour être en Scanie.

– Ça m'a paru sérieux, conclut le collègue de garde. J'ai pensé qu'il valait mieux te prévenir.

– Qui est disponible, là, tout de suite ?

– Peters et Norén recherchent un type qui aurait brisé une vitre de l'hôtel Continental. Je les appelle ?

– Dis-leur de se rendre au croisement de Kadesjö et Katslösa et de m'y attendre. Donne-leur l'adresse. Quand as-tu reçu ce coup de fil ?

– Il y a quelques minutes.

– Tu es certain que ce n'était pas juste un ivrogne ?

– Ce n'est pas l'impression qu'il m'a faite.

Wallander se leva et s'habilla. Le repos dont il avait si désespérément besoin ne lui serait pas accordé.

Il dépassa le supermarché de meubles récemment construit à la sortie de la ville. Au-delà, il devinait la présence sombre de la mer. Le ciel était rempli de nuages.

Les tempêtes d'hiver approchaient.

Elles seraient bientôt là.

Il essaya de se préparer à la vision qui l'attendait.

La voiture de police était à l'endroit convenu, à la sortie de Kadesjö.

Il faisait encore nuit.

Table

Meurtriers sans visage
Christian Bourgois, 1994, 2001
« Points Policier », n° P1122
et Point Deux, 2012

La Société secrète
Flammarion, 1998
et « Castor Poche », n° 656

Le Secret du feu
Flammarion, 1998
et « Castor Poche », n° 628

Le Guerrier solitaire
prix Mystère de la Critique
Seuil, 1999
et « Points Policier », n° P792

La Cinquième Femme
Seuil, 2000
et « Points Policier », n° P877
Point Deux, 2011

Le chat qui aimait la pluie
Flammarion, 2000
et « Castor Poche », n° 518

Les Morts de la Saint-Jean
Seuil, 2001
« Points Policier », n° P971

La Muraille invisible
prix Calibre 38
Seuil, 2002
et « Points Policier », n° P1081

Comedia Infantil
Seuil, 2003
et « Points », n° P1324

L'Assassin sans scrupules
L'Arche, 2003

Le Mystère du feu
Flammarion, 2003
et « Castor Poche », n° 910

Les Chiens de Riga
prix Trophée 813
Seuil, 2003
et « Points Policier », n° P1187

Le Fils du vent
Seuil, 2004
et « Points », n° P1327

La Lionne blanche
Seuil, 2004
et « Points Policier », n° P1306

L'homme qui souriait
Seuil, 2004
et « Points Policier », n° P1451

Avant le gel
Seuil, 2005
et « Points Policier », n° P1539

Ténèbres, Antilopes
L'Arche, 2006

Le Retour du professeur de danse
Seuil, 2006
et « Points Policier », n° P1678

Tea-Bag
Seuil, 2007
et « Points », n° P1887

Profondeurs
Seuil, 2008
et « Points », n° P2068

Le Cerveau de Kennedy
Seuil, 2009
et « Points », n° P2301

Les Chaussures italiennes
Seuil, 2009
et « Points », n° P2559
Point Deux, 2013

Meurtriers sans visage
Les Chiens de Riga
La Lionne blanche
Seuil, « Opus », 2010

L'Homme inquiet
Seuil, 2010
et « Points Policier », n° P2741

Le Roman de Sofia
Flammarion, 2011

L'homme qui souriait
Le Guerrier solitaire
La Cinquième Femme
Seuil, « Opus », 2011

Les Morts de la Saint-Jean
La Muraille invisible
L'Homme inquiet
Seuil, « Opus », 2011

Le Chinois
Seuil, 2011
et « Points Policier », n° P2936

L'Œil du léopard
Seuil, 2012
et « Points », n° P3011

Le Roman de Sofia
Vol. 2 : Les ombres grandissent au crépuscule
Seuil, 2012

Joel Gustafsson
Le garçon qui dormait sous la neige
Seuil Jeunesse, 2013

Un paradis trompeur
Seuil, 2013

Mankell par Mankell
(de Kristen Jacobsen)
Seuil, 2013

RÉALISATION : IGS-CP À L'ISLE-D'ESPAGNAC
IMPRESSION : CPI BRODARD ET TAUPIN À LA FLÈCHE
DÉPÔT LÉGAL : JANVIER 2014. N° 115552 (3002580)
IMPRIMÉ EN FRANCE